Jessica Wedekind

Until Midnight Rain

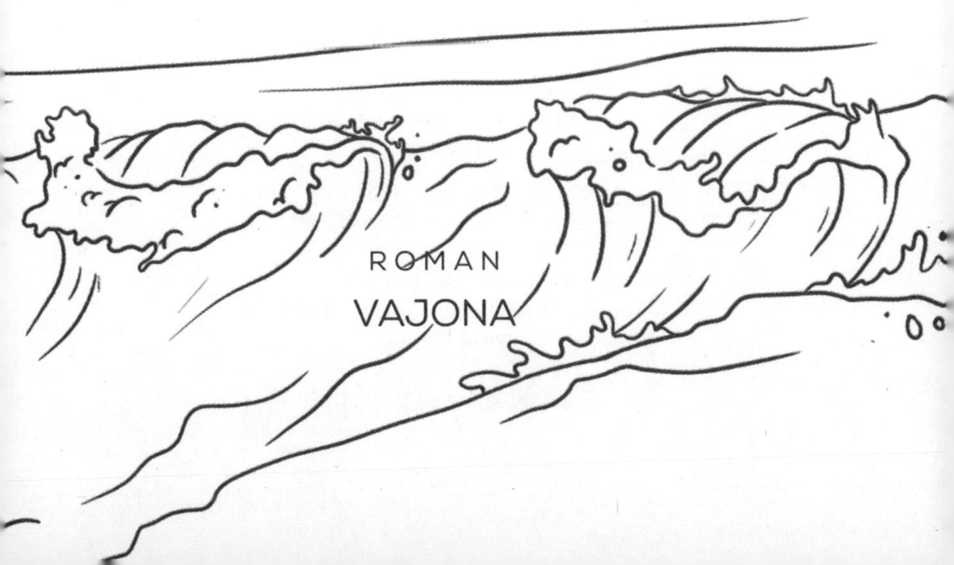

ROMAN

VAJONA

Dieser Artikel ist auch als E-Book erschienen.

Until Midnight Rain

Copyright

info@vajona.de

Druck und Verarbeitung:
FINIDR, s.r.o.
Lípová 1965
737 01 Český Těšín
Czech republic

Lektorat: Madeleine Seifert
Korrektorat: Madeleine Seifert und Susann Chemnitzer
Umschlaggestaltung: Zeichnungen und Design von Julia Gröchel unter Verwendung von Motiven von Rawpixel
Satz: VAJONA Verlag, Oelsnitz

VAJONA Verlag
Carl-Wilhelm-Koch-Str. 3
08606 Oelsnitz

ISBN: 978-3-98718-193-1

Für alle, die sich immer um die *anderen*
gesorgt, aber nie etwas zurückbekommen haben.
Nicht ihr verhaltet euch falsch,
die *Gesellschaft* tut es.

Hinweis

In *Until Midnight Rain* werden Themen wie Alkoholabhängigkeit und Missbrauch von Alkohol, Drogenmissbrauch, explizite Szenen, derbe Sprache, Angststörung, Panikattacken und der in der Vergangenheit liegende Tod eines Familienmitglieds sensibel behandelt.

Vorwort

Until Midnight Rain ist mein erster New Adult Roman. Ein absolutes Herzensprojekt, welches für immer Teil meiner selbst sein wird. Ich habe im Roman unter anderem einige Themen verarbeitet, die in meinem Leben lange Zeit eine Rolle gespielt haben. Ich möchte meine Leser daher darum bitten, im Hinterkopf zu behalten, dass die im Buch teilweise beschriebenen sensiblen Themen von jedem Menschen, der ähnliches durchlebt hat, unterschiedlich empfunden werden. Außerdem finde ich es wichtig, zu erwähnen, dass ich mich auch intensiv mit bestimmten im Buch vorkommenden Thematiken befasst habe, um diese möglichst realistisch zu verstehen und zu beschreiben. Dennoch möchte ich betonen, dass im Fokus natürlich die Geschichte von Raven und Alex steht, die auch ganz viele wunderschöne Momente beinhaltet. Die Charaktere wachsen dennoch beide über sich hinaus, müssen ihre Moral hinterfragen und erziehen sich auch gegenseitig über die Seiten hinweg. Inspiriert wurde ich teilweise auch von Songs, die ich nun für immer mit dieser Geschichte verbinden werde.

Scannt gern den QR-Code und ihr werdet direkt zur Playlist weitergeleitet:

Und nun wünsche ich euch wunderschöne Lesestunden, an der Brighton Private University in England, und denkt daran, das Werk dient hauptsächlich der Unterhaltung.

Prolog Raven

Vier Jahre zuvor

Die Flasche flog und kurz darauf lief etwas Nasses mein Kinn herunter. Langsam hob ich den Finger. Auf dessen Spitze glänzte mein Blut. Meine Lippe begann zu brennen und ich wusste, die Narbe, die entstehen würde, wäre nur eine von vielen.

»Bring ihn noch einmal her und ich schwöre bei Gott, du fliegst raus.«

Vielleicht sollte ich lachen, doch der Humor war mir vergangen. Ich bezahlte seit Monaten mit Jacksons Hilfe die Miete und dieser Kerl, den meine Mutter aus einer heruntergekommenen Bar am Rande der Stadt aufgegabelt hatte, führte sich schon nach der ersten Woche wie der Mann im Haus auf. Ich würde am liebsten schreien. Würde ihm und meiner Mutter, die auf der dreckigen Couch saß und auf ihre Schuhe starrte wie ein vernachlässigtes Kind, am liebsten all die Dinge vorwerfen, die sie verbockt hatten. Wollte schreien, dass ich für Thomas sorgte. Dass ich das Geld auftrieb, um diese mickrige Wohnung überhaupt zu finanzieren. Doch es brachte nichts. Ich hatte geschrien und er hatte eine leere Bierflasche nach mir geschmissen. Meine Mutter war so voll, dass sie das Szenario kaum mitbekam.

»Verstanden?«, schrie der Kerl, den meine Mutter manchmal Joe nannte – oder war es Ben? –, weil ich noch immer schwieg.

Das warme Blut floss über meinen Hals und sickerte in den Stoff meines T-Shirts. »Ja.«

Es brauchte jedes Fünkchen Selbstkontrolle, um ihm nicht zu widersprechen, auch wenn es gegen alles ging, was mir wichtig war. Also schluckte ich meinen Stolz und dachte daran, dass meine Mutter diesen Kerl wohl bald wieder absägen und einen neuen mitbringen würde.

Er hob die Vodka-Flasche an die Lippen und nahm einen Schluck, während ich in mein angrenzendes Zimmer verschwand und die Tür hinter mir abschloss.

Atmen ...

Es war der dritte Mann, den meine Mutter mit hierhergebracht hatte, und er war der Erste, der so gewalttätig war, dass ich das Gefühl hatte, es keine weitere Minute in diesen vier Wänden auszuhalten. Mein Zimmer war nicht groß, aber es gab eine Fensterbank, auf der ich mich nun niederließ, das Fenster öffnete und versuchte, mich zu beruhigen. Die kalte Nachtluft half mir ungemein und ich schloss die Augen, als ich die Regentropfen vernahm, die die Welt hoffentlich reinigten. Sie von dem Schmutz befreiten und nur den Geruch nach frischem Gras zurückließen. Ich sehnte mich danach, dass sie meine Wünsche hörten. Die Wünsche nach einem besseren Leben. Egal, wie viel ich dafür noch auf mich nehmen müsste.

1 Cloé

Meine Mutter ließ sich von dem lauten Geräusch meiner Plateau-Absätze auf dem teuren Marmorboden nicht beirren, als ich den Gang zu unserem Wohnzimmer entlangschritt, die Akten unter den Arm geklemmt.

»Mum, leg sofort die Zeitschrift weg und sieh dir das an!«, sagte ich und setzte mich ihr gegenüber auf die teure Couch. Sie sah nach oben, seufzte und legte die *Vogue*-Zeitschrift auf ihren neu erworbenen Tisch aus teuerster Eiche.

»Cloé, ich schwöre dir, sollte deine Störung nicht wichtig sein, werde ich dich eigenhändig erwürgen.«

Liebreizend wie eh und je, doch meine Laune konnte sie damit nicht zerstören. Da ich diese Reaktion schon so oft bekommen hatte und noch immer lebte, ignorierte ich sie einfach.

»Oh, glaub mir, was ich zu sagen habe, wird dich sehr interessieren. Denn ich werde nicht auf die *Brighton Private University* gehen«, verkündete ich freudestrahlend und konnte dabei zusehen, wie ihr genervter Blick erst zu mir, dann zu den Akten auf meinem Arm und dann wieder zu mir schweifte.

Sie legte sich verzweifelt den Daumen und Zeigefinger an den Nasenrücken. »Wir haben diese Unterhaltung schon oft genug geführt. Du kennst meine Antwort«, versuchte sie mich abzuwimmeln, so wie immer.

Gerade als sie erneut zu ihrer Zeitschrift greifen wollte, warf ich ihr die Akten vor ihre mehrmals operierte Nase.

»Was, wenn ich jemand Besseren für den Job gefunden habe?« Sie verdrehte die Augen. »Ich habe keine Lust auf deine Spielchen. Die Diskussion ist beendet.«

Mir war vollkommen egal, was sie dachte oder wollte. Sie würde mir zuhören, freiwillig oder gezwungenermaßen. Ich war definitiv niemand, der Drogen verkaufen würde! Das hatte ich nicht nötig. Ich war einfach zu reich für diese Arbeit. Generell für Arbeit.

»Ihr Name ist Raven Harris. Ich habe sie in den letzten drei Monaten von Gideon überprüfen lassen und bin mit meiner Wahl mehr als zufrieden.« Gideon war ein Privatdetektiv, den ich zum Glück immer auf der Kurzwahltaste hatte, wenn ich ihn brauchte.

»Ich kenne diesen Namen irgendwoher«, stellte meine Mutter fest und nahm eine der Akten. Ihre Augenbrauen hoben sich, während ihr blondes Haar, das meinem glich, sich über ihrer Schulter ergoss.

Ihr Interesse war geweckt und ein siegessicheres Schmunzeln breitete sich auf meinen Lippen aus.

»Wir waren damals zusammen in der Grundschule. Du kennst sie.«

Der Schock war ihr ins Gesicht geschrieben, als sie die gelbe Akte wieder schloss und die nächste zur Hand nahm. Natürlich war mir vollkommen bewusst, dass Raven nicht gerade einen überzeugenden Lebenslauf vorzuweisen hatte. Genau deshalb war es umso wichtiger, dass ich erklären konnte, warum ich sie wollte.

»Du willst mich verarschen, oder? Ich traue doch keiner neunzehnjährigen, asozialen Versagerin, die nicht einmal einen Schulabschluss hat!«

»Hör mir zu. Ravens Vater hat die Familie früh verlassen, was dazu führte, dass ihre Mutter, nachdem sie auch noch von dem Vater von Ravens Bruders knapp elf Jahre später verlassen wurde, Alkoholikerin wurde. Raven hat sich um ihren kleinen Bruder gekümmert und deshalb die Schule abgebrochen. Aber bis sie vierzehn Jahre alt war, waren ihre Noten perfekt. Glaub mir, sie ist definitiv nicht meine Wunschkandidatin, aber ich bin mir sicher, dass sie perfekt geeignet ist. Sie hat nichts zu verlieren, aber viel zu gewinnen.«

»Die *Brighton* ist eine der teuersten und renommiertesten Privatuniversitäten der Welt. Sie ist mit *Oxford* und *Cambridge* zu vergleichen und du schlägst mir eine Schulabbrecherin vor, die einen Durchschnitt von 5,2 auf ihrem letzten Zeugnis hatte, weil sie nicht zur Schule kam?«, fragte sie und lachte laut.

Das Geräusch war schrill und ich musste ein Lächeln unterdrücken, als ich mir einen Seehund statt ihres Gesichtes vorstellte. In diesem grauen Designerkleid, welches mit Sicherheit mehr kostete als so manche Wohnungen, gelang mir das recht gut.

Es stimmte, Brighton war unglaublich, aber ich wollte eine Auszeit nehmen, bevor ich studierte. Ich hatte mir in der Gesellschaft der Upper Class ein Leben aufgebaut und dieses hatte ich verdient zu leben. Ich war nun mal kein Typ fürs brave Lernen und Studieren. Schon die Schule war nicht mein Ding gewesen und ich wollte ganz sicher nicht an dieser Eliteuni versagen. Diese Blöße würde ich so lange herauszögern wie möglich. Meiner Mutter ging es um den Job, der – nebenbei bemerkt – illegal war, aber mir ging es um meine Zukunft. Ich wollte meine Zeit nutzen. Feiern gehen, so viele One-Night-Stands haben, dass ich mir die Zahl nicht merken konnte, und etliches Geld zum Fenster herausschmeißen. *Wer würde das nicht wollen, wenn er könnte?* Früher hatte ich nicht einmal gewagt, von einem Leben wie diesem zu träumen. Deshalb wollte ich es so lange festhalten, wie es mir möglich war.

»Ich gebe das nicht gern zu, aber Gideon hat einen alten Test von ihr finden können. Sie hat ein fotografisches Gedächtnis. Sie merkt sich alles, was sie einmal sieht. Die Noten sind nur so schlecht, weil sie geschwänzt hat, und ihrer Mutter war es egal. Sind wir ehrlich, Raven hat eine Zukunft mit wenig Geld, Chlamydien und einer Alkoholabhängigkeit vor sich, wenn sie ihr Leben weiter lebt wie bisher. Aber genau das ist der Grund dafür, warum sie unser Angebot annehmen wird. Sie könnte eine der teuersten Unis in ganz England besuchen. Hätte die Chance, nebenbei Geld zu verdienen, ihr Leben auf die Reihe zu bekommen und für ihre Familie zu sorgen, weil ihre Mutter es nicht kann. Glaub mir, sie bräuchte nur etwas Nachhilfe und dann könnte sie auf dieser Uni mithalten.« Ich würde sie überzeugen. Da war ich mir sicher. »Ich erinnere mich gut an sie. Sie ist genial und ich hasse es wirklich, das zu sagen. Außerdem wäre es sicher nicht das erste Mal, dass sie Drogen in der Hand hat.«

»Stimmt, wenn man in dieser Gegend lebt, ist das ziemlich wahrscheinlich«, murmelte meine Mutter vor sich hin.

Ich setzte mein schönstes Lächeln auf, bevor ich zum Schlagabtausch ausholte.

»Du musst es ja wissen. Ich erinnere dich daran, dass wir aus der gleichen Gegend kommen.«

Wenn Blicke töten könnten …

»Ich habe ein Monster großgezogen. Cloé, ich habe dir oft genug gesagt, dass die Vergangenheit in unserem Leben keine Rolle mehr spielt. Wir sind hier oben. Wer da unten ist, interessiert uns nicht mehr.«

»Ich mag ein Monster sein«, sagte ich gelassen und strich mit der Handfläche über den weichen Stoff der cremefarbenen Couch, »aber wenigstens bin ich verdammt klug und heiß.«

Meine Mutter wusste, wie ungern ich jetzt bereits auf eine Uni gehen wollte und seufzte erneut. Studieren musste ich irgendwann so oder so. Vom Job abgesehen bewegte ich mich in einer Schicht in der ausnahmslos jeder studiert hatte oder gerade dabei war.

Außerdem war es nicht mein Plan, Drogen zu verticken und mir damit vielleicht alles zu ruinieren. Drogen waren das Business, was meine Mutter und damit auch mich reich gemacht hatte.

Als meine Mutter sich vor rund sieben Jahren von meinem Vater getrennt hatte, hatte sie Roberto Gilles kennengelernt, der in einige illegale Geschäfte verwickelt war. Während wir eigentlich nur mit dem Drogenhandel zu tun hatten, waren bei ihm noch ganz andere Dinge an der Tagesordnung. Neben Entführungen bis hin zu Morden und Menschenhandel. Ich hatte früh gelernt, keine Fragen zu stellen. Meine Mutter nutzte die Chance und machte daraus ein riesiges Kartell. Gleichzeitig brachte sie auch einige Modelinien unter dem Namen Wallace Luxury auf den Markt, diese waren jedoch nur ins Leben gerufen worden, um unseren plötzlichen Reichtum zu erklären. Der Unterschied zwischen uns und anderen Drogendealern war, dass unsere Leute das Zeug nicht auf der Straße bei den obdachlosen Junkies vertickten, sondern dort, wo die Leute viel Geld hatten.

Zu unseren besten Kunden gehörten neben Promis und der High Society von England auch allerhand Jugendliche, die dem Druck ihrer Eltern und der teuersten Universitäten nicht gewachsen waren. Unser Fokus lag auf Lern- und Party-Drogen, die es den überarbeiteten Studenten erlaubten, die Nacht durchzuarbeiten oder den Stress für einige Stunden zu vergessen. Auch zweckentfremdete Medikamente gehörten zu unserem Sortiment. So wurde Ritalin zum Beispiel eigentlich für die Behandlung von ADHS eingesetzt, weil es die Aufmerksamkeit steigerte und Müdigkeit vertrieb. Überarbeitete Studenten warfen es sich daher ein wie Bonbons, um Mummy und Daddy stolz zu machen.

Meine Mutter hatte natürlich den fantastischen Plan, mich an eine dieser Universitäten zu schicken und dieses Zeug zu verkaufen. Für mich kam das von der ersten Sekunde an nicht infrage.

Erstens: Ich wollte mir, wie gesagt, eine Auszeit nehmen. Und zweitens: Ich gehörte nicht zu ihrem Personal. *Sie soll sich eine andere Angestellte suchen.*

Es arbeiteten schließlich rund hundertfünfzig Handlanger in ganz England für uns, und da zählte ich die Verkäufer in den Modegeschäften meiner Mutter nicht mit. Sie sollte gefälligst einen von ihnen dazu zwingen!

Aber Raven war perfekt für den Job. Ich hatte sie seit Jahren schon nicht mehr gesehen und kam eigentlich nur durch Zufall auf sie. Gideon besorgte alles, was von ihr auffindbar war, und ich würde ihr die Chance bieten, ihr Leben wieder in den Griff zu bekommen.

»Sie ist also praktisch intelligenter als du?«, fragte meine Mutter, nachdem sie die Akten wieder zur Seite gelegt hatte. Ich ließ eine Sekunde verstreichen.

»Ja«, gab ich über meinen Stolz hinweg zu.

»Cloé, ich vertraue dir, aber kann ich ihr auch vertrauen?« »Mum«, gab ich appellierend zurück. »Wir kennen, dank dieser Akten, jedes kleine Geheimnis aus Ravens Leben. Sollte sie Probleme machen, kann ich schnell dafür sorgen, dass wir kein Vertrauen von ihr brauchen.« Ich setzte mein unschuldigstes Lächeln auf.

»Und du denkst, sie wird gegen eine schöne Summe Geld einfach machen, was du willst?«, fragte meine Mutter und ich spürte, dass ich sie fast an dem Punkt hatte, an dem ich sie haben wollte.

Ich lachte in mich hinein. »Mutter, wir leben in einer Welt, die von Geld regiert wird. Alles hat seinen Preis und jeder ist käuflich. Das hast du mir beigebracht.«

Sie musterte mich mit einer hochgezogenen Augenbraue. »Na gut, dann lad sie bitte ein. Ich will mit ihr reden.«

Jackpot.

Ich nickte hastig und spürte das erste Mal seit Langem, wie Hoffnung in mir wuchs doch noch einen Ausweg aus dem Plan meiner Mutter zu finden. Dass mir diese Hoffnung gerade Raven Harris verschaffte, war jedoch mehr oder weniger ein Wunder. Wir waren mal Freunde gewesen, aber nachdem meine Mutter und ich vor sieben Jahren aus der Gegend weggezogen waren und endlich genug Geld hatten, um auf stabilen Beinen zu stehen, hatte Raven nicht mehr auf meine Nachrichten reagiert. Als zwei Monate lang Funkstille geherrscht hatte, war schließlich die Nachricht gefolgt, dass ich aufhören solle, sie zu kontaktieren und ihr mein neu gewonnenes Leben unter die Nase zu reiben, wenn ich sie schon zurückließe. Wahrscheinlich war es Neid.

Wie ironisch, dass ich sie nun doch rausholte.

Ich sammelte die Akten zusammen und nahm sie wieder an mich. Meine Mutter hatte sich schon längst wieder ihrer Zeitschrift gewidmet und beachtete mich nicht mehr. Also ging ich wieder den Flur entlang und die große Treppe, an deren Absatz ein Klavier stand, in unserer Eingangshalle nach oben. Es war klischeehaft, aber elegant. Auf der entgegengesetzten Seite des Treppengeländers befanden sich bodentiefe Fenster, die den gesamten Raum erhellten. Ich liebte auch den riesigen vergoldeten Kronleuchter, der an der viel zu hohen Decke hing. Er gab mir das Gefühl, die Adlige aus einem Film zu sein. Genau wie unsere restliche Einrichtung. Auch wenn ich meine Mutter manchmal nicht ausstehen konnte, musste ich zugeben, dass wir den gleichen Geschmack teilten.

Die Wände waren weiß und wurden nur durch ein paar wunderschöne Gemälde aus dem überwiegenden Zeitalter der Romantik und des Biedermeiers geschmückt. Gerade die Bilder von Sophie Anderson hatten es ihr angetan. Doch da diese überwiegend Frauen und Kinder malte, erschienen mir ihre Gemälde im Besitz einer Drogendealerin ziemlich fehl am Platz.

Die einzige Farbe, die sich sonst noch im Haus wiederfand, war Gold. Ob die Türgriffe, das Geländer, Wanduhren oder der Kronleuchter – alles musste glänzen.

Ich liebte es.

In meinem Zimmer angekommen, löste ich meine Haare aus dem Zopfgummi und nahm meinen Laptop zur Hand. Jetzt, da ich schon beinahe die Zustimmung meiner Mutter hatte, sollte ich mich noch etwas intensiver mit Raven beschäftigen. Sie hatte meine Aufmerksamkeit eigentlich nach so einer Nummer nicht verdient. Aber die Arbeit machte sich eben nicht immer von allein.

Ich ließ mich auf dem mit rotem Samt bezogenen Sessel in der Ecke meines Raumes nieder. So hatte ich das beste Licht, welches durch die Fenster fiel. Kurz erlaubte ich mir, auch einen Blick nach draußen hinter das Grundstück zu werfen. Unser Haus lag abgelegen von der Stadt und von meinem Zimmer blickte man erst auf einen weitläufigen Garten mit frisch gemähtem englischem Rasen, einem riesigen Pool und einer Buchsbaumhecke, hinter der sich riesige unangerührte Wiesen und Hügel erstreckten. Vor knapp einem Jahr hatte meine Mutter außerdem eine Loungeecke mit Bar und Miniküche neben den Pool bauen lassen. Wir saßen dort jedoch nur selten. Es war mehr etwas, das eine Villa wie diese dringend brauchte, weil man eine gewisse Ausstattung in unseren Kreisen erwartete, und weniger etwas, das wir wirklich wegen dessen Nutzen wollten.

Mein Blick kehrte zurück zum Laptop. Dann öffnete ich Instagram und gab ihren Namen in die Suchleiste ein. Als ich ihren Account gefunden hatte, war ich wenig überrascht. Sie hatte knapp zwanzig Beiträge.

Während sich auf meinem Account überwiegend Bilder von meinen Trips, Reisen und Designerartikeln fanden, waren bei ihr vor allem Selfies und Bilder von Partys sowie die Präsentation ihres absolut unglamourösen Lifestyles Thema. Ich klickte auf ein Spiegel-Selfie, was sie wohl im Badezimmer irgendeiner abgeranzten Bar gemacht hatte. Zumindest ließen das dreckige Waschbecken und die Rockband-Sticker, die am Spiegel klebten, das vermuten.

Im Großen und Ganzen war sie sogar sehr hübsch. Raven hatte glatte schwarze Haare, die ihr bis über den Rücken reichten, außerdem braune Augen, und sie war eher zierlich. Auf den meisten ihrer Bilder trug sie eine Jeansjacke über einem schwarzen Top, kombiniert mit einer Skinny-Jeans. Sie würde sicherlich gut in den Kreisen der Reichen und Schönen ankommen, würde man sie etwas den dort verlangten Ansprüchen anpassen. Zu schade war es, dass sie in eine Familie hinein geboren worden war, die aus jämmerlichen Verlierern bestand. Fast drei volle Stunden verschwendete ich damit, sie auf den bekanntesten sozialen Medien zu stalken.

Ich war immer gern vorbereitet. Informationen ermöglichten es mir, die Leute zu erpressen und immer zu bekommen, was ich haben wollte.

Zudem war es mir herzlich egal, ob mich Leute leiden konnten oder nicht. Es stimmte eben, was die Menschen sagten: Geld veränderte einen.

Nachdem ich erst einmal genug über sie in Erfahrung gebracht hatte, klappte ich meinen Laptop wieder zu und ließ ihn aufs angrenzende Himmelbett des lichtdurchfluteten Zimmers fallen. Dann öffnete ich meinen Kleiderschrank. Es wurde Zeit, Raven einen kleinen Besuch abzustatten.

Meine weiße *Chanel*-Bluse und den schwarzen Rock behielt ich an. Jedoch entschied ich mich dazu, mir auch noch einen Mantel überzuziehen. Schließlich neigte sich der Sommer Anfang September dem Ende entgegen, auch wenn es hier und da noch warme Tage gab. Zuletzt schnappte ich mir meine schwarze *Birkin* und verließ daraufhin wieder mein Zimmer.

»Ich gehe jetzt los«, verkündete ich meiner Mutter, die ihre Sitzposition von vorhin kaum verändert hatte.

Ich informierte sie selten darüber, dass ich wegging. Unsere Mutter-Tochter-Beziehung war, seit sie Roberto kennengelernt hatte, nicht mehr dieselbe. Das Leben, so wie ich es gekannt hatte, hatte eine 360-Grad-Wendung hingelegt und das war nicht immer einfach. Dass mich der Reichtum und die Zugehörigkeit zur Elite Englands zu einer arroganten Bitch machten, war mir natürlich auch klar. Ich hatte jedoch so viel Zeit damit verschwendet, immer perfekt sein zu wollen, dass es mir egal war. Entweder man mochte mich, oder man tat es eben nicht. Ganz einfach.

Meine Mutter hatte am Anfang immer versucht, mich in die Form der höflichen und niedlichen Tochter zu stecken, aber das ließ ich mir nicht mehr gefallen. Sie zog ihr Ding durch und ich meins und sollte ich es schaffen, dass Raven meinen Job übernahm, dann hatte ich endlich die ultimative Freiheit, nach der ich mich schon so lange sehnte.

Draußen war es etwas kälter, als ich angenommen hatte, weshalb ich meinen Mantel schloss, mir die blonden *Curtain Bangs* aus dem Gesicht strich und schnell zu einem unserer Autos spazierte.

Der Hof war gepflastert, so machte ich mir die Boots nicht dreckig, und obwohl wir genug Platz dafür hätten, standen unsere Autos nicht hier, sondern in einer unterirdischen Garage. Ich hatte bereits Bescheid gegeben, welches Auto vorfahren sollte.

Kurzerhand stieg ich also auf die Rückbank des schwarzen *Mercedes-AMG* und stellte meine Tasche neben mich.

Ich wollte nicht zu viel Aufsehen erregen, weshalb ich mich gegen den Rolls-Royce entschieden hatte.

»Wohin soll die Reise gehen?«, fragte mein Fahrer.

»Ich sage es wirklich ungern. Aber bring mich zu dem hässlichsten Fleckchen Erde, was ich je kennenlernen musste.«

Er wusste genau, von welchem Stadtviertel ich sprach. Und ich wusste, was ich wollte – und ich würde es bekommen.

2 Raven

Zuerst dachte ich, es wäre das Hämmern in meinem Kopf, doch ich bemerkte relativ schnell, dass es eigentlich an der Tür klopfte.

»Mum!«, schrie ich verschlafen von meinem Bett aus. Es klopfte noch einmal.

»Mum!«, schrie ich dieses Mal noch lauter.

Als es ein drittes Mal klopfte und mir in den Sinn kam, dass meine Mutter vermutlich überhaupt nicht da war, quälte ich mich selbst aus dem Bett.

Ich stöhnte genervt auf, als ich merkte, dass ich nur in Unterwäsche geschlafen hatte, obwohl ich wahrscheinlich schon darüber froh sein sollte.

Es war bereits mehr als nur einmal vorgekommen, dass ich nach einer Party nackt oder in meiner Badewanne aufgewacht war. Ich wusste zwar, warum ich mich ab und zu ausgezogen hatte, aber die Badewanne war mir nach wie vor ein Rätsel.

Mein Blick wanderte zu einer Jogginghose, die über meinem Schreibtischstuhl hing, und zu einem auf dem Boden liegenden T-Shirt. Ich nahm mir die graue Hose und zog sie über, dann hob ich das olivgrüne Shirt auf, aber ließ es im selben Moment angeekelt wieder fallen. Wessen Kotze auch immer darauf verteilt war – es war nicht meine!

Genervt ging ich zum Kleiderschrank, dem die Tür fehlte, und zog mir ein anderes Oberteil über, bevor ich zur Haustür ging.

Als ich sie öffnete, sagte ich das, was ich jedem Fremden vor meiner Tür sagte.

»Meine Mum ist nicht da und wenn wir dir Geld schulden, dann sorry, aber wir haben keins. Du bekommst keinen Cent.«

Ich wollte die Tür bereits wieder schließen, als sich ein Fuß, der in einem schwarzen Overknee-Stiefel steckte, in den Spalt drängte.

»Ich bin weder wegen deiner Mum noch wegen eures Geldes hier. Ich will mit dir sprechen«, sagte eine engelsgleiche, ruhige Stimme.

So eine Antwort hörte ich jedoch selten. Die blonde Frau war ungefähr in meinem Alter und erst jetzt sah ich sie wirklich an. Ihr Gesicht und die Stimme kamen mir bekannt vor, aber mein Verstand war noch zu müde, um sie einzuordnen. Außerdem war sie – mit dieser Kleidung – ganz sicher zum ersten Mal in dieser Gegend. Eigentlich war es schon fast ein Wunder, dass ihr bisher niemand ihren teuren schwarzen Mantel oder ihre Tasche geklaut hatte. Ihre Haut war absolut rein und ihr Haar sah aus, als wäre sie gerade aus einer Shampoo-Werbung gefallen.

»Ich bin mir ziemlich sicher, dass du hier falsch bist«, gab ich ihr zu verstehen. Am liebsten hätte ich ihr gesagt, sie solle sich verpissen und aufhören, meine Zeit zu verschwenden. So machte ich es zumindest mit jedem Spinner, der hier auftauchte und versuchte, uns von den Zeugen Jehovas oder dem Eintritt in die Kirche zu überzeugen. Als gäbe es für irgendjemanden in diesem Drecksloch hier noch Hoffnung.

»Nein, das bin ich nicht. Mein Name ist Cloé Wallace und deiner ist Raven Harris. Wir sind damals zusammen zur Schule gegangen«, erklärte sie.

Es fiel mir wie Schuppen von den Augen. Cloé Wallace, die Bitch, der ich erst vertraut hatte und die dann nichts Wichtigeres zu tun hatte, als sich für was Besseres zu halten, obwohl wir aus der gleichen Gosse kamen. Beim letzten Mal, als ich sie zu Gesicht bekommen hatte, waren wir zwölf Jahre alt gewesen. Das hier war nicht mehr das Mädchen von damals. Was auch immer sie wollte – sie würde es nach den Ereignissen von damals nicht von mir bekommen.

Kommentarlos schlug ich ihr die Tür vor der Nase zu. So einen Mantel hätte sie sich früher nie leisten können. Scheinbar hatte ihre Familie das Geld von damals nach wie vor oder sie hatte sich einen Sugardaddy gesucht. Bei diesem Gedanken verzog ich das Gesicht und konnte den Ekel nur schwer unterdrücken.

Es klopfte erneut an der Tür und ich hörte ihre nun deutlich genervte Stimme von der anderen Seite. Zugegeben, die Haustüren waren in dieser Wohnanlage ein Witz. Es reichte ein kräftiger Tritt und sie standen offen. Das hatte ich vor etwa zwei Jahren herausgefunden, als ich nach einer langen Nacht hier angekommen war und festgestellt hatte, dass ich meinen Schlüssel vergessen hatte.

Die inzwischen Ex-Freunde meiner Mutter hatten es bereits vorher gewusst.

»Jetzt hör mir wenigstens zu! Ich versuche, dein erbärmliches Leben besser zu machen!«

Ah, wenigstens ließ sie sich erst gar nicht auf geheuchelte Freundlichkeit herab. Natürlich interessierte mich, was sie wollte. Schließlich hatte ich sie seit Jahren nicht gesehen. Und auch wenn ich keinen Zeitdruck hatte, gab ich ihr exakt zehn Minuten, um loszuwerden, was sie zu sagen hatte.

Ich öffnete die Tür wieder und ging zur abgeranzten Couch, die mitten im Raum stand und so viele Flecke hatte, dass ich mich an die Farbe, die sie eigentlich besaß, nicht im Geringsten erinnerte.

Ist es Pudding? Ist es Soße? Ah, nein, es ist eingetrocknetes Blut.

Ich forderte sie nicht auf, hereinzukommen – dass ich die Tür offen gelassen hatte, war Einladung genug.

Cloé zog sich den Ärmel ihres Mantels über die Hand, damit sie die Türklinke beim Schließen der Haustür nicht berührte. Ich verdrehte die Augen. Früher hatte sie sich im selben Dreck gesuhlt wie jeder andere hier auch, aber auf einmal war sie sich zu fein dafür?

Ihre Absätze machten auf dem Teppichboden keine Geräusche, als sie sich mit ihren angewidert verzogenen aufgespritzten Lippen und zusammengekniffenen, runden blauen Augen auf den Sessel vor mir sinken ließ.

»Also … wie geht es dir?« Sie war zurück zum engelsgleichen Tonfall gewechselt.

Nun, wo fange ich da an? Meine Mutter ist schon wieder verschwunden. Ich habe keinen Job. Mein Freund ist ein Arschloch. Ich soll auf meinen kleinen Bruder aufpassen, während ich gleichzeitig die leeren Alkoholflaschen meiner Mutter, wenn sie denn da ist, wegräumen soll. Und mein Leben ist die reinste Müllhalde.

Doch natürlich erzählte ich ihr das nicht. Eher fror die Hölle zu, als dass sich Cloé Wallace ernsthaft für meinen Gemütszustand interessierte. Also antwortete ich nur mit: »Gut. Was willst du?«

Im Gegensatz zu ihr hatte ich es nicht nötig, Interesse vorzuheucheln, und sparte mir die Gegenfrage.

Sie setzte ein falsches Lächeln auf. »Nun ja, ich wollte nett sein, aber das kann ich mir wohl sparen. Und weil ich nicht vorhabe, mich länger hier drin aufzuhalten, komme ich zum Punkt.«

Ich nickte. »Das ist wohl die beste Idee, dic du je hattest.« Ich hasste dieses Mädchen und machte kein Geheimnis daraus.

Cloé log unentwegt, doch ich liebte gnadenlose Ehrlichkeit, denn diese hielt mich von falschen Schlangen und Menschen fern, die mit ihr nicht umgehen konnten. So war das in meiner Welt. Die schönsten Lügen wollte ich nicht hören, denn die bittersten Wahrheiten kamen sowieso ans Licht. Also besser früh als spät.

»Nun, ich habe ein Angebot für dich, welches dich nicht nur hier rausholt, sondern dir auch eine Zukunft verschafft.« Sie klimperte bei diesen Worten mit ihren angeklebten Wimpern und lehnte sich ein Stück nach vorn.

Ich lachte. »Gott, ich brauche deine Hilfe nicht, wenn man das überhaupt so nennen kann. Ich meine, wie verzweifelt musst du sein, um gerade mich aufzusuchen? Hast du keine Leute, die du wofür auch immer bezahlen kannst? Oder bist du nur hier, um mir mal wieder vor Augen zu führen, wie viel besser du angeblich bist?«

Sie ließ sich seufzend zurück in den Sessel fallen, stand jedoch sofort erschrocken auf, als sie den braunen Fleck bemerkte, der an der Seite der Lehne prangte. Cloé verzog angeekelt das Gesicht, bevor sie sich wieder fing und ihren arroganten Ausdruck aufsetzte. Ich stand ebenfalls auf, um auf Augenhöhe mit ihr zu sein, auch wenn sie ein paar Zentimeter kleiner war als ich. Selbst mit Absatz. Cloé sah mehr als nur deplatziert in meiner Wohnung aus. Als hätte man Anna Wintour auf einem zwielichtigen Hinterhof abgeladen.

»Okay, hör zu. Mir reicht es hier. Ich habe versucht, jemand anderen zu finden. Glaub mir, du warst sicher nicht meine erste Wahl, klar?«

Jetzt sprachen wir die gleiche Sprache. Ich betrachtete gelassen ihren Wutausbruch und lehnte mich innerlich entspannt zurück.

»Aber ich brauche jemanden wie dich, der an einer Universität nicht auffällt und die meisten meiner Mitarbeiter sind über vierzig oder ich vertraue ihnen nicht! Also …«

Ich unterbrach sie. »Du vertraust mir?«, fragte ich mit zusammengezogenen Brauen und ließ die Frage, was sie mit der Universität meinte, außen vor.

»Gott! Natürlich nicht!«, stellte sie, schockiert von diesem Gedanken, klar. »Aber bei dir kann ich mir sicher sein, dass du nur so viel weißt, wie du wissen sollst und unser Verhältnis rein auf meiner Grundlage zu dieser Sache basiert.« Sie stand noch immer in dem kleinen, schlecht beleuchteten Raum, den wir unser Wohnzimmer nannten und begann nun auf und ab zu laufen, wobei sie weitersprach. »Ich möchte, dass du an meiner Stelle auf die *Brighton Private University* – kurz *BPU* – gehst und dort studierst. Du wirst keine Kosten haben, weil wir alles übernehmen, und hast die Chance, deinen Abschluss an einer der teuersten und renommiertesten Privatuniversitäten Englands zu machen und deine Familie dabei aus dem Dreck zu holen. Na, wie klingt das?«

»Nein.« Ich gab die Antwort, ohne nachzudenken.

»Nein?«, wiederholte sie und ich genoss die Unsicherheit, die sich nun vermutlich in ihr breitmachte.

Ich dachte eine Sekunde lang über ihre verwirrenden Worte nach und wiederholte mich dann. »Nein.«

In ihren sonst eisigen Augen brannte plötzlich ein wuterfülltes Feuer. »Ich biete dir die Möglichkeit, diese verbitterte, nutzlose und ekelhafte Gegend zu verlassen, dein Leben in den Griff zu bekommen und Geld zu verdienen, und du sagst Nein?«

»Ganz genau. Du bietest mir diese Dinge nicht an, weil du plötzlich deine Moral und die Freude daran, Menschen zu helfen, gefunden hast, sondern aus reinem Eigennutz. Ich weiß nicht, was dein kleines blondiertes Köpfchen wirklich will, aber wenn jemand versucht, dich so aufdringlich von etwas zu überzeugen, ist es nicht gut für dich. Also, wo ist der Haken?«

Sie schwieg einen Moment, um davon abzulenken, dass ich sie durchschaut hatte, doch dann setzte sie erneut ihr Lächeln auf und kam vor mir zum Stehen.

»Nun, du hast recht. Es ist nur eine kleine Aufgabe, die du für uns erfüllen musst, du verdienst jedoch gleichzeitig Geld dabei. Du fragst dich sicher, wie wir zu Geld gekommen sind und das, was ich dir jetzt verrate, wirst du keiner Menschenseele erzählen, hast du mich verstanden? Sonst wird der kleine … wie heißt er gleich? Thomas? Ja, das war es. Sonst wird der kleine Thomas bald ganz allein mit seiner Mutter sein und das wollen wir doch nicht.« Ihr gespieltes Mitleid hätte ich ihr am liebsten aus dem Gesicht geschlagen.

Sie hatte soeben eine Grenze überschritten. Niemand zog meinen kleinen Bruder in diese Sache mit rein.

Ich ging näher auf sie zu, kam nur Zentimeter vor ihr zum Stehen und funkelte sie an. »Du wirst ihn nicht in diese Scheiße mit reinziehen, hast du das verstanden? Ich kann dir auch drohen. Vielleicht hast du vergessen, wie es in diesen Stadtvierteln zugeht, aber es wäre ein Wunder, wenn du heute unverletzt in dein Auto steigen könntest. Außerdem kenne ich dein Geheimnis! Ich kann die Version von dir zerstören, an die scheinbar jeder deiner neuen Freunde glaubt. Ich möchte wetten, niemand weiß, dass die feine und plötzlich reiche Cloé Wallace eigentlich aus dem Drecksloch der Stadt kommt. Und es ist egal, wie viel *Chanel*-Parfüm du auf deine Tausend-Pfund-Jacke sprühst, du wirst immer so sein wie ich.«

Sie schaffte es nicht, den Kommentar zu schlucken, der ihr auf der Zunge lag, und erwiderte zynisch: »Wir sind nicht, wer wir waren, Raven. Wir sind, wer wir sind! Also hör auf, mich auf die gleiche Stufe zu setzen wie dich.«

Die Ader an ihrem zarten blassen Hals trat hervor.

»Du hast Angst, oder? Davor, je wieder hier zu landen, meine ich. So viel Angst.« Langsam machte es mir wirklich Spaß.

Ich hatte sie getroffen, und das wusste ich nicht nur durch den Glanz, der in ihre Augen trat, der jedoch sofort wieder verschwand. »Ich bitte dich, Raven.«

Vergessen war der Spaß. Gott, sie musste wirklich verzweifelt sein. »Komm zum Punkt!«, forderte ich schroff und ging zurück zur Couch.

»Fein! Du sollst dort unsere Drogen verkaufen. Es sind überwiegend Lerndrogen oder Medikamente, die die Studenten wachhalten, und Partydrogen, die sie nehmen, um abzuschalten oder zu feiern. Eine genaue Liste lasse ich dir zukommen, sobald du eingewilligt hast.«

Ich musste zugeben, dass mich der Grund für ihren plötzlichen Reichtum nicht sonderlich überraschte. Drogen waren in diesem Viertel nichts Seltenes. Doch dass sie mich darum bat, diesen Job zu machen, obwohl sie von meinen Problemen wusste …

Seit meine Mutter alkoholabhängig war, waren unsere Umstände und unsere Beziehung nicht sonderlich gut. Scheiße, beides war katastrophal!

Ich fühlte einen schmerzhaften Stich in der Brust, als ich daran dachte. Sie hatte unser Leben zerstört – oder zumindest das, was davon noch übrig war. Auch wenn es sich bei ihrer Abhängigkeit um Alkohol, also eine legale Droge handelte, wollte ich etwas Ähnliches niemandem verkaufen.

»Nein. Ich deale nicht mit Drogen, vergiss es.«

Sie schenkte mir ein verständnisvolles Lächeln und ließ sich wieder auf den Sessel mir gegenüber sinken. »Oh, Raven, ich verstehe dich.«

Nein, tat sie nicht.

»Aber denk nur darüber nach, was du mit dem Geld erreichen könntest. Der Punkt ist, wenn du es nicht tust, tut es jemand anderes. Ich habe mich über dich informiert und weiß alles. Das mit der Überdosis deiner Mutter vor einem Jahr muss grauenhaft gewesen sein. Dass dein Leben kurz nach der Geburt deines Bruders so den Bach runterging ebenfalls. Aber das Zeug, was hier in der Gegend im Umlauf ist, verkaufen wir nicht. Außerdem dealst du nur an reiche, verwöhnte Studenten, die alles in den Arsch geschoben bekamen, seit sie klein waren. Die können sich ohne Probleme einen Entzug nach dem anderen leisten und werfen dir das Geld dafür praktisch vor die Füße, weil es für sie keinen Wert hat. Für diese Leute – das obere ein Prozent – die auf euch spucken, sind es nur Papierscheine, die sie gegen etwas Spaß tauschen. Wenn jemand von ihnen abhängig wird, dann passiert gar nichts. Sie treiben keine Familie in den Ruin. Sie sind nicht wie die Leute hier, die irgendwie reingerutscht sind und nun alles verlieren, weil sie sich nichts mehr leisten können.«

Ich zuckte bei ihren Worten zusammen und blickte zu Boden, doch erwiderte nichts.

»Das Harmloseste, was wir verkaufen, ist Marihuana und es geht weiter mit LSD, Ritalin, Kokain und Speed. Selten auch Fentanyl. Mehr ist es nicht. Du reichst es praktisch nur durch und verdienst dabei selbst. Es liegt an dir, wie viel du verkaufst und wie viel demnach für dich selbst übrig bleibt. Wir gestatten dir sieben Prozent Provision bei jedem Verkauf und du kannst selbst entscheiden, ob jemand genug hatte. Mach ein Monopol daraus und verdiene genug Geld, um deine Familie hier rauszuholen! Ich biete dir diese einmalige Chance und alles, was du dafür tun musst, ist, deine Moralvorstellung etwas anzupassen. Es ist kein Witz, wenn ich sage, dass du hierdurch reich werden kannst. Denk darüber nach. Eine schöne Entzugsklinik für deine Mum. Ein hübsches, sauberes Zuhause für deinen Bruder und ein gut bezahlter Job sowie ein eigentlich unerreichbarer Bachelorabschluss für dich … Ich kenne deine IQ-Tests. Ich weiß, dass du gelangweilt und unterfordert warst und glaube, dass du das Studium schaffen kannst.«

Sie war definitiv verzweifelt. Doch das sagte ich nicht. Eigentlich sagte ich gar nichts. Ich hasste es, aber ihr Angebot war wirklich nicht so schlecht. Auch wenn mir alles noch wie ein Witz vorkam und ich unsicher war, ob nicht gleich jemand mit einer versteckten Kamera hinter dem Sessel hervorsprang, dachte ich über das Angebot nach. Ich könnte Thomas endlich das geben, was er verdiente, und wir wären nicht mehr auf meine Mutter angewiesen, die ich seit Tagen schon wieder nicht gesehen hatte.

»Ich habe die Schule abgebrochen, wie soll mich eine Universität annehmen?«, fragte ich und blickte ihr wieder ins Gesicht, das sich sofort aufhellte, als ich Interesse zeigte.

»Lass das unsere Sorge sein. Du bekommst einen hübsch überarbeiteten Lebenslauf und ein kleines Umstyling. Wenn wir mit dir fertig sind, wird nichts mehr an die alte Raven erinnern.«

Ich wusste nicht, ob ich das wollte. Weder das Umstyling oder das Dealen noch von meiner Familie und meinen Freunden getrennt zu sein.

Als hätte sie meine Gedanken gelesen, setzte sie nach: »Denk in Ruhe darüber nach. Es würde dein Leben verändern und wahrscheinlich ist es deine einzige Chance. Aber ich brauche in spätestens achtundvierzig Stunden eine Auskunft von dir.«

Sie begab sich zur Tür und wühlte in ihrer Tasche herum.

Ich trat neben sie und öffnete bereits die Haustür, um sicherzustellen, dass sie auch wirklich ging.

»Hier.« Sie reichte mir eine Visitenkarte, auf deren Vorderseite ihr Gesicht gedruckt war.

Was sonst. Auf der Rückseite fanden sich ihre E-Mail-Adresse sowie Telefonnummer.

Entweder hatte sie offensichtlich nicht begriffen, dass Visitenkarten für wichtige Leute waren oder sie hatte eine extrem verzerrte Selbstwahrnehmung. Ich ging von Letzterem aus.

Dann warf sie mir ein letztes Mal ihr falsches Lächeln zu und verschwand durch die Tür.

Ich schloss sie und lehnte mich mit dem Rücken dagegen. Diese Sache musste ich erst mal sacken lassen. Dieser Deal war doch verrückt. Das konnte sie unmöglich ernst meinen.

Mein Blick glitt durchs dunkle Wohnzimmer. Die Plissees der beiden Fenster neben der Tür waren heruntergelassen und ließen nur wenig Tageslicht eindringen. Die Luft fühlte sich mehr als stickig an. Trotzdem atmete ich so gut durch, wie es mir möglich war.

Ein Klopfen ließ mich zusammenzucken.

Genervt öffnete ich und bereitete mich innerlich schon darauf vor, Alice in ihr Wunderland zu schicken, wenn sie nicht bald verschwand. Doch es war nicht Cloé, die mir entgegensah.

»Wer war das denn?«, fragte Jackson, lehnte sich an den Türrahmen, von dem bereits die weiße Farbe abblätterte, und zündete sich eine Zigarette an.

»Unwichtig, hat nur jemanden gesucht«, log ich. Ich erzählte ihm viel, aber von dieser verrückten Sache musste er nichts wissen. Auch wenn ich bereits seit ein paar Jahren mit ihm zusammen war, hatte er es mit Verschwiegenheit oder Treue nie sonderlich gehabt.

»Hm, kommst du mit zu den anderen? Jasper zeigt gerade die Videos von gestern Abend und die sind zu lustig, um sie nicht zu sehen.« Seine schmalen Lippen verzogen sich um die Zigarette zu einem Grinsen.

Ich war zwar nicht besonders scharf darauf, zu sehen, was mein betrunkenes Ich wieder mal angestellt hatte, aber die andere Option war, hier herumzusitzen und sich den Kopf zu zerbrechen.

»Ja, bin sofort da. Ich ziehe mich nur noch um.«

Als ich in neuen Klamotten nach draußen auf den offenen Flur trat, der die Wohnungen miteinander verband, und nach meiner Gruppe Ausschau hielt, sah ich noch einmal auf mein Handy. Ich hatte noch eine Stunde, bis ich Thomas von der Schule holen musste.

Ich kümmerte mich hauptsächlich um ihn, da unsere Mutter der Meinung war, ab und zu für mehrere Tage zu verschwinden und irgendwann wieder vor der Haustür zu stehen. Ich hasste es. Vor allem hasste ich, dass ich sie trotzdem liebte und sie immer wieder reinließ.

Jackson und die anderen hatten sich diesmal für einen Platz an der Treppe entschieden. Lyra saß auf dem weißen Metallgeländer und hielt das Handy von Jasper, der neben ihr stand und sich ebenfalls eine Zigarette anzündete. Immer wenn ich meine Freunde betrachtete, wurde mir schmerzlich bewusst, wie gut sie ohne mich zurechtkamen. Ich hatte mich damals mit eingemischt und war praktisch nur wegen meiner Beziehung zu Jackson aufgenommen worden. Ich wollte damals unbedingt dabei sein. Sie waren beliebt und ich wusste, dass ich mich entweder von ihnen fertigmachen oder mich anschließen konnte. ›Wenn du sie nicht besiegen kannst, schließ dich an‹.

Außerdem war ich davon ausgegangen, Jackson wirklich geliebt zu haben, doch mittlerweile zweifelte ich daran. Ich war angezogen worden von den vielen Tattoos, die er nicht nur auf den Armen und dem Oberkörper hatte, sondern auch zwei kleinere im Gesicht, der Bad-Boy-Attitüde, dem Schlitz in der Augenbraue und dem sportlichen Körperbau. Aber jetzt war er nur noch eine

Gewohnheit. Ich mochte ihn. Mochte den Sex und die Gewissheit, dass er mir den Rücken freihielt. Aber als ich ihn vor einem Jahr knutschend mit einer Tussi auf der Frauentoilette eines ekelhaften Clubs gesehen hatte, war mir klar geworden, dass wenn ich ihn lieben würde, mich dieses Bild mehr verletzt hätte. Ich hatte ihn nur zurückgenommen, weil ich sonst niemanden hatte und auch nur unter der Bedingung eines ärztlichen Attestes, welches bestätigte, dass er sich keine sexuell übertragbaren Krankheiten eingefangen hatte.

»Raven, sieh dir das an!«, sagte Lyra lachend und ließ mich mit aufs Handy sehen. Das Bild war wie erwartet so peinlich, dass ich am liebsten vor Scham im Boden versunken wäre. Jackson – gestern Abend betrunken auf dem Tresen der Bar – wie er mir Whisky-Shots aus dem Bauchnabel saugte. Das Schlimmste war, dass ich mich erinnern konnte. In Momenten wie diesen fragte ich mich, warum mich Alkohol trotz meiner Mutter nie abgeschreckt hatte und ob ich irgendwann wie sie enden würde. Ich hatte angefangen, selbst eher unkritisch mit Alkohol umzugehen, als mich meine Freunde auf Partys dazu überredet hatten.

Damals, bis Dave – Thomas Dad – uns verlassen hatte, weil er kein Kind wollte, war meine Kindheit recht normal gewesen. Es waren immer meine Mutter und ich, doch als Thomas auf der Welt und wir zu dritt waren, begann meine Mutter zu trinken und stürzte uns in den Ruin. Doch der Punkt war, dass ich jedes Mal, wenn ich mitten in der Nacht angetrunken in den Spiegel im Badezimmer irgendeiner Partylocation sah, ich nicht in mein, sondern ihr Gesicht blickte. Ich sah meine Mutter vor mir und trank mehr, um das Bild wieder zu vergessen, welches mir solche Angst machte. Ich schüttelte den Gedanken ab.

»Danke, aber das will ich nicht sehen«, sagte ich und blickte zu Jasper auf, welcher das Handy wieder entgegennahm. Wenn er und Jackson so nebeneinanderstanden, sahen sie beinahe aus wie Brüder. Beide hatten kurze braune Haare, eine scharfe Kieferkontur und waren fast gleich groß. Im Gegensatz zu Jackson hatte

Jasper jedoch graue Augen, war etwas schlaksiger und nicht tätowiert. Nur Lyra stach aus der Gruppe wirklich hervor, die sich jeden Monat die Haare in einer anderen knalligen Farbe färbte und Klamotten trug, mit denen sie sich auch einer Punk-Band anschließen konnte. Seit Kurzem war ihr Haar neon-rot. Mit ihrer Stupsnase, dem Muttermal über der Lippe und dem passenden roten Lidschatten sah sie damit sogar sehr niedlich aus.

»Okay, ich zeige dir ein anderes«, sagte Jasper und hielt mir erneut das Display vor die Nase.

Ich mochte meine Freunde, aber hielt sie, meine Familie und jeden anderen stets auf Abstand. Ich wollte nicht, dass das mein Leben blieb.

Vielleicht wäre es gar nicht so eine dumme Idee, etwas aus meinem Leben zu machen. Ansonsten würde ich Woche für Woche irgendwelche Bilder von den immer gleichen Partys ansehen. Langsam wurde mir der Gedanke, das Angebot anzunehmen, ganz sympathisch.

Ich wollte nicht hier enden. Wollte nicht wie meine Mutter werden, nach Jahren immer noch in einer heruntergekommenen Wohnung leben und die gleichen Fehler machen. Aber das würde ich, wenn ich hierblieb. Aber konnte ich Thomas zurücklassen? Eins war klar. Ich könnte hier bei ihm bleiben, dann würde sich jedoch nichts ändern. Er musste eine Zukunft haben und auch wenn es nicht schön klang, konnte Geld diese ermöglichen.

Ich warf einen Blick auf Lyra, während ich verzweifelt nach einer Möglichkeit suchte. Die Dinge mussten sich ändern.

Also musste ich gehen.

3 Alex

»Ich erwarte Glanzleistungen. Haben wir uns verstanden?«

Natürlich tust du das, alter Mann, dachte ich genervt und unterdrückte ein Augenrollen. Mein Vater schob mir die Papiere über den Glastisch zu und sprach weiter, während sich meine Hand immer mehr um das Messer krampfte, welches für das Abendbrot bereits eingedeckt worden war. Meine Ohren hatten abgeschaltet. Statt ihm zuzuhören, stellte ich mir vor, wie einfach es wäre, das Messer nach ihm zu werfen.

Würde ich treffen? Mit Sicherheit. Schließlich saß er mir gegenüber.

Um wenigstens interessiert zu wirken, starrte ich auf seine trockenen und spröden Lippen, die sich immer noch bewegten. Ich hasste diesen Mann. Er unterhielt sich nur mit mir, wenn es entweder um die Firma ging oder darum, dass ich etwas falsch gemacht hatte oder noch machen könnte. Aber dieser Hass beruhte auf Gegenseitigkeit. Ich war mit diesem Mann und meiner Mutter allein und nur noch hier, weil ich durch mein Blut mit ihnen verbunden war.

Auch wenn ich endlich dadurch von ihnen wegkam, hatte ich keine Lust auf diese Uni. Mir war egal, wie teuer *Brighton* war, welche ›Persönlichkeiten‹ ich dort angeblich treffen konnte oder wie früh ich dann schon in die Firma einsteigen würde. Ich wollte bei diesen Gedanken am liebsten schreien und gegen eine Wand schlagen.

Genau genommen könnte ich es sogar tun. Ich konnte eigentlich tun und lassen, was ich wollte, aber eben nur, wenn es nicht den Weg für mich in die Firma beeinträchtigte. Ich war mittlerweile zwanzig Jahre alt und musste nur noch ein paar Monate überstehen, bis ich auf das Geld in meinen Treuhandfonds zugreifen konnte. Es dürften mittlerweile fast dreiundzwanzig Millionen sein. Verdammt, dann würde ich wirklich tun, was ich wollte.

»Hörst du mir zu, Alexander?«, fragte mein Vater und die aufgeladene Spannung fühlte ich im gesamten Speiseraum.

Ich verengte die Augenbrauen und setzte meinen nachdenklichen Blick auf. »Natürlich. Ich habe nur gerade überlegt, ob ich die Zeit hier nicht besser nutzen sollte, um die Hefter zu den Vorlesungen durchzusehen und mich darauf vorzubereiten.«

Mein Vater richtete seinen kalten Blick auf die Papiere, die er mir eben zugeschoben hatte, und nickte schließlich.

»Fein. Nach dem Essen wirst du das in deinem Zimmer tun. Ich denke, du hast verstanden, wie wichtig dieses Studium ist. Und ich schwöre bei Gott, wenn du dich noch einmal darüber beschwerst, dass du dich nicht in der Verfassung dafür fühlst, wird es Konsequenzen haben. Dieses ganze Aufmerksamkeitsgetue ist jetzt vorbei.«

Seine Worte verletzten mich nicht mehr. Sie prallten ab. Umso genauer man ein Gesicht betrachtete, desto stärker wurde einem bewusst, wie hässlich manche Menschen waren. Sein Gesicht war bereits von Falten und Altersmalen gezeichnet. Was in Anbetracht dessen, dass er vor Kurzem fünfundsechzig Jahre alt geworden war, nicht ungewöhnlich war. Mit fünfundvierzig hatte er sich eine zwanzig Jahre jüngere Frau gesucht und endlich seine Erben bekommen. Mich und …

Ich wollte sie nicht in meinem Kopf haben. Sonst würde meine bereits schlechte Laune noch weiter in den Keller gehen. Nicht, dass es irgendwen interessieren würde. Schließlich war es schon nicht beachtet worden, als ich nach ihrem Tod gesagt hatte, dass es mir nicht gut ging.

Meine Mutter hatte selbst so viel geweint, dass ich es ihr nicht gesagt hatte, und mein Vater, dem ich es erzählt hatte, war ein kalter Mistkerl. Ich litt. In seinen Augen wollte ich jedoch nur Aufmerksamkeit. Er zeigte keine Emotionen. Als wäre sie nicht seine Tochter gewesen. Als hätte er niemanden verloren. So lange ich noch *funktionierte*, war doch alles gut. Vielleicht eine seiner Verdrängungstaktiken, die ich nicht verstand. Ich hatte das Gefühl, dass keiner wusste, wie es mir seitdem ging. Alle sagten zwar, sie wüssten, wie ich mich fühlte. Das ganze Internet war damals mit mitfühlenden Tweets und Schlagzeilen voll gewesen, aber am Ende ignorierten sie es doch, um ihre kleine, perfekte Welt nicht kaputtzumachen. Also beschloss ich, nichts mehr zu sagen. Es musste niemand wissen, wie taub sich mein Inneres anfühlte. Dadurch verstand ich, warum die meisten ihren Mund hielten.

»Na, ist er gut vorbereitet?«, erkundigte sich meine Mutter, die nun ebenfalls zum Essen das riesige neumodische Zimmer betrat. Vor zwei Jahren hatte mein Vater eine riesige Penthousewohnung im Herzen Londons gekauft, in welche wir gezogen waren. So wie der Rest der Wohnung war auch die Küche mit offenem Speisezimmer kalt und modern gestaltet. Weiße Wände ohne Bilder, Glasfenster ohne Gardinen und Schiebetüren, die auf den Balkon führten, um die Skyline zu überblicken.

Unser privater Koch hatte das Essen bereits in Schalen abgefüllt auf dem Tisch platziert und diesen passend eingedeckt, bevor er sich vor ein paar Minuten verabschiedet hatte.

Meine Mutter zog die Schiebetür hinter dem Tisch auf, um frische Luft in die Wohnung zu lassen. Sie hatte die dunkelblonden Haare, die ich von ihr geerbt hatte, mit einer Klemme zusammengebunden und trug neben einer Jeans einen weiten Pullover. Er sah zwar aus, als hätte sie ihn aus einer Fundkiste geklaut, doch das *Louis-Vuitton*-Logo an der Ecke zeigte, wie teuer er gewesen war. Früher hatte sie noch Make-up getragen und immer ausgesehen wie aus dem Ei gepellt. Jetzt machte sie sich nur noch die

Arbeit, wenn wir zu öffentlichen Anlässen eingeladen waren oder schon wieder irgendein Fernsehsender vorbeikam, um eine Reportage über unsere Firma zu drehen.

Mein Vater hatte sie von seinem Vater übernommen. Seit Generationen stellten wir Spirituosen her und waren vor allem für unseren Whisky bekannt. Mittlerweile waren aber auch unser Vodka und der Gin sehr beliebt. Seit ich dreizehn war, schluckte ich die Getränke, ohne eine Miene zu verziehen.

War das gesund? Mit Sicherheit nicht.

»Wir sind gerade noch einmal alles durchgegangen und ich denke, es wird schon klappen«, sagte mein Vater und lehnte sich zurück.

Mein Blick fiel dabei auf die Weste, die er über dem Hemd trug. Er hatte, im Gegensatz zu meiner Mutter, in der letzten Zeit so an Gewicht zugenommen, dass ich Angst hatte, die Knöpfe könnten von dem Kleidungsstück abplatzen und mich wie Wurfgeschosse erblinden lassen, wenn ich sie ins Auge bekäme.

Meine Mutter ließ sich neben mich auf den Stuhl fallen. »Das klingt doch gut. Bist du schon aufgeregt? Vielleicht findest du neue Freunde, wäre das nicht schön?«

Gott. Verstand diese Frau, dass es hier um mein Studium und keine verdammte Einschulung ging?

»Ja, bestimmt«, sagte ich und setzte ein Lächeln auf. Sie hatte schon mit meinem Vater die Arschkarte gezogen, da musste sich ihr Sohn nicht auch noch wie ein Arschloch aufführen.

Sie strich mir mit der Hand über den Hinterkopf und warf mir einen traurigen Blick zu. »Ach, das Haus wird so leer sein, wenn du dort bist.«

»Keine Sorge, die Bediensteten verschwinden ja nicht«, sagte ich und zwinkerte ihr zu.

Gut, vielleicht konnte ich das Arschloch doch nicht ganz abstellen.

Bevor sie etwas erwidern konnte, schaufelte mein Vater sich bereits ein paar Scheiben des Schweinebratens auf den Teller und damit war das Gespräch vorerst beendet.

Etwa eine Stunde später fand ich mich über die Papiere gebeugt in meinem Zimmer wieder. Ich stellte erst jetzt fest, dass sich unter den Aufzeichnungen für die einzelnen Module, die ich belegen würde, auch ein Campus-Plan und der ausgearbeitete Vorlesungsplan befanden. Zum Glück musste ich den Scheiß nicht selbst ausarbeiten.

Mein Handy klingelte und befreite mich aus diesem Albtraum an Lernstoff … nur um mich in den nächsten zu katapultieren. Mein Display zeigte den Namen *Maya* an. Ich wollte kotzen.

Diese Frau war nicht ganz klar im Kopf. Sie war durchaus sehr hübsch, doch dass glich ihre Verrücktheit kein Stück aus. Wir hatten uns auf einer Gala kennengelernt und eine Weile unterhalten. Ich hatte zu diesem Zeitpunkt bereits den vierten Gin Tonic intus und zielte nur darauf ab, sie flachzulegen. Das Einzige, was ich mir von diesem Gespräch gemerkt hatte, war die Tatsache, dass ihre Familie wohl irgendwas mit Teebeuteln herstellte. Es interessierte mich nicht. Ich hatte sie flachgelegt, die Sache war beendet.

Doch seit diesem Zeitpunkt vor zwei Monaten ließ sie mich nicht mehr in Ruhe. Sie schrieb mir Nachrichten, die ich ignorierte, was dazu führte, dass sie noch mehr schrieb. Ich verstand Frauen beim besten Willen nicht. Ich wusste zwar, dass ich relativ gut aussah, aber dass sie sich einmal sogar nur für eine schnelle Nummer hinter einer Ecke bei einem von meinem Vater organisierten Familientreffen angeboten hatte, war zu viel gewesen. Ich meinte dabei nicht den Fakt, dass sie sich mir an den Hals geworfen hatte, sondern den, dass ich ablehnte, weil ich weder Lust noch ein Kondom hatte und ihre Reaktion darauf der folgende Satz war: »Ist mir egal. Stell dir ein Kind von uns vor. Wäre das nicht traumhaft?« Daraufhin hatte ich das starke Bedürfnis gehabt, in die Arktis zu ziehen.

Ich ließ den Blick vom Display zu den Papieren und dann zur Balkontür schweifen. Es war bereits dunkel geworden, doch die umliegenden Hochhäuser waren so hell beleuchtet, dass man kilometerweit sehen konnte.

Ich könnte einfach vom Balkon springen, um Maya zu entgehen, entschied mich aber doch dagegen. Es gäbe wohl keinen Ort auf der Welt, an dem ich mich vor dieser Frau verstecken könnte. Unglaublich, dass das Handy immer noch klingelte.

Ich atmete tief durch und hob schließlich ab.

»Was?« Mein Tonfall klang beabsichtigt kalt und unfreundlich. Doch daran störte sie sich natürlich nicht weiter.

»Hey, Baby. Ich freue mich so, deine Stimme zu hören.« Natürlich tat sie das. Ich hatte ihr schon zehnmal erklärt, dass ich nicht ihr *Baby* war, aber hatte es schließlich aufgegeben.

»Was?«, wiederholte ich mich.

»Meine Mutter hat mit deiner telefoniert und die hat dabei zufällig erwähnt, dass du auf die BPU gehen wirst.«

Ihre Stimme hörte sich an, als hätte ihr jemand einige Sekunden vor dem Anruf einen Liter Honig den Rachen runter geschüttet. Doch sie täuschte nicht darüber hinweg, dass mir die Richtung, in die dieses Gespräch lief, ganz und gar nicht gefiel.

»Ja, und?« Ich hatte Angst vor der Antwort.

»Zufälligerweise gehe ich da auch hin!« Sie schrie ins Telefon. »Ist das nicht großartig? Wir werden so viel Zeit zusammen verbringen.«

Wo war der Komet, der die Welt auslöschte, wenn man ihn brauchte? Als Nora bei dem Unfall verstarb, hatte es mich damals aus der Bahn geworfen. Ich musste ein Schuljahr wiederholen, weil ich einfach nicht hingegangen war. Deshalb war ich ein Jahr älter als diejenigen, die direkt nach dem Schulabschluss studierten. Maya war neunzehn und fiel damit in meinen Jahrgang. Nach ein paar Sekunden, die ich benötigte, um mich zu beruhigen, sprach ich kontrolliert und unterdrückte die Wut. »Ist das wirklich ein Zufall, Maya?«

Sie zögerte eine Sekunde. »Nein, also ich meine … Ich wusste ja, dass du dahin willst, und ich fand die Uni auch gut. Also hat mein Vater eine großzügige Summe gespendet und jetzt wollen sie mich auch aufnehmen. Übrigens ist es so heiß, wie du meinen Namen sagst. Kannst du es noch mal tun?«

Die Frau raubte mir die letzten Nerven. Für eine Sekunde überlegte ich tatsächlich, ob ich ihr darauf eine Antwort geben sollte, doch legte schließlich einfach auf. Es tat mir leid für sie, vor allem, weil sie mich tatsächlich zu mögen schien. Doch ich hatte keine Energie für so was. Ich hatte keine Kraft, um meine Zeit mit einer Frau zu verbringen, die mich bedrängte und alles guthieß, was ich tat. Maya war eine Jasagerin, wie sie im Buche stand. Ich wollte Ehrlichkeit. Ich wollte jemanden, der mich nicht anlog, um mir besser zu gefallen.

Auch wenn Maya nicht nur an mein Geld oder durch mich in die Medien wollte, war das schon mit unzähligen Frauen vorgefallen. Einmal hatte ich eine Frau für zwei Wochen gedatet, die ich echt gemocht hatte. Dann fand ich das Geld aus meinem Portemonnaie in ihrer Tasche wieder. Sie hatte es abgestritten und schließlich gesagt, ich bräuchte die paar Tausend Pfund doch überhaupt nicht. Ich hatte sie rausgeschmissen und nie wieder von ihr gehört.

So sehr ich mein Geld liebte, hasste ich es ab und zu auch.

Eine Nachricht blinkte auf. Ich entsperrte den Bildschirm und sah einen Text von Maya.

Maya: Hey, sorry, ich wollte dich nicht überrumpeln. Können wir noch mal telefonieren?

Bloß nicht.

Ich war nicht gläubig, aber betete trotzdem dafür, dass sie mir nicht weiter auf die Nerven ging.

Noch eine Woche, bevor ich an diese Uni musste. Noch eine Woche, in der ich dieser Verrückten aus dem Weg gehen konnte.

Ich legte mein Handy zur Seite und rieb mir mit den Handflächen übers Gesicht. Ich hasste es. Meinen Vater dafür, dass er so ein verdammtes Arschloch war. Meine Mutter, weil sie nie etwas unternommen hatte, um mich oder meine Schwester zu schützen.

Ich hasste mich, weil ich sie nicht beschützt hatte und ich hasste diese Uni. Diese Erwartungen. Dieses Leben, welches nie auf meine Wünsche ausgelegt war.

Die Luft in diesem Raum wurde zu stickig. Auch wenn mein Zimmer größer war als die meisten Wohnungen, fühlte ich mich eingesperrt. Eins stand fest: Ich musste hier raus. Und wenn ich es schaffte, Maya auf Abstand zu halten, war es vielleicht doch keine schlechte Idee, diesen Ort zu verlassen.

4 Raven

Ich hatte mich entschieden.

Ich hatte mich in dem Moment entschieden, als Thomas mich gefragt hatte, ob er bei einem guten Freund übernachten könne. Zuerst hatte ich abgelehnt, in der Hoffnung, unsere Mutter würde sich sehen lassen, doch als ich Abendbrot machen wollte und der Kühlschrank genauso leer wie mein Portemonnaie war, wurde mir klar, dass ich es tun musste. Thomas musste eine Zukunft haben. Ich hätte mir zwar Geld von Jackson leihen können, doch er wusste, dass ich es nie zurückzahlen konnte und ließ sich die Schulden gern anders begleichen.

Also hatte ich einige Dinge zurechtgerückt, mich um Kopf und Kragen geredet und eine Möglichkeit organisiert, Thomas unterzubringen, solange ich an der Uni war. Dann hatte ich seine Sachen gepackt und nun standen wir vor der Haustür des Freundes.

Thomas wollte klingeln, was mich aus meinen Gedanken riss.

»Nein, warte«, sagte ich und lächelte meinen Bruder traurig an, der die Hand wieder sinken ließ. Er ahnte es noch nicht, aber ich würde ihn erst in einer Weile wiedersehen. Ich wuschelte ihm mit der Hand durch die hellbraunen Haare und hob dann sein Kinn an.

»Bist du traurig?«, fragte er verwirrt. »Ich bin doch nur eine Nacht weg.«

Ich schüttelte den Kopf und hockte mich hin, um ihn ansehen

zu können. »Pass auf. Du musst mir jetzt ganz genau zuhören. Wenn morgen die Schule zu Ende ist, wirst du nicht nach Hause kommen. Du wirst zu Lyra gehen, okay? Sie wird eine Weile auf dich aufpassen und sich gut um dich kümmern. Du darfst es keinem sagen, aber ich habe die Chance, uns aus dieser Gegend herauszuholen und dafür zu sorgen, dass unser Kühlschrank immer voll ist. Aber dafür muss ich für eine Weile weg.«

Nun glänzten auch seine Augen. Ich hielt die Tränen zurück. Ich wollte ihn nicht im Stich lassen. Am liebsten hätte ich ihn mitgenommen, aber ich vertraute Lyra. Ihre Eltern hatten beide eine Arbeit und ihre große Schwester war vor Kurzem ausgezogen. Ich war noch gestern zu ihr gegangen, hatte zwei Stunden mit ihr und ihren Eltern gesprochen und gebeten, Thomas aufzunehmen.

Ich hatte erklärt, dass ich an einem Stipendienprogramm für Schulabbrecher aus armen Vierteln teilgenommen hatte und aufgenommen worden war. Es hatte einiges an Überzeugungsarbeit gekostet, doch sie waren gute Menschen und kannten meine Situation. Außerdem musste ich ihnen versprechen, das Geld für Essen, Kleidung und Schulmaterialien meines Bruders selbst aufzutreiben, aber am Ende konnte ich sie überzeugen. Nun wuchs der Druck noch mehr und ich fragte mich immer wieder, ob ich eigentlich geisteskrank war, mich nur auf die Worte von Cloé zu verlassen. Wenn das nur ein Streich war, war ich am Arsch.

»Verlässt du mich ... wie Mum?«, fragte er mit zitternder Stimme und jetzt rollten die Tränen über seine Wange.

Ich fing sie mit meinem Zeigefinger auf. »Nein. Nein! Nicht weinen, ich komme wieder und dann haben wir nicht nur Geld, sondern eine Zukunft. Es wird uns gut gehen und ich schwöre dir, dich zu besuchen, wann immer ich kann.«

»Aber du weinst auch.«

Er hatte recht. Mir liefen die Tränen genauso wie ihm über die Wange und die Kälte der Nacht kroch mir immer mehr in die Knochen.

»Ich weiß.« Ich setzte ein Lächeln auf und atmete durch. »Ich liebe dich, Thomy. Und ich komme wieder. Das verspreche ich dir hoch und heilig. Aber du kannst nicht allein zu Hause bleiben. Es wird dir gut gehen, das verspreche ich.«

Seine jadegrünen Augen waren nun rot unterlaufen und er fuhr sich mit dem Handrücken über die Wangen. »Wie lange bist du weg?«

Ich erzählte ihm die gleiche Geschichte wie Lyra. »Vermutlich drei Jahre, aber ich komme jede Semesterferien zu dir! Außerdem rufe ich an, wann immer ich kann.«

Er starrte mich ungläubig an und warf sich schließlich weinend in meine Arme. Ich hasste mich dafür, dass ich ihm das antat. Er hatte niemanden mehr. Keine richtige Mutter, keinen Vater und jetzt verschwand ich auch noch.

Thomas war nicht gut in der Schule. Er war unaufmerksam und hibbelig. Es würde nicht einfach für ihn werden. Doch manchmal mussten wir die Menschen, die wir am liebsten hatten, gehen lassen, um sie zu retten. Sie und vielleicht auch uns selbst.

Ich gab ihm einen Kuss auf die Stirn. »Du weißt, wie sehr ich dich liebe und dass ich nie gehen würde, wenn uns diese Chance nicht hier herausholen würde, oder?«

Er nickte, das Gesicht immer noch in meiner schwarzen Jacke vergraben.

Noch einmal küsste ich seine Haare. Er roch noch immer so, wie er als Baby gerochen hatte. Ich musste lächeln, weil dieser Geruch mich an eine längst vergangene Zeit erinnerte. Eine Zeit, in der alles gut gewesen war. Eine Zeit, in der ich für diese Familie Hoffnung gehabt hatte. Eine Zeit der Illusion.

Ich richtete mich auf und sah ihn an.

»Ich weiß«, antwortete er und versuchte sich ebenfalls an einem Lächeln.

»Gut. Was machst du jetzt?« Ich wollte, dass er es wirklich verstanden hatte.

»Heute schlafe ich bei Luca und morgen gehe ich nach der Schule zu Lyra und bleibe dort, bis du mich wiederholst.«

Seine Worte brachen mir das Herz, doch ich nickte. »Genau so. Du schaffst das. Ich bin unglaublich stolz auf dich.«

Ich klingelte, kurz darauf schwang die Tür auf und Mrs. Davis trat heraus. »So, na dann komm mal rein … Störe ich bei etwas?«

Thomas wischte sich schnell die Tränen weg und schüttelte stumm den Kopf, auch wenn unsere roten Gesichter uns wahrscheinlich trotzdem verrieten.

»Nein, alles gut. Ich muss nun auch gehen«, antwortete ich und ließ meinen Bruder los.

Mrs. Davis schob ihn in Richtung Tür und warf mir einen bemitleidenswerten Blick zu. Unsere Familiensituation war kein Geheimnis. Sie war eine freundliche Frau und ihr Sohn Luca war gut erzogen. Hier, und ab morgen bei Lyra, würde Thomas wenigstens eine anständige Mahlzeit bekommen.

Ohne mich umzudrehen, ging ich die Treppen herunter und entfernte mich vom Haus. Der Blick meines Bruders hatte sich in mein Gedächtnis eingebrannt und ich wusste, ich würde mich umentscheiden, wenn ich ihn noch einmal angesehen hätte. Also tat ich es nicht und lief stattdessen auf meine Zukunft zu.

Das Schlimmste stand mir noch bevor. Das Gespräch mit Jackson. Ich gab es ungern zu, aber ich hatte Angst. Wie so oft schon in meinem Leben. Bevor ich Thomas zu Luca gebracht hatte, hatte ich Lyra geschrieben, dass sie es Jackson erzählen durfte. Dieser stand nun rauchend vor meiner Wohnungstür, warf die Zigarette jedoch sofort auf den Boden, als er mich sah.

Seine Haltung und das Leuchten seiner Augen machten im Bruchteil einer Sekunde klar, wie verdammt wütend er war.

Ich zog die Jacke enger und richtete meinen Blick auf den Weg vor mir, als ich auf ihn zu lief.

»Was zum verfickten Teufel, Raven?«, schrie er mir bereits von der Entfernung entgegen. Auch wenn mein Magen rebellierte und meine Hände anfingen zu zittern, hob ich nun doch den Kopf und sah ihn an. Die Ader auf seiner Stirn pulsierte und seine Augen bohrte sich in meine, als ich vor ihm zum Stehen kam.

»Hör zu Jacks–«

»Nein verdammt, du hörst mir zu! Geht's noch? Du willst abhauen?«, unterbrach er mich und betrachtete mich ungläubig. »An eine beschissene Uni? Verdammt, Raven, da hältst du es doch keine zwei Wochen aus!«

Ich hasste es, wenn er so mit mir sprach. Ich hatte zwar Angst vor ihm, wenn er die Stimme erhob, doch unterkriegen ließ ich mich nicht. Deshalb schrie ich zurück, als mich die Wut packte. »Tu nicht so, als würde es dich interessieren! Scheiße, du betrügst mich doch sowieso die ganze Zeit und diese Beziehung bedeutet doch schon seit Ewigkeiten nichts mehr. Also kann ich verdammt noch mal tun, was ich will, und das ist meine beste Chance, um etwas aus meinem Leben zu machen! Im Gegensatz zu dir will ich mehr in diesem Leben als das!«

Ich stürmte in meine Wohnung, ohne auf seine Antwort zu warten.

»Ach, also willst du Schluss machen? Darum geht es dir? Willst du auf diese Reichenschule gehen und dir einen Sugardaddy angeln, der dich flachlegt und dir Scheine ins Höschen steckt?«, hörte ich Jacksons aufgebrachte Stimme hinter mir, als ich geradewegs durch die kleine Stube vorbei am Fernseher und der Couch in mein Zimmer lief und eine Tasche herauszog, die ich mitnehmen würde.

Seine Worte brachten mich jedoch dazu, mich wieder umzudrehen. »Nein, verdammt! Ich will hier raus! Ich will einen gefüllten Kühlschrank und einen Uniabschluss! Außerdem bin ich fertig mit Menschen, denen ich meine Zeit, meine Aufmerksamkeit und mein verdammtes Herz gegeben habe! Ich bin fertig damit, ständig auf Menschen angewiesen zu sein und Leuten mein Vertrauen zu schenken, die es nicht verdienen – Menschen wie dir. Die nur bei mir sind, weil ihnen langweilig ist. Ich gebe gern, aber nicht, wenn ich der verdammte Fußabtreter bin, Jackson.

Und tu nicht so, als würdest du mich nicht so behandeln. Wir wissen beide, dass ich recht habe!«

Nun wandelte sich der Ausdruck auf seinem Gesicht. »Scheiße, denkst du das wirklich? Raven, ich liebe dich. Das weißt du.« Er senkte die Stimme etwas und wechselte die Taktik, während er näher kam und ich einen Schritt zurück trat, bis er mich an die Wand getrieben hatte.

So hatte es bei mir oft funktioniert. Wenn mich jemand anschrie und seine Autorität oder Macht demonstrieren wollte, schrie ich zurück und ließ mich nicht unterkriegen. Doch wenn man auf meine Gefühle setzte, mit mir sprach und versuchte, mich mit netten Floskeln umzustimmen, knickte ich meist doch ein. Diesmal nicht.

Auch wenn ich Angst hatte, weil ich wusste, dass Jackson zu aggressivem Verhalten neigte und ich ihn in solchen Momenten ungern in meiner Nähe hatte, blieb ich bei der Wahrheit. »Würdest du mich lieben, hättest du nicht diese Mädchen gefickt und wir wissen beide, dass unsere Beziehung bereits da zu Ende war. Es ist vorbei und jetzt raus aus meiner Wohnung.«

Seine Hand packte meinen Hals und ich konnte mich nicht wehren, als er zudrückte und mich anfunkelte.

Wieder dieser ungläubige Blick, der mich verunsicherte. Dann ein Lachen, welches mir einen kalten Schauer über den Rücken jagte, während mir das Atmen schwerer fiel.

»Es wird nicht lange dauern, bis du angekrochen kommst und dich zurück in meine Arme wirfst. Aber dann werde ich wirklich nicht mehr für dich da sein. Du gehörst in dieses Loch und für Menschen wie uns gibt es kein Entkommen von hier. Du wirst wie deine Mutter enden. Diese Uni voller verzogener, reicher Scheißkerle wird dich kein Stück besser machen.« Mit jedem Wort hatte er stärker zugedrückt und sich von meinen Händen, die verzweifelt versuchten, mich zu befreien, nicht beirren lassen.

Ohne eine Antwort abzuwarten, ließ er mich los, drehte sich um und schleuderte die Tür hinter sich zu. Sie fiel so kraftvoll ins

Schloss, dass ich hörte, wie das einzige Bild, welches ich von meiner Familie in unserer Küche aufgehängt hatte, zu Boden fiel und zerbrach. Ich rang nach Luft und hustete, bis ich mich wieder etwas beruhigt hatte. Ich musste hier raus, hatte mich bei Cloé aber erst für morgen angekündigt.

Auch wenn mein Herz sich schmerzvoll zusammenzog, seine Worte noch in meinen Ohren nachhallten und meine Hände nicht mit dem Zittern aufhörten, konnte ich langsam weiter packen.

Was, wenn er recht hat?

Was, wenn dieser Deal mich nicht weiterbrachte und ich einfach das Handtuch warf, weil ich dem nicht gewachsen war? Dabei machte ich mir keine Sorgen um die Prüfungen oder das Lernen. Ich merkte mir alles, was ich las und sah.

Ich meinte die Leute. Die Menschen, die das gewaltige Glück hatten, mit viel Geld gesegnet zu sein.

Ich hatte über die BPU recherchiert, bevor ich Cloé angerufen und zugesagt hatte. Die Leute dort konnten mit dem Geld für ein Semester dieses Stadtviertel aufkaufen. Keiner von ihnen musste sich je Gedanken darüber machen, nichts im Kühlschrank zu haben. Sie waren arrogante Menschen, die glaubten zu wissen, was in der Welt vor sich ging, während sie in Wirklichkeit keinen blassen Schimmer hatten, was außerhalb ihres Tellerrandes wirklich passierte.

Mit einem Schlag wurde mir bewusst: Sie waren alle wie Cloé. Vielleicht sogar noch schlimmer.

Verdammt, worauf hatte ich mich eingelassen? Nun brannten die Tränen erneut in meinen Augen. Was, wenn ich es nicht zu Ende brachte? Was, wenn ich Thomas umsonst angelogen hatte und ich am Ende wirklich zurück zu Jackson kroch, obwohl ich ihn gerade so selbstsicher aus meinem Leben verbannt hatte?

Mir war schlecht und mein Hals brannte noch immer. Ich hielt niemanden mehr in meinem Leben, wenn er nicht um einen Platz darin kämpfte. Ich hatte sowieso das Gefühl, wir hatten uns immer mehr voneinander entfernt. Leider war er jedoch auch meine Normalität. Das, was ich kannte. Sein Geruch nach Tabak und seine rauen Hände war ich gewohnt.

Ich musste mich abregen, sofort! Jetzt in Panik zu verfallen, war das Letzte, was ich gebrauchen konnte.

Langsam ließ ich mich auf mein Bett sinken und versuchte, meine Atmung wieder zu kontrollieren. Noch konnte ich es aufhalten, bevor meine Gedanken sich zu einer wirklichen Attacke hochschaukelten. Alles würde gut werden. Um mich abzulenken, dachte ich an drei Dinge, die ich fühlen konnte. Meine Füße auf dem Boden. Meine Hände, die ich in die Decke krallte. Wie sich mein Brustkorb bei jedem Atemzug hob und senkte. Ich machte weiter mit zwei Dingen, die ich hörte. Ich hatte diese Taktik, um aufsteigende Panik in den Griff zu bekommen, damals in Therapie gelernt. Ich traf die richtige Entscheidung. Für Thomas, für Mum und für mich.

Früher hatte ich oft Angst und Panikattacken gehabt, doch inzwischen war es schon viel besser geworden, auch wenn ich in Situationen wie diesen nicht verschont wurde. Angefangen hatte es mit gesundheitlichen Beschwerden und unheimlicher Panik, sobald etwas nicht so war, wie es normalerweise sein sollte. Das hier war etwas anderes. Eine andere Form von Angst, die ich jedoch etwas besser im Griff hatte. Ich atmete tief ein, hielt die Luft für einige Sekunden an und atmete schließlich langsam wieder aus.

Es würde alles gut werden, wiederholte ich meinen Gedanken.

Erst jetzt merkte ich, wie verdammt müde ich war. Der Streit, die vielen Tränen, Thomas' Blick, als er begriff, dass ich gehen würde. Dieser ganze Abend hatte mich fürchterlich mitgenommen und die Augen fielen mir zu, sobald ich mich der Länge nach aufs Bett fallen ließ.

Am Morgen zögerte ich nicht lang, kramte Cloés Visitenkarte heraus und schrieb ihr eine Nachricht, sobald ich die Tasche mit meinen wichtigsten Dingen gepackt hatte. Es war eine kleine Sporttasche, in der sich ein paar Klamotten, mein letztes erspartes Geld, mein Handy und Zubehör sowie meine Schminke und Zahnputzzeug befanden. Zum Schluss hatte ich auch noch das Bild eingepackt, welches dank Jacksons Wutanfall gestern Abend aus dem kaputten Rahmen gefallen war. Cloé hatte mir geantwortet, dass der Wagen, der mich abholen und zu ihrem Haus fahren würde, bereits auf dem Weg war. Ich wollte mich gerade nach draußen begeben, als die Wohnungstür aufgestoßen wurde. Ich wusste direkt, wer es war, als mir der Geruch von Alkohol in die Nase stieg.

»Raven. Schatz!«, rief meine Mutter.

Verdammt. Natürlich freute ich mich, sie noch einmal zu sehen, bevor ich verschwand, doch ich hasste es, sie *so* zu sehen.

»Mum, wo warst du? Thomy und ich haben uns Sorgen gemacht«, sagte ich, wie immer. Die Worte hatten einmal besorgt geklungen, als sie aus meinem Mund gekommen waren. Nun wirkten sie lediglich genervt.

Sie kroch aus ihren Schuhen, die sie seit mittlerweile vier Jahren trug und von denen sich bereits die Sohle löste, und kam mit offenen Armen auf mich zu gelaufen. Es war sicher keine gute Idee, sie in den Arm zu nehmen, bevor ich bei Cloé auftauchte, aber ich ließ es trotzdem passieren.

Sie drückte meinen Kopf an ihre Brust und nuschelte an meinem Ohr: »Ich bin doch wieder da. Es war nur ein kurzer Ausflug. Ich wusste doch, dass du alles im Griff hast.«

Einen Scheiß wusste sie. Sie war abgehauen, als der Kühlschrank leer war und hatte zugesehen, welchem Idioten sie sich an den Hals schmeißen konnte, der sie die nächste Zeit über durchfüttern konnte.

Ich löste mich aus der Umarmung und blickte an ihr herunter. Sie trug einen zu großen grauen Hoodie und eine dunkle Leggings darunter. Ihre langen schwarzen Haare, welche ich geerbt hatte, waren ungekämmt und zu einem unordentlichen Zopf zusammengebunden. Die Mascara war verschmiert, weil das Make-up, welches sie trug, mit Sicherheit immer noch das war, welches sie am Tag ihres Verschwindens aufgelegt hatte.

»Ja, jetzt muss ich los, warte nicht auf mich.« Ich wollte mich an ihr vorbei drängen, als sie mich am Arm packte und aufhielt.

»Warte, soll ich noch irgendetwas machen? Muss ich Thomy vom Gitarren-Unterricht abholen oder … irgendwas anderes. Bitte, Raven sei nicht wütend auf mich.« Sie meinte es ernst, das wusste ich. Aber trotzdem konnte ich ihr nicht verzeihen, dass sie uns immer wieder im Stich ließ.

»Nein, musst du nicht, Mum. Dein Sohn ist in der Schule und spielt seit einem Jahr keine Gitarre mehr. Das solltest du wissen. Außerdem bleibt er noch ein bisschen bei Freunden. Also lad ein, wen immer du willst, die Wohnung gehört dir.« Erst wollte ich es bei diesen Worten belassen, doch der traurige Blick, den sie mir zuwarf, brachte mich dazu, weiterzusprechen. »Ich bin nicht wütend. Ich weiß, wie schwer es für dich ist, aber du kannst nicht nach Tagen wiederkommen und so tun, als würden wir dich brauchen. Ich habe dich lieb und irgendwann schaffen wir es, eine Familie zu sein, aber dieses Irgendwann rückt immer mehr in die Ferne, wenn du so weitermachst.«

Ich wartete nicht auf die Antwort, sondern verließ die Wohnung.

Sie lief mir nicht hinterher. Es war besser so, auch wenn ich mich dafür hasste, die Zeit nicht zu nutzen, in der sie da war.

Ich lief die Treppenstufen nach unten und blicke mich schließlich auf dem gepflasterten Hof um, der die Wohnblöcke miteinander verband. Der Wagen, der am Straßenrand gehalten hatte, ein schwarzer *Mercedes*, war unschwer als das Auto zu erkennen, welches Cloé geschickt hatte. In dieser Gegend, in der sich ein Wohnblock an den nächsten reihte, und an jeder Ecke Arbeitslose lungerten, die irgendwo in diesen Wohnungen hausten, fand man solche Fahrzeuge nicht.

Vor dem Wagen wartete ein älterer Mann, welcher mir die Tür

zum Rücksitz öffnete, sobald ich in Sichtweite war. Er trug einen Anzug und die dazu passenden Lackschuhe. Eine Sonnenbrille verbarg seine Augen und gab mir das Gefühl, in einem *Men-in-Black*-Film gelandet zu sein.

Er sprach nicht, sondern schloss lediglich die Tür, sobald ich im Fahrzeug war, und setzte sich hinters Steuer.

Die Fahrt verlief ebenfalls ruhig und ich sah mich im Wagen um. Allein dieses Auto führte mir vor Augen, wie wenig ich in diese Welt passte. Jeder, der dieses Auto sah, würde erwarten, dass eine gut gestylte Schönheit mit *Chanel*-Sonnenbrille, High Heels von *Yves Saint Laurent* und aufgespritzten Lippen ausstieg. Jemand wie Cloé eben. Ich hingegen trug weiße Sneaker von *Tesco*, eine verwaschene, graue Jeans und ein schwarzes Spitzenoberteil, welches wohl eigentlich für Beerdigungen hergestellt worden war. Darüber eine billige Silberkette und den Ring, den mir Jackson einmal geschenkt hatte. Mein Blick blieb an ihm hängen. Er war schlicht und besaß nur eine Perle auf der Vorderseite. Ich trug ihn jeden Tag, weil ich mich daran gewöhnt hatte, ihn morgens dran zu machen. Er war eine Gewohnheit, so wie Jackson selbst.

Ich zog ihn vom Finger und verstaute ihn in meiner Hosentasche.

Nachdem wir gut dreißig Minuten raus aus der Stadt und vorbei an unzähligen Feldern und idyllischen Häusern gefahren waren, riss mich die Stimme des Fahrers aus meinen Gedanken. »Ms. Harris, wir sind da.« Durch die getönten Scheiben hatte ich nicht mitbekommen, dass wir seit einer geraumen Zeit standen. Ich bedankte mich und stieg aus.

Es war ungewöhnlich sonnig an diesem Morgen und ich hielt mir die Hand über die Augen, um das Gebäude vor mir in Augenschein zu nehmen.

»Verdammt«, entfuhr es mir. Das Haus, welches ich wohl eher als Villa beschreiben sollte, war riesig. Es war beeindruckend und verdammt schön. An den Seiten des Grundstückes fand sich ein traumhaft angelegter Garten, welcher mit einer Buchsbaumhecke umzäunt war und auf dem Rosen und Tulpen aller Farben wuchsen. Der gepflasterte Weg, den wir entlanggefahren waren, war rechts und links von wunderschönen Bäumen eingerahmt und teilte sich in zwei Wege auf, um einem weißen Springbrunnen in der Mitte Platz zu machen, nur um sich dann wieder zu vereinen, und vor der doppelflügeligen, ebenfalls weißen Tür zu enden. Das Haus selbst umfasste mehrere Etagen und besaß Stuck und Verschnörkelungen an jeder sich bietenden Stelle. Jetzt verstand ich, warum es Cloé so leichtfiel, die Vergangenheit zu vergessen.

Ich drückte auf den goldenen Klingelknopf und konnte kaum die Hand wegnehmen, als die Tür sich bereits öffnete.

Ein Bediensteter ließ mich eintreten. Von innen enttäuschte das Haus genauso wenig. Es war so prunkvoll eingerichtet, dass mir beinahe schlecht wurde.

So lebt also die Oberschicht.

In diesem Haus wohnten zwei Menschen und ein paar Angestellte, während wir anderen uns im Dreck suhlten. Es war unglaublich, dass diese Familie nur durch die Drogengeschäfte und die Zerstörung von Leben aus der Gosse in den Palast gekommen war. Mir war klar, dass ich mich vor Cloés Mutter in Acht nehmen sollte. Sie ging für Geld regelrecht über Leichen, doch ich war mittlerweile auf dem gleichen Weg.

»Da bist du ja«, erschreckte mich Cloé, die auf der Marmortreppe stand und nun herunterlief, als wäre es eine kitschige Szene in einem Liebesfilm, in dem der Protagonist seine Angebetete zum Ball abholte.

Sie trug einen weißen Haarreif und einen gleichfarbigen dünnen Rollkragen-Sweater kombiniert mit einem braun-karierten Rock. Selbst zu Hause sah sie perfekt aus, während ich normalerweise daheim in Jogginghose und einem fünf Tage alten T-Shirt zu erwarten war.

Die engelsgleiche Stimme verschwand.

»Verdammt, du stinkst nach Alkohol. Bist du besoffen?« Sie trat an meine Seite und verzog das Gesicht.

Deshalb hatte ich nicht gewollt, dass meine Mutter mich umarmte. »Nein.«

Dabei beließ ich es. Sie musste nicht alles wissen, auch wenn sie es wahrscheinlich bereits tat.

Cloé ließ das Geplänkel hinter sich und ging zum Job über. »Barney bringt dich in dein Zimmer. Du gehst auf direktem Weg duschen und findest im Schrank frische Sachen, die du anziehen wirst. Dann kommst du runter und wir werden mit meiner Mutter sprechen. Los jetzt, wir haben keine Zeit zu verlieren.«

Damit drehte sie sich um und verschwand im ausladenden Wohnbereich, der direkt an die Eingangshalle anschloss.

Barney, der Mann, der mir die Tür geöffnet hatte, brachte mich die Marmorstufen nach oben und zeigte mir das Zimmer für die nächsten paar Tage. Es war nicht weniger prunkvoll eingerichtet als der Eingangsbereich, und bereits das weiße Himmelbett war mindestens doppelt so groß, wie ich es gewohnt war. Durch die großen Fenster, die überall im Haus verbaut waren, kam unheimlich viel Sonnenlicht herein. Weiße Möbel und goldene Türklinken gaben allem das gewisse Etwas an Eleganz. Selbst auf eine helle Couch, vor der ein Fernseher auf einem Glastisch stand, und einen riesigen begehbaren Kleiderschrank musste ich nicht verzichten. Man könnte meinen, geradewegs in einem Zimmer des *Plaza Hotels* angekommen zu sein. Ich stellte meine Tasche auf dem Bett ab und ging dann im luxuriösen Badezimmer unter die Dusche. Nicht weil Cloé es mir aufgetragen hatte, sondern um den Gestank loszuwerden, der mir mittlerweile schon so vertraut war.

Als ich etwas später, mit einem Handtuch umwickelt, die weiße Tür zum begehbaren Kleiderschrank öffnete, fühlte ich mich verarscht. Es hing ein Outfit darin. Eine Schuluniform. Sah so aus, als hätte ich den Job.

Ich zog sie an und betrachtete mich selbst im Ganzkörperspiegel. Sie war etwas groß und wirkte an meinem Körper deplatziert. Der Rock war dunkelgrün-kariert, die Bluse war schlicht weiß und hatte eine grüne Schleife in der Mitte des Kragens. Ein schwarzer Blazer mit goldenen Knöpfen und dem Wappen der *Brighton Private University* rundete das Outfit ab. Dazu hingen noch eine schwarze dünne Strumpfhose, die innen gefüttert war, und schwarze *Mary-Jane-Schuhe* im Schrank. Ich fühlte mich unwohl in dem teuren Stoff, der überall zu kratzen schien. Ich füllte den Blazer nicht ganz aus, was meiner zierlichen Körperform geschuldet war. Ich war als Frühchen zur Welt gekommen und wohl schon als Baby untergewichtig gewesen. Jahrelang versuchte ich vergebens, zuzunehmen und während bei anderen Mädchen in meinem Alter die Oberweite wuchs, wuchsen bei mir nur allerhand Pickel. Dieses Problem hatte sich glücklicherweise aufgelöst, als ich begonnen hatte, die Pille zu nehmen, und die Akne gegen Stimmungsschwankungen und Periodenschmerzen eintauschte. Nun, mit neunzehn Jahren, hatte ich es wenigstens auf ein gesundes Gewicht und die Körbchengröße B geschafft, worauf ich unheimlich stolz war. Meine Haut hatte auch keine Akne-Narben davongetragen, dafür würde ich die feine Narbe an meiner Lippe wohl nie loswerden. Sie war nur etwa zwei Zentimeter lang und verlief horizontal an der Seite meiner Oberlippe. Zum Glück erkannte man sie erst, wenn man mich aus geringem Abstand musterte.

»Hast du's bald?«, rief die Stimme von unten, die mich wohl in meinen Albträumen verfolgen würde.

Ich verdrehte die Augen und riss meinen Blick vom Spiegel los, bevor ich nach unten ins Wohnzimmer ging, in dem meine zukünftige Arbeitgeberin bereits auf mich wartete.

Es gab keine Begrüßung. Der Raum erstreckte sich über eine großzügige Fläche. Die Wände waren, wie der Rest des Hauses, in einem neutralen und eleganten Farbton gestrichen, sowie mit allerhand Bildern und Porträts in goldenen Rahmen geschmückt.

Hohe Decken mit aufwendigen Verzierungen und der goldene Kronenleuchter rieben mir einmal mehr unter die Nase, was ich zu Hause ganz sicher nicht hatte.

Im Zentrum des Wohnzimmers fand sich ein Sofa-Bereich der aus einer cremefarbenen Couch, zwei gleichfarbigen Sesseln und einem runden Tisch in der Mitte bestand. Dahinter knisterte Feuer in einem Kamin, auf dessen Sims einige Bilder von Cloé und ihrer Mutter Platz fanden. Die Regale waren mit alten Büchern und Skulpturen versehen, rechts daneben konnte man durch eine offene Tür ins angrenzende Esszimmer blicken.

Cloés Mutter, die nicht mehr annähernd aussah wie in meiner Erinnerung, wies mich stumm an, mich auf die Couch ihr gegenüber zu setzen, und ratterte einige Fragen herunter. Dann begann sie die Dinge zu erklären: »Du wirst in den kommenden drei Tagen Nachhilfe nehmen, um mithalten zu können. In den Akten steht, du hast die Schule in der neunten Klasse abgebrochen. Ich hoffe sehr für dich, dass dein fotografisches Gedächtnis so schnell arbeiten kann.

Du bekommst eine Grundausstattung unserer Ware. Erst bietest du sie zu niedrigen Preisen an, um die anderen aus dem Geschäft zu drängen, und gehst höher, sobald du ein Monopol hast. Ist etwas leer, bestellst du umgehend. Es gibt Codes, die du im Chat anstelle der Namen für die Drogen verwendest. Du wirst uns bei jeder Preisänderung Bescheid geben.«

Sie kramte eine Liste heraus und reichte sie mir. Auf der Vorderseite waren die eben genannten Zahlencodes, während sich auf der Rückseite die Einstiegspreise befanden. Ich ließ meinen Blick einmal über die Zeilen fliegen und reichte den Zettel dann zurück.

Ich hatte die Falle erkannt. Ich war keine Lügnerin. Ich hatte mir das Blatt nicht eingesteckt, weil ich mir alles merkte.

Test bestanden, Bitch.

Das kurze Zucken ihres Mundwinkels bestätigte meine Annahme.

»Wir haben Spitzel auf dem Gelände, also komm nicht auf die Idee, die Preise zu erhöhen, ohne uns davon zu berichten, damit mehr in deine Tasche wandert. Wie Cloé bereits erwähnte, bekommst du sieben Prozent von jedem Verkauf. Das Geld wird einmal in der Woche von meinen Männern oder Cloé geholt. Gleich kommt noch eine Schneiderin, die dir die Uniform auf Maß näht. Sonst noch Fragen?«

Ich blickte in das künstlich verjüngte Gesicht mir gegenüber und nickte dann. »Wie lange soll ich den Job machen? Wo wohne ich und wie komme ich da ohne Schulabschluss rein?«

Cloé, die neben ihrer Mutter saß, beantworte die Fragen. »So lange, wie du studierst. Im Regelfall drei Jahre. Du wirst auf dem Grundstück der Universität dein eigenes Zimmer und gefälschte Papiere haben.« Das Lächeln kehrte auf ihre Lippen zurück und in diesem Moment sah sie ihrer Mutter zum Verwechseln ähnlich.

Am liebsten hätte ich es ihr gesagt, denn ich verwettete alles darauf, dass sie es hassen würde.

»Gefälschte Papiere reichen für eine Eliteuni aus?« Ging das nicht eher über Kontakte und großzügige Geldspenden?

Die beiden ließen sich nicht verunsichern.

»Wenn die Frau, die sie einreicht, mit dem Direktor eine Affäre hatte, von dem seine Frau nichts erfahren soll, reicht es tatsächlich aus.« Cloé lächelte, auch wenn der Blick ihrer Mutter sie förmlich durchbohrte.

Um dem Kopfkino zu entfliehen, fragte ich weiter. »Was, wenn ich irgendwann aussteigen möchte?«, fragte ich und legte meine Hände auf meinen Oberschenkeln ab.

Beide lachten. »Oh, Süße«, sagte Cloé. »Du kannst nicht aussteigen.«

Die Antwort überraschte mich nicht. Ich war sogar froh, dass sie mir offen die Wahrheit sagten. Trotzdem überkam mich ein ungutes Gefühl bei ihren Worten. Mir wurde augenblicklich schlecht, doch ich schluckte das Gefühl herunter. Ich blickte zu dem Mädchen, welches damals in der gleichen Situation gesteckt hatte wie ich. Ich konnte mich genau erinnern, wie sie sich bei Gewitter vor Angst zusammengekauert und wie sie geweint hatte, als ihr Lieblingsbleistift zerbrochen war. Cloé hatte damals gern gezeichnet und dieser Bleistift war der einzige, den sie zu dieser Zeit besessen hatte. Nun konnte sie sich Millionen davon kaufen. Die Wahrheit war, ich beneidete sie. Sie bekam von nun an immer, was sie wollte. Sie lebte ihr Leben im Moment. Zukunft und Vergangenheit spielten keine Rolle, es war egal, ob alles in Trümmern lag oder nicht.

Ich wollte diese Freiheit. Ich wollte, dass mein Leben mir gehörte. Nicht der Angst, nicht der Frustration und niemand anderem. Es ging mir weder ums Geld noch um die Luxusartikel, es ging mir nur um die Absicherung, zu wissen, egal was kam, ich konnte trotzdem für die Menschen sorgen, die mir wichtig waren.

»Haben wir einen Deal?« Ihre Mutter hielt mir die Hand hin.

Bei ihrem Wortspiel musste ich lächeln und schlug ein. »Ja, den haben wir.«

5 Alex

Als mein *Rolls-Royce* durch die hohen schwarzen Gittertore des vernebelten Anwesens fuhr, atmete ich tief ein. Das Grundstück der BPU war riesig. Da ich generell nur große Grundstücke gewohnt war, hatten diese Worte besonderes Gewicht. *Brighton* war im Gegensatz zu London eine kleine Stadt, die in einem Waldgebiet am unteren Küstenstreifen Englands lag. Das Meer war auch von der Uni nicht weit entfernt und ich war mir sicher, dass man in einigen Zimmern sogar über die Kreidefelsen und den dahinter liegenden Ozean blicken konnte. Da das Zimmer, in dem ich für die Zeit des Studiums bleiben würde, mehrere Tausend Dollar im Monat kostete, hoffte ich zumindest sehr, dass man es konnte. Vor dem Universitätsgebäude erstreckten sich zahlreiche Innenhöfe, die von grünen Rasenflächen und blühenden Blumenbeeten umgeben waren. Die alten Bäume spendeten an warmen Tagen wahrscheinlich viel Schatten und verliehen dem Ort eine idyllische Atmosphäre.

Der Wagen hielt auf dem hinter der Uni liegenden Parkplatz und mein Fahrer warf mir einen auffordernden Blick durch den Rückspiegel zu. Ich stieß die Tür auf und begab mich aus dem Auto. Nach ein paar Gehminuten erreichte ich schließlich den Haupthof, der zur Eingangstür der Uni führte. Mein Blick fiel sofort auf den pompösen burgartigen Gebäudekomplex, der mir den Eindruck vermittelte, ich hätte meine Einladung nach *Hogwarts* einfach ein paar Jahre zu spät erhalten. Die großen, kunstvoll gestalteten Fenster ließen sicher viel Tageslicht in die meisten Räume strömen und die filigranen Steinmetzarbeiten an den Fensterbögen und Säulen zeigten, wie alt das Gebäude bereits war. Es sah mehr aus wie ein Schloss als eine Schule, zumindest erinnerten mich die kleinen Türmchen auf den Dächern, die dunklen Steine und die Rundbogenfenster daran. An einigen Wänden schlängelten sich bereits Efeuranken hinauf.

Es war schon spät am Abend und die Sonne war dabei, hinter dem Horizont zu verschwinden, weshalb die Räume im Gebäude bereits hell erleuchtet waren.

Ich nahm meine Taschen aus dem Kofferraum und mein Fahrer – ja, ich kannte seinen Namen nicht, obwohl er seit drei Jahren für mich arbeitete – trug den Rest hinterher, als wir zur großen, dunklen Metalltür liefen, die wohl den Eingang darstellte. Rechts und links befanden sich zwei große Steinlöwen-Statuen und über der Tür prangte, in Stein gemeißelt, das verschnörkelte Universitätswappen.

Warum muss ich eigentlich das Zeug tragen?

Für dieses Geld sollte es wenigstens Personal geben, was mir die Aufgabe abnahm, aber nein. Es war eine Uni und kein verdammtes Hotel, auch wenn beides scheinbar gleich viel kostete.

Von innen sah es ebenfalls aus, wie ich von außen angenommen hatte. Der Eingangsbereich war von einer imposanten Säulenhalle geprägt, die mich an alte Schlösser erinnerte. Die hohen Decken und das gedimmte Licht verliehen dem Raum eine erhabene Atmosphäre, auch wenn die Luft bereits etwas verbraucht und alt war. Die Wände waren mit kunstvollen Wandteppichen geschmückt, lange Korridore führten in alle möglichen Richtungen und mit Sicherheit gab es auch irgendwo antike Bibliotheken. Musste ich mehr sagen?

Ich meldete mich im Büro – eher ein kleiner Raum mit großem Schreibtisch, neben dem Bücherregale standen – bei einer Frau in einem engen Bleistiftrock und weißer Bluse an. Mir wurden ein Zettel sowie ein Zimmerschlüssel in die Hand gedrückt. Laut des

Zettels befand sich mein Zimmer mit allen anderen im Ostflügel, während die Vorlesungssäle im Westflügel lagen. Beide wurden durch das Hauptgebäude verbunden.

Während der Suche drängten mein Fahrer und ich uns an allerhand anderen Anreisenden vorbei, die alle samt eines gemeinsam hatten: Geld.

Jede Menge davon. Man erkannte den Unterschied zwischen neuem und altem Geld jedoch sofort. Die Studenten, die von altem Geld stammten, trugen Stoffhosen und Hemden, hatten schlichte Taschen und Koffer dabei, die durch die gute Qualität zu teuren Luxusartikeln geworden waren.

Die Studenten von neuem Geld hingegen schmückten sich mit bekannten Logos. Es ging nicht um die Qualität der Sachen, es ging darum, dass auch jeder erkannte, dass sie von *Prada* oder *Versace* stammten. Je größer das Logo auf das T-Shirt gedruckt war, desto besser. Ich hasste diese Spinner. Wenigstens mussten sie sich ab dem ersten Semestertag morgen alle damit zufriedengeben, auch zu Stoffhosen und Hemden zu wechseln, so wie das Regelwerk der Universität mit den Uniformen verlangte.

Nach einiger Suche und dem Aufstieg in die höheren Etagen des Ostflügels fanden wir den Gang, in dem mein Zimmer – wie in einem Hotel angeordnet – liegen sollte. Rechts im Gang waren die mit den ungeraden Zahlen, ihnen gegenüber die mit den geraden. In meinem Gang, der wie die übrigen mit edel wirkender, dunkelroter Tapete tapeziert und den Ölgemälden wohl wichtiger Persönlichkeiten dekoriert war, ging es bei Zimmer 319 los und endete laut meinem Plan mit Zimmer 330. Das gedimmte Licht, welches von den zwei kleinen Kronleuchtern an der hohen Decke ausging, machte es nicht gerade leicht, die kleinen Zahlen an den goldenen Schildern der Tür zu erkennen. Es war bereits Abend und die wenigen Rundbogenfenster im Gang ließen kein Tageslicht mehr herein.

Vor Zimmer 321 blieben wir schließlich stehen. Ich schob meinen Schlüssel ins Schloss und öffnete die Tür. Ernüchtert stellte ich fest, dass mein Zimmer statt eines wunderschönen Blicks über die rauen Kreidefelsen die Aussicht auf den Innenhof bot. *Fantastisch*. Dann war dieses Glück wohl den Leuten in den Zimmern mit geraden Zahlen vergönnt.

Der Raum war nicht halb so groß wie meiner zu Hause, düsterer und mit noch dunkleren Möbeln eingerichtet. An der rechten Wand stand das Bett, welches mit den vielen Kissen, der typisch ausdruckslosen, weißen Bettwäsche und dem großen Teppich davor überraschenderweise bequem aussah. Zu meiner Linken befanden sich der Kleiderschrank aus stabilem, dunkelbraunem Holz und einige Regale, neben denen eine Tür auftauchte, die vermutlich ins Bad führte. Die Kerzenhalter mit strombetriebenen Kerzen, die an den weiß gestrichenen Wänden befestigt waren, spendeten schummriges Licht. Der Kronenleuchter an der Decke war ausgeschaltet. Vor dem großen Fenster, welches am Tag sicher viel natürliches Sonnenlicht hereinließ, stand der Schreibtisch.

Es war nicht viel, aber die Grundausstattung war da. Eine Couch wäre nicht schlecht gewesen, aber das gab der Platz nicht her. Vielleicht war es auch nur eine Taktik, um uns in die Gemeinschaftsräume zu drängen.

»Danke, sie können nun gehen. Ich komme allein zurecht«, sagte ich zu meinem Fahrer, der noch immer hinter mir stand.

»Danke, Mr. Van Klemm. Ich wünsche Ihnen einen schönen Aufenthalt und habe Ihren *Lamborghini Aventador* bereits auf den Parkplatz fahren lassen.«

Ich zog eine Augenbraue nach oben. »Den weißen oder den schwarzen?« Es war schon eine Weile her, seit ich das letzte Mal selbst gefahren war, aber mein Vater reagierte auf meinen Vorschlag, einen zweiten Fahrer für mich einzustellen wie zu erwarten … kritisch.

Er senkte den Blick. »Den schwarzen. Dann werde ich mich nun auf den Weg zurück machen, Sir.«

Ich nickte nur geistesabwesend und schlug die Tür zu, sobald er aus dem Raum war. Wenn es etwas gab, was ich mehr hasste als meinen Zimmerausblick, war es Kofferauspacken. Ich hatte die nervige Angewohnheit, meinen Koffer nicht auszuräumen, wenn ich in einem Hotel übernachtete. Stattdessen ließ ich den aufgeklappten Koffer mitten im Raum liegen und nahm mir einfach, was ich brauchte, obwohl ich sonst eigentlich eine sehr ordentliche Person war. Ich liebte es, wenn die Dinge schön geordnet an ihrem Platz standen. So mussten Bücher zum Beispiel immer nach Größe, Reihe und Autor sortiert sein. Doch da ich nun für Jahre hier wohnen sollte, war das mit den aufgeklappten Koffern wohl keine Option und ich musste die Sachen tatsächlich aufhängen. Ich hatte nicht so viele dabei, weil ich hauptsächlich sowieso die Schuluniform tragen würde.

Als mein Handy klingelte, kramte ich es aus meiner Chino und warf einen Blick aufs Display. Mein Vater. So sehr ich es vermeiden wollte, führte kein Weg daran vorbei, das Gespräch anzunehmen.

»Na, gut eingelebt, Sohn?«, begrüßte er mich.

»Fantastisch. Was willst du?« Mir war bewusst, dass er nicht angerufen hatte, um nach meiner Befindlichkeit zu fragen. Während ich sprach, setzte ich mich aufs Bett und rieb mir mit der freien Hand den Nacken.

»Ich weiß nicht, ob deine Mutter es dir erzählt hat …«

Egal, was jetzt kam – hatte sie nicht.

»Aber du erinnerst dich doch sicher an die kleine Blonde, nicht wahr?«

O Gott.

»Scheiße, wehe, du redest von Maya.« Ich ließ mich auf die Matratze fallen.

»Genau die. Ich bin da gerade mit ihrem Vater an einem lukrativen Deal dran. Kräuter und Blüten, die in Alkohol eingelegt und getrocknet werden, in Teebeutelform. Was sagst du dazu? Man gießt es mit kaltem Wasser auf und hat einen alkoholischen Eistee. Ich will, dass du dich gut mit ihr stellst, weil sie diese Schule auch besuchen wird.«

Ich fuhr ruckartig nach oben. »Vergiss es.« Mir entfuhr ein nervöses Lachen. »Nicht mal, wenn die Welt untergeht. Sie ist verrückt, Dad.«

Versuchte ich gerade wirklich, einen Mann ohne Gefühle dazu zu bringen, meine zu verstehen?

»Das ist mir egal. Sie ist hübsch, jung und hat ein Auge auf dich geworfen. Leg sie meinetwegen flach und mach ihr schöne Augen, das funktioniert immer.«

Mein Vater verlangte ernsthaft von mir, mit dieser Frau zu schlafen, damit er seinen blödsinnigen Deal ohne Probleme über die Bühne bringen konnte? Mal davon abgesehen, dass ich sie bereits gevögelt hatte und so eine Aufforderung nicht ungewöhnlich für meinen Vater war, war es nicht trotzdem irgendwie moralisch verwerflich, so etwas von seinem Sohn zu fordern?

Es hätte keinen Sinn, mit ihm zu diskutieren, deshalb atmete ich tief durch, belog ihn und wechselte in den professionellen Modus. »Geht klar. Das Mädchen ist zwar nicht normal, aber ich sehe, was ich tun kann.«

»Ich bitte dich, Alex. Sie ist wie jedes andere reiche Mädchen ihres Alters. Wie der Großteil der Menschen, Alex.« Dann legte er auf.

Der Großteil der Menschen war eine Anspielung auf ein Gespräch, welches wir vor sechs Jahren im Auto geführt hatten. Wir waren ausnahmsweise ohne Fahrer unterwegs gewesen. Im Radio hatte ein neues Lied gespielt, welches ich gemocht hatte. Mein Vater hatte es umgehend ausgestellt.

»Ich mochte das Lied«, hatte ich gesagt.

Er hatte geantwortet: »Der Text ergibt keinen Sinn und die Zielgruppe der Band sind vierzehnjährige Mädchen.«

»Aber es ist auf Platz eins von *Billboard*. Der Großteil der Menschen mag es.«

»Der Großteil der Menschen ist faul, naiv und dumm, Alex.« Damit war das Gespräch beendet gewesen, denn seine Stimme hatte keinen Widerspruch zugelassen.

Es war die Zeit gewesen, in der ich realisiert hatte, dass ich wohl einfach nicht liebenswert war. Meine Mutter war innerlich bereits tot, mein Vater eiskalt und meine Schwester ging mir mit ihren damals neun Jahren tierisch auf die Nerven. Es tat weh, zu realisieren, dass mich scheinbar nicht einmal meine Familie liebte. Ständig wünschte ich mir diese Liebe, die bei anderen ganz einfach aussah und jeder für unverzichtbar hielt. Zu akzeptieren, dass ich sie niemals haben konnte, weil keiner bereit dazu war, sie mir zu geben, war schwer, doch anstatt mir den Kopf darüber zu zerbrechen und rumzuheulen, war ich ein riesiges Arschloch geworden.

Ich vertrieb die Gedanken, die sich wie ein dunkler Schleier über meinem Gehirn ausgebreitet hatten, und stand auf. Es gab einen kleinen Laden auf dem Campus, zu dem ich gehen und mir Essen sowie Getränke besorgen würde, um das Kofferauspacken noch weiter aufzuschieben. Außerdem betete ich zu Gott, Maya nicht auf dem Gang zu treffen, warf mir meinen schwarzen Mantel über und trat dann auf den Flur.

Meine Gebete hatten scheinbar nur wenig gebracht, denn sofort erschien eine Nachricht von der verrückten Blonden auf meinem Handy. Ich öffnete sie und hoffte, sie würde mir davon berichten, die Treppe heruntergefallen zu sein, wodurch sich ihre Ankunft verzögerte.

Maya: Hey, Alex, ich bin schon da. ;-) Wollen wir zusammen Abendessen? Wir können auch was anderes machen, mein Zimmer ist 254. Komm gern jederzeit vorbei. Ich bin immer bereit.

Gerade als ich den Chat kopfschüttelnd wieder schloss, stieß ich mit einem Mädchen zusammen und ihr heißer Kaffee verteilte sich auf meinem weißen Hemd aus ägyptischer Baumwolle.

»Fuck, pass doch auf, wo du hinläufst!«, regte sie sich auf.

Überrascht blickte ich zu ihr herunter. Sie war einen halben

Kopf kleiner als ich. Diese Reaktion hatte ich nicht erwartet. Normalerweise entschuldigten sich die Leute und bettelten mich um Vergebung an. Vor allem Frauen.

»Ich? Vielleicht solltest du aufpassen, schließlich ist mein Hemd jetzt versaut, zumal der Scheiß verdammt heiß ist!«, machte ich ihr wütend deutlich. Der Kaffee war nicht nur heiß. Er verbrannte mir gerade die Haut, weshalb ich den Stoff nach vorne zog, um ihn von meinem Bauch wegzubekommen.

»Ich habe mein Zimmer gesucht, du hättest lediglich mal von deinem Handy aufsehen können. Gott!« Damit drängte sie sich an mir vorbei und ließ mich mit offenem Mund stehen.

Dass so viel Attitüde in der zarten, schwarzhaarigen Frau steckte, hätte ich nicht erwartet. Ich blickte Miss Respektlos verdutzt und wütend nach, als sie vor Zimmer 326 anhielt und mit ihrem Koffer darin verschwand.

Ein Zimmer mit Meerblick! Ernsthaft?

War das so ein Karma-Ding, weil ich mir gewünscht hatte, dass Maya sich etwas gebrochen hatte?

Ich machte mich dann auf den Rückweg zu meinem Zimmer, um mich umzuziehen. Vielleicht sollte ich Maya doch einen Besuch abstatten, um mich abzureagieren …

Das fing ja schon mal gut an.

6 Raven

Ich hatte schon jetzt genug von den Menschen hier. Es roch in diesen Gängen ja förmlich nach Geld, alter, verbrauchter Luft und Staub. Zu allem Überfluss hatte ich nun auch noch meinen verdammten Kaffee wegen einem von ihnen eingebüßt. Ja, ich hatte vielleicht etwas überreagiert, aber diese arroganten Schnösel, die nur auf ihre Telefone sahen und der Meinung waren, jeder würde auf sie Rücksicht nehmen und Platz für sie machen, weil sie mit ihrem Geld der Mittelpunkt der Welt waren, gingen mir verdammt auf die Nerven. Dass der Typ aussah wie ein Badehosenmodel und man durch das nasse Hemd bereits einen Teil seiner Bauchmuskeln ausmachen konnte, passte natürlich klischeehafterweise wieder perfekt.

Gestresst und wütend machte ich die Tür zu meinem Zimmer auf und erstarrte. Es war beinahe halb so groß wie meine Wohnung. Meine Lippen verzogen sich zu einem Lächeln. Es standen ein Bett, Kleiderschrank, Ganzkörperspiegel und sogar ein Schreibtisch darin. Ich hatte noch nie einen Schreibtisch!

Die Wut legte sich etwas und Begeisterung machte sich breit, als ich in das Zimmer trat, das wirkte, als wäre die Zeit vor zweihundert Jahren stehen geblieben. Meine Tasche und den Koffer, den mir Cloé gekauft hatte, damit ich wenigstens etwas nach Geld aussah, stellte ich neben der Tür ab. Dann ließ ich mich aufs Bett fallen und seufzte überrascht, als ich in der weichen Matratze versank. Nie im Leben hätte ich es geglaubt, wenn mir jemand vor einem Monat erzählt hätte, dass ich schon bald eine Studentin der *Brighton Private University* sein würde. Das alles fühlte sich unglaublich surreal an. Auch wenn es mir schwerfallen würde, in den Alltag einer Studentin zu kommen, und mir diese arroganten Lackaffen jetzt schon auf den Sack gingen, wusste ich, was ich für ein Glück hatte. Ich hatte die Möglichkeit, endlich wieder mein Leben auf die Reihe zu bekommen.

Zu Hause wurde das nichts. Ich hatte meinen Bruder und musste sogar ab und zu auf meine Mutter achtgeben. Mal ganz von Jackson abgesehen. Ich fühlte mich das erste Mal seit langer Zeit wieder frei. Als könnte ich atmen. Keine familiären Verpflichtungen mehr. Keine Beziehung.

Diese Beziehung mit Jackson war zum Scheitern verurteilt gewesen. Sie hatte mich förmlich erdrückt und ich wusste es bereits so früh. Ich wusste es, als ich keine Schmetterlinge mehr im Bauch hatte, wenn ich ihn küsste. Wusste es, als ich nicht mehr lächelte, wenn ich ihn ansah. Aber es war gut, ihn zu haben, zumindest im ersten Jahr unserer Beziehung, als er noch wirkliches Interesse an mir gehabt hatte, also blieb ich, denn es gab auch gute Momente.

Ich schob die Gedanken beiseite und wagte es, mich mehr im Zimmer umzusehen. Eine Sache, die mir direkt ins Auge fiel, war die Aussicht. Ich trat näher an den Schreibtisch, hinter dem das große Rundbogenfenster lag, und blickte über die mit Gras überwachsenen Klippen, hinter denen sich das scheinbar unendliche Meer erstreckte. Man konnte es in der Dunkelheit, die sich mittlerweile über der Gegend niedergelassen hatte, nicht so gut erkennen, weil die Laternen der Uni nicht ausreichten, um die Klippen zu erhellen, aber als ich das Fenster öffnete, konnte ich hören, wie die Wellen auf der Wasseroberfläche brachen. Ich liebte das Geräusch und nahm mir vor, morgen an diesen Strand zu gehen. Ich hatte das Meer noch nie wirklich gesehen. Meine Mutter hatte nie das Geld gehabt, um mit uns in einen Urlaub zu fahren oder auch nur für einen Tag an die Küste. Wir hatten nicht mal ein Auto.

Schon wieder lächelte ich, obwohl mir nach Weinen zumute war. Es war unglaublich. Ich verstand langsam, worauf ich mich eingelassen hatte. Entgegen meiner Vorurteile war dieser Ort wunderschön. Schon jetzt fühlte ich mich hier sicher. Ich schloss die Augen, während ich dem friedlichen Geräusch der Wellen lauschte und den leicht salzigen Geruch in der frischen Nachtluft einatmete, der mein Zimmer füllte. Ich musste hier keine Angst haben, dass irgendwelche zwielichtigen Leute vor meiner Tür auftauchten. Musste mir keine Sorgen darüber machen, was ich Thomas am Abend zu essen vorsetzte, und musste mich auch nicht von Jackson anschreien lassen, weil er einen schlechten Tag gehabt hatte.

Ich schluchzte und begriff erst jetzt, dass ich doch weinte. Die Tränen rannen mir heiß über die kalten Wangen, aber es störte mich nicht. Ganz im Gegenteil. Zu weinen machte mich glücklich, als ich begriff, wie sehr ich es gerade brauchte. Wie ich endlich loslassen konnte, nachdem ich mich seit Jahren verzweifelt an die Probleme zu Hause geklammert hatte, und wie der Druck auf meinen Schultern langsam abnahm. Ich weinte und weinte so lange, bis ich keine Tränen mehr zu vergießen hatte.

Als ich am Morgen die Augen öffnete, wusste ich nicht, wo ich war. Die hohe weiße Decke verwirrte mich. Ganz kurz hatte ich Angst, schon wieder nach einer Party in der Badewanne einer fremden Wohnung eingeschlafen zu sein, doch dann kam ich langsam zurück in die Realität.

Ruckartig richtete ich mich auf und blickte auf mein Handy, welches unaufhörlich klingelte. Einerseits verfluchte ich es, weil ich seit langer Zeit nicht mehr so gut geschlafen hatte, auf der anderen Seite erinnerte es mich daran, dass ich bereits heute meine erste Vorlesung in *Ethische Wissenschaft* hatte. Danach durfte ich *Einführung in die Rechtswissenschaften* besuchen und anschließend stand noch die letzte Vorlesung des Tages in *Sachenrecht* an.

Ich schaltete das nervige Geräusch aus und quälte mich aus dem Bett. Dann ging ich ins Bad und bereitete mich auf den Tag vor.

Cloé hatte mir unmissverständlich klar gemacht, dass ich mich verhalten müsste, als hätte ich genauso viel Geld wie alle anderen hier. Ihre Mutter hatte mir einen Vorschuss gezahlt. Es war mehr Geld, als ich sonst für ein halbes Jahr zur Verfügung hatte. Außerdem hatte sie mir neben dem Koffer auch noch einen schlichten Rucksack, einen Laptop und einige Klamotten gekauft, weil sie mit meiner Garderobe nicht sonderlich zufrieden gewesen war. Ich schminkte mich wie immer. Neutral, aber mit einem kleinen Eyelinerwing. Meine Haare ließ ich offen und zog dann meine – nun auf Maß angepasste – Schuluniform an, bevor ich mich im Ganzkörperspiegel neben dem Schrank betrachtete. Sie fühlte sich immer noch nicht richtig an meinem Körper an, aber langsam gewöhnte ich mich daran. Die Uhr sagte mir, dass ich noch eine Stunde hatte, bis die erste Vorlesung begann. Ich würde es nicht mehr an die Küste schaffen, wenn ich noch frühstücken wollte, und verschob meinen Ausflug deshalb auf danach. Trotzdem sah ich noch ein paar Minuten aus dem Fenster. Das Wetter war regnerisch und Nebel hing in der Luft, während langsam die Sonne aufging und versuchte, sich durch die grauen Wolken zu kämpfen. Ich beobachtete die Wellen, weil sie die langsam aufkeimende Nervosität vertrieben. Ich würde es schon hinbekommen. Ich musste nur den Fakt ignorieren, dass ich hier war, um Drogen zu verticken. Ganz einfach. Auf der Fahrt hierher hatte ich mir bereits zurechtgelegt, wie ich starten würde. Erst musste den Menschen bewusst werden, dass ich überhaupt existierte. Sie brauchten eine Kostprobe.

Alles in mir sträubte sich gegen diesen Plan, Menschen Drogen regelrecht aufzuzwingen, doch es ging nicht anders. Es gab in den Gemeinschaftsräumen für jeden Schüler eine Art Holzspind, der mit der Zimmernummer versehen, viereckig und nur so groß war, dass ein paar Bücher schräg hinein passten. Ich musste auf eine

Gelegenheit warten, wenn der Raum leer war, und würde jedem in einem Briefumschlag eine Probe vom Ecstasy durch den Schlitz in der Spindtür stecken, dazu eine Karte mit Preisen. Ja, verdammt, ich fühlte mich schlecht dabei, aber die Leute mussten es schließlich nicht nehmen. Sie konnten selbst entscheiden, was sie wollten, also war es nicht meine Schuld. Okay, doch, war es, egal wie ich es drehte und wendete – ich konnte es nicht ohne Gewissensbiss durchziehen. Aber ich musste.

Ich nahm den Rucksack, steckte den neuen Laptop, ein paar Stifte und einen Block hinein und machte mich dann auf den Weg zur Vorlesung.

Der Gang, der im Hellen deutlich größer wirkte, war voller Menschen, die durch die Uniformen alle gleich aussahen. Obwohl ich die Drogen nicht einmal bei mir hatte, wurde ich mit jedem Schritt nervöser. Ich lief die Treppen herunter, aus dem Gebäude, über die Wiese und auf das kleine Café zu, welches sich auf dem Grundstück befand. Weil mein Magen rebellierte, verzichtete ich auf ein richtiges Frühstück und holte mir stattdessen einen Kaffee. Dass dieser hier zwölf Pfund kostete, brachte mich beinahe dazu, den Schluck, den ich bereits getrunken hatte, wieder auszuspucken. Aber ich brauchte dringend Koffein, weil mein Körper es nicht gewohnt war, vor elf Uhr aufzustehen. Thomas war alt genug, morgens allein zur Schule zu kommen, weshalb ich immer ausgeschlafen hatte. Das Schlimmste war, dass die Studenten wie die Fliegen Zwölf-Pfund-Kaffee kauften und ihn nicht wertschätzten.

Ich machte mich auf den Weg zurück zum Gebäudekomplex und suchte den Vorlesungssaal. Da ich die Karte angesehen hatte, beschwor ich das Bild dieser herauf. Auf ihr waren alle Vorlesungssäle im Westflügel eingezeichnet, weshalb ich dem Weg, den mein Gedächtnis mir vor Augen führte, folgte und den Saal ohne Probleme fand.

Ich hatte lange nicht gewusst, dass nicht jeder Mensch Informationen so speicherte wie ich. Erst als ich recherchiert hatte, hatte ich herausgefunden, dass man meine Fähigkeit, sich Szenarien und Informationen bildlich zu speichern – und sich immer wieder anzusehen, wenn man sie brauchte – als eidetisches oder, umgangssprachlich, als fotografisches Gedächtnis bezeichnete. Ich merkte mir nicht alles, aber ich merkte mir, was ich mir merken wollte. Trotzdem hatte mich Cloés lustiger Drei-Tage-Kurs, in dem ich drei Schuljahre hatte aufarbeiten sollen, ziemlich an meine Grenzen gebracht. Ich hatte an diesen Tagen vielleicht eine halbe Stunde geschlafen und dieses ständige Lernen hatte mir das Gefühl gegeben, als hätte ich einen permanenten Kater, nachdem ich mich am Vorabend auf zwei Promille hoch getrunken hatte. Ich fühlte mich dennoch einigermaßen gut vorbereitet, als ich vor die Tür des historisch aussehenden Vorlesungssaals trat. Wie bei normalen Universitäten waren die Tische durchgezogene Ränge mit Holzstühlen. Jede weitere Reihe war ein Stück erhöht, um den Professor genau verfolgen zu können. Die Decke war unglaublich hoch und ein riesiger Kronenleuchter erhellte das Zimmer. Trotzdem waren meine Hände schwitzig und die Nervosität hatte zugenommen. Ich kannte und hasste das vertraute Gefühl, was mich durchströmte, als ich die vielen Menschen sah, die bereits auf Holzbänken Platz genommen hatten.

Angst.

Ein Gefühl, das eigentlich ein Freund sein sollte, doch zum größten Feind wurde, wenn es außer Kontrolle geriet.

Dieses Gefühl war mir mehr als vertraut. Die Angst war dafür da, um den Menschen vor gefährlichen Situationen zu warnen und ihm das Leben zu retten, wenn es nötig war. Doch gleichzeitig hatte sie einen Teil meines Lebens zerstört, als sie die Oberhand gewann.

Die Zeiten, in denen sie mich lähmte, mir schlecht davon wurde und ich es nur mit Mühe schaffte, nicht den Verstand zu verlieren, waren eigentlich vorbei. Doch frei von ihr war ich, wie ich bereits am letzten Abend in meiner Wohnung festgestellt hatte, nie.

In meiner schlimmsten Zeit hatte es ein Zitat gegeben, das mir Hoffnung schenkte. Wie ein Anker, an den ich mich klammern konnte, der mir half, mutig zu sein.

Gott versteckt die besten Dinge im Leben hinter der Angst.

Doch auch wenn ich nicht an Gott glaubte, glaubte ich ans Schicksal. Ich klammerte mich an den Gedanken, dass all der Schmerz, all die Panik und all die Verzweiflung einen Sinn hatten. Dass es die Bürde war, die ich tragen und überstehen musste, um am Ende etwas zu bekommen, das mein Leben endlich wertvoll machte.

Angst konnte heimtückisch sein. Sie konnte dir einreden, dass jeder dich belog, bis du das Vertrauen in deine liebsten Mitmenschen verloren hattest. Wie ein Nebel war sie da. Ein Nebel, der dir permanent ins Ohr flüsterte, dass etwas nicht stimmte.

Doch wenn du dir darüber bewusst wurdest, dass dein Kopf dich belügt, würdest du zu allem Überfluss auch noch das Vertrauen in dich selbst verlieren.

Ich hasste es, mich so zu fühlen. Ich hasste es, vor Situationen davonzulaufen, die neu waren, und mir immer wieder ins Gedächtnis rufen zu müssen, dass ich in Sicherheit war.

Ich ignorierte die Angst und lief weiter auf einen Platz relativ weit oben und hinten im Saal zu. Weil die Universität privat und unglaublich teuer war, waren hier im Gegensatz zu anderen Universitäten weniger Studenten. Laut Prospekt knapp fünftausend, während es an anderen Universitäten wie *Harvard* um die zwanzigtausend waren. Demnach waren die Säle kleiner und die Vorlesungen persönlicher.

Ich stellte meinen Rucksack ab, packte den Laptop aus und richtete meine Schleife am Kragen der Uniform.

Die erste Vorlesung war im Fach *Ethische Wissenschaft*, was tatsächlich nicht Teil des direkten Studiums war, sondern im Ergänzungsbereich Philosophie und Ethik lag. Bei dem Gedanken, dass ich eigentlich Wirtschafts- und Rechtswissenschaften studierte, war mir immer noch leicht übel. Grundsätzlich hatte ich nie Probleme in der Schule gehabt, ich war nur irgendwann nicht mehr hingegangen, aber das hier war eine andere Nummer.

Als die Vorlesung begann, wurde mir aber schnell klar, dass es sich mehr um eine Diskussionsrunde als anspruchsvollen Unterricht handelte. Der ältere Professor Edwards, der in einem dunkelbraunen Anzug vor die Tafel getreten war, erklärte direkt zu Beginn, dass er seine Vorlesungen sehr gern wie an einer Hochschule handhabte. Er würde uns mit einbinden, aber wir sollten uns nicht einbilden, dass andere Professoren das ebenfalls tun würden.

Er rückte seine Hornbrille zurecht, nuschelte etwas in seinen weißen Bart und begann dann mit der Vorlesung. Er widmete sich heute vor allem dem Thema *Moral*. Was mir direkt das Gefühl gab, aufgeflogen zu sein. Als wollte das Schicksal mir noch einmal gründlich eins reinwürgen. Erst sprach er über Moral grundsätzlich, dann kamen wir zum Thema Utilitarismus und schließlich brachte er das Gespräch auf das Thema Triage.

»Ich stelle jetzt eine These auf und diese lautete: Wenn zwei Menschen, einer fünfundzwanzig Jahre alt, der andere fünfundachtzig, mit denselben Verletzungen ins Krankenhaus kommen, aber nur noch ein Intensivbett frei ist, welches beide sofort benötigen, sollte die junge Person es bekommen. Was sagt ihr dazu?«

Erst herrschte Ruhe im Hörsaal, bis jemand sagte: »Schwachsinn. Menschenleben sind gleich viel wert, unabhängig vom Alter.«

Ein kalter Schauer lief mir über den Rücken, als ich die gleichgültig klingende Stimme erkannte. Ich beugte mich nach vorn, um alle anderen Studenten im Blick zu haben und tatsächlich, zwei Reihen vor mir saß der Kerl, der gestern meinen Kaffee verschüttet hatte. Als niemand etwas erwiderte und Professor Edwards seine Augen suchend durch den Raum gleiten ließ, trafen sich unsere Blicke. Ich wusste bereits, was er wollte, bevor er den Mund aufmachte.

»Ms.?«

»Harris«, gab ich zähneknirschend zurück.

»Ms. Harris, Sie sehen aus, als hätten Sie etwas dazu zu sagen.«

Verdammt.

»Ja, tatsächlich. Ich sehe es anders. Die junge Person hat eindeutig noch ein längeres Leben vor sich und sollte deshalb zuerst versorgt werden.« Ich ließ mich zurück in meinen Stuhl fallen und bearbeitete den Radiergummi meines Bleistiftes, als sich alle Köpfe in meine Richtung drehten.

»Das ist nicht wahr. Wir wissen nicht, wie viel Lebenszeit ein Mensch noch hat, Harris. Vielleicht würde der Fünfundachtzigjährige hundert werden und der Fünfundzwanzigjährige hätte morgen noch einen Unfall oder hat schon eine von Krankheiten geprägte Vergangenheit«, widersprach der Student, mit dem ich bereits Bekanntschaft gemacht hatte.

Dieser Mann strahlte alles aus, was ich verachtete. Sein Gesichtsausdruck, der nach wie vor gleichgültig wirkte, auch wenn er eine Augenbraue hochgezogen hatte, seine Haltung, die vor Arroganz strotzte und die Macht, die er nur mit seiner Präsenz und dem Benutzen meines Nachnamens ausstrahlte. Seine Wangenknochen waren markant, was das zugegebenermaßen attraktive Gesicht noch perfekter machte. Die dunkelblonden Haare mit einigen helleren, von der Sonne ausgeblichenen Strähnen erinnerten mich an Honig. Sie hatten die perfekte Länge, um mit der Hand hindurchzufahren und sich festzuhalten, während er …

Stopp! Verdammt, was zum Teufel?

»Das ist doch Quatsch. Realistisch betrachtet hat die junge Person noch viel mehr Lebenszeit vor sich als die alte Person. Da gibt mir doch sicher jeder recht. Deine Logik ergibt keinen Sinn«, verteidigte ich mich, doch hätte die Worte am liebsten wieder zurückgenommen. Ich hatte seit Jahren keine wissenschaftliche Diskussion geführt und man merkte es mir in der ersten Vorlesung an. Wie sollte ich diese Leute davon überzeugen, dass ich wie sie war?

Er hatte sich nun ganz auf seinem Stuhl umgedreht, um mich mustern zu können.

»Also würdest du den alten Menschen einfach sterben lassen? Du kannst einen Menschen nicht zum Nutzen eines anderen instrumentalisieren. Außerdem ist es diskriminierend.« Seine Stimme war fest, dominant und seine Augen durchbohrten mich regelrecht. Sie waren so blau wie der unruhige Ozean, den ich durch mein Fenster beobachten konnte. Die perfekte Balance zwischen hell und dunkel.

Trotzdem ergaben seine Worte für mich wenig Sinn. Es war doch klar, dass man die junge Person rettete, oder nicht?

»Die ältere Person hat doch aber generell wahrscheinlich eine geringere Überlebenschance. Natürlich würde ich niemanden einfach sterben lassen, aber …«

Der Professor fiel mir ins Wort. Erst jetzt bemerkte ich, wie laut ich geworden war und dass ich mich bereits mit den Händen am Tisch abstützte, um meinen Worten Nachdruck zu verleihen.

»Ich denke, das reicht, aber vielen Dank an Sie, Mr.?«

»Van Klemm«

»Mr. Van Klemm, und natürlich auch an Sie, Ms. Harris, für die schöne Demonstration einer Diskussion über ein moralisch schwierig zu regelndes Thema. Da Sie zwei sich scheinbar so gut verstehen, dürfen Sie gleich die erste Gruppe für unsere Hausarbeit bilden.«

Wie bitte? Nein, verdammt, ich würde mit diesem Idioten gar nichts ausarbeiten.

Er schien das ähnlich zu sehen. Zumindest glich sein verwirrter Gesichtsausdruck meinen Gefühlen. Doch der Professor sprach unbeirrt weiter.

»Ja, Sie werden Ihre Hausarbeit, anders als Sie es gewohnt sind, in Gruppen schreiben. Beim Verlassen des Raumes ziehen Sie ein Thema. Auf dem Zettel steht ebenfalls ein Abgabedatum bis zum Ende des ersten Semesters im Dezember und alle anderen Informationen, die Sie brauchen. Diese Noten werden übrigens fünfzig Prozent Ihrer Jahresendnote ausmachen. Vielen Dank für Ihre Aufmerksamkeit in dieser Vorlesung. Bis Ende der Woche erwarte ich noch die Gruppeneinteilung der anderen.«

Das konnte er mir doch nicht antun. Ich arbeitete gern allein, vielleicht konnte ich ihn noch umstimmen? Ich packte meine Sachen zusammen und ging nach unten zu seinem Pult. »Hören Sie, ich …«

»Nein, der Punkt ist nicht verhandelbar. Ich wünsche trotzdem einen schönen Tag.« Damit wimmelte er mich ab und drehte mir den Rücken zu, um in seiner Tasche zu kramen.

Genervt atmete ich lautstark aus und nahm mir einen Zettel vom Pult. So schwer würde es schon nicht werden.

Ich richtete meinen Blick auf das Blatt in meiner Hand und las unser Thema. *Der Verkauf von Büchern gesellschaftlich umstrittener Personen. Eine moralökonomische Analyse.*

Ich begegnete dem Blick meines Partners. Er riss mir schroff den Zettel aus der Hand und überflog ihn, bis er genervt die Augen verdrehte.

»Ein noch langweiligeres Thema hättest du nicht ziehen können, was?«, fragte er ironisch und blickte mich wieder an.

Auf meinen Lippen erschien ein gemeines Grinsen. »Ach, keine Sorge, ich bin mir sicher, das Thema ist genauso gut wie jedes andere.« Dann drehte ich mich um und versuchte den eiskalten Blick, den er mir unter Garantie zuwarf, zu ignorieren. Auch wenn er dabei nahezu ein Loch in meinen Rücken brannte.

Auf dem Gang vibrierte mein Handy. Ich zog es aus der Tasche und öffnete die Benachrichtigung. Der *Instagram*-Account der Uni hatte die Semesterauftaktparty angekündigt. Für heute Abend in der Aula. Das war meine Chance, alle aus dem Gemeinschaftsraum zu bekommen und die Drogen zu verteilen. Vielleicht meine einzige.

7 Raven

Ich saß in meinem Zimmer vor dem Schreibtisch und benutzte Cloés Visitenkarte, um das Koks in Lines aufzuteilen, bevor ich je eine Line in einen kleinen, wiederverschließbaren Plastikbeutel schob. Ich hatte mehr Koks als Ecstasy, weshalb ich mich umentschieden hatte. Dann nahm ich mir einen goldenen Briefumschlag, auf dem in der schönsten Schnörkelschrift *Thank you* stand. Cloé hatte sie für mich rausgesucht und mir mit dem Spruch »Die Menschen lieben schön verpackte Dinge, egal wie unanständig der Inhalt ist«, mitgegeben. Irgendwie hatte ich das Gefühl, es ging dabei nicht um die Umschläge.

Nach knapp zwei Stunden war das Koks aufgebraucht und meine Hand schmerzte. Wer hätte gedacht, dass Drogen einzupacken so viel Konzentration und Feingefühl benötigte? Ich musste nicht jedem eins ins Schließfach stecken. Die Mundpropaganda würde schon dafür sorgen, dass die Nachricht bei allen ankam. Dann nahm ich mir einen Kugelschreiber und schrieb die Nummer eines Wegwerftelefons in jeden der Umschläge, damit sie mir eine Nachricht schreiben konnten, sollten sie etwas wollen.

Dann betrachtete ich mein Werk. Der Schreibtisch quoll fast über vor Umschlägen. Wie sollte ich denn bitte alle davon nach unten in den Gemeinschaftsraum schmuggeln? Ich ließ den Blick durchs Zimmer schweifen. Der Koffer war zu auffällig. Meine Sporttasche eigentlich auch. Also musste ich tatsächlich den Rucksack nehmen und eben zwei- oder dreimal gehen. Frustriert blickte ich wieder durchs Fenster auf die Wellen. Ich hatte keine Lust auf die Party. Natürlich würde ich trotzdem hingehen, aber ich war weder daran interessiert, mich mit Menschen herumschlagen zu müssen, noch an zu Hause erinnert zu werden. Ich wusste, diese Feier würde anders aussehen als die Partys, die ich sonst kannte, aber es hatte trotzdem einen bitteren Beigeschmack, darüber nachzudenken. Es gab jedoch eine Sache, die ich tatsächlich von zu Hause vermisste.

Ich kramte mein Handy heraus und wählte die Nummer von Lyra bei *Facetime*. Innerlich betete ich dafür, dass Jackson nicht in der Nähe war. Ich hatte keine Lust, mich jetzt mit ihm zu streiten, sondern wollte nur mit Thomas reden. Es war schwer zu sagen, ob er bereits von der Schule zurück war, weil er seit einer Weile im Schauspielkurs mitmachte und deshalb selten früher als nachmittags zu Hause war. Das Handy klingelte und klingelte und klingelte. Es war untypisch für Lyra nicht ranzugehen. Sie klebte praktisch an diesem Teil.

Als ihre Mailbox ansprang, legte ich auf und versuchte es noch einmal. Nach dem zweiten Klingeln hob sie endlich ab. Ihr Gesicht, welches unnatürlich gerötet war und ihren verzottelten neonroten Haaren Konkurrenz machte, erschien auf dem Display.

»Hey, ist Thomas …« Ich verstummte. »Wurdest du gerade flachgelegt oder warum siehst du so aus?«

Sie blickte mich panisch an. »Ich …«

»Ist das Jacksons T-Shirt?«, fuhr ich sie an. Wir hatten uns zwar getrennt, aber das T-Shirt an ihr zu sehen, versetzte mir trotzdem einen Stich. Es war schwarz und hatte nur ein weißes J auf die rechte Brust gestickt. Ich würde es immer wieder erkennen. Verdammt, sie trug nicht nur das T-Shirt meines Ex-Freunds, hatte verzottelte Haare und ein rotes Gesicht, sondern atmete auch schwer.

»Verdammt, hast du dich gerade von meinem Ex vögeln lassen, Lyra?« Heilige Scheiße, das konnte nicht ihr Ernst sein. Wir waren seit vier Tagen getrennt. Vier Tage!

Verlegen sah sie sich um und legte sich dann eine Hand an die Stirn. »Hör zu, Raven, es tut mir leid, aber –«

Ich fiel ihr erneut ins Wort: »Nein, fuck, was soll der Scheiß? Wir sind gerade mal seit ein paar Tagen getrennt. Von ihm habe ich so was erwartet, aber von dir? Wie konntest du nur?« Mittlerweile war ich aufgesprungen und lief im Zimmer auf und ab.

Lyra warf mir einen verängstigten und schuldbewussten Blick zu, während ihre Augen verdächtig glänzten. »Raven, ich ... Ja, aber ihr habt euch getrennt und ich ...«

»Halt den Mund. Ist Thomas da?« Ich hoffte inständig, dass sie die Frage verneinte.

Sie schüttelte den Kopf. »Er ist noch beim Schauspiel, in der Schule. Aber er vermisst dich«, hing sie schnell und hoffnungsvoll an, als würde es irgendwie ausgleichen, was sie getan hatte.

»Wenigstens einer. Richte Jackson ein ›Fick dich‹ aus und ... Ach, vergiss es, hast du ja gerade schon für ihn übernommen.« Bevor sie etwas anderes sagen konnte, drückte ich den roten Knopf und beendet das Gespräch, dann ließ ich mich aufs Bett fallen.

Ich hatte genau gezogene Grenzen, bis wohin ich Dinge akzeptierte, die man mit mir machte. Lange existierten diese nicht.

Ich war froh um jeden gewesen, den ich in meinem Leben gehabt hatte. Um jeden Preis. Ich band meine Seele und Gefühle so sehr an jeden, der mir auch nur einen Bruchteil seiner Aufmerksamkeit schenkte. Ich ließ mich von den Menschen bewusst ausnutzen, weil ich mir einredete, froh zu sein, überhaupt jemanden zu haben, der sich mit mir abgab. Doch irgendwann hatte ich die Grenzen um mich herum gezogen. Ich war so sehr verletzt worden, dass ich mit dem Schmerz irgendwann nicht mehr umzugehen wusste. Nun besaß ich die Fähigkeit, einen Schlussstrich zu ziehen. Ich konnte in der Sekunde, in der eine wichtige Person mich zu sehr verletzte und die Grenze überschritt, rational entscheiden, dass sie zu weit gegangen war, und sie aus meinem Leben herausschneiden. Ich traf lieber die richtige Entscheidung, die mich extrem verletzte, als die falsche, die mir vermeintliche Sicherheit vorgaukelte. All die Versprechen.

Ich werde es besser machen.

Es wird nie wieder passieren!

Du brauchst mich!

Ich brauche dich!

Es waren allesamt Lügen. Ich brauchte niemanden außer mich selbst und meine Entscheidungsfähigkeit.

Meine Mutter konnte ich nicht physisch aus meinem Leben verbannen. Aber psychisch schon. Man konnte Menschen nicht wie Abfall behandeln und davon ausgehen, dass sie es wieder vergessen würden, wenn man sie lange genug dazu zwang. Manche Dinge waren unverzeihlich, egal wie sehr man sie ungeschehen machen wollte. Egal wie sehr man sich danach sehnte, die Grenzüberschreitung zuzulassen, weil es für den Moment einfacher war. Die Person würde einen immer wieder verletzen. Immer stärker.

Man musste das Pflaster schnell abreißen. Keiner überschritt je wieder eine meiner Grenzen ohne Konsequenzen. Bei dem Gedanken zog sich mein Herz schmerzend zusammen. Es war die Wahrheit, die mich zerschmetterte. Ich stand abseits. Mein Körper war anwesend, doch mein Geist erschuf sich seine eigene Welt, um die Augen vor dem zu verschließen, was genau vor mir stand. Ich mochte keine Menschenmengen. Mochte keine Freundeskreise. Ich wollte eine Person, die mir ihre Aufmerksamkeit schenkte, nicht zehn, die mich kaum beachteten. Trotzdem hatte ich es so lange unter Lyra, Jackson und Jasper ausgehalten. Denn ich war lieber einsam unter Leuten als einsam und allein. Es gab einen großen Unterschied zwischen diesen Dingen. Doch ich war auch lieber allein, wenn man mich nicht brauchte oder wollte. Wenn ich nicht reinpasste, sondern störte. Man in meiner Gegenwart nicht das Gespräch von eben weiterführen konnte und sich schweigend ansah. Oder wenn man begann, Witze auf meine Kosten zu machen.

Beim ersten Mal war es lustig. Beim zweiten Mal schmunzelte

man. Beim dritten Mal akzeptierte man es. Beim vierten Mal verdrehte man die Augen. Beim fünften Mal hielt man die Tränen zurück.

Ich würde das nie wieder mitmachen.

Wahrscheinlich hatten die zwei schon miteinander geschlafen, als Jackson und ich noch zusammen gewesen waren. Nun stand ich wieder an dem Punkt, an dem ich nicht wusste, wie ich mich fühlte. Mein Kopf sagte mir, ich sollte anfangen zu weinen und mich miserabel fühlen, aber das tat ich nicht. Natürlich tat es weh, sofort ausgewechselt zu werden, aber es war mehr das Gefühl, unwichtig und immer ersetzbar zu sein, und weniger die Tatsache, dass mein Ex mit meiner besten Freundin geschlafen hatte.

Ich lag knapp eine halbe Stunde auf dem Bett, bevor ich mich hochrappelte und dazu durchringen konnte, duschen zu gehen, um mich für die Feier fertig zu machen. Meine Gedanken führten immer wieder zurück zu diesem Arschloch. Natürlich war mir auch aufgefallen, wie Lyra ihn ab und zu angesehen hatte, aber, dass sie sich sofort auf ihn stürzte, hätte ich nicht erwartet. Man konnte sich wohl immer wieder in Menschen irren.

Es war bereits dunkel draußen, als ich nach der Dusche in die schwarze Jeans schlüpfte und ein bauchfreies, weißes Top überzog. Dann schnappte ich mir meinen Rucksack und befüllte ihn mit den Briefumschlägen. Es hatte gut die Hälfte hineingepasst.

Dann ging ich aus dem Zimmer und lief den Gang entlang, der nun zu meinem Glück leer war, aber dadurch auch ziemlich unheimlich wirkte. Als wüssten die Menschen auf den Ölgemälden genau, wohin ich wollte.

Die meisten Studenten waren sicher schon auf der Party und die, die nicht mehr im ersten Semester waren, hatten ihre Zimmer einige Etagen unter uns. Ich hatte den Plan des Grundstücks nach wie vor im Kopf und folgte meiner Erinnerung. Erst die große

Holzwendeltreppe nach unten, um dann durch die Mitte des Gebäudes in den Westflügel zu laufen. Die Aula war noch sehr viel größer als die Gemeinschaftsräume nebenan und ich konnte die laute Musik sowie die Stimmen bereits hören, bevor ich den Raum betrat. Durch die Architektur des Gebäudes trug der Schall die Lautstärke praktisch überallhin. Ich wunderte mich, warum eine Erstsemester-Feier überhaupt erlaubt war.

Statt direkt in die Aula zu spazieren, steuerte ich den Gemeinschaftsraum an.

Die Türen waren geöffnet und noch befanden sich Leute darin. Der Gemeinschaftsraum hatte einige sehr lange Tische und Holzbänke in der Mitte, die hauptsächlich aufs Lernen ausgelegt waren und auf denen sich kleine Lämpchen und ein paar Schachbretter wiederfanden. Auf einer Bank saß ein knutschendes Paar. An den Wänden befanden sich über den kleinen Holz-Spinden Unmengen an Büchern, die unheimlich edel und alt aussahen. Zwischen den Regalen hingen Ölgemälde, auf manchen waren Personen zu erkennen. Andere zeigten Landschaften zu verschiedenen Jahreszeiten. Ein mit Schnee bedeckter, kahler Wald hielt meinen Blick für eine Sekunde gefangen. Wie bereits in den Gängen erstreckten sich riesige Rundbogenfenster darüber, die jedoch momentan nur die Nacht zeigten. Ich musste diese Menschen hier rausbekommen.

Mein Blick glitt zur alten Standuhr in der Ecke des Raumes. Die Feier hatte erst vor einer halben Stunde begonnen. Ich musste mich noch etwas gedulden, bis die Leute zu betrunken waren, um mich zu bemerken, doch konnte auch nicht die ganze Zeit mit dem Rucksack herumlaufen.

Ich verließ den Raum und ging in die Frauentoilette. Sie war leer, also ging ich direkt in eine der Kabinen und stellte den Rucksack auf dem Klodeckel der Standtoilette ab, dann durchsuchte ich ihn und hielt kurze Zeit später triumphierend einen Stift hoch, bevor ich die Tür abschloss und unter ihr nach draußen kletterte. Es hatte durchaus auch Vorteile, keine große Oberweite zu haben und da der Boden hier teurer war als mein gesamter Besitz, war er wenigstens auch sauber.

Als Nächstes schnappte ich mir ein Papiertuch zum Händeabtrocknen, schrieb das Wort *defekt* drauf, machte ein Loch rein und hängte es an den Knauf der von innen verschlossenen Kabine.

Als ich mein Werk kritisch musterte, hinterfragte ich erneut, ob ich das Zeug zu diesem Job hatte. Es fühlte sich furchtbar falsch an, die Drogen hier stehen zu lassen, aber es würde zu lange dauern, sie aus meinem Zimmer zu holen, wenn der Gemeinschaftsraum frei wurde, also atmete ich tief durch und verließ die Toilette mit rasendem Herzen. Bereits kurz vor der Tür zur Aula, die ebenfalls weit geöffnet war, stieg mir der Gestank von Alkohol in die Nase. Kurz blieb ich stehen und blickte in den Raum, in dem sich bereits schwitzende Körper zum Beat der Musik aneinander rieben und andere sich die Zungen in den Hals steckten. Es war entgegen meiner Annahme genau wie zu Hause.

Egal, wie viel Geld sie besaßen – Menschen waren Menschen. Also schritt ich in den Raum und blickte mich um. Es war dunkel, doch durch die Partylichter, die an Ständern in der Ecke neben den Musikboxen aufgestellt waren und einen modernen Kontrast zu der sonst altmodischen Einrichtung bildeten, konnte man die einzelnen Personen trotzdem gut sehen.

Ich ging auf einen Tisch zu, nahm mir einen Becher, der noch in der offenen Verpackung war, und kontrollierte, ob er wirklich unbenutzt war. Als ich mich versichert hatte, dass keine fremde Spucke daran klebte und keine Flüssigkeit darin gewesen war, nahm ich mir eine noch ungeöffnete Flasche Gin und kippte dann Tonic darauf. Man müsste denken, dass ich gerade wegen meiner Mutter auf Alkohol verzichtete, doch das tat ich nicht. Die Vorstellung, meine Sorgen mit Alkohol zu ertränken, schreckte mich nicht ab. Meine Mutter hatte es mir praktisch vorgelebt, auch wenn sie erst angefangen hatte, als ich langsam vom Kind zum Teenager geworden war. Irgendwie hatte ich durch den Alkohol das Gefühl, wenigstens in dieser Sache mit ihr verbunden zu sein. Auch wenn ich nie so enden wollte wie sie – sogar panische Angst davor hatte – waren Alkohol und Partys meine ersten Gedanken, um Problemen aus dem Weg zu gehen. Und ich hasste mich dafür.

Ich drehte mich zu den Feiernden um und lehnte mich mit dem Hintern an den Tisch. Mein Blick streifte durch die Menge und blieb an dem blonden Schönling hängen, mit dem ich meine Hausarbeit machen musste. Er hielt ebenfalls einen roten Plastikbecher in der Hand, trug ein dunkelblaues Polo-Shirt, welches er mit seinen schlanken, aber muskulösen Armen ausfüllte, und eine schwarze Stoffhose. Er war nicht so breit gebaut wie Jackson, dafür waren seine Arme und die Gesichtszüge definierter. Er unterhielt sich mit einem blonden Mädchen, welches mir den Rücken zudrehte. Doch er starrte nur gelangweilt auf die Tanzfläche und nickte ab und zu.

»Ah, Alexander, ist heiß nicht wahr?«, fragte eine männliche Stimme hinter mir. Überrascht sah ich zur Seite. Neben mir goss sich ein Student mit dunklen, kurzen Locken Vodka in seinen Becher und kippte danach Cola drauf.

»Nein, keine Ahnung, was du meinst«, log ich und trank einen Schluck. Alexander also. Der Alkohol brannte leicht in meinem Hals, weil ich möglicherweise mehr reingekippt hatte, als ich sollte.

»Warum hast du ihn dann so begafft?«, fragte er entspannt, schob eine Hand in die Tasche seiner Jeans und trank ebenfalls einen Schluck.

Langsam wurde ich gereizt. »Habe ich nicht, meine Güte.«

Er hob abwehrend die Hände und schmunzelte. »Hey, alles gut, selbst wenn, ich könnte es beim besten Willen verstehen. Den Typen würde ich mir ins Bett holen, sobald er in Reichweite wäre.«

Ich zog eine Augenbraue nach oben. »Hast du ihn mal kennengelernt? Ja, vielleicht sieht er nicht ganz verkehrt aus, aber er ist wohl das größte, arroganteste Arschloch hier, also definitiv nicht mein Fall. Du kannst ihn dir also gern krallen.«

Ein Grinsen erschien auf dem Gesicht des Fremden, aber er strahlte eine Ruhe und Entspannung aus, die irgendwie auf mich überging.

»Ich bin übrigens Delano«, sagte er und hielt mir die Hand hin.

»Raven«, entgegnete ich und schüttelte sie.

Er musterte mich einen Moment lang. »Wenn du arrogante Spinner nicht leiden kannst, warum bist du dann auf dieser Uni? Hier sind neunzig Prozent von den Studenten so.«

Ich blickte ihn an und zog die Augenbrauen nach oben. »Meine Eltern wollten, dass ich diese Uni besuche. Und du scheinst wohl zu den zehn Prozent zu gehören, mit denen ich es aushalten könnte.«

Ein Lächeln breitete sich auf seinen dünnen Lippen aus und irgendwie verzogen sich auch meine zu einem Lächeln.

»Das nehme ich als Kompliment. Dann sind wir das wohl beide, Teil der zehn Prozent.«

»Und wie sieht es bei dir aus? Warum bist du hier?«

Er senkte den Blick und biss sich auf die Wange. »Na ja. Du musst wissen, dass meine Familie sehr konventionell ist und als meine Mutter mich im Bett mit einem Kerl erwischt hat, ist sie durchgedreht. Erst schmiss sie ihn raus, dann musste ich mich einer stundenlangen Diskussion unterziehen und schließlich wurde ich mehr oder weniger auch rausgeschmissen. Sie schickten mich hierher, damit ich mich in meiner Abwesenheit *besinnen* kann. Es war mir recht so. Sie haben mir zwar den Geldhahn zugedreht, aber ich musste da dringend weg, also nehme ich das in Kauf. Außerdem entgehe ich damit nicht nur den sonntäglichen Kirchgängen, sondern kann mir auch jeden ins Zimmer einladen, ohne Angst haben zu müssen, dass meine Mutter versucht, mir den Teufel auszutreiben.« In seinem Blick lag etwas Trauriges, aber als er noch einen Schluck seines Getränks nahm, verschwand der Schimmer.

Dass er mir direkt seine halbe Lebensgeschichte aufgetischt hatte, machte ihn irgendwie sympathischer. »Das tut mir leid. Es muss grausam sein, wenn die Eltern einen nicht akzeptieren.«

Er nickte, doch sagte nichts mehr. Noch einmal blickte ich zu Alexander und ein kalter Schauer durchlief mich, da er mich bereits ansah. Die Abneigung und das Feuer, das ich in seinem Blick erkennen konnte, sorgten für eine Gänsehaut, die langsam über jeden Zentimeter meines Körpers kroch. Der Blickkontakt brach ab, als das blonde Mädchen die Hand ausstreckte und seine Wange umschloss, damit er sie ansah.

Ich konnte mich kaum losreißen, so intensiv fühlte ich noch immer seine blauen Augen auf mir, doch ich schaffte es schließlich und sah schnell zu meiner Uhr, um die Nervosität, die Alex ausgelöst hatte, zu überspielen.

»Ich muss mal kurz weg, bin aber gleich wieder da«, teilte ich Delano mit, stellte meinen Becher – in dem Wissen, dass ich nicht mehr daraus trinken würde, wenn ich ihn eine Sekunde lang unbeobachtet gelassen hatte – auf einem nahe gelegenen Tisch ab und machte mich dann auf den Weg zum Gemeinschaftsraum. Die Party war in vollem Gange und da die meisten in der Aula waren, hielten sich im Gemeinschaftsraum nur zwei Mädels auf, die sich einen Joint teilten.

»Schnell, ich habe gerade einen Professor hier rumschleichen sehen, ihr solltet das wohl besser draußen machen«, teilte ich ihnen mit und setzte meinen besorgtesten Blick auf.

Während die eine nur laut lachte und ihre braunen Locken nach hinten über die Schulter warf, hielt die andere kichernd den Zeigefinger vor die Lippen und sagte: »Sie hat recht. Schnell.« Doch auch sie konnte das Lachen nicht zurückhalten.

Ich verdrehte die Augen und blickte in den leeren Gang. »Oh, los jetzt. Er ist gleich da. Verschwindet oder ihr fliegt von der Uni.«

Jetzt wurde die Rothaarige aufmerksam und zog am Pulli der anderen. »Schnell, lass uns gehen.«

Lachend rannten die zwei an mir vorbei aus dem Raum und ich atmete aus. Ich schloss die Türen und ging dann zur Frauentoilette. Dort riss ich das Papier vom Knauf, kroch unter der Tür hindurch und seufzte erleichtert, als der Rucksack nach wie vor an seinem Platz stand. Ich sah hinein. Auch die Umschläge waren alle noch da und verschlossen. Also schnappte ich ihn mir und öffnete die Tür. Gerade als ich aus der Kabine trat, kam das blonde Mädchen, welches eben noch bei Alexander gestanden hatte, hinein. Sie musterte mich. Ich ignorierte sie und ihr Parfum jedoch, das mir aufdringlich in die Nase stieg. Es roch nach Reiniger, also tippte ich auf *Chanel*. Sie stellte sich an das andere Waschbecken und holte einen *Dior*-Lippenstift heraus, mit dem sie sich über die Lippen fuhr. Ich zog die Augenbrauen zusammen, weil sie bereits mindestens zwei Schichten Lippenstift trug, und trocknete dann meine Hände. Sie pustete genervt und blickte mich an.

»Was?«, fragte sie laut.

Ich schüttelte den Kopf.

»Nichts.« Ich hatte keine Zeit, um mich mit ihr zu streiten. Sie verdrehte die Augen.

Ich verließ die Toilette und steuerte den Gemeinschaftsraum an. Er war nach wie vor leer. Leider gab es an der Tür keine Schlösser, also machte ich mich direkt an die Arbeit, um keine Zeit zu verlieren. Niemand durfte mich mit den Briefen sehen. Ich öffnete den Reißverschluss und zog den ersten Brief hervor, den ich in den Türschlitz des Spindes steckte. Dann den zweiten und dritten und so weiter. Ich hatte meine Hand gerade im Rucksack, um einen weiteren Brief hervorzuholen, als die Türen aufgingen und ich mich geschockt aufrichtete.

»Verdammt, verfolgst du mich, oder was?«, erklang die Stimme eines gewissen blonden Schönlings.

Nervös zog ich die Hand aus dem Rucksack und verschloss ihn. »Also wenn, dann verfolgst du ja wohl mich. Erst der Kaffee, dann der Unterricht und jetzt der Gemeinschaftsraum, ernsthaft?

Hör lieber auf, mit mir zu sprechen, sonst könnte noch jemand denken, wir wären Freunde.«

Dann drehte ich mich wieder den Spinden zu und versuchte, meine Atmung unter Kontrolle zu bekommen. Mein Puls war auf hundertachtzig und ich wollte vermeiden, dass er es mir ansah.

Kurz herrschte Ruhe, dann sagte er mit Misstrauen in der Stimme: »Was tust du da?« Ich konnte fühlen, wie er näher kam und mein Körper spannte sich bei seiner Präsenz an, die ich immer deutlicher spürte.

»Nichts. Was machst du hier?«, fragte ich und drehte mich langsam zu ihm um. Er hatte den Kopf schräg gelegt und blickte mich eindringlich an.

»Nichts«, sagte er dann und schob die Hände in die Taschen seiner Stoffhose.

Ich wusste, dass er die Briefe nicht gesehen hatte, doch seine selbstsichere Haltung und der wissende Blick machten mich nur noch nervöser.

Um die Stille zu füllen, die eigentlich nicht unangenehm war, aber dringend ein Ende finden musste, erwiderte ich: »Wenn du hier nichts willst, kannst du ja auch wieder gehen.«

Er kniff die Augen zusammen. »Nein, ich denke nicht.«

Dann lief er zu den Tischen, ließ sich auf eine Bank fallen und betrachtete kurz die Schachfiguren.

Langsam wurde ich verdammt wütend. Er ruinierte meine Chance, nur weil er ein aufgeblasener Idiot war, der dachte, die Welt würde sich um ihn drehen.

»Was willst du?«, fuhr ich ihn an.

Er ließ sich von mir nicht einschüchtern und lehnte sich entspannt zurück. »Ich will gar nichts. Das ist ein Gemeinschaftsraum. Ich kann hier sein, wann immer ich will, die Frage ist wohl eher, warum du mich so dringend loswerden willst.«

Verdammt, ich musste mir schleunigst was einfallen lassen, um jeden aufkommenden Verdacht im Keim zu ersticken.

»Ich weiß, du glaubst wahrscheinlich, dass dich jeder liebt, aber dem ist nicht so. Mir gehst du tatsächlich mächtig auf die Nerven«, wich ich seiner Frage aus und bemühte mich dabei um einen ruhigeren Tonfall.

Sein Gesicht blieb ausdruckslos. »Tatsächlich? Das schockiert mich jetzt.« Der trockene Tonfall unterstrich die Ironie seiner Worte und er wandte den Blick zum Schachbrett, während er eine Figur – den König – zur Hand nahm und betrachtete.

Er war nerviger als Wespen im Sommer. Und selbst die wurde ich eher los als diesen Typen.

»Alex, Baby, da bist du ja«, erklang die Stimme von *Cinderella*, die ich erst im Bad getroffen hatte und die nun an der Tür stand. Ihr Tonfall war von angepisst zu zuckersüß gewechselt. Mir kam das Kotzen. Alex verdrehte die Augen.

»Maya, ich habe dir schon mehr als einmal gesagt, dass du mich nicht so nennen sollst«, brachte er mit knirschenden Zähnen hervor und stellte die Figur wieder ab.

Cinderella trat weiter in den Raum, doch blieb stehen, als sie mich sah. Ihre Miene verzog sich und wirkte nahezu angeekelt. Als wäre ich die Riesenkakerlake aus Kafkas *Die Verwandlung*. Ein Buch, welches ein Ex-Freund meiner Mutter bei uns vergessen hatte und in dem sich ein Mensch scheinbar grundlos am Morgen in ein riesiges Ungetier verwandelte und schließlich mehr oder weniger von seiner Familie umgebracht wurde.

»Was habt ihr gemacht?«, fragte sie nun verunsichert.

Am liebsten hätte ich ihr gesagt, dass ich ihrem Freund den besten Blowjob seines Lebens verpasst hatte, nur um ihren Gesichtsausdruck zu sehen. Nach was, verdammt, sah es denn aus?

»Nichts, lass uns gehen.« Alex stand auf und ging an *Cinderella* vorbei. Sie warf mir noch einen letzten vernichtenden Blick zu und lief ihm schließlich nach wie ein Schoßhündchen.

Ich brauchte eine Sekunde und stellte sicher, dass sie tatsächlich weg waren. Dann atmete ich durch und verteilte die Briefe, holte noch die letzte Ladung und verteilte auch sie, bevor ich den Rucksack wieder nach oben brachte. Ich wollte gerade die Tür öffnen, als ich Delanos Stimme hörte. Er stand im spärlich beleuchteten Gang und betrachtete eins der Gemälde.

»Hey, da bist du ja. Habe knapp zwanzig Minuten unten gewartet.«

Mist, ich hatte ihn vergessen.

»Sorry, ich wollte wiederkommen. Aber dann war ich so müde und na ja. Was siehst du dir an?« Ich war zu erschöpft, um mir eine anständige Ausrede auszudenken.

Er lächelte verständnisvoll. »Ja, alles gut.«

Ich trat neben ihn und blickte ebenfalls auf das Gemälde uns gegenüber. Es war mit einem goldenen Rahmen hervorgehoben und zeigte einen älteren Mann in feinem Anzug, der in der Mitte des Bildes mit Gehstock posierte.

»Das ist George von Heidelberg. Ein deutscher Auswanderer, der damals um Achtzehnhundert Direktor dieser Schule war.«

Ich war sehr glücklich darüber, dass ich Delano erfolgreich abgelenkt hatte. »Na, du bist ja gut informiert.«

»Ja, habe den Namen unterm Bild gelesen und gerade den *Wikipedia*-Artikel überflogen, weil ich wissen wollte, wie man es schafft, an der Wand so einer Uni zu hängen.«

Ich lachte auf, während ich noch einen Schritt näher ans Bild herantrat. Georg von Heidelberg hatte ziemlich eingefallene Wangen und auch wenn die Ölfarben natürlich nicht unbedingt fotoähnlich waren, konnte man die Augenringe und die schmalen Lippen sowie die riesige Nase gut erkennen.

»Siehst du dir manchmal die Bilder solcher Leute an und denkst: Unsere Generation ist viel hübscher?« Es war vielleicht der Alkohol, der mich denken ließ, dass ich auch nur ansatzweise lustig war, doch Delano prustete los.

»Tatsächlich, ja.«

Wir sahen noch einige Minuten lang gemeinsam die weiteren Gemälde an, bevor ich wieder vor meinem Zimmer angekommen war und innehielt.

»Ist das dein Zimmer?«

Ich nickte. »Wo ist deins?«

Er deutete auf die Tür weiter vorn im Gang. »320, wenn du willst, können wir morgen früh zusammen nach unten gehen, du kommst ja an meinem Zimmer vorbei.«

Ich lächelte wieder und nickte erneut. »Gern. Dann gute Nacht.«

»Nacht«, erwiderte er lächelnd und ging nun auch den Gang zurück zu seinem Zimmer.

Sobald ich meinen Raum betreten hatte, stellte ich den Rucksack auf dem Boden ab und ging schließlich auch auf direktem Weg ins Bad und dann ins Bett. Der erste Tag hatte mich schon komplett fertiggemacht, wie sollte ich so was nur drei Jahre lang aushalten?

8 Alex

Ich hatte mein Telefon stumm geschaltet, umgedreht neben mich gelegt und wusste trotzdem, dass Maya nicht aufhörte, mir zu schreiben. Ich hatte das große Glück, dass ich keine einzige Vorlesung mit ihr zusammen hatte und versuchte, wenigstens in eben diesen so zu tun, als würde sie mir nicht am Arsch kleben. Vor allem nach der Feier am gestrigen Abend, wo ich sie so sehr abgefüllt hatte, in der Hoffnung, sie würde am Morgen verschlafen und mir wenigstens nur ein paar Minuten Ruhe gönnen. Ich war nicht der Typ dafür, jemanden wissentlich mit meinen Worten zu verletzen, und ließ lieber so lange das arrogante Arschloch raushängen, bis sie von selbst verschwanden. Doch Maya hatte sich bis jetzt nicht davon beeinflussen lassen. Selbst als sie mir gestern bei der Feier von ihrem Shoppingtrip in verschiedene Unterwäschegeschäfte berichtet hatte und ich auf die Frage, ob ich ihr die neuen Teile nicht gern mal ausziehen wolle, stumm geblieben war, war mein Blick nur im Raum umhergewandert. Ich hatte sie bis auf ein paar dahingesagte Antworten eigentlich ignoriert und gerade, als sie zur Toilette marschiert war und ich meine Chance gesehen hatte, von der Verrückten loszukommen und mich im vermeintlich leeren Gemeinschaftsraum verstecken wollte, war ich auf die Verrückte Nummer zwei getroffen.

Ich wusste, dass dieses schwarzhaarige Mädchen, welches wohl gut auch die Hauptbesetzung in *The Ring* verkörpern könnte, irgendetwas im Schilde geführt hatte. Doch es interessierte mich nicht weiter. Sollte sie doch tun und lassen, was sie wollte, solange es nicht mein Problem war. Jedoch hatte sie so nervös gewirkt, dass ich mir einen Spaß daraus gemacht hatte, sie auf die Palme zu bringen. Ich wusste bereits dank der ersten Begegnung mit ihr, dass sie direkt von null auf hundert schoss, wenn ihr etwas nicht passte und auch wenn ich dieses dumme Projekt immer noch verfluchte, weil wir zusammenarbeiten sollten, stellte ich es mir sehr amüsant vor, sie bei jeder Kleinigkeit ausrasten zu sehen.

Apropos.

»Du siehst aus, wie ich mich fühle«, gab der Student neben mir mit einem Grinsen zu.

Ich hob den Blick und merkte erst dann, wie verkrüppelt meine Haltung gerade war. Also streckte ich den Rücken durch und bemühte mich, wenigstens nicht ganz so gelangweilt auszusehen.

»Ich glaube, wenn der Prof noch einmal mit einer Anspielung auf die *Hobbit*-Bücher um die Ecke kommt, muss ich mir die Kugel geben«, antwortete ich schließlich.

Der Student neben mir lachte in sich hinein und die braunen Locken fielen ihm in die Stirn. »O ja, warte, bis du eine Vorlesung bei Professorin Baldwin hast. Die hat gestern zwei Stunden lang keine Möglichkeit ungenutzt gelassen, um zu erwähnen, dass sie einen eigenen *Wikipedia*-Artikel hat und auch einen Bloggerkanal übers Stricken. Wenn jemand Interesse hätte, sich das mal anzusehen.«

Nun musste auch ich grinsen. Irgendwie kam er mir bekannt vor. Die Augen, die außen in einer hellen braunen Nuance leuchteten und nach innen hin grün wurden, sowie das aristokratische Kinn und die gerade Nase hatte ich schon einmal gesehen. »Woher kenne ich dich?«

Sein Gesichtsausdruck wurde von der einen zur anderen Sekunde etwas ernster. »Ich bin Schauspieler und meine Eltern sind die Gründer von Cameranow. Wir produzieren Kameras für die ganzen Hollywood-Blockbuster.«

Es gefiel mir sehr, dass er diese Worte eher widerwillig herausrückte und damit nicht angab. Ich hatte wohl eine Spur zu lange überlegt, also half er mir auf die Sprünge.

»Caleb Findlay, wahrscheinlich kennst du mich aus *Dynasty Island*.« Er reichte mir die Hand.

Ich nahm sie entgegen und endlich fiel der Groschen. Ich war kein Fan von Serien oder Filmen, aber tatsächlich hatte ich die erste Staffel seiner Serie gesehen, nachdem sie absolut durch die Decke gegangen und mehrere Preise abgeräumt hatte. Nur hatte ich dann wegen Zeitmangels irgendwann nicht mehr weiter geschaut. »Freut mich.«

Das Räuspern des Professors ließ mich innehalten. »Meine Herren, sind sie dann fertig?«

Ich spürte den Blick von dem *The-Ring*-Mädchen im Nacken und hielt mich die restliche Zeit mit Gesprächen zurück.

Nach weiteren quälenden vierzig Minuten beendete der Professor die letzte Vorlesung in Sachenrecht und nachdem Caleb mir noch seine Handynummer gegeben hatte, wartete ich am Türrahmen, bis Miss Gothic ihr Zeug zusammengepackt hatte und gerade an mir vorbeilief. Ich folgte ihr, weil wir noch etwas zu klären hatten.

»Gib mir deine Telefonnummer.«

Sie drehte sich verwirrt zu mir um und blieb abrupt stehen. »Nein. Das war der jämmerlichste Anmachversuch, den ich je gehört habe, und vor allem, nachdem ich dir gestern Abend gesagt habe, dass ich dich nicht leiden kann, auch ganz schön mutig.«

Sie verzog bei diesen Worten angeekelt die Lippen, doch ihre Augen, welche im Licht wallnussbraun glänzten, von der Form her denen eines Rehs sehr nahekamen und deren Pupillen erweitert wirkten, verrieten mir, dass sie mich trotzdem attraktiv fand. Natürlich tat sie das.

Doch weil ich nicht mal im Traum daran interessiert war, sie über diese Hausarbeit hinaus kennenzulernen – und dies auf Gegenseitigkeit beruhte – sagte ich nur gelassen: »Ich springe lieber bei vollem Bewusstsein und ohne Fallschirm aus einem Flugzeug, als dich anzumachen. Gott, nein.

Ich will dich lediglich erreichen können, damit wir mit der Hausarbeit anfangen können. Glaub mir, danach lösche ich deine Nummer gern sofort aus meinen Kontakten.« Ich ließ meine Augen provokant an ihrem dünnen Körper hinab und wieder hinauf wandern und ergänzte: »Keine Sorge, dich würde ich nicht mit der Kneifzange anfassen.«

Sie verdrehte genervt die Augen und verschränkte die Arme. »Bist du mittlerweile so verbittert, weil es keine mit dir aushält, dass du jetzt schon so tust, als hättest du Auswahl? Na, dann gib mir das Handy. Scheiße, ich habe nicht ewig Zeit.«

Entzückend.

Ich gab ihr das Telefon und sie tippte. Es war interessant, jemanden aus unseren Kreisen mit nahezu Fremden *so* sprechen zu hören. Die meisten Familien mit Geld hatten penibel immer darauf geachtet, ihren Kindern das Verwenden von solchen Schimpfwörtern abzugewöhnen. Wenigstens in der Öffentlichkeit. Jetzt, da ich so nah vor ihr stand, fiel mir auch auf, dass ich keine riesige Parfümwolke entgegengeschleudert bekam. Mittlerweile kannte ich die liebsten Düfte der Damen, mit denen ich meine Zeit verbracht hatte. Es waren eigentlich immer die gleichen Marken. *Yves Saint Laurent, Chanel, Prada …*

Ja, sie dufteten gut, aber nachdem man dasselbe Parfum an fünf verschiedenen Frauen bemerkt hatte, war es genug. Miss Gothic hingegen roch nur sehr leicht nach Rose mit einem Hauch von Vanille. Würde ich näher kommen, wäre der Geruch vielleicht intensiver, doch da ich das nicht vorhatte und bemerkte, dass ich wie ein Geisteskranker seit einer Minute auf ihren Hals starrte, verwarf ich den Gedanken und nahm mein Handy wieder entgegen.

Raven – Rabe.

Ich musterte sie erneut. Die dunkle Ausstrahlung und der Todesblick passten zu ihrem Namen.

»Was?«, fuhr sie mich an.

Ich schüttelte amüsiert den Kopf und versuchte, das Grinsen zu unterdrücken. »Nichts, aber du kannst deiner Mutter sagen, dass dein Name eine gute Wahl war.«

Nun zog sie verwirrt die Augenbrauen zusammen, drehte sich schließlich um und ging ohne ein weiteres Wort.

Trotzdem konnte ich mir nicht verkneifen, ihr lautstark hinterherzurufen: »Ich schreibe dir.«

Als Antwort kam nur ein »Tu's nicht!« zurück.

Ich hatte ihre Bitte natürlich nicht beherzigt und ihr eine Stunde später geschrieben, dass wir uns heute Abend in der Bibliothek treffen sollten, um wenigstens erst mal ein Grundgerüst für unser Projekt auszuarbeiten.

Zurück kam überraschenderweise ein *Okay*. Ich wusste zwar nicht was, aber trotzdem hatte ich etwas anderes erwartet.

Ich stellte die Einkaufstüten neben dem Minikühlschrank, den ich, fast wie in einem Hotel in einem Schrank gefunden hatte, ab. Noch nie in meinem Leben musste ich Lebensmittel einkaufen. Ich war zwar schon ab und zu in einem Supermarkt gewesen, um mir spontan etwas zu holen, aber so wirklich für mich eingekauft, hatte ich noch nicht. Es war schließlich immer alles da gewesen. Der Kühlschrank zu Hause wurde jeden Tag von der Haushälterin frisch eingeräumt. Jetzt musste ich die Artikel selbst suchen. Ich wollte mich ungern je wieder an so einem Ort mit so vielen Menschen aufhalten, die nie etwas von Abstand gehört hatten. Doch ich würde wohl nicht drum herumkommen. Also räumte ich die Sachen ein und machte mich dann bereits auf den Weg in die Bibliothek. Auch wenn in dieser nach den Lesungen keine Uniformpflicht mehr bestand, hatte ich das Hemd und die Hose anbehalten. Schließlich unterschieden sie sich nicht großartig von den Sachen, die ich ohnehin trug. Nur die Krawatte hatte ich im Zimmer gelassen, einen Knopf des Hemdes geöffnet, um mich nicht mehr so förmlich zu fühlen, und mir meinen schwarzen Mantel übergeworfen.

Als ich aus dem Gebäudekomplex trat, war die Luft draußen kühl, nebelig und es nieselte. Selbst auf dem Campus konnte man das Meer hören und eine Gänsehaut überzog meinen Körper. Im Dunklen betrachtet, wirkte das riesige Grundstück mit den Wiesen und den altmodischen Laternen schon etwas schauderhaft – und das, obwohl es erst acht Uhr abends war. Die Bibliothek befand sich in einem kleineren Gebäude neben der Hauptuniversität.

Als ich sie durch die schwere Holztür betrat, kam mir ein Schwung warmer Luft entgegen. Ich lief den Gang nach vorn, auf das Pult der Bibliothekarin zu und zeigte den Ausweis vor. Dann verschaffte ich mir einen Überblick. Hohe Regale türmten sich in Reihen auf. Davor befanden sich auf der rechten und linken Seite im hinteren Teil des Raumes die Tische, an denen Studenten friedlich arbeiten konnten. Jeder Tisch hatte – wie im Gemeinschaftsraum der Uni auch – eine kleine Lampe darauf stehen. Weiter vorn zu meiner Rechten befand sich außerdem eine gemütlich aussehende Sitzecke, die vor einem Kamin stand, in welchem Feuer vor sich hin knisterte.

Ich machte mich auf den Weg durch die Reihen zwischen den Bücherregalen, um Raven zu finden. Die Regale, die aus dem gleichen dunkelbraunen Vollholz bestanden wie die Möbel auf unseren Zimmern, waren in verschiedene Genres und Themenfelder eingeordnet.

Ich streifte eine Weile durch das Erdgeschoss, konnte meine Hausarbeitspartnerin aber nirgends finden, also ging ich bereits leicht genervt die erste Treppe hoch, die sich hinter dem Pult der Bibliothekarin in der Mitte des Raumes befand. Hier standen die Tische ganz vorn, während die Regale weiter hinten zu finden waren. Der leer scheinende Bereich hinter den Regalwänden ließ mich vermuten, dass auch dort am Ende des Raumes noch Tische standen. Bis auf ein paar vereinzelte Studenten, die im Schein der

Kronenleuchter lernten oder ihre Hausarbeit an einem der vielen Tische schrieben, war es ruhig. Da die meisten wichtigen Themenfelder unten eingeordnet waren, war das erste Obergeschoss fast leer. Ich kämpfte mir erneut den Weg durch den Irrgarten an Regalen und sah Raven über ihr Handy gebeugt an einem der hinteren Tische sitzen. Ich hatte bereits am Anfang wenig Lust auf den heutigen Abend gehabt, doch nun, als ich sie dort sitzen sah, verging mir auch noch das letzte bisschen Motivation.

Sie hatte einen Kaffee neben sich stehen, jedoch war es nicht der frische aus dem kleinen Café auf dem Gelände, sondern ein Supermarkt-Iced-Coffee, wie ich ihn heute beim Einkaufen gesehen hatte.

Wie konnte man dieses Zeug dem richtigen Kaffee vorziehen? Am Geld konnte es nicht liegen, wenn sie hier studierte.

Ich ließ meinen Rucksack auf den Stuhl neben mich fallen und setzte mich ihr gegenüber auf einen der unbequemen Holzstühle. Sie strich eine schwarze, glatte Haarsträhne hinters Ohr und blickte auf.

»Du hättest ja wenigstens schon mal ein paar Bücher raussuchen oder eine Art Skizze für den Aufbau der Hausarbeit machen können«, sagte ich vorwurfsvoll.

Sie legte das Handy weg und blickte mich gleichermaßen angepisst aus halb gesenkten Lidern an. »Noch irgendwas? Eigentlich hätte ich sie auch schon fertig haben können und dir mit einer Flasche Wein und französischem Käse übergeben sollen, oder?«

Ich atmete tief durch. »Ja, aber wo bliebe da der Spaß, nicht wahr? Man muss die Zeit ja nicht unbedingt verschwenden. Was hast du gemacht? *Angry Birds* gespielt?«

Sie verzog die vollen Lippen zu einem Lächeln. Jedoch war es nicht die nette Art Lächeln, sondern die Art, vor der man fliehen sollte.

»Genau, nur dass ich dein Gesicht per *Photoshop* auf die Vögel gesetzt habe. So hat es mehr Spaß gemacht.« Weiter holte sie nicht aus, doch mehr wollte ich auch nicht wissen.

»Also, wo ist der Zettel mit den Informationen?«, fragte ich, als ich ihn nirgends liegen sah.

Verwirrt musterte sie mich. »Ich habe ihn nicht. Du hast ihn mir aus der Hand gerissen, als ich ihn gezogen habe und ihn mir nie zurückgegeben.«

»Das ist nicht wahr, ich habe ihn auf das Pult gelegt, du hast ihn genommen und wir sind raus aus dem Vorlesungssaal«, protestierte ich. Das war ja wohl das Letzte. Mich jetzt auch noch für ihre Vergesslichkeit verantwortlich zu machen.

Sie schüttelte den Kopf. »Ich bin vor dir raus und habe nichts mitgenommen.«

Fuck. Ich fuhr mir mit den Händen übers Gesicht. »Du willst mir also erzählen, dass wir den Zettel im Vorlesungssaal vergessen haben und jetzt nicht mal anfangen können, weil du es nicht auf die Reihe bekommen hast, ihn mitzunehmen?«

Wütend stand sie auf und ihr Stuhl schob sich lautstark nach hinten. »Ist das eigentlich dein Ernst? Warum bist du so ein verzogenes, reiches Kind, meine Güte? Du bist es vermutlich gewöhnt, dass dir Mummy und Daddy alles nachräumen, komm im Leben an, Alexander! Hier musst du einige Dinge allein machen. Also gib mir nicht die Schuld für so was Unwichtiges.«

Sie hatte sich so in Rage geredet, dass die ganze Bibliothek sie nun hören musste und ich mich wunderte, dass die Bibliothekarin uns noch nicht verwarnt hatte.

Doch auch ich wurde mit jedem Wort, was aus ihrem Mund kam, zunehmend wütender. »Tu doch nicht so, als wärst du der Unschuldsengel! Wenn du an diese Uni gehst, haben deine Eltern wahrscheinlich auch Geld, also warum verurteilst du mich dafür? Außerdem haben meine Eltern nichts mit diesem verdammten Zettel zu tun! Du hast ihn gezogen und ich bin davon ausgegangen, dass du ihn auch mitnimmst.« Ich stützte mich mit den Händen an der Tischplatte ab und hatte kaum gemerkt, dass ich ebenfalls aufgestanden war.

Raven suchte bereits ihre Sachen zusammen und war im Begriff zu gehen.

»Okay, um es für dein eingebildetes Hirn klar auszudrücken«, begann sie und zeigte mit dem Zeigefinger auf ihre Schläfe, »ich hole den Zettel bei der nächsten Vorlesung, damit du, *Prinz Charming*, keinen Stress hast. Aber dafür reißt du dich beim nächsten Mal zusammen, denn ich hätte gern wirklich eine gute Hausarbeit.«

Sie drehte sich um, nahm ihre Jacke vom Stuhl und lief den Gang bis zu den Treppen nach vorn. Ihre Haare flossen über ihren Rücken und sie trug nun Sweater und Jeans statt der Uniform.

Wenn sie Geld und jeden, der es besaß, so sehr hasste, stellte ich mir die Frage, warum sie an dieser Uni war. Vielleicht hatten ihre Eltern erst vor kurzer Zeit im Lotto gewonnen oder waren auf andere Art zu Geld gekommen und sie war es nicht gewohnt, so viel davon zu besitzen. Auch ein Stipendium war eine Möglichkeit, jedoch sehr unwahrscheinlich. Es würde so einiges erklären. Doch die Sache, von der ich mir vorhin noch Unterhaltung versprochen hatte, machte mir nun doch das Leben schwer. Diese Frau musste sich dringend entspannen.

Ich ließ mich wieder zurück in den Stuhl fallen und sah zur Decke.

Auch ich musste diesen Kurs bestehen, sonst würde mir mein Vater den Hals umdrehen. Warum musste alles immer so furchtbar schiefgehen?

9 Raven

Warum waren die Hübschen immer die größten Idioten? Es war mir egal, ob man mir vorwarf, Vorurteile zu haben, da sie sich gerade wieder bewahrheitet hatten. Die Leute hier waren wie Cloé. Arrogant und es nicht gewohnt, sich um Dinge selbst zu kümmern. Ich konnte nicht glauben, dass Alexander tatsächlich dachte, ich würde ihm auch noch den Zettel hinterhertragen. Er hatte ihn zuletzt und anstatt es sich einzugestehen, machte er mir Vorwürfe? Wahrscheinlich war er so verzogen, dass es für ihn normal war, nichts selbst erledigen zu müssen, während Menschen wie ich alles allein taten. Er war genau, wie ich ihn mir vorgestellt hatte. Er besaß alles und regte sich trotzdem über jede Kleinigkeit auf. Damit gehörte er zu der Gruppe Menschen, die ich am meisten verabscheute.

Ich kam aus der Bibliothek und zog den Reißverschluss meiner Jacke ein Stück höher, als mich die kühle Luft und der Nebel umfingen. Langsam nahm der Wind zu, aber es war noch nicht unangenehm. Ich ließ den Blick zum Universitätsgebäude schweifen, doch entschied mich kurzerhand dafür, noch etwas Zeit am Wasser zu verbringen. Es war Vollmond und daher nicht so dunkel, dass man es nicht sehen konnte. Trotzdem wollte ich nicht unbedingt allein in der Nacht nach unten an den Strand gehen und rief kurzerhand Delano an.

»Hey, wie läuft die Hausarbeit mit dem Hottie?«, fragte er und ich konnte das Grinsen auf seinen Lippen fast vor mir sehen.

»Gar nicht. Das Genie hat den Zettel mit den Vorgaben vergessen und es mir in die Schuhe geschoben. Gerade habe ich überlegt, noch kurz an den Strand zu gehen, um mich abzureagieren, willst du runterkommen?«

Es folgte eine kurze Pause, doch dann räusperte er sich und sagte: »Klar. Bin gleich da. Stehst du noch vor der Bibliothek?«

Ich nickte, auch wenn er es nicht sah. »Ja, bis gleich.«

Ich steckte das Handy zurück in die Tasche und lief ein kleines Stück nach vorn, damit ich ein weiteres Treffen mit Alex vermeiden konnte. Er würde sicher auch gleich aus der Tür kommen.

Es vergingen rund zehn Minuten, bis Delano lässig angeschlendert kam.

Alex hatte ich in dieser Zeit zum Glück doch nicht gesehen.

»Okay, dann lass uns gehen. Sie haben eine Metalltreppe an den Klippen, die man hinuntersteigen kann.«

Ich folgte ihm und ging seine Worte noch einmal durch. »Du bist aber kein Mörder, der mich dann ins Meer schmeißt, oder?«

Das Lachen, welches zweifellos ehrlich war, brachte mich dazu mit zu lachen. »Nein, keine Sorge, ich sollte vielleicht eher Angst vor dir haben, schließlich hast du mich hierherbestellt.«

Die paar Minuten Fußweg über das Gelände und die noch mal gut fünf Minuten, raus aus dem gruselig aussehenden Eingangstor – welches im Nebel noch unheimlicher wirkte – bis zu den Klippen verliefen schweigend. Doch es war keine peinliche Stille. Ganz im Gegenteil, es war beruhigend. Dann stiegen wir vorsichtig und mit Handy-Taschenlampe die Metalltreppen nach unten und setzten uns nicht weit davon in den Kies. Das Meer war ruhig und ich sog die frische, salzige Nachtluft ein.

»Erzähl mir ein bisschen was über dich«, forderte ich, den Blick nach oben in den klaren Sternenhimmel gerichtet. Wir kannten uns erst seit gestern Abend und ich wüsste gern mehr über die wohl einzige bodenständige Person an dieser Uni.

Auch er blickte nach oben und die leichten Locken fielen ihm aus der Stirn. »Was willst du hören?«

Ich zuckte die Schultern. »Ich weiß nicht. Was sind deine Hobbys? Hast du Geschwister?«

Er dachte kurz nach und füllte dann wieder die Ruhe, ohne vom Himmel wegzusehen. »Meine Eltern sind beide in der Politik. Ich bin süchtig nach *Netflix*, lese gern und bin Einzelkind. Jetzt du.«

Ich hatte mir nicht direkt eine Geschichte zurechtgelegt, aber konnte schon immer improvisieren. Außerdem war mir klar, dass er mich das Gleiche fragen würde wie ich ihn. »Meine Mutter arbeitet als Zahnarzthelferin, aber mein Vater hatte vor einiger Zeit viel Glück mit Aktien und dadurch sind wir an eine gute Stange Geld gekommen, weshalb sie das Studium auch finanzieren können. Ich habe nicht wirklich Hobbys, eigentlich habe ich die meiste Zeit mit meinen *Freunden* verbracht. Außerdem habe ich einen kleinen Bruder namens Thomas.« Der erste Teil war nicht einmal ganz gelogen. Meine Mutter hatte eine Ausbildung zur Zahnarzthelferin gemacht und auch meine Kindheit lang in dem Beruf gearbeitet, bevor sie abgerutscht war.

Delano sah zu mir. »Wieso betonst du das Wort *Freunde* so?« Seine Finger formten Gänsefüßchen in der Luft.

Ich schüttelte traurig lächelnd den Kopf. »Weil es Menschen sind, die ich lange als Freunde bezeichnet habe und trotzdem auf die harte Tour lernen musste, dass ich nicht wirklich dazugehöre, auch wenn ich es eigentlich schon lange wusste.«

Sein Blick verriet mir, wie er mitfühlte. Delano war sehr offen. Man hatte nie das Gefühl, er würde einem etwas vorspielen oder seine Gefühle filtern. Das gefiel mir. Er war echt. »Kennen wir solche Menschen nicht alle?«

Ich richtete meinen Blick auf die Wellen. »Ich schätze schon. Was liest du?«

»Ich weiß, dass du versuchst abzulenken, aber das lasse ich dir durchgehen. Hauptsächlich Klassiker. Mein Lieblingsbuch ist *1984* von George Orwell. Aber auch Jane-Austen-Bücher sind echt gut, genau wie *Der große Gatsby*. Liest du?«

Die Wellen wurden langsam etwas unruhiger, da der Wind zunahm.

»Nein, eigentlich überhaupt nicht. Ich hatte nie das …« Ich stoppte mich, bevor ich den Satz beenden konnte. Ich wollte sagen, dass ich nie das Geld und die Zeit dafür hatte, doch es war wohl besser, das nicht auszusprechen.

»Nie das?«, wiederholte Delano, damit ich meinen Satz von eben wieder aufnahm und aufhörte, ihn so nachdenklich anzustarren.

»Nie die Lust, meine ich. Es muss langweilig sein, nur auf Buchstaben zu schauen.«

Er gab sich damit zufrieden und grinste, während er sich auf den Kies legte und in den Himmel sah. »Nein, es sind nicht nur Buchstaben. Es sind Geschichten, Leben, eine Flucht aus der Realität. Es sind Welten, in die man nie anders eintauchen könnte. Ein Zugang, der Nicht-Lesern absolut verwehrt bleibt. Der dich aus gesellschaftlichen Zwängen befreit und dir einfach erlaubt, zu träumen.«

Ich drehte den Kopf zu ihm. »Es klingt schön, wenn du das so sagst.«

Er schmunzelte. »Ja, denn Worte haben eine ungeheure Macht. Sie können ganz verschiedene Gefühle hervorrufen und Leben verändern.«

Ich wusste, dass er recht hatte, aber manchmal war es auch besser zu schweigen. Denn Worte waren eben Waffen. Und manchmal kam es mir so vor, als wären sie meine liebsten. Wenn ich etwas sagte und es später bereute, aber trotzdem weitersprach. Es fiel mir schwer, den Abzug nicht länger zu drücken, vor allem, wenn die andere Person genau das Gleiche tat. Manchmal fühlte ich mich dann wie eine Heuchlerin, wenn ich jemandem im Streit furchtbare Dinge an den Kopf warf und dann versuchte, es wieder geradezurücken.

Delano würde es wahrscheinlich nicht verstehen. Wenn Reiche sich stritten, war es meist eine andere Ebene, als wenn die Leute aus meinem Umfeld es taten. Davon ging ich zumindest aus. Der Streit der Reichen war gewaltlos und meist so ausgerichtet, dass nur hinter dem Rücken des anderen gesprochen wurde. Niemand wollte sein Gesicht verlieren oder die Wut zu offen zur Schau stellen, während bei uns geschlagen, gebissen, geschrien und zerstört wurde.

»An was denkst du?«, holte mich Delanos Frage zurück.

»Nichts Wichtiges. Vielleicht sollten wir besser zurückgehen, es wird spät.«

Am Morgen hatten wir als erste Vorlesung wieder *Ethische Wissenschaft*, was mir die Möglichkeit gab, den Zettel zu holen. Delano hatte sich neben mich gesetzt und versuchte verzweifelt, mit dem Mitschreiben hinterherzukommen, während ich mir nur ab und zu einen Stichpunkt notierte. Mehr brauchte mein Kopf nicht, um nach diesem kurzen Anstupsen die gesamte Vorlesung wieder aus den Tiefen meiner Erinnerung hervorzuholen.

Auch wenn Delano nicht das Gleiche studierte wie ich, hatte er auch den Ergänzungsbereich Philosophie und Ethik gewählt.

»Willst du das Fach nicht bestehen?«, flüsterte er verwirrt, als er sah, wie ich gelangweilt an meinen Nägeln knibbelte. Ich hasste es, dass ich sie nie wirklich lang wachsen lassen konnte, sie waren einfach zu brüchig.

»Doch, natürlich, aber ich habe so eine Art fotografisches Gedächtnis. Stell es dir so vor, als hätte ich gerade auf Aufnahme geschaltet und wenn ich irgendwas aus der Vorlesung brauche, erinnere ich mich praktisch auf Knopfdruck.«

Verwirrt sah er mich an. »Du verarschst mich.«

Ich lächelte. »Nope, google es.«

Er richtete den Blick wieder nach vorn, doch sagte noch: »Keine Zeit. Ich bin normal und muss mir Dinge aufschreiben.«

Ich grinste und schenkte meine Aufmerksamkeit dann ebenfalls wieder Professor Edwards. Leider blieb sie nicht dort, sondern fiel auf einen dunkelblonden Hinterkopf.

Schon wie er dasaß. Seine Haltung, als würde ihm der Raum gehören, und da er nur zwei Reihen weiter unten saß, konnte ich mit viel Anstrengung erkennen, dass der Kugelschreiber, den er in der Hand hielt, seinen Namen eingraviert hatte. Seinen verdammten Namen!

Er sprach ab und zu leise mit einem anderen braunhaarigen Studenten und verfolgte sonst mühelos die Vorlesung.

Ich verengte die Augen zu Schlitzen, in der Hoffnung, er würde den bösen Blick spüren, den ich ihm zu warf.

Dem war leider nicht so. Der Professor erzählte gerade von seiner Tochter, die nach Italien gezogen war, um es mit der Frage in Verbindung zu bringen, ob es moralisch gesehen in Ordnung ist, seine Familie zurückzulassen, wenn man sich vom Auswandern selbst ein glücklicheres Leben erhoffte. Alexander schenkte mir deshalb wenig Aufmerksamkeit und ich hatte Zeit, meinen Plan in die Tat umzusetzen. Ich riss mir ein Blatt aus meinem Notizblock, der neben dem Laptop lag, und zerteilte es so vorsichtig und lautlos in kleine Stücke, wie ich konnte. Delano sah zu mir herüber, wandte den Blick jedoch schnell kopfschüttelnd wieder ab.

Ich zerknüllte das Papier, bis kleine Kügelchen entstanden, und wartete, bis Professor Edwards sich zu seinen Folien umdrehte. Dann warf ich sie auf den arroganten Schnösel in Reihe drei. War das kindisch? Ja, wahrscheinlich schon. *Aber was soll's?*

Die erste Papierkugel verfehlte ihr Ziel, doch die zweite traf. Ich wandte den Blick ab und starrte stattdessen auf den Laptop, an dem ich nun seltsame Buchstabenkombinationen tippte, um unauffälliger zu wirken. Es war eigentlich das Gleiche, wie wenn man nicht angesprochen werden wollte und auf seinem Handy die Taschenrechner-App öffnete, um beschäftigt auszusehen.

Alex drehte sich verwirrt um und nahm mich dann ins Visier. Er formte Worte mit den Lippen, die verdächtig wie *»Dein Ernst?«* aussahen.

Ich zuckte nur mit den Schultern und erwiderte den verwirrten Blick.

Diese Situation wiederholte sich an die vier Mal, bis auch der Student neben ihm in meine Richtung sah. Alex wurde von Mal zu Mal wütender, während ich Spaß hatte.

Ich lächelte in mich hinein und wandte mich meinem Laptop zu, als plötzlich auch mich eine Papierkugel an der Stirn traf und ich Alex wieder meine Aufmerksamkeit schenkte. Er hatte nur darauf gewartet und warf mir die nächste Kugel mitten ins Gesicht. Ich wollte wütend sein, doch stattdessen begann ich zu lachen und auch wenn er es nicht wollte, sah ich das Lächeln, welches sich auf seinen Lippen ausbreitete, bevor er sich wieder umdrehte.

Als die Vorlesung vorbei war, hatte ich mein Zeug bereits eingeräumt und ging auf den Professor zu.

»Lassen sie mich raten, Ms. Harris, Ihnen beiden ist mittlerweile aufgefallen, dass der Zettel fehlt?«

Ich nickte und versuchte, nicht auf den Krümel zu starren, der sich in seinem weißen Bart verfangen hatte.

Er kramte in seiner Tasche und hielt mir besagten Zettel hin. Ich nahm ihn dankend entgegen und verließ dann den Saal. Dass Delano direkt die nächste Vorlesung hatte, während ich eine kurze Pause einlegen konnte, erwies sich als sehr praktisch, denn auf dem Weg zu meinem Zimmer erreichte mich eine Nachricht. Jedoch nicht auf meinem normalen, sondern auf dem Wegwerftelefon.

Anonym: Fünf Gramm. Was ist der Preis? Was bietest du noch?

Eigentlich sollte meine erste Bestellung mich glücklich machen, aber das tat sie nicht. Ganz im Gegenteil, ich wollte dieser Person nichts verkaufen, doch nur so konnte ich auf der Uni bleiben und sicherstellen, dass Thomas bei Lyra untergebracht war. Ich wusste, dass unser Streit keine Auswirkungen auf ihn haben würde. Dafür war Lyra pflichtbewusst genug.

Ich erinnerte mich kurz an die Preisliste.

Ich: 300 £. Was brauchst du noch?

Ich war im Zimmer angekommen und es dauerte keine halbe Minute, bis die Antwort kam.

Anonym: Marihuana noch 20 Gramm. Spind 178, Kombination 5482, brauche beides bis heute Abend.

Ich: Bekomme ich hin. Preis verdoppelt sich.

Ich stellte meinen Rucksack neben den Schreibtisch und ging zum Schrank, in dem ich die ganzen Drogen verstaut hatte. Ich durfte niemals jemanden in dieses Zimmer lassen. Auch wenn der Schrank verschlossen war und ich den Schlüssel immer mit in meinem Rucksack herumtrug, war die Gefahr zu groß.

Ich holte die Lebensmittelwaage, die Drogen und die Beutel heraus und machte mich an die Arbeit. Ich wog alles ab und packte es in die kleinen wiederverschließbaren Beutelchen und dann in den Briefumschlag.

Kurz bevor die Vorlesung in *Einführung in die Rechtswissenschaft* begann, begab ich mich zum Gemeinschaftsraum und suchte den Spind mit der Nummer 178. Mein Puls war unglaublich in die Höhe gestiegen und meine Hände zitterten. Es waren ein paar Studenten im Zimmer, die lernten und mir wenig Beachtung schenkten. Ich musste mich so unauffällig wie möglich verhalten und das schaffte ich, indem ich so tat, wie als wäre es mein Spind. Ich gab die Kombination ein und er sprang auf. Schnell legte ich den Briefumschlag hinein und nahm das Geld raus, welches ich erst im Inneren des Spindes kurz durchzählte und danach augenblicklich in meinen Rucksack warf. Dann schloss ich die Tür und ging wieder aus dem Raum.

Auf dem Gang atmete ich auf und blickte auf meine Uhr. Die Vorlesung würde jede Minute losgehen und ich hatte nicht genug Zeit, um das Geld ins Zimmer zu bringen, also nahm ich es mit. Noch nie in meinem Leben hatte ich einfach sechshundert Pfund mit mir herumgetragen. Es gehörten mir zwar nur zweiundvierzig von ihnen, jedoch waren diese zweiundvierzig Pfund immerhin fast vier Kaffee vom Campuscafé. Auch wenn ich versuchte, es zu verhindern, merkte ich bereits jetzt, dass sich meine Moralvorstellungen verschoben. Ich begann mich zu fragen, warum ich eigentlich ein Problem damit gehabt hatte, diesen Job anzunehmen. Diese reichen Idioten waren schließlich alt genug, um selbst zu entscheiden, was sie sich kauften und was sie nehmen wollten. Cloé hatte recht, verkaufte ich es ihnen nicht, würde es jemand anderes tun. Ich brauchte das Geld und es so zu verdienen, war sehr viel einfacher, als ich erwartet hatte. Dazu bekam ich noch ein kostenloses Studium und hatte die Chance, dadurch etwas aus meinem Leben zu machen.

Was für ein Problem hatte ich also? Was war schon dabei, ein schlechter Mensch zu sein, in einer Welt, in der jeder sämtliche Leichen im Keller liegen hatte und man niemandem mehr vertrauen konnte? Was war schon dabei, ein bisschen was zu verkaufen und damit meine Familie zu retten? Niemand würde es herausfinden. Diese Menschen würden sich nie die Arbeit machen, wissen zu wollen, wer die Drogen verkaufte. Es interessierte sie nicht. Sie hielten sich für zu wichtig und reich, um sich mit Drogendealern auseinanderzusetzen. Wenn ich etwas gelernt hatte, dann, dass man in dieser Welt selbst zusehen musste, wie man etwas aus sich machte. Also warum hatte ich es nicht schon am Anfang so betrachtet? Die Netten kamen nirgendwohin, während die arroganten Reichen immer reicher wurden. Ich stand nun vor der Entscheidung, auf welcher Seite ich bleiben wollte. Einmal wollte ich nicht an jemand anderen denken. Einmal wollte ich selbstsüchtig sein, nur an mich denken dürfen und mich um niemanden kümmern müssen. Nur einmal.

Also stellte ich die Moral hinten an, zog mein Handy hervor und schrieb Cloé, dass Auftrag eins fertig war und ich weitermachen würde.

Sie schickte mir ein Bild von sich in einem Club mit einem Cocktail in der Hand und schrieb darunter: *Perfekt, dann sind wir beide glücklich.*

Ich antwortete nicht, sondern schrieb Alex noch eine Nachricht bezüglich der Hausarbeit und eines neuen Treffens. Die Nachricht blieb bis zum nächsten Morgen und darüber hinaus unbeantwortet.

10 Alex

Der Tag war grauenhaft. Ich hatte wenig geschlafen, konnte mich demnach schlecht konzentrieren und mein Telefon nicht aufladen, weil ich mein Kabel nirgends fand. Doch es wurde noch schlimmer.

»Hey, Alex! Warte mal.«

Ich hatte das Bedürfnis, vor Frust zu stöhnen, mir die Hände vors Gesicht zu schlagen oder wegzurennen. Dennoch tat ich nichts davon.

Ich entschied mich, den braven Sohn zu spielen und es einfach über mich ergehen zu lassen.

»Was, Maya?«

Sie trat neben mich. Das Haar, welches einen sehr viel kühleren Blondton hatte als meins, war gelockt und hochgesteckt. Dazu trug sie die Schuluniform, die bei ihr etwas kürzer war als bei den anderen. Es würde mich nicht im Geringsten wundern, wenn sie den Rock hatte umnähen lassen, nur um vermeintlich noch besser auszusehen. Warum konnte dieser nervige Paris-Hilton-Klon nicht einfach normal sein?

»Also«, begann sie und fiel mit mir in einen Gleichschritt. »Ich habe nachgedacht und bin zu dem Entschluss gekommen …«

Ich schnitt ihr das Wort ab. »Dass wir nicht zusammenpassen und du mich von nun an in Ruhe lässt?« Ich bemühte mich sehr, dem Wunsch meines Vaters gerecht zu werden, doch diese Frau brachte mich dazu, erst zu sprechen und dann zu denken. Jedoch nicht auf die gute Art und Weise.

Sie lachte übertrieben laut, gab mir einen Klaps gegen den Arm und ließ die Hand dort. Ich griff danach und schob sie weg.

»Was? Als du in mir gesteckt hast, hattest du auch nichts dagegen, dass ich dich berühre?«

Jesus, rette mich.

Ich wollte ihr sagen, dass das war, bevor ich wusste, dass sie komplett durchgeknallt war, doch konnte mich glücklicherweise beherrschen.

Sie sprach weiter. »Nein, Dummerchen. Ich habe mir gedacht, wir sollten den nächsten Schritt gehen: *Instagram*-Bilder zusammen posten und langsam anfangen, uns wie ein richtiges Paar zu verhalten. Ich denke, wir sind so weit.« Ihre Augen glitzerten und sie strahlte mich überglücklich an. Fast als hätte sie mir gerade mitgeteilt, dass alles nur ein böser Traum war und ich gleich ohne sie bei mir zu Hause aufwachen würde. Ich blieb abrupt stehen.

Nun war es Wut, die durch meine Adern strömte, so heiß, dass ich es förmlich brodeln hören konnte. Hatte Maya ein funktionierendes Gehirn?

»Nein, verdammt! Vergiss es, klar?! Ich will nichts von dir. Das Einzige, was ich möchte, ist, dass du mich in Ruhe lässt.« Ich bemühte mich darum, keine Szene zu machen und meine Stimme unter Kontrolle zu halten, aber gestikulierte trotzdem wild in der Luft herum.

Sie sah mich verwirrt an und wich einen Schritt zurück. »Aber ich finde, es funktioniert ganz wunderbar. Wir könnten das Power-Paar werden.«

Ich schüttelte den Kopf und sah in ihren Augen auf einmal, was sich wirklich abspielte, doch da sprach sie schon weiter. »Ich liebe dich, Alex.«

Bei den nächsten Worten, die ich sprach, hatte ich mich wieder unter Kontrolle. »Nein, Maya, du liebst nicht mich. Du liebst die Vorstellung, dass ich diesen leeren, traurigen Bereich in deinem Herz ausfüllen könnte und wir als Paar zusammen auf Zeitschriften gedruckt werden und im Partner-Look zur Fashion Week gehen, aber das wird nichts. Du kannst mich nicht in diese Rolle stecken.«

Nun begriff sie, was ich meinte, und ihr stiegen die Tränen in die Augen. Ich hatte ins Blaue geschossen und ins Schwarze getroffen.

»Aber was ist denn das Problem? Ich … Ich bin doch hübsch und klug und reich, warum will mich niemand?«

Ich war zwar oft ein Arschloch, doch trotzdem wollte ich niemanden zum Weinen bringen. Sie tat mir leid und irgendwie wusste ich, wie sie sich fühlte. Also sprang ich über meinen Schatten und nahm ihr Gesicht in beide Hände.

»Maya, das bist du auch und du wirst jemanden finden. Jemanden, der dich wirklich haben will. Jemanden, der Berge versetzt, um dich glücklich machen zu können, aber verabschiede dich von der Vorstellung, dass alles daran perfekt sein wird. Ich bin nicht diese Person – und das musst du akzeptieren.«

Nun rannen ihr die Tränen über die Wange und die Mascara verlief. Ich ließ ihr Gesicht los und blickte in den Gang, in dem sich zum Glück gerade niemand aufhielt. Zumindest dachte ich das, bis meine Augen auf die von Raven trafen. Irgendwie machte mich die Vorstellung nervös, dass sie meine Worte gehört haben könnte. Es war eigenartig, weil ich mich eigentlich nicht dafür interessierte, was andere Menschen über mich dachten. Ihr Gesicht war ausdruckslos und sie lehnte mit dem billigen Eiskaffee in der Hand an der Seite der Steinmauer neben dem Rahmen eines Rundbogenfensters. Sie versuchte nicht einmal, beschäftigt auszusehen, sondern zog die Augenbraue hoch und nickte zu Maya, die mittlerweile die Hände vors Gesicht geschlagen hatte und noch mehr schluchzte. Wie musste das gerade wohl aussehen?

Wahrscheinlich wollte Raven so etwas fragen wie: »Was hast du ihr angetan, du herzloser Bastard?«

Ich ignorierte sie und sah zu dem weinenden Mädchen, das sich nun die Tränen wegwischte und fragte: »Versprichst du es?«

Ich stand kurz auf dem Schlauch, aber erinnerte mich schnell wieder an meine Worte. Dass sie jemanden finden würde und so … »Aber natürlich. Und jetzt geh auf dein Zimmer und hör auf zu flennen.« Dann schenkte ich ihr ein charmantes Lächeln, ging an ihr vorbei und wollte mich aus der Affäre ziehen. Doch nun war es Raven, die mir folgte.

»Na, brichst du nun auch noch Herzen, obwohl die gute Frau bei deinem Verhalten vermutlich die Einzige ist, die du je bekommen wirst?«

Die Wut kehrte zurück und ich wirbelte abrupt zu ihr herum. »Was ist dein gottverdammtes Problem mit mir, Raven?«

Sie ließ sich nicht aus der Ruhe bringen. »Mein Problem ist, dass du dich offensichtlich nur für dich selbst interessierst, dich nicht noch einmal wegen der Hausarbeit gemeldet hast und es dir scheinbar egal ist. Du ignorierst meine Nachrichten und dabei war ich doch eigentlich diejenige, die nicht mal gut abschneiden, sondern lediglich bestehen wollte.«

Es reichte mir. Ich konnte mich nicht mit zwei Frauen rumschlagen, dafür hatte ich keine Kraft. Genauso wenig wie dafür, ihr zu erklären, warum ich nicht geantwortet hatte.

»Ich muss mich für gar nichts rechtfertigen, klar? Wenn du ein Problem mit mir hast, dann geh zum Professor und klär das. Denn du hast recht, mittlerweile ist es mir egal. Diese Hausarbeit ist ein verdammter Witz, also mach das doch allein und hör auf, mir auf den Sack zu gehen.« Mein Tonfall war ruhig, aber die unterdrückte Wut hörte man dennoch raus. Warum vergönnte mir denn niemand mal eine Pause von dem hier?

Sie blickte mich ein paar Sekunden lang sprachlos an und kippte mir anschließend ihren Kaffee ins Gesicht. Mir platzte der Kragen.

»Was fällt dir ein?«, fragte ich und strich mir den kalten Kaffee aus dem Gesicht. So dermaßen respektlos wurde ich noch nie behandelt.

»Was mir einfällt? Du kannst froh sein, dass es Eiskaffee war, du verdammter eingebildeter Idiot!« Sie stapfte wütend an mir vorbei und ließ mich stehen.

Was war in den letzten Minuten eigentlich passiert? Ich musste mir das alles eingebildet haben. Leider bewies der Kaffee, der nun tropfend an mir herunterlief und mein Hemd aus Kaschmir und Baumwolle einsaute, das Gegenteil.

Ich atmete durch und trat den Gang in mein Zimmer an. Als wäre das alles nicht genug, begegnete ich auch noch Caleb, der mir einen fragenden Blick zuwarf.

»Sag nichts«, meinte ich zähneknirschend und ging an ihm vorbei.

Er lächelte nur entschuldigend und setzte seinen Weg dann ebenfalls fort.

Nachdem ich ihn kennengelernt hatte, hatte ich ihn gegoogelt. Es war immer gut, zu wissen, mit wem man es zu tun hatte. Vor allem in seinem Fall. Nachdem er vor einem Jahr vor Gericht stand, weil seine Ex-Freundin ihn wegen Körperverletzung angezeigt hatte, versuchte er nun scheinbar mit dem Studium und dem Rückzug aus der Presse sein Image wieder aufzupolieren. Zwar konnte zweifelsfrei bewiesen werden, dass er ein wasserdichtes Alibi und seine Freundin nie geschlagen oder verletzt hatte, dennoch war sein Image demoliert. Er hatte keine gute Zeit gehabt, bevor er herkam, und das machte ihn auf eine traurige Art und Weise interessanter für mich.

Auf meinem Zimmer angekommen, kramte ich in meinem noch immer unaufgeräumten Koffer, um eins meiner Ersatz-Hemden zu finden, und stieß auf mein Ladekabel. Noch frustrierter steckte ich mein Handy an und nahm mir ein neues Hemd.

Den Beginn der nächsten Vorlesung hatte ich ohnehin verpasst und ich war absolut nicht in der Stimmung dafür, heute noch irgendwo anwesend zu sein. Ich zog mich kurzerhand komplett aus und ging ins Badezimmer. Die Wände waren ebenfalls weiß gestrichen und im Gegensatz zu der sonst so düsteren Stimmung der Universität, wirkte dieser Raum recht modern. Geradeaus befand sich ein Rundbogenfenster, welches mit den dunklen Gardinen davor jedoch jederzeit blickdicht abgedeckt werden konnte. An der rechten Seite befand sich eine viereckige Stehdusche, hinter der die Wand mit schwarzen Fließen verdichtet war. Auf der anderen Seite fand man Toilette und Waschbecken. Ich trat unter die Dusche, um nicht mehr zu riechen, wie ein gesamter *Starbucks*. Außerdem hoffte ich, dass das warme Wasser mich vielleicht beruhigen könnte, doch das tat es nicht. Meine Gedanken kreisten um die Frau, welche scheinbar ein Faible dafür hatte, ihren Kaffee auf andere zu schütten, statt ihn zu trinken, und die andere Frau, welche vermutlich immer noch weinte. War ich wirklich so schlimm?

Als ich wieder aus der Dusche stieg, war ich sogar noch genervter. Ich zog frische Sachen an und mein Handy vom Kabel. Gerade als ich mich aufs Bett setzen wollte, klingelte es und ich bereute augenblicklich, es nicht einfach aus gelassen zu haben.

Max.

Er war ein guter Kumpel, doch ich traf ihn wegen unserer meist vollen Terminkalender selten. Ich hob ab.

»Was gibt's?«

»Fuck, wenn du das fragst, hast du es noch nicht gesehen, oder?«, fragte er unnötigerweise.

Sein aufgekratzter Ton und der Kommentar an sich ließen meinen Puls auf hundertachtzig steigen. »Nein, habe ich wohl nicht, also was?«

Er räusperte sich und sagte: »Schalt den Fernseher ein. Irgendeinen Klatschsender.«

»Max, ich habe wirklich absolut keine Lust, mir jetzt irgendeinen beschissenen Klatsch über Promis zu geben. Außerdem gibt es in meinem Zimmer keinen Fernseher.«

»Dann nimm halt dein Tablet. Und das glaube ich dir, Kumpel, aber deine Familie sind die Promis.«

Nicht schon wieder.

Eine Gänsehaut überzog mich. Egal weshalb wir im Gespräch waren, es konnte nichts Gutes sein – das war es nie.

Ich holte mein Tablet und gab unseren Familiennamen ein. Dann beendete ich das Telefonat, ohne mich zu verabschieden, und las den Artikel.

> Die Familie Van Klemm zerfällt. Dynastie in Gefahr?
> Nachdem die Familie vor einiger Zeit schon einmal wegen des dramatischen Todes der damals 14-jährigen Nora Van Klemm Schlagzeilen in den Medien machte, scheint die Familie nun komplett zu zerbrechen. Die 22-jährige Influencerin Bella (Bella-xo.mclee) hat nun einige Chatverläufe zwischen sich und dem 65-jährigen Joe Van Klemm veröffentlicht, welche belegen sollen, dass die zwei vor Kurzem eine Affäre hatten. Die Familie Van Klemm äußerte sich noch nicht zu den Vorwürfen. Bella wirft Joe unter anderem vor, ihr unerfüllte Versprechungen gemacht und sie teilweise zu sexuellen Handlungen gezwungen zu haben. In einem Interview kündigte die junge Frau nun an, Joe Van Klemm auf mehrere Millionen Pfund zu verklagen.
> Außerdem veröffentlichte sie auf Social Media auch Bilder, welche zweifellos beweisen, dass sich die zwei öfter getroffen haben. Follower reagierten geschockt. Die 22-Jährige erhielt unter anderem Kommentare wie:
> »Kein Wunder, wenn man sich mit so einem reichen Typen einlässt.«
> »Bleib stark, Bella! Wir unterstützen dich und sorgen dafür, dass dieser Typ in den Knast wandert!«
> »Diese Influencer werden doch immer dümmer. Die will nur an seine Kohle.«

> Die Meinungen sind gemischt. Alexander Van Klemm, der Sohn der Spirituosenfirma-Chefs, welcher mit 20 Jahren fast im gleichen Alter wie Bella ist, äußerte sich noch nicht dazu.
> Wir halten Sie natürlich weiterhin auf dem Laufenden. Abonnieren Sie gern auch unseren YouTube-Kanal, um keine Updates mehr zu verpassen.

Ich schaffte es gerade noch rechtzeitig zur Toilette, bevor ich mich erbrach. Dann drückte ich die Spülung und ließ mich neben die Toilette auf den kalten Fliesenboden sinken. Ich wollte schreien und gleichzeitig heulen wie ein kleiner Junge. Ich wollte jemandem ins Gesicht schlagen und mich gleichzeitig in seine Arme werfen. Es konnte nicht sein verdammter Ernst sein. Mein verheirateter Vater hatte eine zweiundzwanzigjährige Influencerin gevögelt. Ich wollte mich noch mal übergeben. Wie konnte er uns so was nur antun? Nicht dass es mich überraschte, aber es riss mir trotzdem den Boden unter den Füßen weg.

Schon wieder in den Medien. Ich konnte nicht noch einmal mit dem Tod meiner Schwester oder dieser Aufmerksamkeit konfrontiert werden. Es war damals schlimm genug gewesen. Ich hatte getrauert, aber die Welt da draußen hatte mich nicht gelassen. Jedes Wort, welches ich kurz nach ihrem Autounfall gesagt hatte, jeder Schritt, jeder öffentliche Auftritt wurde in den Medien diskutiert. Man wurde förmlich zerrissen. Erst jetzt merkte ich, dass meine Hände zitterten. Ich konnte nicht dahin zurück. Ich konnte nicht in dieser Welt leben. Ich würde es nicht aushalten.

Ich richtete mich auf und blickte in den Spiegel. Dann schlug ich hinein. Genau in das Gesicht des Mannes, welcher diesen Albtraum schon einmal durchlebt hatte. Der Schmerz kam wieder hoch.

Ich hatte versucht, ihn zu verdrängen. Hatte versucht, die Verzweiflung und Trauer zu verdrängen, auch wenn die Medien es mir schwer gemacht hatten. Es war drei Jahre her, doch nun fühlte es sich präsenter an als damals. Die Geschichte würde sich wiederholen. Ich war mir sicher, etwas Schlimmes würde passieren, so wie damals. Ich wollte mich nie wieder für irgendetwas rechtfertigen müssen. Wollte nicht erneut hineingezogen werden in den Strudel aus negativer Aufmerksamkeit. Schwindel packte mich.

Vorsichtig zog ich die Hand vom nun kaputten Spiegel zurück und verlor gleichzeitig jegliches Gefühl, in meinen Gliedmaßen. Die messerscharfen Glassplitter fielen in das Waschbecken und ich zog die größten Teile aus meiner blutenden Faust. Ich fühlte nichts. Das Adrenalin in meinen Venen war zu stark und meine Atmung zu schnell.

Ich konnte dem nicht entgegenblicken. Es musste eine Lösung geben. Irgendetwas, um meine Gedanken von diesem furchtbaren Tag wegzuleiten. Kurzerhand ging ich an den Kleiderschrank, in dem noch eine Flasche unseres Whiskys stand. Ich hatte sie von der Semesterauftaktparty mitgenommen. Rasch drehte ich den Deckel ab und nahm einen großen Schluck. Dann noch einen.

Das Brennen in meiner Kehle war vertraut und ich trank noch einen Schluck, in der Hoffnung, der Alkohol könnte meine Sinne vernebeln und mich aus der Realität verbannen.

Ich trank und trank, während sich Wärme in meinem gesamten Körper ausbreitete und ich mich an der Zimmerwand nach unten gleiten ließ. Meine Hände zitterten noch immer und es wurde nicht besser, also trank ich noch mehr von der bernsteinfarbenen Flüssigkeit. Dann holte ich mein Handy hervor und sah nach, ob meine Familie wenigstens versucht hatte, mich anzurufen.

Hatten sie nicht.

Ein zynisches Lachen entfuhr mir. Der nächste Stich ins Herz. Keiner hielt es für nötig, mich einzuweihen. Keiner hielt es für nötig, mir die Wahrheit mitzuteilen. Wie damals. Alles war genau wie damals.

Weder mein Vater noch meine Mutter hatten mich benachrichtigt, als Nora den Unfall gehabt hatte. Ich hatte erst knapp acht

Stunden später durch die Medien davon erfahren, und auch wenn diese Situation nicht annähernd so schlimm war wie *ihr* Tod, fühlte es sich trotzdem genauso an. Es würde wieder passieren. Ich war mir so sicher. Ich brach zusammen, jetzt, wo ich gedacht hatte, endlich wieder fast vollständig zu sein. Ich schlug die Hände über dem Kopf zusammen. Meine Atmung beschleunigte sich weiter und ich kniff die Augen zusammen, um der verschwommenen Sicht zu entgehen. Dann griff ich wieder zu der Flasche, warf mir noch ein paar Schmerztabletten ein, die ich damals lieblos in meinen Koffer geworfen hatte, in der Hoffnung, sie würden auch meine Gefühle betäuben, bevor ich sie mit dem Alkohol runterspülte.

Ich konnte es nicht. Ich würde das nicht noch einmal durchstehen und auch gar nicht erst versuchen. Ich musste raus. Es musste einen Weg geben, um rauszukommen.

Ich setzte die Flasche erneut an und ließ die andere Hand auf den Boden sinken, um mir Halt zu geben. Der Alkohol brannte mittlerweile nicht mehr auf dem Weg nach unten und meine Sicht verschwamm erneut, bevor alles schwarz wurde und über mir zusammenbrach.

11 Raven

Die Vorlesungen waren zu Ende und das schlechte Gewissen breitete sich immer weiter aus. Alex war zu keiner weiteren erschienen und im Gang hatte ich ihn auch nicht mehr gesehen. Ich sollte mich entschuldigen. Es war bereits das zweite Mal, dass er meinen Kaffee abbekommen hatte, und ich wollte diese dämliche Hausarbeit endlich hinter mich bringen. Leider ging das nur, wenn wir uns einigermaßen verstanden.

Ich verließ mein Zimmer und ging quer über den Gang zu seinem. Dann klopfte ich einmal. Als nach einer Minute immer noch keiner aufmachte, klopfte ich ein zweites Mal. Vielleicht war er nicht da.

Gerade als ich mich umdrehen und zurückgehen wollte, stieg mir ein unangenehmer Geruch in die Nase. Zum einen der beißende Alkoholgestank und zum anderen … Eisen. Ich kannte diese Kombination und ein Schauer lief mir über den Rücken. Ich zog mein Portemonnaie aus dem Rucksack und kramte eine Karte heraus, während ich dafür betete, dass ich mit meiner Angst überreagierte und die Tür nur zugezogen und nicht abgeschlossen war. Wahrscheinlich war gar nichts und ich übertrieb maßlos, aber falls doch …

Mit meiner Ausweiskarte versuchte ich das Schloss zurück zu zwängen und die Tür aufzubekommen. Es brauchte drei Versuche, dann ging sie auf. Ich trat in das Zimmer und schlug die Hände vors Gesicht. Nur dieses eine Mal hatte ich gehofft, falschzuliegen. Doch ich lag richtig.

Bei dem Bild, welches sich mir bot, stockte mir der Atem. Sofort traten Tränen in meine Augen und ich begann zu zittern, als mich die Angst und Panik packten. Die Flashbacks holten mich ein. Bilder, die ich so unbedingt verdrängen wollte, brachen über mir zusammen.

Verzweifelt versuchte ich, sie zu ignorieren. Ich hatte keine Zeit dafür, Alex brauchte Hilfe.

Er lag auf dem Boden zwischen Wohnbereich und Badezimmer, bewusstlos. Seine Hand blutete stark und eine Whiskyflasche lag fast geleert neben ihm. Ein Teil der Flüssigkeit machte sich auf dem Parkett breit.

Ich musste handeln und wusste, wie ich mich bei einer solchen Situation verhalten musste. Trotzdem brauchte ich ein paar Sekunden, weil meine Muskeln sich nicht bewegen wollten. Aber ich musste. Ich ließ meinen Rucksack fallen und ging neben ihm auf die Knie.

Er war nicht ansprechbar, aber atmete noch. Ich legte ihn in die stabile Seitenlage.

In den einzelnen Campuszimmern gab es keinen Erste-Hilfe-Kasten, aber dafür im Flur. Ich wollte ihn nicht allein lassen, doch sollte auch die blutende Wunde an der Hand versorgen. Nachdem ich kurz zögerte, rannte ich auf den Gang und tippte währenddessen die Nummer vom Rettungsdienst ins Handy ein. Die Sekunden fühlten sich an wie Stunden, bis endlich jemand abnahm.

»Ich brauche dringend Hilfe! Bitte«, schluchzte ich. Ein weiterer Flashback holte mich ein. Vor zwei Jahren war ich schon einmal in dieser Situation gewesen und diese Bilder brachten mich an meine Grenze. Die Frau am anderen Ende der Leitung holte sich alle wichtigen Informationen ein. Unter Tränen gab ich ihr die Adresse.

»Ja, genau. Das ist im Studentenwohnheim drei an der *Brighton Private University*. Zimmer 321. Bitte beeilen sie sich.« Ich hatte alles, was ich sagen konnte, gesagt. Die Frau bestand darauf, dass ich am Handy blieb, aber dafür hatte ich keine Zeit. Es gab ein Krankenzimmer am Campus, welches ich als Nächstes kontaktierte.

Dann nahm ich mir, was ich brauchte, aus dem Erste-Hilfe-Koffer und rannte dann so schnell wie möglich in Alex' Zimmer. Er lag noch genauso da, wie ich ihn zurückgelassen hatte.

Ich hielt seinen Arm nach oben. Auch wenn die Wunde wahrscheinlich das geringste Problem war, brauchte er jeden Tropfen Blut, den er noch hatte, um seinen Kreislauf am Laufen zu halten.

»Alex, du wirst nicht sterben! Hörst du mich? Du schaffst das!«, sagte ich mit gebrochener Stimme.

Das Bild meiner Mutter blitzte vor meinem inneren Auge auf. Sie lag genauso da. Ich hatte ihr Blut an den Händen und alles war verschwommen von den Tränen, die ich weinte. Alex so zu sehen, brachte mich zurück an diesen Punkt. An den Punkt, der mich damals gebrochen hatte.

Ich kannte ihn erst seit Kurzem, aber dieses Bild schmerzte so sehr, dass ich Probleme hatte, zu atmen. Ich saß neben ihm und strich ihm die dunkelblonden Haare aus der Stirn.

»Sie sind gleich da, bitte halt durch«, flüsterte ich weinend.

Meine Mutter hatte damals überlebt. Doch danach hatte sich alles geändert. Ich wusste, dass sie keinen Sinn mehr sah. Doch sie blieb. Für mich, für meinen Bruder und für die Hoffnung, die ich ihr mit allen Mitteln wieder eingeredet hatte.

Alex hatte hierfür einen Grund. Bei meinen Worten kämpfte ich mit mir. Die Worte meiner Mutter hallten in meinen Ohren. Sie sagte: »Spiel nicht Gott, Kleines. Du bist nicht die Person, die entscheidet, ob jemand lebt oder stirbt. Misch dich nicht in fremde Schicksale ein.«

Das war ihre Meinung. Aber ich sah das anders. Ich war mir sicher, dass unsere Wege und Schicksale vorgegeben waren. Doch manchmal verirrten wir uns auf diesen Wegen und brauchten Menschen, die uns zurückführten. Ich glaubte, dass der Großteil der Menschen nur existierte, um andere dorthin zu führen, wo sie sein sollten. Alex sollte nicht gehen. Er musste leben.

Der Blick auf die Uhr verriet mir, dass ich bereits fünf Minuten auf den Krankenwagen wartete. Zeit, die mir vorkam wie eine halbe Ewigkeit. Ich sprach mit Alex, auch wenn er mich nicht hörte.

Mir fiel ein Stein vom Herzen, als erst die Pfleger der Krankenstation des Campus eintrafen und dann endlich der Krankenwagen kam. Sie traten neben Alex und kümmerten sich sofort um ihn. Er brauchte sie natürlich mehr als mich, aber eine Seite in mir tat sich schwer damit, ihn loszulassen.

Sein Blut klebte an meinen Händen und der Schuluniform, während ich bitterlich weinte. Eine Frau vom Rettungsdienst versuchte mit mir zu sprechen, doch die Worte, die aus ihrem Mund kamen, ergaben keinen Sinn für mich. Alles klang wie bedeutungsloses Kauderwelsch.

Was auch immer sie sagte – es war nicht wichtig. Doch was ich verstand, war die Frage, ob ich Alex' Freundin sei und mit ins Krankenhaus fahren wolle.

Ich nickte. Es war mir egal, dass ich log. Ich musste für ihn da sein. Auch wenn ich nicht mit ihm befreundet war, fühlte sich die Situation zu bekannt an. Ich war damals bei meiner Mutter geblieben und nun würde ich bei ihm bleiben. Egal, wie lange es dauerte. Ich folgte den Rettungsleuten und lief den Gang zu den Treppen entlang. Die Studenten hatten mittlerweile gehört, was geschehen war, und alle Blicke richteten sich auf uns. Wir waren fast am Ende des Flurs, als auch Delano aus seinem Zimmer trat und als unsere Blicke sich trafen, wurde sein Gesicht so weiß wie eine Kalkwand.

Im Krankenhaus angekommen, wurde Alex sofort behandelt, während ich im Wartebereich Platz nehmen durfte. Es vergingen drei Stunden, in denen ich mich kaum traute zu atmen. Drei Stunden, in denen mir die Tränen über die Wangen rollten, bis ich keine mehr hatte. Dann die Erleichterung.

»Ms. Harris.«

Ich sah zu der jungen Ärztin im Arztkittel auf. »Mr. Van

Klemm hat den schwierigsten Teil hinter sich. Er ist auf dem Zimmer und wird alles gut überstehen.«

Ich atmete aus und stand auf. »Wann kann ich zu ihm?« Meine Stimme war erschöpft und mein Hals brannte vom Schluchzen und Weinen.

Die Ärztin warf mir einen mitleidigen Blick zu. »Leider erst, wenn Mr. Van Klemm aufgewacht ist, einige Untersuchungen erfolgt sind und er zustimmt, dass sie in sein Zimmer dürfen. Da sie beide nicht verheiratet sind, kann ich sie leider nicht eher zu ihm lassen. Wir haben seine Eltern benachrichtigt, doch es wird wohl noch eine Weile dauern, bis sie eintreffen. Gern können sie jedoch hier warten, wenn sie möchten.«

Ich nickte frustriert und ließ mich wieder in den Sitz sinken. »Wie lange, schätzen Sie, wird das dauern?«, meine Stimme war brüchig. Trotzdem wollte ich so viele Fragen stellen wie möglich.

»Ich schätze noch ein paar Stunden. Sein Körper braucht Ruhe und muss sich erst einmal erholen.«

Ich nickte und blickte dann zu Boden. Die Ärztin entfernte sich, trat jedoch kurz darauf wieder vor mich. Ich hob hoffnungsvoll den Kopf, doch sie reichte mir nur eine Flasche Wasser. Ich nahm sie schweigend und etwas enttäuscht entgegen.

»Es wird alles gut«, versicherte sie mir, bevor sie endgültig verschwand.

Sie hatte recht. Es würde alles in Ordnung kommen. Er hatte das Schlimmste geschafft, auch wenn er noch einen langen Weg vor sich hatte – und selbst wenn er mich später nicht sehen wollen würde, wäre es in Ordnung. Manchmal passierten schlimme Dinge, das Leben war nicht perfekt, aber man musste kämpfen.

Ich würde bleiben, egal wie lange es dauerte. Mein Telefon, auf dem Delano mehrere Male versucht hatte anzurufen, hatte ich ausgeschaltet. Ich wollte gerade mit niemandem sprechen. Nicht über diese Sache und auch über keine andere.

Ich war wohl auf dem Stuhl im Wartezimmer eingeschlafen, denn als ich die Augen wieder aufschlug, fühlte ich mich grauenhaft. Ich stellte fest, dass ich schon seit fünf weiteren Stunden wartete. Das Zimmer war leer und ich ließ meinen Blick über die Umgebung schweifen. Durch die Fenster konnte ich erkennen, dass es draußen mittlerweile stockdunkel war, und die Uhr verriet mir, dass es halb zehn abends war. Immer mal wieder liefen Ärzte im Gang vorbei, das Zimmer war weniger ein Raum, mehr eine Einkerbung der Wand mit mehreren mit blauem Stoff überzogenen Stühlen. Es hingen ein paar Bilder, die Landschaften zeigten, an der Wand. Wahrscheinlich sollte das beruhigend wirken. Aber es war nicht sonderlich beruhigend. Ich war kraftlos und kaputt. Dazu kam noch, dass ich mir die Erinnerung an die letzten Stunden aus dem Schädel kratzen wollte. Jedes verdammte Stück von ihr. Ich wollte so was nie wieder sehen. Wollte nie wieder so eine Angst fühlen. Erst meine Mutter, nun Alex. Ich fühlte mich irgendwie für ihn verantwortlich, auch wenn ich es nicht war. Er würde mich vielleicht wirklich nicht einmal sehen wollen, doch trotz der vergangenen Stunden waren seine Eltern wohl immer noch nicht eingetroffen. Vielleicht hatte ich sie verschlafen. Vielleicht war ich aber auch die Einzige, die darauf wartete, ihn zu sehen.

12 Alex

Ist es nicht seltsam, dass wir in der Lage dazu sind, uns selbst mehr zu hassen als jede andere Person? Wir hassen uns, obwohl wir es sind, die die Entscheidungen treffen. Obwohl wir es sind, die beeinflussen, wie jeder unserer Tage ablief. Wir entschieden, wie wir reagierten und andere behandelten. Wir entschieden, wie andere mit uns umgehen durften, wo unsere Grenzen waren – und trotzdem hassten wir uns für jede Sekunde, in der wir atmeten. Als würden wir alles, was wir taten, verachten, obwohl nur wir allein imstande dazu wären, die Dinge zu ändern. Definierten wir unseren Selbsthass über die Dinge, die uns angetan wurden? Über die Dinge, die wir anderen antaten? Oder hassten wir in Wahrheit einfach das Schicksal, weil es immer einen Sündenbock brauchte?

Und mit *wir* meinte ich wohl *mich*.

Wenn ich in den Spiegel sah, könnte ich hineinschlagen.

Wenn ich jemandem wehtat, könnte ich meinen Kopf so lang gegen die Wand schlagen, bis nur noch blutige Rückstände zurückblieben. Warum traf ich Entscheidungen, die ich so sehr verachtete? Weil mir die Selbstbeherrschung fehlte? Weil es sich in dem Moment richtig, aber im nächsten falsch anfühlte?

Als ich das stechende weiße Licht sah, kniff ich die Augen zusammen. Nur noch fünf Minuten, dann würde ich aufstehen. Die piependen Geräusche, die nicht von meinem Wecker ausgingen, passten jedoch irgendwie nicht ins Bild. Ich schlug die Augen erneut auf und stellte relativ schnell und ernüchternd fest, dass dieser Raum nicht mein Campuszimmer war. Mein Kopf fühlte sich schwer an, fast als hätte sich Nebel darin ausgebreitet und würde jeden vernünftigen Gedanken blockieren. Doch dann kamen die Erinnerungen zurück und trafen mich wie ein Schlag. Der Alkohol, die Affäre meines Vaters und ... die Tabletten.

Mein Atem stockte und der Nebel in meinem Kopf verzog sich langsam. Das war nicht gut. Ich ließ mich fassungslos wieder in die Kissen fallen und versuchte, ruhig zu atmen. Auch wenn ein Teil meiner Erinnerung nach wie vor verschwommen war, konnte ich mich an die Grundrisse der Ereignisse erinnern. Ich hatte das hier nicht gewollt. Doch in diesem Moment hatte mich die Panik in eine Ecke gedrängt wie ein verzweifeltes Tier und der Alkohol hatte den Ausweg noch dunkler und unerreichbarer erscheinen lassen. Ich fühlte, wie mir Tränen in die Augen traten, doch weigerte mich, sie fallen zu lassen. Das konnte keine Realität sein. Ich musste träumen, wollte doch nur, dass der Schmerz aufhörte. Diese Gefühle in meinem Inneren wurden zu einem Sturm, den ich nicht deuten konnte. Diese Gefühle waren zu viel. Ich konnte sie nicht benennen. Ich war hilflos, traurig und irgendwie ... verwirrt. Denn neben diesen Dingen fühlte ich mich auch ... erleichtert, dass ich hier war. Ich lebte, ich atmete und gleichzeitig fühlte ich mich für diese Erleichterung schuldig. Als dürfte ich mich nicht so fühlen. Als wäre es falsch.

Es war so viel, dass die Stille im Zimmer wagte, mich zu erdrücken. Als hätte die Welt vor langer Zeit aufgehört, sich zu drehen.

Die Tür öffnete sich vorsichtig und katapultierte mich zurück in den Moment. Ein Arzt trat ein. Er trug einen weißen Kittel und war noch relativ jung. Vielleicht Anfang dreißig. Seine braunen Haare waren kurz und der Bart rasiert. Er hob den Blick von den Papieren auf dem Klemmbrett, welches er in der Hand hielt, und richtete ihn auf mich. Nachdem er sich versichert hatte, dass ich wach und gedanklich anwesend war, begann er mit seinen Fragen.

»Alexander Van Klemm.« Er atmete kurz durch und fixierte mich mit einem Blick, der nicht bemitleidend, aber auch nicht verurteilend war. »Mein Name ist Dr. Alonso. Ich bin Chefarzt der psychiatrischen Klinik des Krankenhauses und hier, um ein Gutachten zu schreiben. Die Frage ist eigentlich überflüssig, aber ich bin dazu verpflichtet. Wie fühlen sie sich?« Während er sprach, zog er sich einen Stuhl zum Krankenbett heran. Seine Stimme war warm und tief.

Ich wollte nicht darüber sprechen, weil ich mir dann eingestehen musste, dass es wirklich passiert war. Es dauerte einen Moment, in dem ich ihm nicht in die Augen blicken konnte. Dann blinzelte ich die Tränen zurück und begann zu erklären.

Er hörte mir ruhig zu, nickte und machte sich ein paar Notizen. Ich sprach ungern mit fremden Menschen über meine Empfindungen, aber er strahlte eine Ruhe aus, die ich gerade dringend brauchte. Nach einiger Zeit, als mir die Worte ausgegangen waren, ergriff er wieder das Wort.

»Alexander, ich glaube – unterbrechen Sie mich gern, wenn ich falschliege – dass Sie sich in Ihrer Situation extrem überfordert gefühlt haben und der seelische Schmerz so unerträglich wurde, dass Sie versucht haben, ihn mit Alkohol und Tabletten zu betäuben. Sie hatten nicht vor, sich das Leben zu nehmen, liege ich richtig?«

Ich nickte stumm.

»Das dachte ich mir. Das bedeutet in erster Linie, dass ich mir bei Ihnen weniger Sorgen darüber mache, dass es wieder passieren könnte, doch ich möchte Ihnen trotzdem einen Psychologen an die Seite stellen und mir Ihre Verfassung morgen noch einmal ansehen. Ich sehe jedoch davon ab, Sie in die Klinik stationär einweisen zu lassen, wenn Sie direkt mit der Therapie beginnen.« Er schrieb ein paar Worte auf sein Klemmbrett und gab mir dann einen Zettel. Ich nahm ihn entgegen und sah auf die Adresse. Darunter standen ein Datum und eine Uhrzeit. Ich hatte nichts zu sagen, sondern nickte nur wieder.

»Ich werde diesen Termin fest vereinbaren. Die Praxis ist in der Nähe Ihrer Universität. Meine Kollegen klären dann die weiteren

Einzelheiten mit Ihnen. Ein paar Tage werden wir Sie aber auf jeden Fall zur Beobachtung noch hierbehalten.«

Dr. Alonso stellte den Stuhl zurück und sagte zum Abschluss noch: »Ich wünsche Ihnen eine gute Besserung und bitte Sie, wirklich zum Termin zu erscheinen. Ich würde jetzt die Krankenschwester reinschicken, um noch ein paar medizinische Untersuchungen nachzuholen, ist das in Ordnung?«

»Ja, danke«, sagte ich leise und meinte es auch so.

Kurz darauf trat die Krankenschwester ein und nahm mir Blut ab, da sah sie sich meine Verletzung an der Hand noch einmal genauer an und befragte mich zum körperlichen Befinden.

»In Ordnung. Im Wartebereich ist jemand, der zu Ihnen möchte. Wünschen Sie Besuch?«

Ich zog die Augenbrauen zusammen. »Ist es mein Vater?«

Die Krankenschwester blickte auf ihre Unterlagen und suchte akribisch nach dem Namen. »Nein, Ihre Eltern sind informiert, jedoch bisher nicht eingetroffen. Im Wartezimmer sitzt eine gewisse Ms. Harris.«

Ich bemühte mich, mir die Überraschung nicht ansehen zu lassen. Dass meine Eltern noch nicht eingetroffen waren, versetzte mir einen Stich, aber ich hatte es nicht anders erwartet. Doch was tat Raven hier? Ich konnte auf geheucheltes Mitgefühl und ihre Streitsucht verzichten.

Als ich länger nichts sagte, fügte die Krankenschwester hinzu: »Sie war es, die den Notruf abgesetzt hat und wartet seit Stunden. Aber ich kann ihr auch sagen, dass Sie sie nicht …«

Ich schnitt ihr das Wort ab. »Nein, lassen Sie sie rein.«

Sie nickte und verschwand durch die Tür in den Gang.

Um meine Gedanken davon abzuhalten, in Richtungen zu gehen, die ich ungern einschlagen wollte, nutzte ich die Zeit und sah mich im Zimmer weiter um.

Es war ein relativ großes Einzelzimmer. Die Wände waren weiß tapeziert und mit Bildern behangen. Mir gegenüber befand sich ein Fenster. Es war stockdunkel draußen. Ich wollte nicht auf die Uhr sehen, von der ich sicher war, dass sie irgendwo in diesem Raum hing.

Die Tür ging auf und die schwarzhaarige Frau, die sonst so selbstbewusst auftrat, hatte die Hände nervös vor dem Körper verschränkt und sah ausgebrannt aus. Der Gedanke, dass ich der Grund dafür war, versetzte mir einen Stich. Vorsichtig schloss sie die Tür wieder hinter sich und trat dann in den Raum.

»Hey«, sagte sie vorsichtig und ich nickte zu dem Stuhl, auf dem vor Kurzem noch Dr. Alonso gesessen hatte. Raven trug nach wie vor die Schuluniform und hatte dunkle Halbmonde und Mascara-Rückstände unter den Augen. Ihre Haare waren verzottelt und eine Gänsehaut überzog ihren Körper.

»Hör zu, wenn du nicht darüber reden willst, dann ist das in Ordnung, aber sag mir nicht, dass es dir gut geht, wenn das offensichtlich nicht der Fall ist. Ich bin nur hier, weil ich mich dringend vergewissern wollte, dass …«

Sie brach den Satz ab, ihre Stimme klang belegt und angestrengt und ich sah den Glanz in ihren Augen. Diese Seite von ihr war anders als alles, was ich bisher kannte. Sie wirkte so verletzt und zusammengekauert, dass ich derjenige war, der nicht wusste, wie er reagieren sollte. Wir kannten uns kaum, konnten uns noch weniger leiden, trotzdem saß sie nun hier und offenbarte mir ihre Gedanken.

»Hey, ganz ruhig. Natürlich geht es mir nicht gut, aber das wird wieder.« Mir war nicht klar, ob ich diese Worte zu ihr oder eigentlich zu mir sagte. Langsam hob sie den Blick und strich mit dem Zeigefinger eine Träne weg, die sich gelöst hatte.

»Das ist gut zu hören. Ich weiß eigentlich nicht wirklich, was ich dir sagen könnte, aber ich wollte da sein, wenn du wach bist, und wenn du doch reden willst, bin ich da.« Sie versuchte ein kleines Lächeln zustande zu bringen, welches jedoch eher aussah wie eine misslungene Fratze.

»Das weiß ich zu schätzen«, teilte ich ihr mit und meinte es auch von ganzem Herzen so, doch verstummte schließlich wieder.

Es gab nicht besonders viele Dinge, die ich in diesem Moment sagen konnte. Ich wusste, dass sie sich ehrliche Sorgen um mich machte, auch wenn ich nicht wusste warum. Ich wollte mit ihr sprechen, aber gleichzeitig auch nicht. Natürlich konnte man versuchen, bestimmte Dinge zu erklären, aber manches konnten Worte einfach nicht wiedergeben. Manche Dinge musste man fühlen oder erleben, um sie zu verstehen.

Eine seltsame Stille breitete sich aus. Ich verstand es nicht. Die gesamte Situation fühlte sich an wie ein schlechter Traum und die Frau vor mir, die nervös an ihren Fingernägeln knibbelte und den Kopf gesenkt hielt, gab mir noch mehr Rätsel auf.

»Raven, ich bin gerührt, dass du dir so viele Sorgen machst, aber wieso? Wir können uns nicht leiden und das Letzte, was ich jetzt brauche, ist eine Heuchlerin.«

Sie sah auf. Jedoch nicht ertappt, sondern schockiert. Dann versuchte sie verzweifelt, sich zu erklären, und der Glanz kehrte in ihre Augen zurück. »Nein, ich würde nie … Entschuldige, natürlich denkst du das, aber deshalb bin ich nicht hier.« Sie wollte noch mehr sagen, doch kämpfte mit sich.

Ich sah nicht weg, sondern wartete stillschweigend.

»Meine Mum«, brachte sie stockend hervor und ich ahnte Böses.

»Sie … Ich habe auch sie damals gefunden und deshalb fühle ich mich irgendwie …« Die Tränen begannen zu rollen.

»Ich verstehe schon«, gab ich zurück und schluckte schwer. »Ist sie …« Ich wollte es nicht aussprechen.

»Sie lebt«, erwiderte Raven und senkte wieder den Blick. Das klang nicht so positiv, wie es hätte klingen sollen. Doch nun verstand ich es. So eine Situation einmal zu erleben, war traumatisierend genug, aber es dann noch einmal zu durchleben, musste grausam sein. Was hatte ich nur getan? Ich hatte nur an mich gedacht und die Situation falsch eingeschätzt. Das durfte nie wieder passieren. Auch wenn es Raven offensichtlich nicht direkt um mich ging, sondern mehr um die Situation generell, sah ich, wie sehr es sie mitnahm. Ich hatte mir über ihre familiäre Situation nie Gedanken gemacht. Warum auch? Bis jetzt war sie nur irgendein sturköpfiges Mädchen gewesen, welches mich ab und zu auf die Palme brachte, aber ab diesem Moment verband uns etwas anderes. Etwas furchtbar Intimes. Etwas, das mich dazu brachte, über sie nachzudenken. Zu hinterfragen, welcher Faden sich durch ihre Geschichte zog.

Ein leises Klopfen an der Tür riss mich aus meinen Gedanken.

»Herein.« Es war die gleiche Krankenschwester wie zuvor.

Sie steckte den Kopf durch die Tür und wirkte verunsichert. »Ich will Sie das wirklich nicht fragen, aber ich muss leider. Im Wartezimmer sitzen ein paar Reporter, die um einen Kommentar bitten. Soll ich sie reinlassen?«

»Nein! Kein Kommentar. Wie tief kann man sinken, so etwas zu fragen? Teilen Sie ihnen mit, dass jeder, der auch nur irgendetwas über diese Sache hier veröffentlicht, eine gewaltige Klage erwarten kann. Nur meine Familienangehörigen dürfen reingelassen werden. Wenn sie irgendwann eintreffen.«

Sie nickte hastig. »Natürlich!« Dann verschwand sie wieder und zog die Tür hinter sich zu.

Für einen kurzen Moment fühlte es sich wieder normal an. Diesen Reportern und Paparazzi mit einer Klage zu drohen, war gerade das Normalste an dieser ganzen Situation. Mir war bewusst, dass ich die Situation mit meiner Handlung verschlimmert hatte. Doch es wirkte nicht mehr so bedrohlich, weil die Affäre meines Vaters nun nicht mehr mein größtes Problem war.

»Du willst nicht, dass jemand davon erfährt, dass du im Krankenhaus bist?«, fragte Raven.

Ich wunderte mich ein wenig über diese Frage. Lag es nicht auf der Hand? Ich hatte immer geglaubt, jeder wüsste, welch ein Haifischbecken die Presse war. Trotzdem antwortete ich. »Nein, ich habe nicht vor, öffentlich zu machen, was passiert ist. Ich habe keine Lust, dass irgendwelche Heuchler so tun, als würden sie sich für mich interessieren, nur weil sie ihre Neugier befriedigen wollen und danach einfach ihr erbärmliches Leben weiterleben.«

»Du bist eher verurteilend, oder?«, fragte sie und ein schüchternes, verhaltenes Lächeln schlich sich auf ihre Züge. Es passte nicht zu ihrem sonstigen Auftreten.

»Nein, ich bin ein ehrlicher Mensch. Die Leute interessieren sich so lange für dich, wie du sie unterhalten kannst. Diese Welt dreht sich mittlerweile so schnell, dass ein Drama reicht, um dich in den Ruin zu stürzen, aber in zwei Tagen bist du nicht länger wichtig, auch wenn gerade dein Leben zerstört wurde.«

Sie betrachtete mich mit großen Augen. Ich würde alles dafür tun, um zu wissen, was sie gerade dachte.

13 Raven

Ich wusste nicht, was ich von Menschen wie Alex halten sollte.

Ich hatte ihn verurteilt. Hatte ihn als reichen, arroganten Spinner abgetan, doch nun betrachtete ich es anders. Im Gegensatz zu manch anderen Menschen hatte ich kein Problem damit, meine Meinung zu ändern und mir einzugestehen, dass ich falschlag. Unsere Wahrnehmung wurde schließlich von unseren Erfahrungen geprägt. Dinge waren nicht schwarz oder weiß. Dinge waren nicht gut oder böse. Die Grenzen verschwammen irgendwann und mit jedem neuen Gedanken und jeder neuen Information konnte sich das Blatt wenden. Das hatte es. Alex war nicht der Mensch, für den ich ihn gehalten hatte, und hätte ich mir vorher Zeit genommen, um meine Vorurteile zu überprüfen, wären unsere Zusammentreffen womöglich anders verlaufen.

Ich versuchte, den Gedanken zu verdrängen, dass ich ihm am Morgen davor Kaffee übergeschüttet hatte – schon wieder und diesmal absichtlich – und so wütend wegen ein paar unbeantworteten Nachrichten geworden war, obwohl diese Hausarbeit und die Nachrichten im Vergleich mit der Situation unwichtig waren. Mir war bewusst, dass es zu so einer Handlung nicht allein wegen dieser Dinge kam, aber ich fühlte mich trotzdem schuldig, weil sie sicher mit reinspielten.

»Würdest du was zu trinken holen?«, bat er mich und riss mich damit wieder aus den Gedanken.

Ich nickte hastig. »Was möchtest du haben? Ich habe einen

Snack-Automaten gesehen, der hatte eigentlich von Limo über Energy Drinks alles.«

»Ein gekühltes Wasser wäre schön«, erwiderte er und schmunzelte etwas über meinen überraschten Gesichtsausdruck.

»Wasser. Logisch. Bin gleich wieder da«, stammelte ich und war bereits auf dem Weg in den Gang. Es war mitten in der Nacht und damit recht ruhig. Auf leisen Sohlen ging ich zum Automaten, der um die Ecke stand und mir einen Blick auf die Anmeldung ermöglichte. Ich lächelte der Frau höflich zu und zog dann meinen Zwanziger aus der Tasche. Dann steckte ich ihn in den Automaten und wartete, bis das Wasser endlich in den Auffangbehälter fiel. Dabei wurde ich von einer Stimme abgelenkt, die nun an der Anmeldung drauflos tratschte. Ich drehte mich um und rollte genervt mit den Augen. Der *Cinderella*-Verschnitt war hier und hatte einen Blumenstrauß in der Preisklasse eines Kleinwagens mit. Trotz der Tatsache, dass Alex sie abserviert hatte und ich nicht ihr größter Fan war, fand ich die Geste schön. Sie beachtete mich nicht, weshalb ich noch kurz stehen blieb und lauschte.

»Ja, genau, ich bin seine … Cousine.«

»Nun, wenn das so ist …«

Ich nahm mir das Wasser und verschwand wieder in den Gang.

»Deine blonde Freundin steht an der Anmeldung und gibt sich als deine Cousine aus«, teilte ich Alex mit, nachdem ich wieder das Zimmer betreten und ihm das Wasser gereicht hatte.

Er stöhnte auf, nahm mir aber dankbar das Wasser ab. »Ist ja nett, dass sie sich sorgt, aber ich habe keine Energie dafür. Kannst du sie irgendwie loswerden?« Sein Blick war schon fast bettelnd.

Ich zog fragend die Augenbrauen nach oben, aber verschwand kurzerhand wieder in den Flur und sah *Cinderella* schon angeschlendert kommen. Ihr Make-up war im Gegensatz zu meinem perfekt und frisch aufgetragen. Ihre blonde Mähne war mit dem Lockenstab bearbeitet worden und sie trug einen Designermantel über der engen Bluse. Ich fühlte mich in diesem

Moment mehr als hässlich, doch verwarf diese sinnlosen Sorgen sofort wieder.

Ich lehnte mich lässig an die Wand neben der Tür und wartete darauf, dass sie hinter ihrem riesigen Blumenstrauß hervorsah und zum Stehen kam. Als genau das passierte, musterte sie mich verwirrt und mit abschätzigem Blick. Dazu zog sie noch die Nase kraus, als wäre sie angeekelt.

»Kann ich dir helfen?«

Sie räusperte sich und nickte zu der Tür. »Ich will zu Alex.«

Ich weitete die Augen und tat überrascht. »Oh, der ist nicht mehr in dem Zimmer. Er wurde verlegt. Ich glaube in eins der Partner-Krankenhäuser oder so. Mein Grandpa ist in dem Zimmer.«

Skeptisch zog sie eine Augenbraue nach oben. »Aber die Frau an der Anmeldung hat –«

Ich unterbrach sie: »Eigentlich hat sie die Anweisung, zu dieser Zeit nur Familienmitglieder zu den Patienten in diesem Gang zu lassen … Bist du mit ihm verwandt?« Ich stellte mich dumm und wurde mit einem ertappten Gesichtsausdruck belohnt.

»Nun, nein, aber ich –«

Wieder schnitt ich ihr das Wort ab: »Tja, dann keine Ahnung, was du hier willst, aber geh bitte, du weckst noch meinen Grandpa und der hat einen sehr ansteckenden verschleimten Husten. Also wenn du dich selbst davon überzeugen willst, bitte, aber ich bin froh, dass er schläft.« Ich machte eine einladende Handbewegung zur Tür und pokerte hoch. Ich konnte nicht einschätzen, ob ich sie genug abgeschreckt hatte oder ob sie mir misstraute und sich wie eine Furie durch die Tür stürzen würde. Doch ich hatte Glück.

»Widerlich. Aber warum ist dann Blut auf deinen Sachen, wenn es nur ein Husten ist?«

Ich versuchte, mir nichts anmerken zu lassen und erwiderte lässig: »Oh, er wohnt hier in der Nähe und hat mich angerufen, als er gestürzt ist und sich das Knie verletzt hat. Ich habe Erste

Hilfe geleistet und mich bisher nicht umgezogen. Den Husten hat er schon lange, deshalb ist er nicht hier.«

Maya schien unschlüssig. Doch dann räusperte sie sich und erwiderte: »Ich werde ihn schon finden, selbst wenn ich jedes Krankenhaus in der Umgebung dafür abklappern muss, klar? Aber die sind jetzt schon sau schwer, also hier.« Sie drückte mir die Blumen in die Hand. »Schenk sie deinem Grandpa oder so.«

Dann verschwand sie.

Ich zog nur die Unterlippe nach oben und zuckte mit den Schultern, dann sah ich ihr nach, um sicherzustellen, dass sie nicht noch einmal bei der Frau am Empfang nachfragte und wirklich das Krankenhaus verließ.

»Hier, ich habe dir ein paar«, mein Blick fiel auf die Blumen, als ich das Zimmer wieder betreten hatte, »ach, keine Ahnung, was das für welche sind, aber Blumen mitgebracht.«

Er betrachte sie und schüttelte kaum merklich den Kopf. »Leg sie irgendwo ab oder wirf sie aus dem Fenster, ist mir egal.«

Ich ließ sie auf den Beistelltisch fallen und setzte mich wieder auf den Stuhl. »Na ja, es war trotzdem nett, dass sie dich besuchen wollte.«

»Ich weiß. Trotzdem danke. Für das Wasser und diese Aktion gerade.« Seine Haut war noch sehr blass und ihm fiel eine wellige, dunkelblonde Strähne in die Stirn.

Ich legte meine Hände in den Schoß und unterdrückte den Drang, sie zurückzustreichen. Wie weich sein Haar wohl wäre?

»Kann ich fragen, was das für eine Situation zwischen dir und ihr ist?«

Er gähnte, ließ sich zurück in die Kissen fallen und blickte an die Decke.

»Ja, es ist eine sehr seltsame Sache. Ich hatte mal was mit ihr, dann war einige Zeit lang Funkstille, aber dann begann sie, mich wieder mit Nachrichten und Anrufen zu bombardieren. Mein Vater hat sich dann dazu entschlossen, einen Deal mit ihrem Dad abschließen zu wollen, und forderte mich auf, mich so lange mit ihr gut zu stellen, bis alles besiegelt sein würde. Mit anderen Worten: Ich soll seine Nutte sein und Maya was vorspielen.«

Ich konnte seine Gesichtszüge nicht genau erkennen, aber seine Stimme klang kalt. Fast, als würde er nicht über sich selbst sprechen.

Außerdem war ich unheimlich überrascht von dieser ehrlichen Aussage und hatte mit vielem gerechnet, aber das war widerwärtig. Die Männer, die meine Mutter mitgebracht hatte, waren zwar auch nicht gerade freundliche Menschen gewesen, aber sie hatten wenigstens nicht versucht, mich zu verkaufen.

»Das klingt furchtbar und tut mir leid.«

Er richtete den Blick auf mich. »Warum? Du kannst nichts dafür. Außerdem wundert es mich nicht. Mein Vater landete gestern auch in den Schlagzeilen wegen einer Affäre mit einer zweiundzwanzigjährigen Influencerin, die ihn nun anzeigt.« Er lachte trocken und humorlos. »Meine Familie ist eine einzige Freakshow.«

Ich wollte ihn im Redefluss nicht unterbrechen, aber er erkannte die Frage, die mir auf der Zunge lag. Ich wollte sie nicht laut aussprechen, doch er antwortete bereits.

»Es ist okay. Du musst nicht so tun, als bestünde ich aus Zucker. Auch wenn ich deine Zurückhaltung zu schätzen weiß, ist jemand, der mich so behandelt, gerade das Letzte, was ich brauche, also ja. Es war zum Teil deswegen. Es war wegen Maya, wegen meines Vaters und wegen …« Er verstummte wieder.

Ich sagte ebenfalls nichts, in der Hoffnung, er würde weitersprechen und dann platzten die angestauten Gefühle wie eine Welle aus ihm heraus. Er vermied es, mich anzusehen, als er weitersprach. »Ich weiß nicht, es ist nur, dass ich das Gefühl habe, dass alle nach vorn laufen, in ihrem Leben weiterkommen und ich die ganze Zeit nur einen Schritt nach hinten gehe. Es fühlt sich alles so schnell an, dass ich denke, nicht mithalten zu können, und irgendwann hinten runterfallen werde. Ich weiß, es klingt eigenartig, aber es erdrückt mich. Als würde unten nur ein See voller Teer auf mich warten, der mich in den Abgrund reißt.«

Ich wagte es kaum zu atmen. Die Gänsehaut überzog meinen Körper und mein Mund stand offen. Seine ungefilterten, dunklen und ehrlichen Gedanken hatten meine volle Aufmerksamkeit beschlagnahmt. Ich musste die Tränen hinunterschlucken, die in meiner Kehle brannten. Als ich nichts sagte, deutete er es falsch.

»Ich weiß, das klingt lächerlich aber –«

Ich unterbrach ihn. »Nein. Das tut es ganz und gar nicht. Ich weiß, wie sich das anfühlt.«

In seinen Augen glitzerte etwas. Doch es waren keine Tränen, vielleicht Hoffnung? »Hat es mit deiner Mutter zu tun?«

Ich konnte ihm nicht die wahre Geschichte erzählen, also wandelte ich sie etwas ab.

»Ja, teilweise schon. Es ist … kompliziert. Wir hatten nicht immer Geld. Meine Mutter hatte ein paar gewalttätige Ex-Freunde und bekam schließlich ein Alkoholproblem. Die Lage spitzte sich immer weiter zu und«, ich pausierte eine Sekunde, »das alles hinterließ auch bei mir Narben. Sie hat später jemanden kennengelernt, der mit Aktien zu tun hatte und mit viel Glück sehr viel Geld verdient und uns dort rausbekommen hat.« Ich erzählte ihm das nahezu Gleiche wie Delano. Auch wenn der letzte Teil nur reine Lügen waren.

»Ich habe dadurch damals eine Angststörung entwickelt. Es war eine ziemlich schwere Zeit, aber ich habe glücklicherweise den schlimmsten Teil überstanden und es geht mir schon wieder sehr viel besser als damals. Nur manchmal verrenne ich mich noch in absolut irrationalen Gedanken und Ängsten.«

Seine Augen wurden schmal. »Wie fühlt sich das an?«

Eigentlich war ich kein Fan davon, über dieses Thema zu sprechen, aber es fühlte sich gerade irgendwie sicher an. Alex hatte mir einen uneingeschränkten Einblick in seine Seele geschenkt und ich wollte das Gleiche tun. Also überlegte ich einen Moment. »Es ist kompliziert, es zu beschreiben. Ich habe schon mal versucht, es jemandem mit einer Geschichte zu erzählen, deshalb stell dir vor, du bist auf einer dunklen Straße unterwegs und je weiter du läufst, desto dunkler wird sie. Doch du bist nicht allein, jeder, den du kennst, ist ebenfalls dort. Du fühlst dich sicher, aber siehst plötzlich ein fremdes Gesicht in der Menge. Der Fremde kommt auf dich zu und hat eine Waffe in der Hand. Deine Schritte werden schneller. Seine auch. Du beginnst zu rennen. Er auch. Deine Freunde und Familie fragen, was du da tust, aber du kannst es ihnen nicht erklären, weil du fliehen musst. Sie sehen, dass du reagierst. Sie sehen deine Angst. Sie sehen, dass du rennst, doch keiner außer dir sieht die Gefahr. Du willst die Leute warnen. Versuchst, dich zu retten, aber der Fremde kommt immer näher und er hat es nur auf dich abgesehen.

Alle versuchen, dich zu stoppen. Sie verstehen es nicht, wenn du sagst, dass du nicht anhalten kannst, weil du weißt, was geschieht, wenn der Fremde dich in die Finger bekommt. Immer mehr Menschen wenden sich ab, weil sie nicht wissen, warum du rennst. Weil sie dich für verrückt halten. Und irgendwann bist du so weit gerannt, dass dein Körper keine Kraft mehr hat und du kurz davor bist zu kollabieren. Die Person, die dich mit einer Waffe verfolgt, ist eine Metapher für die Symptome, die man bekommt, und die dazugehörige Angst. Nur du kannst sie sehen, weil ein Außenstehender davon nichts mitbekommt.« Ich seufzte und sammelte mich, bevor ich weitersprach. »Nun stell dir vor, dies würde jeden einzelnen Tag passieren. Es gibt Zeiten, in denen du Vorsprung hast, Pausen einlegen kannst und vielleicht sogar stehen bleibst, aber genauso gibt es welche, in denen deine Schritte schneller und deine Hoffnung geringer wird. Und irgendwann wachst du auf und bemerkst, dass da nie jemand mit einer Waffe war. Auch wenn du so überzeugt warst.«

Als ich ihn wieder ansah, glich sein Blick dem, den ich ihm vorhin entgegengebracht hatte. Mein Puls war nur von der Geschichte allein angestiegen und ich atmete tief durch, um meinen Herzschlag unter Kontrolle zu bekommen.

»Das klingt furchtbar«, sagte er ernst.

»War es. Ständig mit der Angst vor allem zu leben, ist, als

würde man gar nicht leben«, erwiderte ich und atmete noch einmal tief ein. »Aber das bestimmt mich heute nicht mehr. Es war nicht einfach. Es war unglaublich schwer. Aber ich habe mich da rausgekämpft und jetzt geht es mir sehr viel besser.«

»Wir sind also beide ziemlich kaputt, was?«

Ich schmunzelte traurig und zuckte mit den Schultern. »Das Ziel sollte nie sein, so zu werden wie vorher. Denn dieses Ziel würde man nie erreichen. Manche Dinge sind kaputt und repariert vielleicht besser als ganz.«

Wir schwiegen einen Moment.

»Sieht aus, wie als wäre immer Alkohol das Problem, was?«

Ich nickte.

»Wollen wir darauf verzichten?«

Ich blickte ihn an. Verdammt, er hatte recht. Alkohol war immer nur das Problem. Es hatte mich nie näher an eine Lösung gebracht. Also nickte ich.

»Ja, verzichten wir darauf. Versprochen?«

Ein kleines Lächeln trat auf seine Lippen. »Versprochen.«

14 Raven

Das Duschen tat gut. Es war das Erste, was ich tat, als ich wieder in mein Campuszimmer kam. Die alte Schminke und das restliche angetrocknete Blut wurden vom heißen Wasserstrahl weggewaschen. Ich dachte die ganze Zeit an Alex. Immer wieder hatte ich das Bedürfnis, zurück zum Krankenhaus zu gehen und sicherzustellen, dass er in Ordnung war. Auch wenn es nicht bedeutete, dass ich ihn leiden konnte, war es hauptsächlich die Parallele zu meiner Mutter, die mich dazu brachte, keinen anderen Gedanken mehr zulassen zu wollen. Es waren die gleichen Situationen. Alkohol und Panik. Immer Alkohol. Er war an allem schuld. Alkohol hatte mein Leben und das vieler anderer zerstört. Ich hasste dieses Zeug und nahm mir vor, das Versprechen, darauf zu verzichten, zu halten.

Als ich aus der Dusche trat, schien das Tageslicht durch die Fenster und bei dem Gedanken, gleich in einen Vorlesungssaal zu wandern und so zu tun, als wäre alles okay, wurde mir schlecht. Aber ich musste es tun. Ich musste mich auf dieses Studium konzentrieren. Das war vielleicht meine einzige Möglichkeit, mein Leben und das von Thomas wieder auf eine gerade Bahn zu lenken. Ich durfte es nicht versauen. Außerdem musste ich die Bestellungen bearbeiten. Es waren einige reingekommen. Die Nachricht, dass man das Zeug bei mir zuverlässig und noch relativ günstig bekam, hatte sich scheinbar verbreitet wie ein Lauffeuer. Ich musste einige Nachrichten beantworten, die Bestellungen packen und unauffällig abgeben. Doch das musste gefälligst so lange warten, bis ich mit den Vorlesungen fertig war. Nur in Unterwäsche kramte ich im Schrank herum und suchte meine Ersatz-Uniform heraus. Jeder hatte zwei bekommen, um eine immer waschen zu können. Meine alte warf ich über den Stuhl des Schreibtisches und verharrte kurz vor dem Fenster. Der Ausblick war nach wie vor unglaublich. Als ich das Meer das erste Mal gesehen hatte, hatte ich mich verliebt. Ich könnte stundenlang raussehen, doch diese Zeit hatte ich nicht. Also schnappte ich mir den Rucksack und ging auf den Gang. Es war noch recht früh, weshalb sich kaum Studenten dort befanden. Ich hatte mich mit Delano extra jetzt verabredet, um durchlöchernden Blicken und Getuschel zu entgehen. So pünktlich wie die Rechnungen der Miete für unsere Wohnung trat Delano aus der Tür seines Zimmers und schenkte mir einen mitfühlenden Blick.

Im Gegensatz zu mir sah er aus wie immer. Ausgeschlafen, mit gestylten Haaren und entspannter Haltung. Ich glich wahrscheinlich einem Waschbären, dem man das letzte Essen geklaut hatte. Ich hatte letzte Nacht kein Auge zubekommen. Ich war direkt vom Krankenhaus unter die Dusche und jetzt hierhergegangen. Die Augenringe ließen sich auch von dem billigen Concealer nicht verdecken und meine Haare waren noch leicht feucht, weshalb sie mir strähnig ins Gesicht hingen. Meine Bluse war voller Knicke, weil ich nicht mal ein Bügeleisen besaß, geschweige denn wusste, wie man es verwendete.

»Hey«, begrüßte er mich freundlich, als wir die große Treppe nach unten stiegen.

»Hey«, gab ich unmotiviert zurück.

»Wie geht es dir?«, hakte er vorsichtig nach.

Ich drehte den Kopf in seine Richtung und analysierte seinen unsicheren Blick. Ich hasste diese Frage. Wie sollte es mir schon gehen? Entweder war es eine sinnlose Floskel, auf die man keine ehrliche Antwort haben wollte, oder die Leute wollten sich an der Antwort ergötzen, damit ihr langweiliges Leben nur ein Stück besser wurde. Denn für sie änderte sich meist überhaupt nichts. Keiner wollte wirklich wissen, wie man sich fühlte, denn alles, was man jemandem verriet, könnte er gegen einen verwenden, jedes verdammte Mal aufs Neue musste ich diese Lektion lernen. Bei uns im Viertel vertraute man besser niemandem.

Doch das war nicht unser Viertel und Delano nicht wie diese Idioten. Er war nicht wie Jackson. Ich sah in seinen blassblauen Augen, wie ernst er es meinte, und wurde wieder einmal schwach, als ich ehrlich antwortete.

»Furchtbar. Ich habe nicht geschlafen, mein Kopf fühlt sich voll an und das Schlimmste ist, dass ich das Gefühl habe, dass es mir nicht zusteht, mich so zu fühlen, weil ich weiß, dass es Alex noch viel schlimmer geht.« Manchmal übertrieb ich es auch mit der Ehrlichkeit.

Delano blinzelte etwas überfahren und nickte dann. »Glaube ich dir. An deiner Stelle hätte ich einfach auf die Vorlesung gepfiffen und mich schlafen gelegt.«

Du könntest dir das Ganze ja auch uneingeschränkt erlauben. Ich nicht.

»Nein, ich will Alex wenigstens weiterleiten können, was in der Vorlesung passiert ist.«

Delano zog eine Augenbraue nach oben und ich konnte seine Frage an seinem Blick ablesen. Ich legte den Kopf schief und schüttelte ihn leicht.

»Ich fühle mich für die Kaffee-Aktion und alles irgendwie verantwortlich.«

Er musste nichts von meiner Mutter wissen. Ich hatte bereits zu viel geredet.

Er ging der Sache nicht weiter nach – was mich etwas beruhigte – sondern fragte stattdessen: »Wann bist du aus dem Krankenhaus los?«

Ich hatte nicht auf die Uhr gesehen, aber es war noch dunkel gewesen.

»Vielleicht gegen vier oder fünf Uhr. Seine Eltern sind

gekommen und ich habe mich daraufhin verabschiedet. Sie haben verdammt lange gebraucht, dafür, dass sie nur aus London angereist sind und direkt benachrichtigt wurden.« Ich konnte die Wut in meiner Stimme nicht ganz unterdrücken, auch wenn ich es versuchte.

»Wie lange hat es gedauert, bis sie da waren?«

Ich überlegte kurz. Es war später Nachmittag gewesen, als Alex ins Krankenhaus gekommen war, also … »Knapp elf Stunden ungefähr.«

Auch Delano schüttelte darüber nur den Kopf.

Wir kamen aus dem Treppenhaus und liefen in den Westflügel zu den Vorlesungssälen. Nun herrschte schon etwas mehr Betrieb, weil die übereifrigen Studenten am liebsten schon zwei Stunden vorher vor der Tür des Saals warteten.

Wie befürchtet, richteten sich die Blicke auf mich und ich versuchte, mir nichts anmerken zu lassen. Sollten sie doch starren, bis ihnen die Augen aus dem Kopf fielen und über den Flur rollten.

Sie hatten keine Ahnung. Weder von mir noch von dem, was wirklich passiert war. Sie geilten sich nur an dem Drama auf, um ihre Person spannender zu machen. Alex hatte verflucht noch mal recht.

»Die Leute interessieren sich so lange für dich, wie du sie unterhalten kannst«, hallte seine Stimme in meinem Kopf wider.

Da Delano in einen anderen Saal musste, war ich jedoch ganz allein im Haifischbecken gefangen und bemerkte die stechenden Blicke schmerzhafter, als ich mich an einen Platz setzte. Ich versuchte, weiterhin alle zu ignorieren, und konzentrierte mich auf die Vorlesung, die mich jedoch nur unaufhörlich langweilte. Meine Augenlider waren verdammt schwer und ich spürte, wie die Übelkeit langsam, aber sicher immer präsenter wurde. Ich hatte nichts gegessen und nur sehr wenig getrunken. Mir war kalt und meine Glieder wurden immer schwerer.

Ich ließ meinen Kopf kurz auf meine Arme sinken und wachte erst auf, als Delano mich mit einem Stift anstupste.

Ich zuckte hastig nach oben und begegnete verschlafen seinem Blick.

»Du bist doch nicht in meinem Studiengang. Was machst du hier?«, stammelte ich leise und irritiert.

Er schenkte mir ein trauriges Lächeln und legte seine warme Hand auf meine Schulter. »Das ist ja auch bereits die nächste Vorlesung, Raven. Du hast zwei verschlafen. Geh ins Bett«, appellierte er an meinen gesunden Menschenverstand.

Verdammt.

Ich gähnte und nickte dann. Er hatte recht. Es hatte keinen Sinn. Wir sammelten meine Sachen leise zusammen und dann quälte ich mich durch den vollen Vorlesungssaal zu dessen Tür.

Dort angekommen, war der Professor verstummt. Vorsichtig sah ich in seine Richtung. Er war zwar relativ weit weg, aber ich erkannte den verurteilenden Blick. Ich lächelte und warf ihm einen kurzen Fingergruß zu, bevor ich still durch die Tür verschwand.

Doch wenn ich wirklich geglaubt hatte, dann Ruhe zu finden, lag ich falsch. Nicht mal drei Meter weiter fiel ein anderer Student mit mir in Gleichschritt.

»Hey, du bist doch Raven, oder?«

Vollkommen genervt schaute ich zu ihm auf. Ich hatte ihn schon einmal gesehen. Er hatte in ein paar Vorlesungen neben Alex gesessen.

»Ja, und du bist?«, fragte ich, während ich meinen Weg unbeirrt fortsetzte.

»Caleb. Ich wollte fragen, wie es ihm geht. Ich habe gehört, was passiert ist.«

Nun blieb ich doch stehen und schloss für ein paar Sekunden die Augen, um mich zu beruhigen. Innerlich sprach ich wie ein Mantra vor mich hin, dass er scheinbar mit Alex befreundet war und sich nur Sorgen machte.

»Er wird wieder. Aber muss sich noch etwas ausruhen.«

Caleb nickte leicht. »Das ist gut, schätze ich. Danke für die Auskunft.«

Ich lächelte nur verkrampft und schlug dann den Gang zu den Zimmern ein. Erleichterung überkam mich, als ich merkte, dass Caleb mir nicht weiter folgte. Nichts gegen ihn, aber hätte er noch eine Sekunde weitergesprochen, hätte ich mich wie eine Katze auf dem Fußboden zusammengerollt und dort geschlafen.

Mein Bett war so weich, dass ich es glatt mit einer Wolke verwechseln könnte. Doch das nervtötende Geräusch meines Handyweckers hinderte mich an dieser Vorstellung. Ich hatte das dringende Bedürfnis, das Handy gegen die Wand zu pfeffern und lautstark zu fluchen, aber war weitsichtig genug, um zu wissen, dass das meine Probleme auch nicht lösen würde.

Ich hatte nur knapp drei Stunden geschlafen, da ich wieder wach sein musste, um die Bestellungen zu erledigen.

Ich machte mich einigermaßen ansehnlich zurecht, bevor ich das Handy nahm und die ersten Nachrichten beantwortete.

Bestellung Nummer eins war etwas Marihuana. Ich suchte die Drogen, die ich in kleinen Plastikschalen aufbewahrte, zusammen, steckte sie in den hübschen Briefumschlag und legte sie zur Seite.

Bestellung Nummer zwei war anspruchsvoller. Kokain, Ritalin und Speed. Das Ganze in so einer großen Menge, dass es für eine gesamte Sportmannschaft gereicht hätte. Ich hielt mit den Drogen in der Hand einen Moment inne. Es war so viel. Warum war es so viel?

Ich schloss kurz die Augen und atmete durch. Es war nicht mein Problem, wenn die reichen Kids Daddys Geld für Drogen auf den Kopf hauten. Im Gegenteil. Bei der Summe, die ich bei dieser Bestellung verdiente, blieben für mich allein knapp zweihundert Pfund. Ich sollte mich verdammt noch mal freuen und nicht die Gründe der Bestellung hinterfragen.

Bestellung Nummer drei war Ritalin. Ebenfalls viel davon.

Am Anfang hatte ich gedacht, ich würde niemals so viel Zeug loswerden. Jetzt musste ich Cloé bereits schreiben, dass meine Waren zur Neige gingen. So viel Platz war in einem Kleiderschrank schließlich nicht. Vor allem, wenn man da noch etwas Kleidung aufbewahren wollte. Es war sowieso Freitag und damit Ende der ersten Woche. Wann Cloés Handlanger kommen würde, um das Geld zu holen und die Ware aufzufüllen, wusste ich nicht, aber es dürfte nicht mehr lange dauern.

Ich stopfte die Briefumschläge in meinen Rucksack und trat den Weg in den Gemeinschaftsraum an. Zu meiner Überraschung war er leer. Meine Muskeln entspannten sich etwas. Da das Wochenende bevorstand, hatten die Studenten wohl Besseres zu tun, als hier herumzusitzen. Es wurden einige Partys angekündigt, was wohl auch zu den großen Bestellungen geführt hatte.

Ich hatte keine Probleme, alle Spinde zu finden und konnte knapp zehn Minuten später beruhigt zurück in mein Zimmer verschwinden. In meinem Rucksack befanden sich mehrere Tausend Pfund und ich fühlte mich … fantastisch. Wahrscheinlich war es das Adrenalin, welches nach wie vor durch meine Venen pumpte und das Gefühl, reich zu sein. Auch wenn das Geld nicht hauptsächlich mir gehörte und selbst diese Tausende Pfund nicht annähernd mit dem Vermögen der anderen Schüler mithalten konnten, war es für mich so unglaublich viel Geld.

Ich trat mit bebenden Schritten auf den Schreibtisch zu und öffnete den Rucksack. So viele Bündel mit dem lächelnden Gesicht des Königs darauf sahen mir entgegen, sodass sich dieses Lächeln auch auf meinen Lippen ausbreitete. Ich drehte den Rucksack um und sah zu, wie die Bündel auf den Tisch fielen. Das Lächeln verging mir jedoch, als ich mich auf den Stuhl davorsetzte. Ich hatte noch nie so viel Geld vor der Nase gehabt. Meist konnten wir die Rechnungen nicht einmal pünktlich bezahlen und ich musste jeden Penny doppelt umdrehen, um den Kühlschrank aufzufüllen. Diese Studenten gaben diese Bündel einfach aus der Hand, ohne einen weiteren Gedanken daran zu verschwenden.

Ich wusste, dass es unhygienisch war, doch ich ließ den Kopf auf die Scheine fallen und vergrub mein Gesicht darin.

Das war sie. Die Lösung. Der Ausweg aus den Schulden und der Abhängigkeit. Ich brauchte Jackson nicht mehr. Wenn ich das hier die gesamten drei Jahre lang durchzog und das Geld sparte, hatten wir eine Chance im Leben. Obwohl ich Cloé für ihre arrogante und falsche Art hasste, war ich ihr gerade einfach nur unglaublich dankbar.

Ein lautes Klopfen ließ mich hochschnellen. Mein Kopf brummte. Wahrscheinlich war ich auf den Geldscheinen erneut eingeschlafen. Dieser Gedanke brachte mich nun doch wieder zum Lächeln.

Ich ließ die Scheine in den Rucksack wandern und verschloss ihn, bevor ich die Tür öffnete. Davor erwartete mich ein etwas älterer Mann mit dunklen Haaren und einer Lederjacke. Seine Nase war etwas schief, was mich zu der Annahme brachte, dass sie wohl öfter gebrochen gewesen war.

»Dominic«, sagte er kurzum.

Ich nickte und ließ ihn eintreten, bevor ich die Tür hinter uns schloss. Viele Studenten hatten noch Vorlesung, andere waren schon weggefahren, um das Wochenende in den Städten zu verbringen. Keinem dürfte Dominic aufgefallen sein.

So viel zu Cloé. Dominic holte das Geld ab, welches ich gerade in den Himmel gehoben hatte. Er sah sich kurz im Zimmer um, öffnete anschließend die schwarze Sporttasche und ließ die gut verpackten Drogen auf den Tisch fallen, die bei mir fast aus waren. Ich öffnete im Gegenzug den Rucksack und ließ die Bündel in seiner Sporttasche verschwinden. Meinen Anteil hatte ich bereits abgezogen.

Er nickte mir stillschweigend zu und verließ das Zimmer mit den Worten: »Ich zähle das gleich durch und rechne mit deinen Verkaufszahlen unseren Betrag aus. Wenn etwas nicht passt, gibt es Konsequenzen.«

Bevor ich etwas erwidern konnte, war er bereits verschwunden.

Das war meine erste Geldübergabe und ich war unheimlich stolz darauf, so ruhig geblieben zu sein, auch wenn mein Körper von einer Gänsehaut überzogen war.

Ich sortierte die Drogen ein und ließ mich dann ins Bett fallen.

Die nächsten Tage waren relativ eintönig. Langsam hatte ich mich daran gewöhnt, so früh aufzustehen und auch das Lernen und Nacharbeiten der Folien gingen gut voran. Ich merkte mir so gut wie alles, was ich las, dennoch fiel mir deutlich auf, dass dieses Niveau nicht annähernd mit dem der Secondary School zu vergleichen war. Ich hatte Probleme, die Zusammenhänge zu verstehen und musste mir in Vorlesungen, die viel mit Mathe zu tun hatten, noch einiges mehr an Grundlagen ansehen, um den Vorlesungen ganz folgen zu können.

Ich schlief, ging zur Uni, erledigte Bestellungen und ließ mich komplett von der Routine einnehmen. Ab und zu telefonierte ich mit meinem Bruder. Es ging ihm bei Lyra relativ gut, auch wenn er mich und Mum sehr vermisste, welche sich wohl nicht einmal bei Lyra nach ihm erkundigt hatte. Vermutlich war sie wieder abgehauen.

Mit Alex hatte ich in dieser Zeit kaum Kontakt gehabt. Ich schrieb ihm manchmal und erkundigte mich nach seiner Gesundheit, doch wollte ihn nicht nerven. Erst hatte ich überlegt, ihm überhaupt nicht zu schreiben, verwarf diese Idee jedoch sehr zügig. Nichts war schlimmer als die Menschen, denen du dein Herz ausschüttest und dann nie wieder von ihnen hörst. So wollte ich nicht sein. Niemals.

Heute war der Tag, an dem Alex wieder zurück an die Uni kam. Ich war etwas aufgeregt, ihn zu sehen, obwohl ich versuchte, es zu leugnen. Wegen dieser furchtbaren Sache waren wir keine Freunde. Auch wenn sich unser Verhältnis wohl grundlegend geändert hatte, bedeutete das nicht, dass ich ihn leiden konnte, oder?

Es war kompliziert. Warum bereitete mir der Gedanke, ihm hier wieder über den Weg zu laufen, solch eine Vorfreude?

Ich schüttelte den Gedanken ab und begab mich kurz darauf aus dem Zimmer. Delano wartete bereits auf mich. Ich hatte ihm nicht erzählt, dass Alex ab heute wieder da war, doch er ließ sich nicht täuschen.

»Warum bist du so … eigenartig?«, hakte er nach, während wir den Vorlesungssälen immer näher kamen.

»Ich bin nicht eigenartig.« Lügen konnte ich auch mal besser.

Er legte den Kopf schräg und musterte mich. »Du siehst dich die ganze Zeit über um, als wäre *Scotland Yard* hinter dir her.« Er senkte die Stimme und beugte sich etwas zu mir herunter, bevor er flüsterte: »Wenn du in Schwierigkeiten steckst, sag es ruhig. Ich habe mal einen Bleistift geklaut und kenne mich demnach aus.«

Wenn er wüsste, dass ich mehrere Kilo Drogen in meinem Kleiderschrank hortete, die Tausende Pfund wert waren, würde er nicht mehr so laut lachen. Ich blieb stumm, während Delano mir gegen die Schulter knuffte. »Ach, komm schon, das war ein Spaß.«

»Ich weiß. Kleiner Tipp: Streich *Comedian* von deiner Berufswunschliste.«

Sein Lächeln verrutschte kein Stück. Er zwinkerte mir nur zu und verschwand dann in den Saal. Er war auf gute und überraschende Weise so anders als die Menschen, die ich aus meiner Gegend kannte.

Ich setzte den Weg fort und ging auch in meinen Vorlesungssaal. Noch war Alex nicht zu sehen und ich setzte mich auf einen der Plätze. Es war schwachsinnig, sich wegen dieser Begegnung so zu stressen. Er wollte sicher nicht wie Zucker behandelt werden und es wäre das Beste, wenn ich einfach normal an diese Sache herangehen würde. Na ja, diesmal jedoch ohne Kaffee-Angriffe.

Aber als die Vorlesung begann und auch die letzten Studenten im Saal saßen, war von seinem dunkelblonden Haarschopf nach wie vor nichts zu sehen. Ich kaute auf meiner Unterlippe herum und sah mich weiterhin um, doch er tauchte einfach nicht auf. Wir hatten nicht jede Vorlesung gemeinsam, doch diese hier ganz sicher. Langsam machte ich mir Sorgen und wollte schon das Handy aus der Tasche ziehen, doch stoppte mich. Er brauchte mich nicht und ich brauchte ihn genauso wenig. Er war erwachsen und ganz sicher ging es ihm gut. Vielleicht schwänzte er noch und blieb erst einmal in seinem Zimmer. Wer war ich schon, mich ständig nach ihm erkundigen zu wollen?

Ich biss die Zähne zusammen und zwang mich dazu, den Blick auf die Professorin vor mir zu richten, doch der Gedanke, warum er nicht hier war, ließ sich nicht ganz abschütteln.

Auch den restlichen Tag über bekam ich ihn nicht zu Gesicht. Er tauchte zu keiner Vorlesung auf und am meisten stresste mich daran, dass mir das so zu schaffen machte.

Ich zog mich am Abend wieder auf mein Zimmer zurück. Eigentlich hatte ich geplant, noch nach unten zu gehen und mir etwas zum Abendbrot zu holen, doch die Lust hatte mich verlassen. Die Schuluniform hatte ich gegen eine Stoffshorts und einen dünnen grauen Pulli eingetauscht. Gerade als ich über den Folien hing, die wir in einer der heutigen Vorlesungen besprochen hatten, klopfte es. Kurz überlegte ich, mich einfach tot zu stellen, um nicht aufstehen zu müssen, doch besann mich eines Besseren.

Ich ging zur Tür, öffnete und erstarrte.

Alex trug ein weißes, knitterfreies Hemd und eine dunkelblaue, elegante Chino. Sein Gesichtsausdruck war eine perfekte Maske. Das charmante Lächeln ließ nicht annähernd darauf schließen, was vor Kurzem passiert war.

Mein Blut gefror und ich blickte ihm mit halb offenem Mund entgegen. Es war sehr ungewöhnlich, ihn vor meiner Zimmertür zu sehen, und ich wusste nicht genau, was ich sagen sollte.

»Hey«, begrüßte er mich. »Kann ich vielleicht reinkommen?«

Ich nickte, weil ich wohl das Sprechen verlernt hatte. Doch im Hinterkopf war mir klar, dass ich immer noch Drogen im Schrank aufbewahrte.

»Hey, was gibt's?«, fragte ich viel zu spät, nachdem ich die Tür geschlossen und mich zu ihm umgedreht hatte. Sein Blick verharrte kurz am Fenster. Es war einen Spaltbreit geöffnet und man hörte die Wellen, die sich leise an der Küste brachen. Dann wandte er den Blick ab und sah mich an.

»Wie war die Lage hier? Haben viele darüber geredet?«, wollte er wissen.

»Na ja, rumgesprochen hat es sich definitiv. Dein Kumpel Caleb hat nach dir gefragt.«

Er schwieg einen Moment, bevor er weitersprach. »Ich werde ab morgen wieder bei den Vorlesungen sein und hatte in den letzten Tagen noch einige Gespräche mit Psychologen. Es geht mir wieder deutlich besser und ich wollte mich … bedanken.«

Ich kratzte mich verlegen am Hinterkopf. »Das freut mich. Wirklich! Aber warum solltest du mir danken? Ich habe nur getan, was jeder getan hätte.«

Er schüttelte den Kopf und lächelte traurig. »Nein, du hast mir das Leben gerettet. Jemand, der nicht gewusst hätte, was zu tun wäre, hätte vermutlich zu spät oder falsch gehandelt. Ich hatte neben dem Alkohol und den Tabletten ja auch noch Blut verloren und verdanke dir, dass ich hier so gesund stehe. Du warst da, als es sonst keiner war.«

Seine blauen Augen beobachteten jede meiner Bewegungen, als ich etwas näher auf ihn zu trat. Nun trennten uns nur noch ein paar Schritte und die Luft fühlte sich an, als hätte man sie elektrisch aufgeladen.

Ich wusste nicht recht, was ich sagen oder fühlen sollte. Es war, als würde ein Gewicht auf meinem Brustkorb liegen. Ich nickte nur vorsichtig. »Du musst dich trotzdem nicht bedanken. Nicht dafür. Nie dafür.«

Er strich sich mit dem Zeigefinger nachdenklich über die Unterlippe.

»Geh zum Spiegel und sieh rein.«

Ich hatte keine Ahnung, was genau das hier werden sollte, doch ich tat, was er mir sagte, und ging zum Ganzkörperspiegel, den ich neben das Bett gerückt hatte.

Meine Haltung versteifte sich, vor allem, weil ich Alex im Spiegelbild wahrnahm. Er stand hinter mir und hob die Hände. Ich zuckte zusammen, drehte mich blitzschnell zu ihm um und ergriff mit einer Hand sein Handgelenk.

»Hey, was soll das werden, Freundchen?«, fragte ich in vorwurfsvollem Ton, welcher ihm ein ehrliches Lächeln entlockte.

Er blickte mich eindringlich an. »Keine Sorge, ich bin nicht hier, um dich zu betatschen.« Dann nickte er zu dem Gegenstand, den er in den Händen hielt.

Es war eine silberne Kette, an der ein kleiner, mit glitzernden Steinen besetzter Schwanenanhänger hing.

»Willst du mich damit erdrosseln?«, fragte ich spöttisch und entschied, dass seine Schonzeit vorbei war.

Er schmunzelte wieder. »Nein, auch wenn ich kurz drüber nachgedacht habe, ist es tatsächlich ein Versöhnungsangebot. Na, wie sieht's aus?«

»Also hast du sie nicht aus dem Müll gefischt und gedacht, du könntest dich endlich für den Kaffee rächen?«

»Nein.« Alex beließ es bei dieser Antwort und zog die Augenbrauen auffordernd nach oben.

Ich drehte mich wieder mit dem Rücken zu ihm und blickte mich selbst im Spiegel an. Alex hob mein Haar an und legte mir die zugegebenermaßen wunderschöne Kette um den Hals. Seine Finger verharrten einen kurzen Moment zu lang an meinem Nacken und ich versuchte, die Röte, die gerade dabei war, in meine Wangen zu kriechen, sowie die Gänsehaut zu ignorieren. Gott, er hatte nur die Kette verschlossen, was war los mit mir?

Seine warmen Finger verließen meine Haut mit einem Kribbeln und er legte den Kopf schief.

Sein Blick fand meinen im Spiegel.

»Ich hoffe, sie gefällt dir. Dann lasse ich dich mal wieder allein.«

Er trat einen Schritt zurück und ich drehte mich erneut zu ihm um.

»Tut sie. Danke.«

Er lächelte leicht, nickte mir noch einmal zu und verschwand dann in den Gang. Erst als sich die Tür hinter ihm geschlossen hatte, wagte ich es, auszuatmen.

15 Alex

Meine Hände waren ungewöhnlich verschwitzt. Normalerweise hatte ich nie ein Problem mit Nervosität, Frauen oder meinen Händen, aber gerade sah das anders aus.

Was ich Raven gesagt hatte, entsprach der Wahrheit. Ich war ihr unheimlich dankbar. Das Geschenk war zwar nicht gerade einfallsreich und sie besaß mit Sicherheit auch andere wertvolle Ketten, aber es war eine kleine Aufmerksamkeit. Ich hatte überlegt, welches Tier sie gut widerspiegelte. Den Raben, der zweifellos so offensichtlich zutraf, wollte ich nicht nehmen. Dann hatte ich den Schwan gesehen.

Das Tier stand für Licht, Reinheit, Eitelkeit und das Göttliche und Diabolische zugleich. Auch wenn Raven mit den schwarzen langen Haaren und den ebenfalls meist schwarzen Klamotten, die sie trug, wenn die Schuluniform nicht gefordert war, bestenfalls wie der schwarze Schwan aussah, hatte ich das Gefühl, dass ihre Seele rein und hell erstrahlte.

Raven bereitete mir Kopfzerbrechen. Nach wie vor war sie nicht annähernd wie die anderen hier. Sie trug keine großen Modelabels auf den Sachen. Auch ihr Geruch war nach wie vor dezent. Als ich vor wenigen Minuten noch hinter ihr gestanden hatte, war mir der Geruch nach Rose und Vanille deutlicher in die Nase gestiegen. Ihre Schönheit war dazu nicht gewollt. Nicht erzwungen und teuer, sondern natürlich.

Ich hasste es, so einen kitschigen Mist zu denken. Sie war

immer noch die, die sie vorher gewesen war, und egal, was passiert war – sie würde sich nicht ändern. Ich hatte mich anständig bedankt und konnte das Thema jetzt abhaken.

Also schweiften meine Gedanken zu Caleb. Ich würde ihn vielleicht noch nicht unbedingt als Freund bezeichnen, aber wusste, warum er nach mir gefragt hatte. Der Skandal um meine Familie war kein Geheimnis und er wusste ganz genau, wie sich so etwas anfühlte. Er hatte noch eine größere Medienpräsenz als ich. Noch mehr fremde Meinungen, Kommentare, Schlagzeilen. Er fühlte einfach mit und das war irgendwie … nett.

Ich hatte mir die Folien der verpassten Vorlesungen im Krankenhaus angesehen und musste daher zum Glück nicht mehr so viel aufarbeiten.

Trotzdem saß ich nun über den Schreibtisch gebeugt da und betrachtete alles noch einmal. Es war bereits mitten in der Nacht, als ich das Tablet schließlich zuklappte und mir mit den Händen übers Gesicht fuhr. Ich musste schon in vier Stunden aufstehen und hatte nicht annähernd das Bedürfnis, mich schlafen zu legen. Denn würde ich von diesem Schreibtisch aufstehen und mich ins Bett legen, wäre ich plötzlich allein. Allein in meinen Gedanken und ohne irgendeine Form von Ablenkung.

Dass ich zum Psychologen gehen musste, reichte bereits aus, um mich mit diesem Thema auseinanderzusetzen. Ich wollte nicht mehr darüber nachdenken, was passiert war. Ich wollte dieses Thema genauso abschließen und einfach weitermachen. So wie immer.

Meine vernünftige Seite verlor den Kampf und ich beschloss, mich mit der Hausarbeit auseinanderzusetzen, welche Raven und ich nach wie vor schreiben mussten. Ich blickte auf den Zettel mit dem Thema.

»Der Verkauf von Büchern gesellschaftlich umstrittener Personen. Eine moralökonomische Analyse«, murmelte ich vor mich hin und überlegte krampfhaft, wie wir dieses Thema angehen sollten.

Es würde sicher Pluspunkte bringen, sich als Beispiel ein Buch rauszusuchen, welches noch aktuell war. Kurzerhand begann ich auf dem Laptop zu googeln und versuchte dabei, den vorgeschlagenen Artikeln über meine Familie und mich aus dem Weg zu gehen. Die Presse war durch meine *Aktion* nun noch aufgeheizter. Auch wenn niemand mit wahren Details vertraut war, bauschten die Zeitschriften die wenigen Dinge, die sie tatsächlich wussten, zu einem Orkan auf. Ich hatte beschlossen, mich eisern auf Medien-Entzug zu setzen. Stattdessen klickte ich mich durch verschiedene Online-Buchshops und stieß auf ein Buch über eine definitiv umstrittene Person. Dieser Typ passte perfekt zu der Aufgabe.

Ich bestellte das Buch und sah mir einige Details darüber an. Der Verlag war mir bekannt und dessen Sitz in Liverpool. Das waren von hier etwa viereinhalb Stunden Autofahrt. Ich könnte eine Mail schreiben und fragen, ob ich den Beauftragten für diese Art von Büchern mit Raven interviewen dürfte.

Es wäre eine gute Möglichkeit, die Hausarbeit interessanter zu gestalten und meine Verhandlungsfähigkeiten anzuwenden. Raven wäre bestimmt beeindruckt, wenn ich dieses Treffen arrangiert bekäme.

Moment … Warum sollte es mich kümmern, was sie dachte? Ich tat das hier für mich und meine Hausarbeit. Sie war lediglich ein Anhängsel.

Ich schrieb die Mail und blickte wieder zur Uhr. Es war erst eine Stunde vergangen, doch es hatte gereicht, um meine Augenlider wenigstens etwas schwerer werden zu lassen. Ich fand mich mit meinem Schicksal ab und begab mich nun doch zum Bett.

Als der Wecker klingelte, hatte ich die Augen bereits aufgeschlagen und verfluchte meine innere Uhr, die mich dazu verdammte, immer kurz vor dem ersten Klingeln aufzuwachen. In Anbetracht dessen, dass ich nur knappe drei Stunden Schlaf hatte, ging es mir überraschend gut. Ich fühlte mich zumindest etwas ausgeruht.

Also stieg ich aus dem Bett und blieb eine Sekunde vor der Tür zum Bad stehen. Nach wie vor hatte ich dieses ungute Gefühl, dass Übelkeit in mir aufsteigen ließ, sobald ich diese Tür öffnete und dieses Badezimmer betrat. Schon als ich gestern zurückgekommen war und vor dem Bett die Zähne putzen wollte, hatte es mich einiges an Überwindung gekostet.

Eine Stunde später ließ ich die erste Vorlesung in Wirtschaftslehre über mich ergehen und erhielt die Antwort des Verlags. Sie stimmten zu und hatten uns einen Termin für das nächste Wochenende gegeben.

Das war perfekt. Jetzt musste ich nur noch Raven einweihen und hoffen, dass sie mich nicht in der Luft dafür zerfleischte, sie nicht vorher gefragt zu haben. Zur Not würde ich eben allein fahren. Es war sicher eine Übernachtung nötig, da der Termin bereits um neun Uhr am Samstagmorgen sein würde. Wir würden also Freitag Abend losfahren, eine Nacht in einem Hotel verbringen, das Interview führen und dann wieder verschwinden. Klang gut. So konnte ich diesen Ort wenigstens kurz verlassen und mich auf etwas anderes konzentrieren.

Im Gang folgte ich Raven und passte mich schließlich ihrer Geschwindigkeit an. Kurz fiel mein Blick zu ihrem Hals. Sie trug die Kette, hatte den Anhänger jedoch unter der Bluse versteckt. Trotzdem konnte ich mir ein kleines stolzes Lächeln nicht verkneifen.

»Genug auf meine Brüste gestarrt?«, fragte sie und blickte mich mit hochgezogener Augenbraue an.

Anstatt das Missverständnis aufzuklären, runzelte ich die Stirn. »Welche Brüste?«

Wenn Blicke töten könnten, wäre ich auf der Stelle zu Asche zerfallen. In ihren Augen brannte Wut und sie stach mir mit dem Ellenbogen in die Rippen.

Da hatte ich wohl einen wunden Punkt erwischt. Es war nicht

böse gemeint, aber es amüsierte mich, zu sehen, wie schnell sie von null auf hundert kam. Die dunklen Haare rahmten ihr Gesicht ein und ließen ihren Blick noch dunkler wirken.

»Wow, deine Einstellung zu Body-Positivity stinkt noch mehr als dein Aftershave.«

»Wenigstens sehe ich nicht aus wie ein Abklatsch von *Wednesday Addams* und *Maggie Lindeman*n. Außerdem hat dieses Aftershave mehrere hundert Pfund gekostet.«

Sie richtete den Blick wieder gerade aus. »Ich weiß zwar nicht, wer *Wednesday Addams* sein soll, aber was ich weiß, ist, dass *Maggie Lindemann* verdammt schön ist, also ist deine Beleidigung nach hinten losgegangen.«

Ich lächelte in mich hinein. *Maggie Lindemann* war mein Celebrity Crush.

»Sieh es als das, was du willst.«

Sie blieb abrupt stehen und verschränkte die Arme vor der Brust.

»Was willst du von mir, Van Klemm?«

Sie war etwa fünfzehn Zentimeter kleiner als ich, also blickte ich auf sie hinunter. Eigentlich war sie wirklich niedlich, wenn sie genervt war.

Gott, bekommst du mit, was du da denkst? Sie ist der Teufel in Person.

»Also, ich habe meine Kontakte und meinen Namen ausgenutzt und uns einen Interview-Termin mit einem Verlag in Liverpool verschafft. Sie haben ein paar Bücher zu umstrittenen Personen verlegt.«

Nun war ihre Miene von sichtlicher Verwirrung gezeichnet. »Liverpool? Warum hast du mich nicht gefragt, bevor du mit irgendwem irgendetwas ausmachst und über meinen Kopf hinweg entscheidest?«

»Wenigstens habe ich etwas getan, also hör auf, dich aufzuregen. Der Termin ist Samstag gegen neun Uhr morgens. Ich würde vorschlagen, dass wir also Freitag nach der Uni losfahren.

Wir können ja in einem Hotel übernachten, machen dann das Interview und fahren zurück.«

Sie senkte den Blick und überlegte einen Moment. »Fahr allein.«

»Du willst nicht mitkommen?« Jetzt war ich verwirrt.

Raven begann an ihrem Fingernagel zu knibbeln und nickte schließlich. »Du brauchst mich nicht dafür.«

Irgendetwas in mir bewegte mich zu der Annahme, dass das nicht der Wahrheit entsprach oder zumindest nicht der Grund war.

»Du willst nicht mit mir allein in einem Auto eingesperrt sein?«, fragte ich und fügte, um die Stimmung zu lockern, hinzu: »Glaub mir, viele Frauen würden sich darum reißen, mich ein paar Stunden für sich allein zu haben.« Mein charmantes Lächeln funktionierte nicht wirklich.

Sie hob den Blick und ihre dunkelbraunen Augen blitzten auf. »Das ist es nicht. Ich bin nicht deine Maya, verstanden? Ich kann an dem Wochenende einfach nicht, okay?«

Ich atmete tief durch. Keine Ahnung, was ihr Problem war, aber ich würde sie mit Sicherheit nicht dazu drängen. Ich wollte es nicht zugeben, aber ihre Absage fühlte sich wie eine Zurückweisung an und das war ich nicht annähernd von Frauen gewöhnt. »Fein, dann fahre ich eben ohne dich. Das ist sowieso viel entspannter.«

Raven

Als Alex an mir vorbeirauschte, wirkte er aufgebracht. Sollte er denken, was er wollte, aber ich konnte kein Hotel oder die Anreise bezahlen. Zumindest nicht, wenn ich Geld verdienen wollte. Eigentlich hätte es mich gefreut, Liverpool zu sehen. Ich war noch nie dort gewesen, hatte aber viel darüber gehört. Wenn es einen Weg gäbe, dass er alles zahlte, ohne dass ich fragen musste … Ich hasste mich für diesen Gedanken. Das Geld, welches ich an Menschen wie ihm verachtete, wollte ich nun nutzen, um meine Neugier zu befriedigen. Machte mich das zu einer Heuchlerin?

Eine Sache, die ich bereits jetzt durch meine Geschäfte und diese Uni gelernt hatte, war zweifellos, dass die Reichen und Schönen ihr Geld aus dem Fenster warfen. Gerade die, die nicht gearbeitet, sondern lediglich geerbt hatten, interessierten sich nicht dafür, ob meine Ware morgen doppelt so viel kostete wie heute. Genau deshalb hatte ich nach der ersten Geldübergabe an Cloés Leute auch die Preise etwas angehoben. Natürlich hatte ich es ihr mitgeteilt, um unschönen weiteren Begegnungen mit Dominic zu entgehen. Meine Kunden hatten bisher kein Wort oder besser gesagt keine Nachricht darüber verloren, dass die Preise höher waren.

Es interessierte sie nicht.

Vielleicht musste ich einfach nur so tun, als wären die Tankfüllung und das Hotelzimmer so ein uninteressant geringer Geldbetrag, dass ich nicht einmal in Erwägung zog, ihm das Geld zurückzugeben. Als hätte man jemandem mit fünf Penny ausgeholfen, damit er sich sein Getränk leisten konnte.

Wenn er jedoch anders war als die anderen, würde er darauf bestehen, das Geld zurückzubekommen.

Ich beschloss, das Risiko einzugehen, und schrieb ihm eine Nachricht.

Ich: Habe mit meiner Verabredung gesprochen und wir verschieben es. Also kann ich mitkommen, aber erwarte, dass alles fertig gebucht ist und ich nicht mit irgendwelchen Unsinnigkeiten belästigt werde, wenn du mich schon nicht vorher fragst.

Diese Worte würden eher zu Cloé passen, aber doch nicht zu mir. Ich würde ein verdammtes Problem haben, wenn er meinen Aufstand durchblickte. Schließlich sendete ich die Nachricht aber trotzdem und bekam kurz darauf eine Antwort.

Alex: Schon erledigt, Miss Anspruchsvoll. Tut mir leid, dass du dein Date verschieben musstest. War es mit dem braunhaarigen Typen, mit dem du morgens immer zu den Vorlesungen gehst?«

Ein Lächeln breitete sich auf meinem Gesicht aus, während ich die Nachricht analysierte. Warum interessierte er sich für meine Beziehungen und warum war ihm Delano so aufgefallen? Man konnte seine Neugier fast mit Eifersucht verwechseln. Doch ich wusste es besser.

Ich: Nein, nicht Delano. Mein Date ist etwas größer und muskulöser als er. Hatte mich schon sehr darauf gefreut, aber wir alle müssen nun mal Opfer bringen.

Ich steckte das Handy – zufrieden mit meiner gelogenen Antwort – zurück in die Tasche und begab mich zur Mittagspause nach draußen. Delano saß bereits an einem der Tische. Es war mittlerweile eine Art Angewohnheit geworden, dass er mit dem Essen dort jeden Tag auf mich wartete.

Ich setzte mich vor ihn und packte die Nudeln mit Tomatensoße aus. Nebenbei berichtete ich ihm von den Neuigkeiten.

»Oha! Hat er schon geantwortet?«

Ich zog mein Handy heraus und blickte auf die neue Nachricht, die ich schließlich vorlas.

Alex: Ja, das glaube ich dir. Ich hätte mich auch gern am Wochenende etwas mit Maya oder ein paar anderen Mädels vergnügt, aber so ist nun mal das Leben.

Gerade noch hatte ich mich überlegen gefühlt, nun verrutschte mein Lächeln. Ich wusste natürlich, dass er das nur schrieb, um mir Kontra zu geben, aber warum störte mich das trotzdem? Sollte er doch so viele Frauen flachlegen, wie er wollte oder schaffte.

»Er ist so was von eifersüchtig.« Delano prustete los und kam aus dem Lachen nicht mehr heraus.

Ich runzelte die Stirn. »Nein, ist er nicht. Er mag mich nicht mal. Er ist nur angepisst, weil ich mich beschwere.«

Delanos Blick wurde mitleidig. »Wie süß naiv du doch bist, kleiner Rabe. Das ist nur ein vorgeschobener Verteidigungsmechanismus. Auch wenn dieser Typ das mit diesem Aussehen könnte, wäre das Einzige, was er am Wochenende gevögelt hätte, vermutlich seine Hand gewesen. Er sagt das nur, um nicht dumm dazustehen.« Er zwinkerte mir zu und gabelte dann seine Spaghetti auf.

Alex kam nicht rüber wie jemand, der sich jede Nacht eine andere ins Bett holte.

Ich stopfte mir die Nudeln in den Mund und beschloss, die Sache gut sein zu lassen.

16 Alex

Sie hatte also angeblich ein Date? Wer sollte bitte mit ihr ausgehen wollen? Sie war eigenlaunig, meist unfreundlich und verwirrte mich maßlos. Ich hatte den Typen praktisch gerettet.

Statt ihm musste ich nun meine Zeit mit ihr verbringen. Seltsamerweise fühlte ich mich besser damit. Lag es daran, dass ich dem Typen einen Gefallen getan hatte? Nein, unmöglich, bei dem Gedanken an diesen Kerl, wer auch immer er war, wurde mir flau im Magen.

Ein Stich fuhr durch meinen Kiefer und mir wurde bewusst, dass ich die ganze Zeit die Zähne zusammengebissen hatte. Warum interessierte Raven mich auf einmal?

Die restliche Woche hatten wir uns kaum gesehen. Ich ignorierte sie. Sie tat das Gleiche, was uns beide nervte. Die Lust auf die heutige Fahrt war mir schon lange vergangen. Weil ich mich um Hotel und Fahrt gekümmert hatte, erwartete ich, dass sie wenigstens ein Grundgerüst für das Interview erstellt hatte. Schließlich hatten wir genug Zeit, um das Ganze gleich zu besprechen. Vor einer halben Stunde hatte ich ihr die Nachricht gesendet, dass ich auf dem Parkplatz wartete. Doch bis jetzt fehlte von ihr jede Spur.

Wenn es etwas gab, das ich noch mehr hasste als meinen Vater, war es Unpünktlichkeit.

Apropos mein Vater. Wie sich herausgestellt hatte, zog die Influencerin die Klage zurück, nachdem sich mein Vater mit ihr auf eine Entschädigungssumme von fast zweieinhalb Millionen Pfund geeinigt hatte. Wäre sie vor Gericht damit durchgekommen, hätte er sicher das Dreifache zahlen müssen. Die Richter warteten nur darauf alte, reiche, weiße Männer zu verurteilen, das wusste er. Doch Bellas Beweislage war mangelhaft und unsere Anwälte hätten sie vermutlich in der Luft zerrissen, weshalb sie zweifellos die bessere Entscheidung getroffen hatte, indem sie das Geld einfach angenommen hatte.

Auch wenn ich mit diesem Drama nichts zu tun hatte, quoll mein E-Mail-Fach nur so über vor Interview- und Kommentar-Anfragen. Auf dem Schulgelände waren Paparazzi zum Glück nicht zugelassen, weshalb mich noch niemand fotografiert oder zur Rede gestellt hatte.

Meine Mutter kehrte die Sache wieder einmal unter den Tisch und tat so, als wäre es keine große Sache, weil sie sich gegen meinen Vater nicht behaupten konnte und es auch nicht in Erwägung zog, es zu versuchen. Sie war wie eine Baby-Ente, die ihren Eltern hinterhertrampelte. Auch als die zwei ins Krankenhaus gekommen waren, hatte ich mir überwiegend anhören dürfen, was für ein schlechtes Licht es auf unsere Spirituosenfirma warf, wenn der Sohn des Geschäftsführers mit einer Alkoholvergiftung im Krankenhaus landete.

»Wenn du weiter so verbissen auf den Kiesboden starrst, tut sich bestimmt bald ein Loch auf, welches dich in die Hölle zieht.«

Ich hob den Blick und sah zu Raven, die ihre Uniform gegen eine schwarze Jeans und einen logofreien grauen Hoodie gewechselt hatte. Ihre Haare waren zu einem Pferdeschwanz gebunden und sie trug eine volle Sporttasche an der Seite.

»Sehr lustig. Du bist zu spät. Über eine halbe Stunde. Und ich hasse es, zu warten.«

Belustigt hob sich ihr rechter Mundwinkel. »Ich war aber erst jetzt fertig. Also entweder hörst du auf zu heulen oder du fährst allein und regst dich im Auto während diverser Selbstgespräche auf.«

»Dich zu treffen, ist immer, als würde die Sonne aufgehen«, gab ich sarkastisch zurück.

Ihr Lächeln wurde breiter und dann sah sie sich auf dem Parkplatz, der sich hinter dem Universitätsgelände befand, um.

»Also, mit welchem Auto fahren wir?«

Nun war ich der, der lächelte, als ich mich umdrehte und, ohne die Frage zu beantworten, auf den mattschwarzen *Lamborghini Aventador* zu lief. Auch wenn ich seit einer Weile nicht mehr selbst gefahren war, liebte ich dieses Auto. Mein Vater hatte es mir zum sechzehnten Geburtstag geschenkt und zum siebzehnten war das gleiche Model in Weiß gefolgt, dennoch mochte ich dieses hier am liebsten. Es strahlte Sportlichkeit und Eleganz aus. Das schwarze Alcantara-Kunstleder, mit welchem die Sitze bezogen waren, und der Fakt, dass dieses Baby in 2,8 Sekunden von null auf hundert beschleunigte, hatten mein Herz im Sturm erobert.

Ich kam davor zum Stehen und drehte mich zu Raven um.

Sie starrte sprachlos auf das Fahrzeug und schluckte schließlich schwer. Ich zog die Augenbrauen zusammen. Das Auto war schön, aber es gab schon längst neuere Modelle, außerdem waren *Lamborghini* in unseren Kreisen keine Seltenheit. Trotzdem freute mich ihre Reaktion. Das Auto bekam die Aufmerksamkeit, die es verdiente.

»Vergiss das Atmen nicht. Du tust ja, als hättest du noch nie einen gesehen.«

Sie blinzelte, um sich aus der Starre zu befreien, und räusperte sich anschließend. »Das ist es nicht, aber das Auto ist … klein.«

Ich lachte, wenn auch etwas gekränkt. Klein? Das Auto war klein? Das hatte beim besten Willen noch niemand gesagt. Damals war die erste Reaktion mancher Frauen gewesen, sich mir noch mehr an den Hals zu werfen und mich für Gott höchstpersönlich zu halten.

»Was? Er hat nicht mal vier Sitze«, sagte sie unsicher.

Ich lachte weiter. Träumte ich etwa? Wie viel Geld musste ihre

Familie besitzen, dass sie sich bei einem solchen Auto darüber aufregte, dass es nur zwei Sitze besaß?

»Wow, du überraschst mich immer wieder. Hau deine Tasche in den Kofferraum und steig ein. Wir müssen los.« Ich lief herum und öffnete ihn für sie.

Mit unsicherem Blick verfolgte sie meine Bewegungen. Dann nickte ich nach vorn, um ihr zu bedeuten, einzusteigen.

Sie zog an der Tür und ich zuckte zusammen. Denn als es beim ersten Mal nicht ging, rüttelte sie daran und versuchte es immer wütender weiter. Wenn sie nicht bald aufhörte, würde sie den Lack zerkratzen oder Schlimmeres.

In schnellen Schritten war ich bei ihr und legte meine Hand auf ihre, um die Finger von der Tür zu lösen. Ich erstarrte kurz, als meine Haut ihre berührte und ein Stromschlag durch meinen Körper ging, sodass sich mir die Härchen auf den Armen aufstellten. Ich verweilte einen Moment zu lang in dieser Position.

Ihr überraschter Blick traf auf meinen und ich hielt ihn für einen Moment. Ich wollte es seltsamerweise nicht, doch ließ sie schließlich wieder los, als ich mich aus der Trance befreit hatte.

»Die Tür geht nach oben auf«, sagte ich leise, fast flüsternd.

Sie nickte stumm und senkte den Kopf.

Vorsichtig schob ich sie einen Schritt zurück und öffnete die Flügeltür, die sich ohne Verzögerung nach oben öffnete.

Dann ging ich, ohne einen weiteren Blick auf Raven zu werfen, zu meiner Tür und stieg in den Wagen.

Die erste halbe Stunde der Fahrt schwiegen wir beide. Ich hauptsächlich, weil ich den Gedanken an die Berührung nicht loswurde. Ihre Haut war kalt gewesen und ich machte mir Gedanken, ob sie vielleicht fror, weshalb ich die Klimaanlage etwas hochdrehte. Mittlerweile war auch fast Oktober und die Temperaturen demnach kälter. Von dem kribbelnden Gefühl, das durch meinen Körper gegangen war, bildete ich mir ein, das Nachbeben noch immer zu spüren. Mit dem Finger tippte ich auf dem Lenkrad herum und ließ die Schultern kreisen.

»Also was ist dein Plan fürs Interview?«

Raven sah von ihrem Handy hoch und warf mir einen verwirrten Blick zu.

»Ich habe mich um alles andere gekümmert. Du wirst dir doch wenigsten ein paar Fragen überlegt haben, oder nicht?«

»Hättest du gewollt, dass ich was vorbereite, hättest du es mir vielleicht sagen sollen, meinst du nicht?«, antwortete sie und ich sah aus dem Augenwinkel, wie sie die Arme verschränkte.

»Gott, was bist du, ein Kleinkind? Ich dachte, es ist klar, dass jeder einen Teil dazu beiträgt. Ich habe eingewilligt, stundenlang zu fahren und mich um die Unterkunft gekümmert. Außerdem habe ich auch den Termin ausgemacht, damit wir überhaupt etwas vorzuweisen haben. Was hast du bis jetzt getan?«, schoss ich zurück.

»Manche Menschen können keine Gedanken lesen. Wenn du willst, dass ich bestimmte Dinge tue, solltest du mich vielleicht einweihen!«

Jetzt schlich sich ein Grinsen auf meine Züge. »Ach ja? Was für Dinge wärst du denn bereit zu tun?«

»Hm, das kommt ganz auf die Stimmung an und darauf, wie sehr du mich nervst.«

Ich schmunzelte. Es ging nicht mehr um die Hausarbeit und das kleine Lächeln auf ihren Zügen, was so schmal war, dass ich es mir auch hätte einbilden können, bewies mir, dass sie es auch wusste.

Wir checkten einige Stunden später im Hotel in Liverpool ein.

Unsere Zimmer lagen nebeneinander und befanden sich im ersten Stock. Es war ein Fünf-Sterne-Hotel und die Einrichtung war in modernen Gold- und Schwarztönen gehalten.

Während der restlichen Fahrt hatten wir uns schließlich zusammen einen groben Aufbau für die Hausarbeit und das Interview überlegt. Mein innerer Perfektionist war damit zumindest etwas beruhigt.

17 Raven

Ich lag auf dem viel zu großen und weichen Bett des Hotelzimmers. Bis jetzt wollte Alex zum Glück keinen Penny von mir, doch die Angst, dass sich das vielleicht bald ändern könnte, wollte trotzdem nicht verschwinden. Ich wollte mir nicht ausmalen, was diese eine Nacht kostete. Das Zimmer war doppelt so groß wie das auf dem Campus und hatte neben einem Jacuzzi auf dem Balkon auch eine Sitzecke im Eingangsbereich, welche mit rotem Stoff bezogen den Königshäusern der Welt Konkurrenz machen konnte. Auch bei den Wasserhähnen im Bad war nicht gespart worden. Sie waren vergoldet. Und das alles, während auf der anderen Seite so viele Familien nicht wussten, wie sie genug Geld für Essen auftreiben konnten. Ich hätte mir nie erhofft, irgendwann in so einem Zimmer zu liegen. Ich sprach davon, das Geld und die Leute, die es besaßen, zu verabscheuen, und lag nun selbst dank eben diesem in seidener Bettwäsche. Mein Herz zog sich zusammen. Auch wenn es Thomas vorerst gut ging, fühlte sich das hier so falsch an. Ich hatte ihm erklärt, dass ich ihn nicht aus Vergnügen verließ oder weil ich es wollte, sondern weil ich es tun musste. Ich hatte das Gefühl, es nicht verdient zu haben, mich hier aufzuhalten. Wenn ich ehrlich zu mir war, hatte Cloé recht. Ich kam aus der Gosse und egal, wie viel Geld man besaß, dieser Fakt würde sich nicht ändern.

Doch auch ein anderer Gedanke geisterte mir im Kopf herum, den ich schon die ganze Zeit verdrängen wollte. Und dieser

Gedanke lag gerade im Zimmer neben meinem und trug den Namen Alex.

Seit dem Moment, als seine Hand auf meiner gelegen hatte, wünschte ich mir, er würde mich wieder berühren. Es war so albern.

Ich hatte so viel intimere Dinge mit anderen Menschen getan. Gerade mit Jackson hatte ich so viel ausprobiert. Er hatte mich an so vielen Stellen berührt und doch hatte sich nichts davon so intim angefühlt wie diese kurze Berührung mit Alex.

Ich fühlte mich wie eine vierzehnjährige Jungfrau, die gerade das erste Mal von einem Jungen berührt worden war. Ich musste ihm nur aus dem Weg gehen, dann würde sich diese peinliche Schwärmerei in Luft auflösen. Vermutlich war es einfach diese ungewohnte Situation. So viele Dinge hatten sich plötzlich geändert. Ein Monat auf dieser Uni. Schon dass ich einen geregelten Tagesablauf hatte, war neu.

Ich war nur verwirrt. Nichts weiter.

Also redete ich mir diesen Gedanken so lange ein, bis meine Augen schwer wurden und ich in einen leichten Schlaf fiel, doch daran glauben konnte ich dennoch nicht.

Am nächsten Morgen stand ich ratlos vor meiner Tasche und griff nach einem eng anliegenden, weißen Sweater. Darunter zog ich die schwarze High-Waist-Jeans von gestern.

Als ich schließlich auf den Gang trat und an Alex' Tür klopfte, öffnete niemand.

Ich hämmerte lauter. Ich war pünktlich, nachdem er sich gestern so darüber beschwert hatte, und beschloss, ihm seine Verspätung so lange wie möglich unter die Nase zu reiben.

»Kommst du jetzt, oder was? Mir was von Pünktlichkeit erzählen«, rief ich laut genug, dass er es im Zimmer hören musste.

Endlich öffnete sich die Tür, doch statt Alex trat eine große, vielleicht fünf Jahre ältere Blondine aus dem Raum.

Was zum Teufel?

Er hatte sich nicht tatsächlich Frauen auf sein Zimmer geholt, oder? Gott, ich würde ihn fertigmachen, wenn …

»Wer zum Teufel bist du und warum schreist du so? Ich mache Urlaub, verdammt!«, giftete sie mich an.

Innerlich krempelte ich schon die Ärmel hoch, um dieser Frau ordentlich die Meinung zu sagen, als mich eine Hand an der Schulter berührte.

»Entschuldigen Sie bitte die Unannehmlichkeiten, sie hat sich im Zimmer geirrt. Ich wünsche Ihnen trotzdem einen schönen Urlaub.« Die bekannte Stimme ließ mich innehalten.

Die Blondine verdrehte die Augen und schlug die Tür wieder zu, während ich versuchte, zu verstehen, was hier vor sich ging.

Bevor ich mich umdrehen konnte, fühlte ich den warmen Atem von Alex an meiner Wange, als er sich herunterbeugte und mir zu flüsterte: »Das nächste Mal solltest du vielleicht erst nachdenken, bevor du an die Türen fremder Leute klopfst, um mich zu beleidigen.«

Ich hasste es, wie sich bei seiner Nähe Gänsehaut auf meinem Körper ausbreitete. Ich hasste *ihn*, verdammt!

Sein charmantes Grinsen, das sein Gesicht perfekt abrundete, verschwand, als ich mich aus seinem Griff löste und umdrehte. Jedoch lag es nicht an meinem Blick, der mit Sicherheit Mordlust ausstrahlte.

»Was hast du da an?« fragte er fast entsetzt.

Ich zog die Stirn in Falten. »Was soll ich anhaben? Ich sehe aus wie immer!«

Alex trug einen schwarzen, auf Maß geschnittenen Anzug und sah darin so verdammt gut aus, dass sich Schweiß auf meinen Handinnenflächen bildete. Am liebsten hätte ich … Ich schweifte ab.

»Wir sind zum Interview mit dem CEO einer der größten Verlage Europas verabredet und du trägst nicht mal eine Bluse! Geschweige denn irgendetwas, das nicht aussieht wie von der *H&M*-Stange?«

Am liebsten hätte ich ihm entgegengeschrien, dass ich bis auf die Schuluniform und die paar Marken-Klamotten von Cloé nicht mal eine Bluse besaß, oder etwas, das nicht von *Primark* oder ähnlichen Billigkonzernen stammte und nicht bereits abgenutzt aussah. Doch ich musste mich zurückhalten, denn das würde Fragen aufwerfen.

Er war mir immer noch so nah, dass ich seinen Geruch nach Sanddorn und der Dusche, die er sicher vor Kurzem genommen hatte, wahrnahm. Und auch wenn es sich falsch anfühlte, trat ich einen Schritt zurück.

»Ich habe vergessen, sie einzupacken«, log ich widerwillig. Außerdem hatte ich nicht gewusst, dass man sich zu so einem Treffen unbedingt förmlich kleiden musste.

Er schlug sich die Hand vors Gesicht.

»Es tut mir leid, aber wir treffen ja nicht die Königsfamilie, meine Güte!«

Als er mir nun wieder in die Augen sah, wirkte er noch geschockter. »Hat dir denn niemand Etikette beigebracht? Bei so einem Treffen geht es um den besten Eindruck. Es geht um Professionalität und darum, sein Gesicht zu wahren.«

Als ich nichts erwiderte, zog er mich wortlos am Handgelenk in sein Zimmer. Ich ließ es geschehen und versuchte, mich nicht auf seine gepflegten Finger oder den starken Griff zu konzentrieren.

Er öffnete den Koffer und zog ein gebügeltes, weißes Hemd heraus. Dann kontrollierte er die Größe und begann, das Hemd, das er anhatte, aufzuknöpfen.

»Was tust du da?«

»Du bist kleiner und das Hemd, das ich trage, ist kleiner als der Ersatz.« Mit diesen Worten hielt er mir sein getragenes Hemd vor die Nase.

»Zieh das an. Es wird zwar immer noch viel zu groß sein, aber wenn du es in die Jeans steckst, geht es vielleicht.«

»Ich soll dein Hemd anziehen?«

Er kniff die blauen Augen zusammen und in seinem Blick erkannte ich ein stummes Betteln.

Ich atmete tief ein, versuchte, mich nicht von seinem freien Oberkörper ablenken zu lassen, nahm das Hemd und ging ins Bad.

Eine Minute später trat ich umgezogen wieder heraus.

Alex saß, mit dem neuen Hemd bekleidet, auf dem Bett und hatte wohl die gesamte Zeit über auf die Tür gestarrt. Er rieb sich erneut übers Gesicht. »Das ist eine Katastrophe.«

Ich wollte bereits protestieren, dass er sich viel zu viele Gedanken machte, aber er kam mir zuvor.

»Oder …« Er trat neben mich und schlüpfte auch noch aus dem Jackett. Ohne mich zu fragen, legte er es mir um die Schultern.

Er trat einen Schritt zurück und musterte mich.

»Okay, wenn du es so lässt, könnte es gehen. Lass das Jackett auf den Schultern, dann sieht es wenigstens etwas ordentlich aus.«

Ich warf einen Blick auf die Wanduhr. »Bist du jetzt fertig? Wir sollten langsam los.«

Er nickte und wir machten uns gemeinsam auf den Weg.

Etwa fünfzehn Minuten später fand ich mich auf dem Sitz seines Sportwagens, ein Käsebrötchen haltend, wieder.

Wir hatten beim Bäcker angehalten. Er hatte lediglich einen Coffee-to-go geordert, während ich Hunger hatte. Eigentlich war es nicht der Rede wert, aber ich hatte mich geopfert und wenigstens die paar Pfund beim Bäcker gezahlt. So konnte er mir nicht vorwerfen, dass ich ihm nichts ausgegeben hatte.

Die Gänsehaut ließ nicht nach. Ganz im Gegenteil. Nun, da ich in seinem Hemd steckte und sein Jackett über den Schultern hatte, verfolgte mich sein frischer Geruch überallhin. Ganz zu schweigen von dem hochwertigen Stoff, der weder kratzte noch unangenehm zu tragen war.

»Das müsste es sein.«

Er hielt an einem der großen Gebäude im Stadtzentrum und bedeutete mir mit einer Handbewegung, schneller zu essen.

Ich betrachtete das runde Brötchen und nuschelte mit vollem Mund: »Wie soll ich denn noch mehr in den Mund bekommen?«

Er schmunzelte und flüsterte: »Glaub mir, mit der richtigen Motivation geht da einiges rein.«

»Was?« Ich musste mich verhört haben.

Jetzt lachte er, während er nach einem Parkplatz Ausschau hielt. »Egal, aber mit vollem Mund spricht man nicht. Du hast wirklich keinerlei Erziehung genossen, oder?«

Ich ging nicht auf diese Frage ein.

Er parkte den Wagen in einer Seitenstraße und stieg aus. Ich wollte gerade die Tür öffnen, als er diesen Job bereits übernahm und mir zum Aussteigen eine Hand reichte.

Ich sah ihn mit zusammengezogenen Augenbrauen an.

Sein arrogantes Lächeln schrie förmlich: »Erziehung und so.«

Ich nahm seine Hand und ließ mir widerwillig aus dem Wagen helfen. Dann gingen wir auf das große, alte Gebäude zu. Es bestand aus Sandstein und hatte mehrere Etagen.

Wir gingen durch die Tür und kamen in einen großen Raum, in dem sich eine Auskunft befand. Die Frau dahinter lächelte uns warm an und begrüßte uns bereits aus der Ferne. Ihre braunen Haare waren zu einem hohen Pferdeschwanz gebunden und sie trug so viel Make-up, dass man es mit einem Spachtel hätte abkratzen können. Während ich mich bemühte, nicht das Gesicht zu verziehen, strich sich Alex einmal durch die Haare und legte sein charmantestes Lächeln auf. Gefiel sie ihm etwa?

»Hallo, wir kommen von der *Brighton Private University* und haben einen Termin mit Mr. Bower. Es geht um ein Interview.«

Das Lächeln der Rezeptionistin verrutschte nicht eine Sekunde, als sie ihn musterte und dann auf den Computer vor sich sah.

»Ah ja, schon gefunden. Mr. Van Klemm, richtig?«

Er nickte, die Rezeptionistin kicherte und ich wollte meinen Kopf auf die Rezeption schlagen.

»Okay, der Termin ist um neun Uhr. Und das ist ihre Freundin?«, fragte sie und richtete den Blick auf mich, als sie die Besucherausweise rüberschob.

Ich wollte etwas sagen, doch Alex schüttelte bereits den Kopf. »Nein, sie ist nur meine Partnerin für die Hausarbeit.«

Wieder kicherte sie und schrieb etwas auf die Rückseite eines Besucherausweises. Als sie ihn Alex in die Hand drückte, flüsterte sie ihm noch etwas ins Ohr, das ich nicht verstehen konnte.

Er zwinkerte ihr zu und nickte dann in Richtung der Aufzüge.

Wütend lief ich an ihm vorbei, um von den beiden wegzukommen. Er folgte mir.

Ich wünschte fast, die Aufzugtür würde zugehen, bevor er ihn betrat, doch er schaffte es gerade noch und stellte sich neben mich.

»Alles okay?«

»Natürlich.«

Er zog eine Augenbraue hoch.

»Es ist nur … wir sind schon spät dran und du flirtest noch mit der Rezeptionistin«, schleuderte ich ihm entgegen.

Er warf einen Blick auf seine Uhr. »Nein, wir haben noch zwanzig Minuten.«

»Trotzdem.«

Ich erkannte aus dem Augenwinkel, wie er die vollen Lippen zu einem Lächeln verzog und den Kopf schüttelte.

Ich sagte die Wahrheit. Es war die Zeit, die mich aufregte, und nicht etwa, dass er diese Brünette begafft hatte. Wäre da kein Tresen zwischen den beiden gewesen, hätte sie ihm sicher die Klamotten vom Leib gerissen und ihn mitten im Empfangsraum gevögelt.

Ich zog zischend die Luft ein, verwarf diese Vorstellung und löste meine Fingernägel, die sich in meine Handflächen bohrten und bereits Abdrücke hinterließen.

Fünf Stunden später saßen wir noch immer im Wartebereich.

»So viel zu Professionalität und Pünktlichkeit«, murmelte ich.

Alex stieß nur genervt die Luft aus.

Scheinbar hatte es ein Problem gegeben und Mr. Bower musste den Termin auf etwas später verschieben.

Es dauerte noch etwa zwei Stunden länger, bis wir endlich in Mr. Bowers Büro geführt wurden und an einem langen Eichenholztisch auf schwarzen Drehstühlen Platz nehmen konnten.

Wir hatten bereits vorher geklärt, dass Alex Fragen stellen und ich mitschreiben würde. Erst wollte er das Gespräch mit seinem Handy aufnehmen, doch ich hatte ihm von meinem Gedächtnis erzählt und ihn überzeugt, dass wir das nicht brauchten. Als Beweis musste ich ihm eine gesamte Vorlesung von letzter Woche vortragen. Aber wir hatten dafür ja mehr als genug Zeit gehabt.

Wir begrüßten den großen Mann, der bereits eine Glatze hatte, obwohl ich ihn auf höchstens Mitte vierzig schätzte. Er trug einen dunkelblauen Anzug, der jedoch nicht so gut passte wie der von Alex. Auch wenn ich nun sein Jackett trug, erkannte man, wie sich das weiße Hemd an seine Muskeln schmiegte und die Anzughose die exakte Länge hatte.

Ich sagte während des Interviews recht wenig. Trotzdem entgingen mir die lüsternen Blicke des älteren Mannes vor mir nicht. Er ließ seine Augen immer wieder an meinem Körper herabgleiten und zog mich praktisch mit den Blicken aus. Auch wenn mich dieses abstoßende Verhalten tierisch nervte, hielt ich den Mund. Es war eine Seltenheit, dass ich ihn mir nicht sofort vorknöpfte und ihm meine Meinung an den Kopf warf. So hätte ich es jedenfalls vorher gemacht. Vor der Uni.

Auch Alex schien die fehlende Aufmerksamkeit seines Gesprächspartners zu bemerken. Er hatte sich schon mehr als einmal geräuspert, um die Aufmerksamkeit zurück zu sich zu lenken, doch nun funktionierte auch das nicht mehr.

»Sind sie dann fertig, meine Partnerin zu begaffen, damit wir dieses Interview zu Ende führen können?« Sein Tonfall war harsch und ließ keinen Zweifel zu, dass er massiv angepisst war.

»Bitte?«, stotterte Mr. Bower.

»Sie haben mich schon verstanden«, gab Alex zurück und deutete auf den goldenen Ehering am Finger des Mannes. »Ich bezweifle, dass Ihre Frau besonders erfreut darüber wäre, zu hören, dass Sie sich schon nach Frauen abseits Ihrer Altersklasse umschauen.«

Ich konnte das Lächeln kaum unterdrücken. Es fühlte sich gut an, dass er mich verteidigte, auch wenn es nur zugunsten unserer Hausarbeit war.

Mr. Bower schien vollkommen überrumpelt und schluckte schwer.

Der Rest des Interviews verlief angespannt.

Ich atmete tief ein, als wir das Gebäude etwas später wieder verließen. Es war bereits dunkel geworden und hätten wir nicht während der Wartezeit Essen beim Lieferdienst bestellt, wäre ich wahrscheinlich schon verhungert. Ich hatte auch dieses bezahlt. So wirkte es, als hätte ich etwas beigetragen. Auch wenn ich für diesen Trip bis jetzt vielleicht vierzig Pfund ausgegeben hatte und er mit Sicherheit mehr als das zehnfache. Die Straße wurde nur von den Laternen erhellt und die Luft stach ein wenig, als sie frisch, aber kalt in meine Lungen strömte. Wir kamen vor dem Wagen zum Stehen und ich erschrak schon wieder etwas, als sich die Türen nach oben öffneten.

Sonst schmunzelte Alex immer darüber, aber jetzt waren seine Lippen zu einem Strich zusammengepresst und sein Blick dunkel. Wir waren beide wegen des heutigen Tages genervt. Auch wenn wir das Wichtigste hatten, lagen unsere Nerven blank.

Er startete den Wagen und wir fuhren aus der Stadt.

Es herrschte eine Stunde Ruhe im Wagen, bevor Alex plötzlich mitten auf dem Highway einen Fluch ausstieß.

»Was?«

»Der Tank ist fast leer.«

Entsetzt sah ich ihn an. »Willst du mich verarschen? So fangen Horrorfilme an, das ist dir klar, oder? Hast du die dumme Anzeige etwa nicht gecheckt, bevor wir losgefahren sind?« Der Tag wurde immer schlimmer.

»Nein, ich habe es verdammt noch mal vergessen, okay?«, sagte er lautstark.

»Warum schreist du denn jetzt so?«

»Ich schreie nicht!«, schrie er zurück. »Wir müssen nur die nächste Ausfahrt nehmen und hoffen, dass es in der Nähe eine Tankstelle gibt. Anstatt dich aufzuregen, könntest du mal nach Tankstellen googeln.«

»Erstens bist du der, der sich aufregt, und zweitens habe ich hier draußen kein Netz.«

Dann schwiegen wir uns wieder an und fuhren einfach in die nächste Stadt, um aufs Beste zu hoffen. Doch wir fanden keine Tankstelle.

Schließlich parkte Alex mitten am Marktplatz.

Weil es bereits spät und dunkel war, hatten die Geschäfte geschlossen und es trieb sich keine Menschenseele mehr herum.

Auf dem Platz befanden sich ein paar Bänke, Laternen und in der Mitte ein riesiger Springbrunnen.

Er zog den Schlüssel und stieg aus.

»Was hast du vor?«, fragte ich und stürzte hinterher.

Er drehte sich zu mir um und lief rückwärts weiter. »Was soll ich vorhaben? Wir müssen entweder eine Tankstelle oder ein Hotel finden. Der Tank füllt sich nicht magisch auf, wenn wir im Wagen bleiben.«

Ich hasste es, dass er so herablassend sprach, und wurde ebenfalls immer wütender. »Tja, dann hättest du wohl die Anzeige checken sollen.«

Er blieb am Brunnen stehen. »Ach, jetzt ist es meine Schuld?«

Ich stoppte vor ihm und sah auf. »Natürlich! Wessen den sonst?«

»Das ist das Einzige, was du kannst, oder? Die Schuld an andere verteilen.« Er blieb stehen, als ich näherkam.

Es nervte mich massiv, dass ich zu ihm aufblicken musste, weshalb ich kurzerhand auf den Rand des Springbrunnens stieg und ihn somit um etwa einen Kopf überragte.

Er lachte humorlos und stieg ebenfalls darauf. »Nein, so läuft das nicht.«

»Ach nein?«, fragte ich und stieß ihn mit etwas zu viel Schwung als beabsichtigt mit der Hand gegen die Brust. Er war darauf nicht vorbereitet gewesen und verlor das Gleichgewicht. Reflexartig wollte er sich an mir festhalten, doch auch ich verlor den Halt und wir fielen beide nach hinten in den Brunnen.

Mein Sturz wurde zum Glück von seinem Körper abgefangen und ich landete auf seiner harten Brust.

Das Wasser, welches nun in meine Sachen zog, war eiskalt, auch wenn es nur etwas mehr als zwanzig Zentimeter tief war.

Alex riss den Kopf hoch und hustete das verschluckte Wasser aus.

Ich fuhr mit der linken Hand an seinen Hinterkopf und blickte ihm ins nasse Gesicht.

»Geht es dir gut?«, keuchte ich und suchte seinen Kopf mit den Blicken nach Verletzungen ab.

Er kam wieder zu Atem und nickte leicht. »Ja, alles gut. Bei dir auch?«

Ich nickte ebenfalls hastig und mir wurde erst bewusst, wie nah sich unsere Gesichter waren, als mich sein intensiver Blick fixierte und ich seinen Atem an meinen Lippen spürte.

In diesem Moment gab es nichts außer uns. Ich verlor mich im tiefen Blau seiner Augen, welches mich regelrecht dazu zwang, näher zu kommen, die weichen Haare, die nun nass waren, zu berühren und seinen Herzschlag durch sein Hemd in schnellem Rhythmus zu spüren.

Das Geräusch des plätschernden Wassers und die kalte Nässe in meiner Kleidung spielten keinerlei Rolle mehr. Meine rechte

Hand fand wie von selbst an seine Brust, die durch den nassen Stoff vollständig zu sehen war.

Sein Blick fiel kurz zu meinen Lippen, dann fand er wieder meine Augen. Ich wollte mich aus der Trance befreien und mich dazu zwingen aufzustehen, doch seine Hand griff augenblicklich fest nach meiner und hielt sie an Ort und Stelle.

Nun fiel auch mein Blick zu seinen vollen, feuchten Lippen und ohne nachzudenken, kam ich ihm entgegen und drückte meine darauf.

Er erwiderte den Kuss sofort fordernd und leidenschaftlich. Sein Geruch vermischte sich mit der kühlen Nachtluft, während sein Mund heiß und weich war. Er fuhr mit der Zunge an meiner Unterlippe entlang. Eine Wärme kroch meinen Nacken hinauf und seine Hand umschloss meine Hüfte. Ich drängte mich näher an seine warme Brust und intensivierte den Kuss, als ich seiner Zunge Einlass gebot. Mein gesamter Körper stand in Flammen. Unsere Lippen kämpften beinahe miteinander und der Drang, ihm das Hemd aufzuknöpfen, stieg ins Unermessliche. Wir bewegten uns im Gleichklang und fanden einen langsamen Rhythmus, der ein Pochen durch meinen Körper schickte. Ich grub die Finger fester in sein Haar und genoss den Moment.

Er löste seine Lippen von meinen und legte sie auf die zarte Haut meines Halses. Ein heißer Schauer durchlief meinen Körper.

»Fuck«, stieß ich leise aus und schloss die Augen, als ich spürte, wie er mit der Zunge langsam über die empfindliche Haut fuhr und den Mund zu einem Lächeln verzog.

Ich drängte mich seinem Körper weiter entgegen und fühlte etwas Hartes an meinem Oberschenkel, was nun auch mich zum Lächeln brachte.

Dann fuhr ich mit den Lippen über seine Wange bis nach oben zu seinem Ohr. »Du machst mich verrückt.«

Er hob den Kopf. Bereits jetzt vermisste ich das Gefühl dieser zärtlichen Wärme.

Er betrachtete mich eindringlich, bevor er ansetzte, um etwas zu erwidern.

Eine laute weibliche Stimme unterbrach uns: »Raus aus dem Brunnen, ihr Perversen, oder ich rufe die Polizei!«

Alex und ich schreckten hoch und sahen uns um.

Eine ältere Frau, die im Lichtkegel einer Laterne stand und gerade mit ihrem Hund spazieren war, schüttelte den Kopf und musterte uns grimmig.

»Verdammt, wir gehen ja schon! Meine Güte, kümmern sie sich um ihren Kram«, rief ich ihr wütend entgegen.

Alex strich mir sanft über den Arm und schmunzelte. »Wer hat dir bitte solch vulgäre Sprache in der Öffentlichkeit beigebracht?«

Ich richtete meinen Blick zurück auf sein Gesicht und zog die Augenbrauen zusammen. »Was?«

»Raus jetzt«, schrie die Frau erneut.

Ich krempelte meine Ärmel hoch und war kurz davor, dieser Frau zu zeigen, wie wir solche Probleme bei mir zu Hause regelten, doch Alex kam mir zuvor und hielt mich an der Taille fest.

»Ja, wir sind schon weg. Schönen Abend noch.«

Ich hielt mich zurück, auch wenn mein Gesichtsausdruck wahrscheinlich vermittelte, was ich gern getan hätte.

Die Frau schnaubte verächtlich und ging weiter. Als sie außer Sichtweite war, richteten wir uns auf.

Langsam kroch mir die Kälte durch die nassen Klamotten in die Knochen.

»Wieso bist du so gewalttätig? Hätte ich dich nicht festgehalten, hättest du dich auf sie gestürzt, nicht wahr?«, fragte Alex mit einem Hauch Belustigung in der Stimme und stieg aus dem Brunnen.

Er reichte mir die Hand, um mir ebenfalls herauszuhelfen. Ich ergriff sie jedoch nicht.

»Lass uns ein Hotel suchen«, schnaubte ich und schlang mir die Arme um den nun zitternden Körper.

18 Raven

Nach zehn Minuten zu Fuß hatten wir schließlich ein Hotel gefunden, oder besser gesagt einen Gasthof, der auch Zimmer hatte. Unsere Kleidung war in der Zwischenzeit etwas getrocknet, aber meine Haut darunter fühlte sich noch immer unterkühlt an. Auf dem ganzen Weg hatten wir kein Wort gewechselt und obwohl ich diesen Zustand des unangenehmen Schweigens nicht mochte, hatte ich auch nicht vor, etwas daran zu ändern.

Okay, wir hatten uns geküsst. Na und? Das war nichts. Ich mochte ihn genauso wenig wie vorher. Das musste nur auch meinem Körper noch klar werden, der sich aus irgendeinem Grund wünschte, erneut von Alex geküsst und berührt zu werden. *Verräter*.

»Haben sie noch zwei Zimmer?«, fragte er den Mann an der Rezeption und zog bereits seine Geldbörse.

Dieser tippte auf seiner Tastatur herum und schüttelte dann den Kopf. »Es ist leider Karottenfest in unserem Dorf und deshalb ist nur noch ein Zimmer frei, da die Reservierung vor kurzer Zeit abgesagt wurde.«

Ich versuchte, den Teil mit dem Karottenfest – was auch immer das sein sollte – zu ignorieren und wandte mich bereits zum Gehen. Leider hatte ich die Rechnung ohne Alex gemacht, der bereits antwortete.

»Wir nehmen es.«

Ich fuhr zu ihm herum. »Was?«

Er stöhnte genervt auf. »Was willst du sonst machen? Noch länger draußen herumirren, bis wir eventuell ein Hotel finden, das wegen des Möhrenfestes noch nicht ausgebucht ist?«, fragte er mit zusammengezogenen Augenbrauen.

»Es heißt Karottenfest«, korrigierte ihn der Rezeptionist.

»Das habe ich doch gesagt!«

Eine halbe Stunde später hatten wir unsere Taschen aus dem Auto geholt und ich ließ mich auf das große Ehebett sinken, welches in der Mitte des dafür viel zu kleinen Raumes stand. Das Zimmer war in Ordnung. Es gab alles, was man brauchte, auch wenn es schon sehr alt war und der Holzboden beim Laufen knirschte. Die Möbel knarzten ebenso und die Farbe am Fensterrahmen war schon leicht abgesplittert.

»Ich nehme das Bett«, sagte ich und zog schon meine Schuhe aus.

»Was meinst du damit? Du denkst doch nicht tatsächlich, dass ich auf dem Boden schlafe!«, fuhr Alex mich aufgebracht an.

»Nein, natürlich nicht«, verteidigte ich mich. »Aber du kannst die Badewanne haben. Ich gebe dir auch gern das zweite Kissen mit.« Ich war oft genug in Badewannen aufgewacht. Alex mit Sicherheit noch nie, weshalb er jetzt dran war.

Er begann zu lachen und lief zum Bett, bevor er mich von der Mitte verdrängte und sich auf die andere Seite legte. »Wirklich lustig. Bleib einfach auf deiner Seite.«

»Das war kein Witz.«

»Tja, dann wirst du wohl in der Wanne schlafen müssen. Ich geh hier nicht weg. Schließlich habe ich für das Bett bezahlt, auch wenn das Zimmer echt eine Zumutung ist. Die sollten dringend renovieren.«

»Vielleicht haben manche Leute nicht genug Geld, um auf die Schnelle mal zu Renovieren.«

»Ja, okay, von mir aus. Kann ich jetzt schlafen?«

Ich würdigte ihn keines Blickes mehr, als ich meine Schlafsachen aus der Tasche kramte und dann noch die Decke inklusive

Kissen hinter mir her ins Bad zog. Sollte er tun, was er wollte. Von mir aus schlief ich eben in der Wanne. Lieber hatte ich Verrenkungen, als mich weiterhin mit diesem arroganten, gut küssenden Spinner zu streiten. Gegen sein Argument, das Zimmer bezahlt zu haben, wollte ich nichts sagen, weil er sonst möglicherweise verlangte, dass ich die Hälfte trug.

Ich zog mir im Bad die Schlafsachen an und blickte dann in die Wanne. Sie war nicht sonderlich sauber, aber das war sie zu Hause auch nicht, also legte ich das Kissen und die Decke rein und ließ mich dann darauf nieder. Auch wenn die Kleidung nun nicht mehr nass war, war mir dennoch verdammt kalt. Ich schloss die Augen und wickelte erneut die Arme um meinen Körper, während ich versuchte, einzuschlafen. Ich musste nur an etwas Warmes denken. Dampfender Tee, Kaminfeuer, Alex oberkörperfrei oder als er mich geküsst hatte. Meine Haut stand bei der Erinnerung regelrecht in Flammen, der Gedanke daran, dass seine Finger … Nein. Ich öffnete ruckartig die Augen. Daran wollte ich nicht denken!

Verflucht!

Ich atmete noch einmal durch und starrte an die Decke. Es vergingen noch einige Minuten, bis es erst klopfte und sich die Tür schließlich quietschend öffnete.

Ich setzte einen genervten Gesichtsausdruck auf. »Was willst du?«, fragte ich, ohne meinen Blick von der Decke zu bewegen.

»Komm ins Bett. Das ist ja nicht auszuhalten.«

Ich schnaubte. »Nein, danke. Ich und die Badewanne haben uns gerade angefreundet.«

Er atmete hörbar aus. »Lass deinen Stolz bitte einmal hinter dir. Du zitterst und die Heizung funktioniert nicht. Du bist genauso durchgefroren wie ich und der Gedanke, dass du ernsthaft in der Badewanne liegst, gefällt mir überhaupt nicht.«

Ich lachte auf. »Was interessiert es dich, ob mir kalt ist oder ob ich hier drin liege?«

»Komm raus da«, bat er mich noch einmal mit Nachdruck.

»Die Wanne sieht so schäbig aus, dass ich an deiner Stelle Angst hätte, dass in der Nacht Ratten aus dem Ausfluss gekrochen kommen.«

Jetzt hatte er auch noch etwas gegen Ratten, unglaublich.

»Und du denkst, im Bett wird mir warm, obwohl die Heizung nicht funktioniert?«

Er ließ sich nicht darauf ein, dieses Spiel weiterzuspielen, und wartete so lange stumm an Tür, bis ich schließlich doch zu ihm sah. Seine Haare waren zerzaust und die Haut hatte etwas an Farbe verloren. Er trug nur eine weiße *Calvin-Klein*-Unterhose und ich musste mich bemühen, den Blick nicht genau dorthin wandern zu lassen.

Jetzt wurde mir warm.

Ohne etwas zu sagen, stand ich auf, ignorierte die Hand, die er mir hinhielt, erneut und nahm mir das Bettzeug, bevor ich leise fluchend an ihm vorbei ans Bett stampfte. Er sollte nicht wissen, wie froh ich eigentlich darüber war.

Wortlos folgte er mir und legte sich neben mich. Ich versuchte, nicht daran zu denken, dass sein Körper so nah bei mir lag und drehte mich auf die andere Seite. Auch nach einer Weile unter der Decke und auf der durchgelegenen Matratze zitterte ich immer noch leicht.

Alex schien das zu bemerken und so durchschnitt seine Stimme die Ruhe. »Soll ich dich wärmen? Und bevor du eine genervte Antwort gibst und mir an den Kopf wirfst, dass du mich nicht brauchst – ich sehe die Gänsehaut und das Zittern. Hör einmal auf deinen Körper und nicht auf deinen Stolz.«

Ich unterdrückte das sarkastische Lächeln. Mein Körper war ein verdammter Verräter, das merkte ich bereits an der Feuchtigkeit, die sich zwischen meinen Beinen ausbreitete, wenn ich nur daran dachte, dass sein Arm sich um meine Taille legte. Ich biss mir auf die Unterlippe, um die Gedanken zu vertreiben, doch das Kribbeln wurde nur noch stärker. Ich trug einen Kampf zwischen meinem Kopf und meinem Körper aus.

»Na schön, aber nur fünf Minuten und wehe deine Finger wandern irgendwo hin.« *Sonst würde ich dir diese dumme Unterhose vom Leib reißen und Gott weiß was tun.*

»Natürlich«, erwiderte er lässig und rückte näher. Sein Arm umschlang meine Mitte, während seine Brust meinen Rücken berührte und sich seine Körperwärme auf mich übertrug. Ich hasste, dass ich seinen Geruch und die Nähe liebte. Noch mehr hasste ich es, dass ich ihn noch näher zu mir ziehen wollte. Ich unterdrückte diesen Drang und schloss die Augen.

»Was war das heute?«, fragte er ruhig.

Ich wollte nicht darüber reden.

»Nichts.« Ich wusste, dass das nicht die Wahrheit war, aber was sie war, konnte ich auch nicht sagen.

»Nichts?«, fragte er und hätte ich es nicht besser gewusst, würde ich mir einbilden, Traurigkeit in seiner Stimme zu vernehmen. Warum wollte er darüber reden?

Ich hatte schon mit vielen Leuten etwas gehabt und sie später nie wiedergesehen. Es war nichts Besonderes … Es fühlte sich aber irgendwie trotzdem anders an. »Es hat dir nicht gefallen?«, hakte er nach.

Doch, genau das war das Problem. Ich konnte nicht zulassen, dass sich Gefühle entwickelten. Ich musste hier meinen Job machen und den Abschluss schaffen. Ich hatte keine Zeit für etwas anderes. Außerdem passte Alex nicht zu mir. Auch wenn er es nicht wusste, kamen wir aus verschiedenen Welten, die niemals aufeinandertreffen sollten. Er durfte nicht erfahren, woher ich kam oder was ich hier tat, aber ich könnte die Gefühle abstellen. Könnte diese Nacht mit ihm genießen, um ihn zu vergessen, sobald wir zurück an der Uni waren.

Bevor ich mit Jackson zusammengekommen war, war es oft so gelaufen. Ich hatte mit den Kerlen geschlafen und danach das Interesse verloren. Dieses Verlangen nach Alex würde mit Sicherheit nachlassen. Das war ein genialer Plan.

»Doch, hat es«, antwortete ich ehrlich und viel zu spät. »Wir könnten es wiederholen.« Die Aufregung wuchs, sobald diese Worte meine Lippen verließen.

Eine Weile herrschte Ruhe, doch dann fühlte ich, wie sein warmer Atem an meinem Ohr entlangstrich und ein Schauer über meinen Rücken lief. »Das könnten wir.«

Mein Puls schoss in die Höhe. Nur einmal. Nur heute, um die Gedanken an ihn zu vertreiben.

»Ja«, hauchte ich.

Ich spürte, wie sich seine Lippen an meinem Ohr zu einem Lächeln verzogen. »Ja«, bestätigte er mit rauer Stimme.

Seine Lippen fuhren weiter nach unten zu meinem Hals. »Sollten wir?«

Ich konnte nicht länger durchhalten. »Ja, das sollten wir.«

Nun drückte er seine Lippen gegen die zarte Haut. Ich schloss die Augen, um mich vollkommen auf seine Berührungen zu konzentrieren. Die Hand, die er um meine Taille gelegt hatte, wanderte unter meinem T-Shirt etwas nach oben und stoppte kurz vor meiner Brust, während seine Lippen ihre Arbeit nicht verließen. Ich legte meine Hand über seine und führte sie dorthin, wo ich sie haben wollte. Seine Finger glitten über meinen Nippel und kneteten meine Brust.

Ich stöhnte und lehnte den Kopf tiefer in den Nacken, um ihm mehr Platz zu geben. Sein Atemrhythmus glich meinem und als er seine Lippen von meiner Haut löste, drehte ich den Kopf und blickte ihm in die Augen.

Durch das Fenster fiel das Licht der Straßenlaternen und tauchte den Raum in gedämpfte goldene Farben. Einen Moment lang sahen wir uns nur an, bevor unsere Lippen miteinander kollidierten. Sie waren weich und wir fanden uns in einer Stimmigkeit wieder. Als hätten wir nie damit aufgehört, uns zu küssen. Seine Hand verließ meine Brust und wanderte ein Stück weiter nach unten, bevor sie sanft an meinem Hosenbund entlangstrich. Es war die reinste Qual und ich fühlte, wie verzweifelt meine Mitte nach seiner Aufmerksamkeit verlangte.

Jeder Kuss auf meinen Lippen prickelte und nur die Vorstellung, er könnte mich genauso zwischen meinen Beinen küssen, führte dazu, mir der Nässe zwischen eben diesen bewusst zu werden.

Sein Atem vermischte sich mit meinem und seine Zunge strich sanft über meine Unterlippe, bevor sie drängender um Einlass bat.

Auch ich fuhr nun mit der Zunge über seine Unterlippe und sein harter Körper drängte sich meinem entgegen. Seine Hand schlüpfte endlich unter den Bund meiner Schlafshorts und fand meine Mitte. Er begann, sie langsam zu umkreisen und ich stöhnte in seinen Mund, als er den Druck erhöhte.

Es war perfekt.

Seine Zähne fuhren verlangend über meine Lippe, bevor er vorsichtig hineinbiss. Ich hatte meinen Arm auf seinem platziert und erzitterte unter seinen Berührungen. Langsam bewegte ich mein Becken in seinem Rhythmus, als er plötzlich von meiner Mitte abließ und seine Finger wieder aus meinen Shorts zog.

Ein verzweifeltes Schluchzen verließ ungewollt meine Lippen.

Er hauchte mir einen Kuss aufs Ohr und flüsterte: »Keine Sorge, du kommst auf deine Kosten.«

Ich schmunzelte und entschied, die Kontrolle zu übernehmen.

Ich rollte mich herum und pinnte ihn unter mir fest.

Selbst im dunklen Licht leuchteten seine Augen verführerisch.

Er platzierte seine Hände an meinen Hüften, als ich mich auf ihm niederließ. Seine Erregung war an meiner pulsierenden Mitte deutlich zu spüren. »Was hast du vor?«, fragte er und musterte mich neugierig.

Meine Hände fuhren über die Muskeln seiner warmen nackten Brust und ich verteilte einen Kuss auf der Stelle, an der sein Herz saß, während meine Mitte sich an seine drückte.

»Fuck …« Es war mehr ein Laut als ein Wort, welches rau aus seiner Kehle kam.

Ich ließ die Finger unter seine Boxershorts gleiten und zog sie langsam nach unten, bis sein Glied zum Vorschein kam. Dann warf ich sie auf den Boden und beugte mich nach unten, um mit der Zunge seine Eichel zu umkreisen.

Leise fluchend ließ er sich in die Kissen fallen und seine Brust hob und senkte sich deutlich schneller als vor einigen Sekunden.

Ich fuhr mit der Zunge an seinem Schaft entlang und gilt mit der Hand darüber. Ein gequältes Stöhnen verließ seine Lippen und sein Penis zuckte in meiner Hand. Ich ließ ihn in meinen Mund gleiten und saugte leicht an der Spitze, was das Zucken verstärkte. Ich genoss den Anblick, wie er sich meinen Bewegungen hingab und mir die Kontrolle überließ.

»Verdammt, du bringst mich um«, stöhnte er.

Ich gab ihm noch ein paar Sekunden, dann ließ ich von ihm ab und schwang mich vom Bett. Verwirrt öffnete er die Augen und folgte mir mit dem Blick.

»Keine Sorge, du kommst auf deine Kosten«, wiederholte ich seine Worte von vorhin und entlockte ihm ein leises Lachen. Ich zog die Shorts und das Shirt aus, während ich die Schwanenkette, die er mir geschenkt hatte, anbehielt und dann in meinem Portemonnaie nach einem Kondom kramte. Auch wenn ich die Pille nahm, ging ich lieber auf Nummer sicher.

Ich kam zurück zum Bett und nahm meine vorherige Position ein, bevor ich das Kondom aufriss und es ihm überzog. Er hatte die Hände hinter dem Kopf verschränkt und beobachtete jede meiner Handbewegungen. Die Erregung ließ seine Iriden beinahe schwarz wirken.

Mein rechter Mundwinkel verzog sich bei seiner ungeteilten Aufmerksamkeit zu einem schiefen Lächeln.

Ich küsste eine Spur bis zu seinem Bauchnabel, während seine Hände zurück zu meinen Hüften fanden. Ich hob diese und positionierte sein steifes Glied an meinem Eingang. Stöhnend ließ ich mich darauf gleiten und genoss den Moment, in dem er mich vollständig ausfüllte.

Langsam bewegte ich meine Hüften, während er meine Taille

enger umfasste und mich seine ozeanblauen Augen voller Lust fixierten. Seine Bewegungen wurden schneller und seine Stöße härter, was mich keuchen ließ. Mein Körper ging nahezu in Flammen auf und mit jedem Stoß war es, als würde er Benzin in diese Flammen kippen.

Eine Hand lag auf seiner Brust und ich fühlte die glühende Haut sowie seinen schnellen Herzschlag.

Dann legte ich den Kopf in den Nacken und schloss die Augen, bis sich ein unglaublicher Druck in meiner Mitte aufbaute. Er wurde schneller und ich wusste, wir standen beide nahe am Abgrund.

»Verdammt«, stöhnte ich außer Atem und als er sich hochbeugte und meinen Mund mit seinem verschloss, fühlte ich die Explosion, die wie ein Rausch durch meinen Körper ging.

Auch er kam und ich fühlte das Pulsieren seines Gliedes in mir.

Nach ein paar Sekunden fanden wir wieder zu Atem und genossen das Gefühl des anderen, bevor er aus mir glitt und ich mich neben ihn fallen ließ.

Ich würde es nie zugeben, aber das war der beste Sex, den ich je gehabt hatte. Das Bedürfnis, mich an ihn zu kuscheln und weiterhin seine warme Haut an meiner zu spüren, wurde immer drängender. Jetzt war es jedoch an der Zeit, mich von ihm fernzuhalten, auch wenn es mir nun gegen meine Hoffnungen noch schwerer fallen würde.

Also drehte ich mich auf die Seite und versuchte zu ignorieren, wie falsch sich das anfühlte.

19 Alex

Normalerweise genoss ich es sehr, wenn Frauen nicht mit mir sprachen, nachdem wir miteinander geschlafen hatten. Das zeigte mir deutlich, dass wir beide wussten, dass es sich nur um einen One-Night-Stand oder eine Affäre ohne Gefühle handelte.

Jetzt kotzte es mich an. Der Sex mit Raven am vorherigen Abend war unglaublich gewesen. Es war noch nie so intensiv gewesen. Weder das Verlangen nach ihrem Körper noch mein Orgasmus. Sicher lag es nicht an ihr, sondern an meiner Abstinenz, seit ich auf diese Uni ging, dennoch störte mich ihre Ignoranz.

Wir saßen im Auto und befanden uns auf dem Rückweg zur Uni. Ich war nicht wie erwartet an diesem Morgen neben ihr aufgewacht. Sie war schon umgezogen und hatte ihr Zeug zusammengepackt, während ich gerade die Augen aufgeschlagen hatte. Normalerweise passte dieses Verhalten nicht zu ihr. Eher war es andersherum. Ich war eigentlich pünktlich und sie nicht.

Sie hatte mir einen guten Morgen gewünscht und mir meine Klamotten zugeworfen, ohne mich eines Blickes zu würdigen. Während des Frühstücks wollte sie nur über die Hausarbeit sprechen und tat, als wäre die letzte Nacht nie geschehen. Das hatte noch nie eine Frau getan, mit der ich die Nacht verbracht hatte.

Auch wenn ich mich glücklich schätzen sollte, kein weinendes, verliebtes und besessenes Mädchen vor mir zu haben, störte es mich … extrem.

Es tat weh, dass sie unsere Nacht scheinbar als bedeutungslos abtat, doch das konnte ich auch. Trotzdem hoffte ich inständig, nichts falsch gemacht zu haben.

»Ich würde Frage drei im sechsten Punkt unserer Gliederung mit einbringen. Ich denke, da passt es einfach«, sagte sie mit einem Stift im Mundwinkel und unserem Stichpunktzettel zur Struktur der Hausarbeit vor der Nase. Ihre rabenschwarzen Haare fielen glatt über ihre Schultern und … Ich würde mit Sicherheit einen Unfall bauen, wenn ich mich mehr auf meine Beifahrerin als die Straße konzentrierte.

»Ähm, ja, klingt sinnvoll«, antwortete ich und setzte meine Maske auf. Die Maske, die ich immer trug, wenn ich mit meinem Vater zu tun hatte oder in etwas Geschäftliches verwickelt war. Sie versteckte meine Gefühle und ließ nur den Teil meiner neutral gestimmten Persönlichkeit zurück, dem alles egal war.

Raven schrieb etwas auf und befragte mich noch zu anderen Themen, die während des Interviews relevant gewesen waren.

Wir kamen gegen Nachmittag wieder an der Uni an und gingen gemeinsam die Treppen zu unserem Flur hoch. Die dunkle Tapete gemischt mit den alten Kunstwerken und Kronenleuchtern machten die Stimmung noch erdrückender, als sie bereits war. Auch jetzt redete Raven nicht mit mir. Als ich vor meiner Zimmertür zum Stehen kam, ging sie direkt an mir vorbei und stoppte erst vor ihrer eigenen. Ich sah ihr noch eine Sekunde lang nach, bevor ich selbst in meinem Zimmer verschwand. Ihr Verhalten verunsicherte mich so dermaßen, dass ich etwas tat, was ich vorher noch nie auch nur in Erwägung gezogen hatte. Ich schrieb Caleb und bat ihn um Rat.

Raven

Als ich mein Zimmer betreten, den Rucksack abgestellt und mich umgedreht hatte, erschrak ich mich zu Tode. Auf meinem Bett saß Cloé.

»Hey, Süße, wie sieht es aus?«, fragte sie mit einer Stimme, die nie vermuten ließe, was für eine falsche Schlange sie war.

»Was zum Teufel machst du in meinem Zimmer?«, fragte ich, noch immer schockiert.

Sie hatte die Beine übereinander verschränkt und war in die teuerste Kleidung gehüllt. Niemals wäre sie hier aufgefallen. Die *Chanel*-Bluse und die schwarze *Prada*-Umhängetasche wirkten wie gemacht für diesen Ort. Ich fühlte einen leichten Stich im Herzen, der mir wieder einmal klar machte, wie wenig ich hierher passte.

»Ich dachte, ich statte dir einen kleinen Besuch ab. So von Freundin zu Freundin.« Ihre Lippen waren zu einem falschen Lächeln verzogen, welches nicht annähernd ihre Augen erreichte. Die blonden Haare hatte sie zu einem engen hohen Pferdeschwanz gebunden, welcher ihr geflochten über der Schulter lag.

»Oder besser gesagt von Arbeitgeberin zu Angestellter.«

Ich verschränkte die Arme vor der Brust und zog eine Augenbraue in die Höhe, während sich mein Kiefer anspannte. »Hör auf, unsere Zeit zu verschwenden, und sag mir, was du willst.«

Sie kam auf die Füße und schlenderte zu mir hinüber, bevor sie nur noch einen Schritt entfernt stand. Ich hatte mich an den Holzschreibtisch gelehnt.

»Nun gut, du hast ja recht. Also, die letzten zwei Tage hast du auf keine Kunden-Nachricht geantwortet und auch keine Ware verkauft. Du warst nicht einmal auf dem Gelände, was schwierig ist, wenn man einen Job zu erfüllen hat.« Ihr Ton klang noch nett und verständnisvoll, doch ich wusste, wie falsch die Sicherheit war, in der ich mich wiegte.

»Woher weißt du das bitte?«, fragte ich und runzelte die Stirn.

Sie legte verschwörerisch den Zeigefinger auf die Lippen und sagte dann: »Ich habe meine Augen und Ohren überall.«

Was dachte diese Frau wer sie war? *A* aus *Pretty Little Liars*?

»Außerdem lesen wir deine Nachrichten mit.«

Wie bitte?

Sie bemerkte meinen überraschten Gesichtsausdruck und fügte hinzu: »Oh, hatte ich das nicht erwähnt? Das habe ich sicher vergessen, entschuldige bitte.«

Sie konnte sich diese Scharade sonst wo hinschieben. »Ja, klar«, gab ich sarkastisch zurück.

Sie schob gespielt traurig die Unterlippe nach vorn. »Tja, so ist das eben. Das ist deine erste Verwarnung, Raven. Du bist hier, um zu arbeiten und nicht, um Freundschaften zu knüpfen und deine Teenager-Jahre zu feiern. Das ist gerade mein Job. Sollte so etwas noch einmal vorkommen, werden Konsequenzen folgen.« Sie trat noch einen Schritt näher.

Ich konnte mich gerade so beherrschen, weil ich wusste, dass ich nicht in der Position war, mit ihr darüber zu diskutieren.

»Es wäre doch schade, wenn dem kleinen Thomas etwas passieren würde.«

Und so schnell war meine Selbstbeherrschung auch schon dahin. Ich umfasste ihren Hals mit einer Hand, wirbelte uns herum und drückte sie gegen die Wand. »Drohst du mir gerade?«

Sie hatte keine Angst. Ganz im Gegenteil, sie hatte Spaß. Was das Diabolische in ihrem Inneren noch einmal unterstrich. Ich erkannte es in ihren Augen, die nicht ohne Grund die Tore zur Seele waren. »Ganz genau das tue ich. Ich kann dir alles nehmen, Raven. Alles.«

Ich lächelte berechnend. »Oh, bitte, an diesem Punkt waren wir doch bereits, oder nicht?« Auch wenn meine Hand nur locker an ihrem Hals lag, verstärkte ich den Druck ein wenig. Niemand bedrohte meine Familie.

»Natürlich waren wir das, aber jetzt ist scheinbar etwas Neues dazugekommen. Ich meine, die Schule ist schön, der Ausblick der

Hammer. Vielleicht schreibe ich mich doch ein. Denn am besten hat mir der blonde Adonis an deiner Seite gefallen.«

Mein siegessicheres Lächeln verrutschte etwas.

»Wie heißt er gleich? Antonio, Andre …«

»Alex«, stieß ich wütend aus.

»Genau, das war es. Alex ist verdammt attraktiv, findest du nicht auch? Wir würden ein fantastisches Paar abgeben.«

Ich wollte ihr nicht die Macht geben, mich eifersüchtig zu machen. Warum störte es mich überhaupt? Die Sache zwischen Alex und mir war vorbei. Trotzdem konnte ich den Stich im Herzen unmöglich ignorieren, den ihre Worte mir bereiteten.

»Er würde dich nicht einmal anfassen«, teilte ich ihr so neutral wie möglich mit.

Sie lachte. »Oh, bitte. Eine Frau fickt, wen sie will, ein Mann, wen er kann. Das war schon immer so. Also, wenn du nicht aufpasst, habe ich ihn schneller um den Finger gewickelt, als du *von der Uni fliegen* kannst.«

Obwohl ich eigentlich relativ schlagfertig war, war ich gerade sprachlos. »Er braucht niemanden wie dich«, knurrte ich und löste dann die Hand von ihrem Hals. Es machte mich rasend, dass sie es schaffte, mich in die unterlegene Position zu bringen.

Sie atmete einmal durch, bevor sich das Lächeln zurück auf ihre Lippen schlich. »Wie süß. Die kleine Raven denkt, sie kann ihn reparieren. Ich verrate dir ein Geheimnis: Kaputte Menschen kann man nicht reparieren, auch wenn du es immer wieder versuchst, weil du hoffst, dass dann irgendjemand auch die Zeit aufbringt, um dich zu reparieren. Verabschiede dich von diesem Gedanken und mach deinen verfluchten Job. Sonst steckst du nämlich maßlos in der Scheiße.«

Sie hatte sich bereits von der Wand gelöst und lief auf die Tür zu. »Nächste Woche erhöhst du die Preise, weil die Nachfrage zweifellos da ist.« Damit verließ sie mein Zimmer und ließ die Tür lautstark ins Schloss fallen.

Ich atmete einmal durch und versuchte, meine Gedanken zu ordnen. Irgendwann musste ich mir eingestehen, dass diese verzogene Schlange von Mädchen recht hatte. Ich war hier, um zu arbeiten. Für Thomas und Mum. Es war kein Platz für Alex und er wäre sicher besser dran mit einem reichen, netten Mädchen, welches zu seinem Stand passte. Trotzdem nicht Cloé. Ich durfte nicht zu lassen, dass sich irgendwelche Gefühle in die Sache mischten, sonst wäre ich ihm irgendwann Rechenschaft schuldig und er durfte weder etwas von den Drogen noch von meinem eigentlichen Leben erfahren.

Ich griff in meinen Nacken und öffnete die sündhaft teure Kette, die er mir geschenkt hatte. Der Schwan blitzte mir entgegen. Noch einen Moment wiegte ich sie in meiner Hand, bevor ich sie auf meinen Schreibtisch legte und mir schwor, sie zu verkaufen. Ich brauchte das Geld und es war nur ein Schmuckstück, mehr nicht. Warum fiel es mir trotzdem so schwer, sie nicht sofort an ihren Platz an meinen Hals zurückzulegen?

Die Gedanken stoppten. Schluss, ich hatte Arbeit zu erledigen.

Schnell hatte ich mein Handy herausgekramt und checkte meine Nachrichten. Es waren über zwanzig. Noch immer fühlte es sich nicht richtig an, aber diese leise Stimme der Vernunft musste schweigen, damit ich überlebte.

Ich öffnete jede Nachricht, entschuldigte die Verzögerung meiner Antwort mit einem zu großen Andrang und fragte nach, ob noch Interesse bestand. Viele meldeten sich zeitnah zurück. Für einige kam die Antwort zu spät und sie benötigten nichts mehr. Andere nahmen das Zeug dann eben für die nächste Party. Die Bestellungen, die bestätigt waren, wurden von mir säuberlich zusammengepackt und in meinem Rucksack verstaut.

Später am Abend machte ich mich schließlich auf, um die Ware zu verteilen. Gerade als ich den Flur verlassen hatte und die Treppe hinunterging, machte Delano mir einen Strich durch die Rechnung.

Sein Haar war vom Wind draußen verwuschelt und er trug eine kleine Tüte mit Einkäufen.

»Raven«, begrüßte er mich strahlend. »Wie schön, dass du wieder da bist. Du musst mir dringend alles erzählen.«

Ungern, wenn ich einen Rucksack voller illegaler Drogen dabeihatte. »Können wir vielleicht nachher reden? Ich muss noch mal schnell runter in den Laden, bevor er schließt.«

Delano setzte ein verständnisvolles Lächeln auf. »Na gut, dann komm vielleicht einfach mit zum Club. Ein paar andere Studenten und ich gehen da heute Abend feiern, dann kannst du mir auf der Fahrt alles erzählen.«

Es schien ihn nicht zu interessieren, dass morgen wieder Vorlesungen waren, doch eigentlich konnte ich mich schlecht rausreden. Bei mir zu Hause hätte ich ihm einfach an den Kopf geworfen, dass ich gerade keine Lust auf diese Unterhaltung hatte, aber ich durfte nicht vergessen, dass Delano nicht so war wie die Leute bei mir. Eigentlich war hier niemand so. Delano war wie ein Schäfchen und es würde mir im Herzen wehtun, ihn schlecht zu behandeln.

»Ja, okay, dann machen wir das so. Bis dann.«

Ich war schon die Treppe herunter, als ich sein leises »Ja, bis dann« vernahm.

Im Aufenthaltsraum waren noch Leute, weshalb ich mich an einem der Tische niederließ und hoffte, dass die zwei bald einen Abflug machten. Da mein Rucksack voll mit Drogen gefüllten Briefumschlägen war, hatte ich weder Stifte noch einen Block mit und konnte demnach nicht einmal so tun, als ob ich lernen würde. Deshalb starrte ich auf eins der Schachbretter, die auf den Tischen standen. Ich hatte Schach nie gelernt. Es hatte mich auch nie interessiert, aber hier spielte es jeder. Ich wollte gern so tun, als würde ich mir eine Strategie für das nächste Spiel zurechtlegen, aber selbst das war mir zu langweilig.

Meine Aufmerksamkeit lenkte sich auf die Tür, die gerade aufschwang. Maya betrat, perfekt zurechtgemacht, den Raum und ging zu ihrem Spind. Noch hatte sie mich nicht entdeckt, doch es war nur eine Frage der Zeit. Als sie den Spind öffnete und ein Geldbündel schnell darin verstaute, breitete sich ein Lächeln auf meinen Lippen aus. Die perfekte *Cinderella* war also eine meiner Kundinnen.

Interessant.

Ich ging die Bilder in meinem Kopf durch und überlegte, welche Spind-Nummer was gekauft hatte. Als ich bei der Nummer ankam, die offensichtlich ihr gehörte, hatte ich das Bild von ihrer SMS vor Augen.

Sie hatte verdammt viel Ritalin gekauft. Irgendwie hatte ich etwas Mitleid. Ich kannte ihre Familienverhältnisse nicht, aber Ritalin war eine Lerndroge, die eigentlich als ADHS-Medikament eingesetzt wurde. Es wirkte leistungssteigernd, förderte die Konzentration und unterdrückte Müdigkeit, doch leider gab es auch genug Nebenwirkungen, die zu Übelkeit, Schwindel, Kopfschmerzen, Schlafstörungen und gar noch unangenehmeren Dingen führen konnten. Vielleicht musste sie irgendwelche familiären Erwartungen erfüllen, versuchte immer alles mit Bestnoten zu bestehen und nahm das Zeug deshalb. Aber eigentlich sollte es mich nicht interessieren, was sie tat. Ich mochte sie ja nicht einmal.

Verstohlen sah sie sich um und für einen Moment kreuzten sich unsere Blicke. Es war, als wäre die Zeit für ein paar Sekunden eingefroren. Sie wusste, was ich hier tat, und ich wusste, warum sie hier war. Wir brauchten keine Worte, um zu verraten, dass wir gerade hinter das wohl größte Geheimnis des jeweils anderen gekommen waren.

Fuck.

Wenn sie mich verriet, war ich erledigt. Sie hatte zwar keine Beweise, aber wenn der Verdacht erst einmal da war, würde mich die Unileitung auseinandernehmen. Dabei würde wohl sehr viel mehr auffliegen als nur der Drogenhandel. Ich versuchte, ruhig zu bleiben und meinen Puls zu beruhigen, aber es funktionierte nur mäßig.

Unsere Blicke waren noch miteinander verkeilt, als sie mit den Lippen vier verzweifelte Worte formte. »Bitte, verrat es niemandem.«

Dann drehte sie sich um und verschwand durch die Tür nach draußen.

Für eine Weile verharrte ich in dieser sitzenden Position und starrte weiterhin auf den Punkt, an dem sie gestanden hatte.

Sie wollte mich nicht verraten. Es war ihr wahrscheinlich nicht einmal in den Sinn gekommen, genauso wenig, wie es mir in den Sinn gekommen war, sie zu verpetzen. Vielleicht hatte ich ihr Unrecht getan. Ihre Sucht nach dem Medikament war größer als der Drang, mich loszuwerden. Wüsste sie, dass ich mit Alex geschlafen hatte, würde das vielleicht anders aussehen. Sie durfte es nicht erfahren und es durfte nie wieder passieren.

Ich vertrieb den Gedanken an Alex' warme Hände und seinen muskulösen Bauch, um mich umzusehen.

Die zwei Studenten waren bereits gegangen und ich hatte es nicht einmal mitbekommen. Also beruhigte ich meinen Herzschlag mit kontrollierter Atmung, so wie ich es damals für Panikattacken gelernt hatte, und verteilte dann die Bestellungen in den Spinden.

Bei Mayas Spind zögerte ich kurz, doch nahm dann das Geld und legte die Ware rein. Ich spielte ganz sicher nicht die Heldin in diesem Szenario, sollte Maya tun, was immer sie wollte.

Kurz darauf fand ich mich wild klopfend vor Delanos Zimmertür wieder. Ich hatte den Rucksack – nun mit Bargeld gefüllt – zuvor ins Zimmer gebracht, war duschen gegangen und wartete jetzt seit zehn Minuten vor seinem Zimmer.

»Komm rein und mach nicht die ganze Stadt mit deinem Gehämmer auf uns aufmerksam«, meinte er schmunzelnd und zog mich ins Zimmer.

Ich roch sofort das Parfum und blickte auf den Klamottenhaufen vor meinen Füßen.

»Hier, was sagst du zu dem Outfit?«, fragte er erwartungsvoll.

Ich blickte an ihm hinab und bildete mir eine Meinung über die dunkle Jeans und das weiße *Ralph-Lauren-Polo*-Shirt. Tatsächlich war mein erster Gedanke, dass ich zum Feiern niemals etwas so Teures anziehen würde, für den Fall, dass jemand – oder man selbst – sich darauf übergab. Ich konnte mich noch stoppen, bevor ich es aussprach, als mir einfiel, dass es ihn und keinen anderen hier interessierte, wie teuer die Kleidung war. Trotzdem war ich wie immer ehrlich. »Du siehst aus wie ein reicher Schnösel.«

Delano stemmte die Hände in die Hüften und ließ sich meinen Kommentar kurz auf der Zunge zergehen. »Ich habe aber kaum was, was nicht danach aussieht.«

»Schockierend.«

»Ich meine, die anderen laufen doch hier genauso rum.«

Unbeeindruckt ließ ich mich auf sein Bett fallen. »Die neunzig Prozent?«, zog ich ihn auf. »Warum interessiert es dich so? Willst du etwa jemanden beeindrucken?« Ich wackelte mit den Augenbrauen.

Delanos verlegenes Grinsen sagte mir alles, was ich wissen musste.

Vielleicht konnte ich den Spieß noch drehen und ihn dazu bringen, von seiner Schwärmerei zu sprechen. So musste ich nicht über meine nachdenken.

20 Alex

Ich hatte die Nase gestrichen voll. Meine verräterischen Gedanken kamen einfach nicht zur Ruhe. Caleb hatte mir zwar einige gute Ratschläge gegeben, aber wollte unser Gespräch auch auf später verschieben, weil er momentan noch selbst mit seiner Hausarbeit kämpfte. Aber es war egal, was ich tat, um Raven aus meinem Kopf zu bekommen. Ich hatte es mit allem versucht. Hatte mir sogar selbst Erleichterung unter der Dusche verschafft wie ein Dreizehnjähriger. Was zum Teufel war nur mit mir los?

Nicht einmal Mayas Einladung zu einer Party, welche ich abgelehnt hatte, brachte mich auf andere Gedanken.

Nun versuchte ich, mich mit Arbeit abzulenken. Ich versank fast in Papieren. Mein Laptop stand auf dem Schreibtisch und ich hatte die Hände vor das Gesicht geschlagen. Je weiter ich mit der Hausarbeit vorankam, desto besser, denn dann wurde ich Raven los und konnte sie vergessen. Als wäre sie wirklich ein Rabe, der sich in meinem Kopf eingenistet hatte, beherrschte sie meine Gedanken. Ich konnte nicht einmal sagen, was es genau war. Ob es ihre Ablehnung nach unserer gemeinsamen Nacht oder die Nacht an sich war. Vielleicht fixierte ich mich gerade nur so sehr auf sie, weil mich noch nie ein Mädchen so ignoriert hatte.

Das musste es sein.

Ich widmete mich wieder der Aufgabe. Es waren schon drei Stunden vergangen, seit ich hier saß, das Interview noch einmal durchging und mir Berichte über unser Thema durchlas. Doch der Gedanke an das Interview brachte auch die Wut über Mr. Bower zurück. Wie hatte er es wagen können, Raven so anzusehen. Vielleicht war es Eifersucht ja, aber ich hätte ihm am liebsten dort direkt die Fresse poliert. Trotzdem riss ich die Gedanken von diesen Ereignissen los und konzentrierte mich wieder. Ich war schon ein großes Stück weitergekommen, konnte mich mit der Recherche jedoch nicht so gut ablenken, wie ich gehofft hatte.

Ich lehnte mich auf dem ungemütlichen, knarzenden Holzstuhl zurück und betrachtete meine Arbeit. Es würde noch eine Weile dauern, bis wir fertig waren, aber wenn ich mich weiterhin so ins Zeug …

Mein Handy klingelte und unterbrach meinen Gedankengang. Ich nahm es vom Tisch und sah aufs Display. Mein Vater.

Am liebsten hätte ich das Telefon durch mein Fenster direkt auf den Innenhof geworfen, doch nahm trotzdem zähneknirschend ab.

»Vater?«, fragte ich und gab mich gelassen.

»Alex, ich wollte nur erwähnen, dass du dir bitte Gedanken über die Spendengala in Paris machst. Ich würde es natürlich begrüßen, wenn du mit dieser Maya kämst, weil der Deal mit ihrem Vater noch nicht abgeschlossen ist.«

Ich unterdrückte ein genervtes Stöhnen. Die Gala hatte ich vollkommen vergessen. Sie fand jedes Jahr statt, um Geld für verschieden Anlässe zu sammeln, die Bedürftige betrafen. Ich wusste nicht, ob es ein verzweifelter Versuch meiner Eltern war, ihr Gewissen reinzuwaschen, aber es stand nicht zur Debatte, ob ich auftauchen würde oder nicht.

Würde ich nicht erscheinen, würden meine Eltern mich vermutlich enterben. Sie nutzten die Gala hauptsächlich, um neue Geschäftspartner an Land zu ziehen oder sich mit alten Freunden und anderen Firmenleitern zu unterhalten.

Es war jedes Mal riesig und exklusiv. Es gab nur das Teuerste und Beste von allem, was sich meiner Meinung nach eigentlich nicht wirklich mit dem Gedanken von einer Spendengala vertrug, aber was wusste ich schon.

»Mal sehen.« Unter keinen Umständen würde ich mit Maya dort hingehen. Ohne es zu wollen, hatte ich ein Bild von mir und Raven im Kopf, wie wir gemeinsam in die Eingangshalle schritten.

»Es war nicht wirklich eine Bitte.«

Natürlich, das war es nie.

Er ließ mir keine Zeit für eine Antwort und sprach sofort weiter: »Dieses Mal wird für Operationen für Kinder in bedürftigen Ländern gespendet. Die Gala wird wie gewohnt in zwei Wochen stattfinden.«

»Sonst noch irgendetwas? Hast du dich inzwischen wieder mit Mum vertragen oder hat sie die Scheidung nach deinem Influencer-Dilemma eingereicht?«

Es herrschte kurz Ruhe am anderen Ende der Leitung, dann lachte mein Vater. »Also, ich bitte dich. Diese Bella sind wir los und deine Mutter hat sich nach einem schönen Ausflug auf die Malediven nicht wieder beschwert.«

Ich hasste diese Art einer Beziehung. Sie hatte nichts mit der romantischen Vorstellung von Liebe zu tun. Ganz im Gegenteil – es war ein Abhängigkeitsverhältnis. Meine Mutter war von seiner Macht und seinem Geld abhängig und blieb nur deshalb bei ihm. Ich würde alles dafür tun, um niemals so zu enden. Ganz egal, was das erforderte. Meine Partnerin sollte mit mir auf Augenhöhe sein.

»Du tust so was trotzdem nicht wieder, oder? Ich meine, diese Bella war fast so alt wie ich!«

»Ich kann tun und lassen, was ich will. Ganz sicher wirst du keine Entscheidungen für mich treffen, Sohn! Konzentrier dich auf dein Studium und hör mit dieser Aufmerksamkeits-Buhlerei auf. Es ist schon peinlich genug, dass du wegen Alkohol im Krankenhaus lagst und unserer Spirituosenfirma schlechte Presse machst.« Er legte auf, sobald diese Worte zu mir durchgedrungen waren.

Ich hasste es, wie er sich aufspielte. Ich hasste, wie er meine Probleme nie ernst nahm, und stets dachte, er wüsste es besser als ich. Ich hielt das Telefon immer noch ans Ohr, während ich die Worte, die er mir bereits im Krankenhaus gesagt hatte, erneut sacken ließ.

Ich schluckte einmal, doch der Kloß in meiner Kehle blieb. Meine Atmung beschleunigte sich und das Brennen, das sich in meinem Hals bemerkbar machte, war kaum noch auszuhalten. Mit Wucht schleuderte ich das Handy gegen die Wand und sah zu, wie das Display auf dem Boden zersplitterte. Irgendwie musste ich mich abregen. Vielleicht war es doch keine so dumme Idee, auf diese Party zu gehen. Das würde mich wahrscheinlich von Raven und meinem Vater ablenken. Möglicherweise verstand ich mich irgendwann wirklich besser mit Maya und könnte sie guten Gewissens zur Gala mitbringen. Oder ich redete mir die Dinge mal wieder schön.

Trotzdem musste ich es wenigstens versuchen, also ergriff ich die Initiative und richtete mich auf. Ich wechselte in ordentliche Klamotten und machte mich dann auf den Weg zu Mayas Zimmer.

Noch bevor ich die Hand vom Klopfen zurückziehen konnte, schwang die Tür auf und sie musterte mich aufgeregt.

»Oh, wie schön, dass du es dir überlegt hast. Ich wollte gerade aufbrechen.«

Sie trug ein rotes Kleid, welches ihr bis kurz über die Knie ging und die Kurven betonte. Es glitzerte im Licht und pushte ihre Brüste so weit nach oben, dass ich an ihrer Stelle Angst hätte, dass sie gleich rausfielen.

Mir sollte es recht sein.

»Oh, das wird ein Spaß«, verkündete sie freudestrahlend und hakte sich bei mir unter. Ich bereute meine Entscheidung bereits jetzt.

Im Club, der nicht weit von der Uni entfernt war, spielte die typische Musik. Ich schwor zu Gott, wenn ich mir noch einmal *Single Ladys* geben musste, war ich mehr als nur raus. Die Tanzfläche war ziemlich voll. Schwitzende Körper rieben sich aneinander und bewegten sich im Beat der Musik, während die bunten Lichter durch den Club wanderten.

Wir saßen in einer Ecke des Raumes auf einer Couch, die mit schwarzem Kunstleder überzogen war, und Maya war in den letzten fünf Minuten sehr viel näher heran gerutscht. Auf der Fahrt hatte sie mich noch über meinen Krankenhausaufenthalt ausgefragt, weil sie mich dort leider nicht gefunden hätte. Ich zog mir eine Ausrede nach der anderen aus den Fingern, während Caleb, der auch mit zum Club gefahren war, mir mitleidige Blicke zuwarf. Er hatte mir scheinbar noch mal geschrieben, doch wegen des kaputten Telefons hatte ich diese Nachricht nicht lesen können.

»Willst du tanzen?«, fragte Maya und setzte ihren Bettelblick auf.

Verdammt, nein, ich wollte definitiv nicht tanzen. Ich hatte vergessen, wie anstrengend ein Clubbesuch war, wenn man nüchtern blieb. Ich hatte mir nur eine Cola geholt, weil ich das Versprechen an Raven nicht brechen wollte. Der Krankenhausbesuch hatte mir definitiv ausgereicht und ich wollte keinen weiteren Gedanken daran verschwenden.

Im Gegensatz zu mir hatte Maya gerade das vierte Glas Gin Tonic geleert und hauchte mir fast in den Nacken, während sie sich an mir festklammerte und etwas von meinem unglaublichen Duft schwafelte.

Ich hatte *Prada Ocean* aufgetragen und bereute es nun.

»Komm bitte! Nur kurz. Ich liebe den Song.«

Ich hob eine Augenbraue. »Du kannst doch tanzen gehen. Ich halte dich nicht davon ab.«

Sie stöhnte auf und strich sich mit den Fingerspitzen durch die blonden Haare, die zu einem Pferdeschwanz gebunden waren. »So funktioniert das nicht. Bitte komm mit mir. Oder wir machen was anderes.« Sie strich sanft über das schwarze Hemd, welches ich gewählt hatte. »Auf den Toiletten zum Beispiel.«

»Ich ficke dich ganz sicher nicht an einem so widerwärtigen Ort«, stieß ich aus. *Oder überhaupt*, fügte ich in Gedanken hinzu. Diese Vorstellung ekelte mich aus irgendeinem Grund an. Nicht weil es Maya war, sondern weil sie einfach nicht Raven war.

Ich hatte heute einfach keine Lust darauf. Wie immer bot sie sich verzweifelt wie auf dem Silbertablett an, doch mir war jegliche Lust vergangen. Zumindest, wenn ich sie ansah. Seltsamerweise stieg die Lust wieder, als ich einen schwarzen Haarschopf in der Menge erspähte. Interesse packte mich und ich lehnte mich vor, doch sie war bereits wieder weg.

Caleb lehnte sich zu mir rüber und flüsterte, gerade so laut, dass ich ihn über die Musik hinweg verstehen konnte: »Mann, das ist deine Chance. Mach dein Mädchen eifersüchtig.« Dass er Raven *mein Mädchen* nannte, ließ das eigenartige Gefühl von Stolz in mir aufsteigen.

Er hatte recht, so konnte ich herausfinden, ob sie doch Interesse hatte.

»Okay, lass uns tanzen gehen.« Ich sah Maya nicht an, sondern packte besitzergreifend ihre Hand.

Sie jubelte bereits und ließ sich von mir auf die Tanzfläche ziehen. Mein Herz schlug doppelt so schnell wie noch vor einer Minute. Ich suchte den Raum und die Masse nach Raven ab. Sie musste es gewesen sein und ich wollte sie finden.

»Hey, hier bin ich«, brachte Mayas zuckersüße Stimme mich zurück. Sie tanzte bereits, während ich wie ein Spinner in der Menge stand. Ich versuchte, sie zu vergessen und mich erst einmal dem Beat der Musik hinzugeben, doch es funktionierte nicht. Immer wieder erwischte ich mich dabei, wie ich in die Menge blickte und versuchte, sie wiederzusehen. Und dann, als ich die Hoffnung fast aufgegeben hatte, erspähte ich sie. Sie tanzte mit einem leider gut aussehenden, braunhaarigen Kerl, den ich schon oft mit ihr zusammen gesehen hatte. Wollte er etwas von ihr? Und wollte sie etwas von ihm? Hatte sie gelogen und dieser Delano war ihr Date vor unserer Abreise gewesen?

Übelkeit stieg in mir auf und ich versuchte, mich wieder auf die Frau vor mir zu fokussieren, doch sie hatte bereits gemerkt, wen ich die ganze Zeit angestarrt hatte.

»Warum siehst du sie die ganze Zeit an? Du bist mit mir hier.« Sie klang verletzt und wütend.

»Nur wegen unserer Hausarbeit. Ich wollte sie da wegen was fragen«, log ich, das Lächeln auf ihrem Gesicht kehrte zurück. Nun schmiss sie sich noch näher an mich, doch mein Blick blieb, wo er war.

Warum tanzte sie so vertraut mit ihm? Ich wollte sie eifersüchtig machen, nicht andersherum. Wenn eine Frau weg war, wartete die nächste für mich bereits in der Schlange.

Das Lied war zu Ende und es begann *Purple Hat* von Sofi Tukker. Raven warf den Kopf zur Seite und unsere Blicke trafen sich.

Meine Nackenhaare stellten sich auf und am liebsten wäre ich zu ihr gegangen und hätte sie direkt an mich gezogen. Ich wollte ihren Körper, der sich an mir rieb. Noch immer sahen wir uns an und die Musik rückte in den Hintergrund, bis ich einen Entschluss fasste. Wenn sie sich mit anderen Kerlen amüsierte, tat ich es ihr gleich. Auch wenn es schwer war, riss ich den Blick von ihren hypnotisierenden Katzenaugen los und legte die Hände an Mayas Taille. So, dass Raven es gut sehen konnte.

Maya legte ihre um meinen Hals und zog mein Gesicht näher zu sich. Sie bewegte sich perfekt zum Rhythmus des Liedes und ich unterdrückte den Impuls, wieder aufzusehen.

Stattdessen ließ ich mich etwas fallen und konzentrierte mich wieder nur auf das Mädchen vor mir. Meine Hände wanderten weiter herunter und schlossen sich um ihren Hintern.

Was Raven konnte, konnte ich schon lange.

21 Raven

Ich wollte mir die Augen aus dem Schädel kratzen und mir die Höhlen mit Seife ausspülen.

Ich konnte nicht einmal verstehen, warum es mich so auf die Palme brachte, dass seine Hände sich gerade in Mayas Arsch vergruben. Ich konnte sie noch genau auf meinem spüren. Wie seine Fingerabdrücke auf meinem Hintern gebrannt hatten, während ich ihn geritten hatte. Verdammt, wo katapultierte ich mich da hinein?

»Raven, alles gut?«, fragte Delano und blickte mir nach. »Oh.« Die Worte blieben ihm im Hals stecken. »Ich dachte, ihr habt erst gestern …«

»Ja, haben wir. Aber wen interessiert das schon? Es war nichts. Siehst du ja.« Ich ließ ihn stehen und ging zurück zu unseren Plätzen. Zum Glück war die Gruppe Studenten, mit denen wir hergekommen waren, ebenfalls tanzen. Nur Delano folgte mir und ließ sich ebenfalls auf der Couch nieder.

»Es tut mir leid, dir das sagen zu müssen, aber du siehst nicht aus, als wäre es dir egal.«

Ich hatte ihm auf der Fahrt zum Club alles erzählt, was passiert war. Eigentlich vertraute ich Menschen nicht so schnell, aber irgendwie war mir Delano ans Herz gewachsen. Er gab mir Ratschläge, hörte mir zu und ich hatte schon jetzt das Gefühl, ihn besser zu kennen, als ich es bei einem meiner früheren Freunde je getan hatte.

»Doch, verflucht. Ich mag diesen eingebildeten Schönling nicht einmal!« Ich war nur wütend, weil … weil er Maya etwas vorheuchelte. Seit wann wollte er denn etwas von ihr? Das war mein Problem.

»Ich geh mir noch was zu trinken holen. Geh du wieder tanzen. Vielleicht kannst du dich etwas mehr an Oliver ranschmeißen. Ich komme klar.«

Er sah mich verunsichert an, doch nickte schließlich. Er hatte ein Auge auf diesen einen Meter neunzig großen Adelsträger geworfen und wollte schon den ganzen Abend den nächsten Schritt wagen.

Als Delano sich noch einmal zu mir umdrehte, nickte ich in Olivers Richtung und machte eine scheuchende Handbewegung.

Ich kam wirklich klar. Also bahnte ich mir einen Weg an die Bar und sah auf die Tafel.

»Einen Vodka Energy«, schrie ich dem Barkeeper über die Musik hinweg zu. Ich wusste, dass ich damit meine Pläne, auf Alkohol zu verzichten, über den Haufen warf, aber verdammt, ich brauchte irgendetwas, um diese Gefühle loszuwerden. Ich musste mich betäuben. Dass ich es Alex und mir versprochen hatte, versuchte ich zu verdrängen.

Der Barkeeper stellte mir das Getränk hin und nahm mein Geld entgegen.

Ich leerte das Glas in einem Zug.

»Noch einen, bitte.« So ging es noch zweimal, bis sich der Alkohol plötzlich mit voller Wucht in meiner Blutbahn ausbreitet und mir den Kopf vernebelte. Genauso sollte es sein.

Es war wie in alten Zeiten. Ich schoss mir die Birne in irgendwelchen Clubs weg und vergaß den Rest. Fehlte nur noch, dass ich etwas mit einem fremden Typen auf dem Klo hatte.

Mit dem vierten Glas – dieses Mal war es Long Island Iced Tea – kehrte ich zu meinem Platz zurück.

Alex tanzte immer noch im Schein der bunten Partylichter. Ich war kurz davor zu explodieren. Also kippte ich den Inhalt des

Glases herunter und stellte es geleert auf den Tisch vor mir. Es waren gerade einmal fünfzehn Minuten vergangen und ich hatte mir schon einen ordentlichen Pegel angetrunken.

Ein leichtes Schmunzeln erschien auf meinen Lippen.

Also würde ich vielleicht doch wie meine Mutter enden. Sofort durchfuhr ein Stich mein Herz, als ich den Gedanken gefasst hatte, und das Lächeln verschwand.

Mein Blick fixierte das leere Glas und meine Gedanken begannen zu wandern. Meine Mutter hatte so viel zerstört.

Sie hatte mir und Thomas die Kindheit zerstört. Bereits mit dreizehn Jahren hatte ich ihre leeren Alkoholflaschen entsorgt oder sie vor einer Überdosis bewahrt, wenn ich die neuen Flaschen verschwinden ließ. Der Kühlschrank war leer, aber das Getränkefach stets gefüllt.

Die letzten Tropfen des Getränks hatten sich auf dem Boden meines Glases gesammelt und ich fühlte, wie sich langsam Tränen den Weg nach oben bahnten.

Ich konnte nicht mal einen Monat auf Alkohol verzichten! Ich würde genau wie sie enden. Verlassen von allen und mit Kindern, die ich für immer zerstörte. Oder ich blieb für immer allein. Ich trat doch bereits jetzt in ihre Fußstapfen, indem ich schon so jung damit begann, meine Gefühle mit Alkohol zu betäuben.

Meine Atmung wurde schneller und ich versuchte, die Tränen zu verdrängen, die kurz davor waren, aus mir hervor zu brechen. Ich konnte sie ja verstehen. Mit Alkohol war es leichter zu ertragen.

Ich war ein Nichts. Ich war dem nicht gewachsen. Dieser Welt, diesen Gefühlen … Ich war dazu verurteilt, mein Leben wegzuwerfen.

Meine Kehle schnürte sich zu und ich bekam kaum mehr Luft.

Meine Fingernägel gruben sich in meine Handflächen und ich wollte schreien. Die Angst packte mich. Was, wenn es wirklich passierte? Wenn ich wirklich wie sie wurde … Jetzt ließ ich Thomas auch noch allein. Ich war bereits wie sie. Ich konnte nicht auf den Alkohol verzichten, obwohl ich es Alex versprochen hatte. Was, wenn ich viel tiefer drinsteckte, als ich geglaubt hatte?

Ich konnte nicht mehr atmen und meine Hände begannen zu kribbeln. Ich brauchte Luft, musste rennen. Irgendwo hin, einfach weg.

Ich sprang auf und rannte durch die Massen an Menschen, die mich zum Glück nicht beachteten. Ich rannte weiter, durch die Tür des Clubs und an dem Türsteher vorbei. Einfach weiter, um die Ecke und hinter das Haus, wo ich schließlich zusammenbrach. Meine Hände zitterten und ein Schluchzen verließ meine Kehle. Ich hatte Angst, weil ich nicht atmen konnte, weil ich nicht wie sie sein wollte, aber es schon war, weil ich Thomas allein gelassen hatte. Ich weinte, weil mich Jackson betrogen hatte, obwohl ich ihn nicht einmal mehr liebte und weil ich verdammt noch einmal zu nichts zu gebrauchen war. Ich war ein Mensch, der keinen Unterschied machte. Wieso fürchtete ich mich, wenn mein Leben so unnütz war?

Ich kauerte auf dem Boden, hatte die Arme um die Beine gelegt und schluchzte, während sich die Tränen heiß und brennend über meine Wange ergossen. Ich weinte und weinte und weinte, während ich meine Hände knetete, damit ich diese Energie irgendwie loswurden. Doch es funktionierte nicht.

Ich wusste nicht, wie viel Zeit vergangen war. Keine Ahnung, ob es Sekunden oder Minuten, Stunden oder gar Tage waren, als mich zwei Hände an den Schultern packten.

Ich bemerkte kaum, wie er meinen Namen rief, sah nicht auf, bis die Worte langsam zu mir durchdrangen und den Lärm der Stille zum Schweigen brachten.

»Es ist alles in Ordnung, hörst du! Egal, was es ist – wir finden eine Lösung.«

Ich wusste nicht, wer diese Worte sagte, die so verzerrt in meinem Kopf ankamen. Vielleicht Delano? Nein, ich wollte nicht, dass es Delano war. Ich wollte, dass es … Alex war.

»Raven, bitte …«, sagte die verzweifelte Stimme, die nun immer klarer wurde.

Ich blickte auf und sah in tiefe, dunkelblaue Augen. Noch lag ein Tränenschleier über meiner Sicht, aber als ich hektisch blinzelte, drehte sich die Welt.

»Raven, hör mir zu. Ich will, dass du mir sagst, was du fühlst. Nenn mir drei Dinge, bitte.«

Ohne dass ich die Stimme oder das Gesicht wirklich zuordnen konnte, versuchte ich der Aufforderung nachzukommen.

Ich wusste, wie das ging. Ich hatte es Hunderte Male getan. »Meine Handflächen«, begann ich schluchzend.

»Sehr gut, was noch?«

Weitere Tränen rannen meine Wangen hinunter. »Ähm, der Boden ist kalt.« Meine Stimme klang brüchig. Ich versuchte verzweifelt, eine dritte Sache zu finden.

»Und … deine Hände an meinen Schultern.«

»Gut, sehr gut«, hörte ich sein Lob, doch es schien so unendlich weit weg.

Ich war erschöpft. So erschöpft. Ich wollte nur kurz die Augen schließen. Ganz kurz.

Es musste noch nicht viel Zeit vergangen sein, denn als ich die Augen wieder aufschlug, blickte ich in den dunklen Nachthimmel. Für eine Sekunde betrachtete ich die Sterne und war in ihrem Licht gefangen, doch dann holten mich die Erinnerungen ein. Ich schreckte hoch und sah mich panisch um.

»Hey, hey, alles gut«, sagte Alex und strich mir über den Arm.

Erst jetzt wurde mir bewusst, wo ich mich befand und was passiert sein musste. Alex musste es mitbekommen haben und mir aus dem Club gefolgt sein. Durch die Hyperventilierung, die Panik und den Alkohol musste ich kurz eingeschlafen sein. Alex saß auf den Steinstufen einer kleinen Treppe, die wohl zum Hinterausgang des Clubs führte, ich neben ihm, während er den Arm um mich gelegt hatte.

Hastig schüttelte ich ihn ab und spürte die Hitze, die in meine Wangen kroch. Es war mir nicht nur furchtbar peinlich, dass er mich so gefunden hatte – ich verstand auch nicht, was er generell hier tat. Sollte er nicht drinnen bei Maya sein?

Mein Hals brannte und meine Gliedmaßen waren schwer. Er reichte mir wortlos eine Wasserflasche und sah mich an.

»Schau nicht, als hättest du Mitleid, dann muss ich kotzen.«

Sein Mundwinkel zuckte. »Da ist sie ja wieder.«

Ich nahm einen Schluck vom Wasser, welches mein Körper nur so anbetete. Ich fühlte mich von innen heraus ausgebrannt.

»Wie lange war ich k.o.?«

»Nur ein paar Minuten.«

»Und du hast keinen Krankenwagen gerufen?«, fragte ich. Als mir einmal etwas Ähnliches mit Jackson passiert war, hatte er gedacht, ich würde wirklich abkratzen und hatte sofort den Krankenwagen alarmiert. Später, nachdem der Krankenwagen wieder weg gewesen war, hatte er mich angeschrien, weil er dachte, es wäre etwas Ernstes und ich ihm mit meinem ›Unsinn‹ den Abend ruiniert hätte.

Arschloch.

»Woher wusstest du das mit dem Aufzählen? Woher kennst du das?« Warum fragte ich eigentlich, wenn mir die Antwort doch längst klar war?

»Raven, ich weiß genau, wie eine Panikattacke aussieht, und mir wurde diese Technik auch beigebracht. Also habe ich jemanden beauftragt, ein Wasser zu holen und aufgepasst, dass du dich kurz ausruhen kannst.«

Langsam wurde mir die Kälte der Steintreppe bewusst, auf der wir saßen, doch dafür breitete sich Wärme in meinem dämlichen Herz aus. Die Musik im Club war auch von außen gedämpft zu hören.

»Danke, und jetzt geh zurück zu Maya«, sagte ich, obwohl die Worte in meiner Kehle brannten.

»Nein, danke.«

Verwirrt blickte ich ihn an. Am liebsten hätte ich ihm gesagt, dass er sich verpissen sollte. Dass er nun nicht mehr angekrochen kommen musste und sich mit seinem Mädchen vergnügen sollte, doch meine Energie war dafür zu gering.

Ich wollte ihn von mir stoßen, weil er mir langsam unter die Haut ging und ich es dringend unterbinden musste.

Ich stoppte meine Gedanken und atmete einmal durch, damit die kühle Nachtluft in meine Lungen drang.

Ich konnte das nicht länger. Also war es mir egal. Ich lehnte den Kopf wieder an Alex' Arm, der mich sofort umschloss, mir Sicherheit bot, und blickte in den Himmel.

Die Sterne leuchteten so hell, einige von ihnen waren schon längst tot, aber ihr Licht kam jetzt erst bei uns an. Es war beängstigend, wie groß und komplex das Universum war, aber gerade gab es mir die Ruhe zurück, die ich verloren hatte.

»Können wir hier verschwinden und zurück zur Uni fahren? Ich würde gern an den Strand gehen.« Ich dachte nicht nach, bevor ich sprach, aber wollte die Worte auch nicht zurücknehmen, denn es war die Wahrheit.

Alex begutachtete mich für einen kurzen Moment, doch ich blickte weiter in den Himmel.

»Ja, gern.« Seine Stimme klang sanft, einfühlsam und wie eine Umarmung meiner Seele.

Ich wartete vor dem Club, bis Alex zurückkam und fühlte mich ein wenig wie ein verunsichertes Kind. Energie hatte ich immer noch kaum, doch irgendwie wollte ich die Steine und das kühle Wasser des Meeres unter meinen Füßen spüren, während über mir der Nachthimmel strahlte.

Die Tür öffnete sich und Alex trat an meine Seite. Er hatte seine Jacke geholt und Maya sowie Caleb Bescheid gegeben, dass er dringend wegmusste. Was mich auf eigenartige Weise befriedigte. Ich hatte in der Zwischenzeit Delano geschrieben, dass ich extreme Kopfschmerzen hätte und zurück zur Uni gefahren wäre. Dass es mit Alex und nicht mit dem Bus war, behielt ich für mich.

Die Fahrt zurück verlief schweigend, jedoch war es keine peinliche Stille, im Gegenteil. Ich hatte die Augen geschlossen und döste vor mich hin. Mein Hals fühlte sich wieder frei an und meine Augen waren nicht mehr so gereizt wie kurz nach meinem Zusammenbruch. Es war ruhig, irgendwie sicher. Als ich das feststellte, öffnete ich die Augen und bemerkte, wie sich ein ungewohntes Gefühl in meiner Brust ausbreitete.

Es war wirklich sicher. Ich fühlte mich mit Alex am Steuer sogar so geborgen, dass ich die Augen schloss und in meiner Gedankenwelt versank, obwohl ich allein mit Männern eigentlich immer aufmerksam war.

Bei den meisten Männern, die ich kannte, musste ich immer auf der Hut sein und zusehen, keine falsche Bewegung und keinen falschen Schritt zu tun.

Bei Jackson hatte ich zwar übernachtet, doch hatte immer einen leichten Schlaf gehabt oder wach neben ihm gelegen. Unsere Beziehung war keine Katastrophe, aber ich hatte immer Angst, dass sie zu einer werden könnte. Dass er so werden könnte wie die Männer, die meine Mutter nach Hause brachte.

Bei Alex gab es diese Angst nicht. Er war so anders, dass ich ihn nie mit solchen Männern verglichen hatte. Er war zu intelligent, zu aufmerksam und zu gut erzogen, um sich auf das Level herunterzulassen, welches alle anderen in meinem Leben erreicht hatten.

»Wir fahren noch ein paar Minuten, also kannst du auch noch einmal die Augen zu machen, wenn du möchtest«, sagte er ruhig und schenkte mir ein leichtes Lächeln, doch blickte weiterhin fest auf die Straße.

Ich hatte ihn von der Seite angestarrt und es nicht einmal bemerkt.

Er parkte das Auto auf dem Parkplatz der Uni und wir gingen geradewegs auf die Klippen zu.

»Du hast Gänsehaut. Möchtest du meine Jacke?«

Ich sollte Nein sagen. Es war schon zu viel, dass wir zusammen hier waren, doch trotzdem nickte ich. Er legte mir die teure *Tommy-Hilfiger*-Jacke um die Schultern, bevor ich als Erste die Stufen der Metalltreppe herunterstieg, die zum Strand führte, während er mir folgte.

Seine Jacke war warm und schirmte mich vom leichten, aber kühlen Wind ab. Und sie roch nach ihm, verflucht. So gut, dass ich mich am liebsten darin gesuhlt hätte.

Unten angekommen zog ich die Schuhe und Socken aus. Meine Füße berührten die glitschigen, dunklen Steine. Im ersten Moment tat es etwas weh, als sie sich in meine Fußsohlen bohrten, aber ich genoss den Schmerz. Er vertrieb die Dämonen und Gedanken, die noch immer meine Seele plagten.

Ohne nach hinten zu sehen, ging ich geradewegs auf den Ozean zu und blieb erst stehen, als das kalte Wasser meine Knöchel umspülte. Es sollte mich reinwaschen. Die kühle, salzige Luft trug dazu bei, dass ich mich langsam wieder ruhig fühlte. Der Mond war unfassbar hell und warf seine Strahlen auf das Meer, welches vor sich hin rauschte und ich sog gierig die frische Luft ein, während sich der salzige Geschmack auf meine Zunge legte.

»Du siehst im Mondlicht wunderschön aus.« Alex trat neben mich, auch er war barfuß und blickte in die Ferne.

Das hatte mir noch niemand so gesagt. Natürlich hatte ich schon Komplimente bekommen. Von Typen im Club, sogar manchmal unpassend von den Männern meiner Mutter, doch noch nie klang es so wahr.

Alex sprach die Worte aus, als wären sie ein Fakt, als würde er sie genauso meinen und als wäre ihm das gerade erst aufgefallen. Es fühlte sich beinahe an, als hätte er seine Lippen auf meine Seele gelegt und Worte gesprochen, von denen ich nicht einmal wusste, wie sehr ich sie gebraucht hatte.

Er musste dringend damit aufhören. Nach diesem Abend musste ich mich wirklich von ihm fernhalten.

Ich wandte den Blick nicht ab und starrte in die Weiten des nahezu unendlichen Ozeans. Was sollte ich sagen. Erst öffnete ich die Lippen, schloss sie jedoch wieder, weil mir keine passenden Worte einfielen.

Plötzlich fühlte ich einen Tropfen auf meiner Stirn. Ich blickte in den Himmel und bekam den nächsten prompt auf die Nasenspitze.

»Es regnet«, sagte ich, ohne auf sein Kompliment einzugehen, und zog lächelnd die Jacke enger.

»Punkt Mitternacht«, sagte er nach einem Blick auf seine Uhr, doch er machte keinerlei Anstalten, den Rückweg anzutreten.

Ich senkte den Blick und betrachtete das Wasser, das sich langsam wieder zurückzog, bevor die nächste Welle es wieder um meine Knöchel spülte.

Ich konnte Alex' Nähe deutlich spüren und die Gänsehaut, die sich auf meinen Armen ausbreitete, sobald er näherkam. Es ließ mich erschaudern.

»Mein Kopf ist zu voll, meine Gedanken sind zu schnell und manchmal fühle ich mich, wie als würde ich den Verstand verlieren und könnte meine Gedanken nicht greifen. Ich habe immer das Gefühl, als würde Regen alles wegwaschen. Es auf Anfang setzen und einfach alles hört auf.« Ich war mir nicht sicher, warum ich ihm so etwas überhaupt anvertraute, vielleicht war es der Alkohol, der meine Zunge lockerte, aber irgendwie fühlte ich mich, als könnte mir gerade nichts und niemand etwas anhaben. Als gäbe es nur uns, das Meer und den Mitternachtsregen.

»Willst du darüber reden?«, fragte er vorsichtig.

Ich wusste, was er meinte. Die Panikattacke war schwer zu vergessen. Wollte ich reden?

Ja, irgendwie vielleicht schon. Und weil ich nicht ganz wusste, wo ich anfangen sollte, begann ich einfach: »Als es damals losging, war mir von der einen auf die andere Sekunde furchtbar schlecht. Erst dachte ich mir nichts dabei und versuchte, es damit zu erklären, dass ich vielleicht was Falsches gegessen hatte. Es war die ersten drei Tage so schlimm, dass ich nichts mehr in mich reinbekommen habe. Sobald Essen in der Nähe war, wurde mir erneut schlecht. Also ging ich zum Arzt, erzählte ihm alles und wurde mit der Karte einer Psychologin wieder nach Hause geschickt. Das hat mir aber nicht ausgereicht. Ich konnte mir nicht vorstellen, dass so was psychisch sein soll. Insgesamt war ich viermal dort. Es wurde alles durchgecheckt und jedes Mal war alles in Ordnung, obwohl ich mich fühlte, als würde ich mit einem Bein im Grab stehen.« Ich schwieg für eine Sekunde, wühlte mit dem Fuß etwas im Kies herum, bevor ich weitersprach.

»Also begann ich zu googeln. Warum wird mir schlecht? Warum tut mir vermehrt der Kopf weh? Warum zucken meine Muskeln ständig? Heute weiß ich, dass das ein Riesen Fehler war. Ich stellte Vermutungen an, was mit mir passierte, und suchte so lange danach, bis irgendein Artikel genau die Diagnose ausspuckte, von der ich sowieso schon überzeugt war – egal, wie viele Ärzte mir erzählten, ich sei gesund. Dann begannen die Panikattacken. Ich schaukelte mich immer weiter hoch, die Symptome, von denen ich gelesen hatte, bekam ich auf einmal. Die Panik ließ mich nicht mehr los. Ich weinte, meine Kehle war wie zugeschnürt. Je tiefer ich mich in meiner eigenen Angst verstrickte, desto überzeugter war ich davon, dass ich bald sterben würde.«

Es klang so lächerlich, wenn man es laut aussprach. Kein Mensch konnte sich vorstellen, wie tief verankert diese reale Angst war, wenn er es selbst nicht erlebt hatte. Erst überlegte ich, ob es überhaupt Sinn ergab, weiterzusprechen, doch dann fühlte ich, wie Alex hinter mich trat und mir einen Kuss auf den Scheitel drückte, was mir mehr Mut machte. »Die ersten Male wusste ich nicht, was mit mir passierte. Aber je mehr Angst ich hatte, desto mehr körperliche Symptome erzeugte mein Körper, um die Energie irgendwie abbauen zu können. Doch wenn man mehr Symptome hat …«

»Hat man auch mehr Angst. Es ist ein Teufelskreis«, beendete

Alex meinen Satz. Ich spürte das Wasser kaum noch, welches meine Knöchel weiterhin umspülte.

»Ganz genau. Irgendwann fängt man an, nach jedem Strohhalm zu greifen. Erst wenn man so tief gefallen ist, dass es nicht schlimmer werden kann, sucht man sich Hilfe. Ich begann eine Therapie. Auch wenn ich mich selbst rauskämpfen musste, hat sie dabei geholfen. Heute weiß ich zumindest, wie ich oft verhindern kann, in Panikattacken zu verfallen. Aber es sind nicht nur die gesundheitlichen Trigger. Heute war der Auslöser irgendwie die Angst vor der Zukunft. Ich schätze, damit klarzukommen, muss ich noch üben.«

Kurz herrschte bis auf das Brechen der Wellen Stille.

»Die Zukunft kann verdammt gruselig sein. Vor allem, wenn man glaubt, zu wissen, wo die Reise vielleicht hingeht. Aber ist es nicht auch schön, dass immer die Möglichkeit besteht, dass es doch anders kommen könnte?«

Er hatte recht. Ich studierte, war auf dem besten Weg, doch etwas zu ändern.

Gleichzeitig wünschte ich, ich hätte nicht getrunken. Ich hatte das Versprechen gebrochen und wollte es am liebsten ungeschehen machen.

Es kostete mich Überwindung und ich machte mich auf jede Reaktion gefasst, bevor ich ihm gestand, was er längst wusste.

»Ich habe das Versprechen gebrochen.« Erst hielt ich den Blick gesengt, aber als er die Hand an mein Kinn legte und mein Gesicht ruhig, aber bestimmt zu sich drehte, sah ich ihm direkt in die Augen.

Seine Miene war undurchdringlich, doch der Ausdruck in seinem Blick wurde schließlich weich. »Ich weiß.«

Er klang nicht wütend, ganz im Gegenteil. Er strahlte Verständnis aus. Ruhe. Seine Berührung führte dazu, dass ein Orkan in meinem Bauch aufwirbelte und sich mir die Nackenhaare aufstellten. Trotzdem konnte ich nicht an mich halten und fragte: »Bist du wütend?«

Er schüttelte den Kopf, während ich mir seiner warmen Finger an meinem Kinn deutlich bewusst war. »Nein. Fehler passieren und du bist mir keine Rechenschaft schuldig. Ich würde mir nur wünschen, dass es nicht noch einmal passiert. Weil ich will, dass es dir gut geht.«

Als er die Hand senkte, vermisste ich die Wärme seiner Finger augenblicklich.

»Ich will auch, dass es dir gut geht«, erwiderte ich wahrheitsgemäß.

Alex nahm meine Hand in seine und trat ein paar Schritte zurück, bevor wir uns in den Kies sinken ließen. Ich lehnte mich seitlich an seinen Oberkörper und er legte den Arm beschützend um mich, während sein typischer Duft nach Sanddorn und der frischen Meeresluft mich umfing. Wir kannten uns erst seit knapp anderthalb Monaten und dennoch fühlte ich mich ihm näher, als ich es bei Jackson, Lyra oder Jasper jemals getan hatte. Manchmal war es nicht Zeit, die einen zusammenschweißte, sondern die Erlebnisse und die Bereitschaft, die Nähe des anderen zuzulassen. Umso mehr schmerzte mich das Wissen, dass wir keine Zukunft haben würden. Er kannte die volle Wahrheit nicht und das würde er auch nie. Dennoch schloss ich die Augen und genoss einfach, dass er bei mir war.

Nach einer Weile drückte er mir einen Kuss auf den Scheitel. »Worüber denkst du nach?«

Ich hörte seine Frage in den Tiefen meines Bewusstseins, doch war nicht mehr in der Lage, zu antworten. Die Müdigkeit hatte längst von mir Besitz ergriffen und ich sank weiter und weiter, bis schließlich auch das Rauschen des Meeres verstummte.

22 Alex

Meine Gedanken waren schon längst nicht mehr da, wo sie sein sollten. Ich hatte schon abgeschaltet und die Rede der Professorin lief eher im Hintergrund, so wie das Radio im Auto, während man sich unterhielt.

Ich verdrängte das Bild von Raven am Meer. In dieser nun vier Tage zurückliegenden Nacht hätte ich alles für diese Frau getan und es machte mich verrückt. Ich kannte sie doch nicht wirklich und trotzdem fühlte ich eine Verbindung, die ich sonst nur verzweifelt suchte.

Die dunklen glatten Haare, die ihr über den Rücken fielen und ihr Gesicht einrahmten, zusammen mit den dunklen Augen, die im Mondlicht nahezu geleuchtet hatten. Für eine Sekunde hatte ich geglaubt, in der Unterwelt angekommen zu sein, und der Engel des Todes würde vor mir stehen.

Ich musste meine Gedanken dringend von ihr weglenken, denn sonst traten andere Bilder … Zu spät. Ich konnte es nicht vermeiden, doch ihr nackter Körper blitzte vor meinem inneren Auge auf … Stopp!

Verdammt, mein Schwanz war schon wieder halb hart – und das nur von dem Gedanken an sie.

Ich musste ganz schnell an etwas Ekelhaftes denken. Unhygienische Menschen, Menschen im Allgemeinen, meinen Vater … Ja, jetzt sah es schon deutlich besser aus.

Ich ließ mich seufzend im Stuhl zurückfallen, unterdrückte den

Drang, nach hinten zu sehen, obwohl ich wusste, dass Raven nicht in dieser Vorlesung saß. Stattdessen versuchte ich mich wieder auf eben diese zu konzentrieren. Es dauerte jedoch nicht lange, bis ich mich wieder ablenken ließ.

Diesmal von meinem Handy, als eine Nachricht einging. Ich öffnete sie unauffällig und ein echtes Lächeln trat auf meine Lippen, sobald ich den Absender sah.

Savana: Na, Alex, schon gespannt auf die Gala? Kann es nicht erwarten, dich wiederzusehen und mit Absicht laut zu lachen, damit die langweiligen alten Säcke etwas haben, worüber sie sich aufregen können.

Savana Paul gehörte definitiv zu meinen Lieblingsmenschen. Ich schmunzelte und schrieb eine Antwort.

Ich: Gott, erinnere mich bitte nicht. Noch einen Abend, an dem sich alle anlächeln, obwohl sie sich eigentlich die Köpfe abreißen wollen, und ich bin weg. Kommst du nur mit deinen Eltern?

Savana: Kann ich gut verstehen, das letzte Mal hat sich Mrs. Larson in die Blumen auf dem Balkon übergeben, weil sie ihren Mann dabei erwischt hat, wie er was mit der Kellnerin hatte. Die feine Gesellschaft hat nur noch darüber getratscht, vor allem, weil es alle wussten. Ich lache heute noch darüber. Nein, bringe noch jemand anderen mit.

Nun wurde ich neugierig. Ihr Freund konnte es eigentlich nicht sein. Dieser war seit drei Jahren von solchen Veranstaltungen ausgeschlossen, weil er sich einmal betrunken und halb nackt auf einen Tisch gestellt hatte. Er war ein Idiot. Savana war eine sehr erfolgreiche und talentierte Sängerin, was nicht verwunderlich war, weil ihre Mutter und ihr Vater ebenfalls in der Film- und Musik-Branche tätig waren. Unsere Väter hatten sich bei einem Filmdreh kennengelernt, bei dem wir unser Firmengebäude als Drehort kurzzeitig abgetreten hatten. Die zwei hatten sich auf Anhieb verstanden und nun hatten wir jedes Jahr mindestens ein Familientreffen mit ihnen. Außerdem sahen wir uns immer auf besagter Gala.

Ich: Und wen darf ich denn kennenlernen? Darfst du deinen Freund endlich wieder mitbringen? Vielleicht an einer Leine?

Savana: Du hast die Medien wohl in letzter Zeit nicht verfolgt, was? Nein, ich komme mit jemand anderem.

Schnell *googelte* ich sie und klickte auf die neusten Mitteilungen. Sie hatte also endlich Schluss gemacht.

Ich war auf dem Weg in den Gemeinschaftsraum, um zu lernen. Es war ungewöhnlich viel los, jedoch nicht an den Tischen, sondern viel mehr an den Spinden.

Ich beschloss, die Menschen zu ignorieren, wie ich es immer tat, und ließ mich auf einer Bank nieder. Ich hatte die ganze Vorlesung über mit Savana geschrieben und sie hatte mich in die Ereignisse der letzten Wochen eingeweiht. Ich freute mich langsam darauf, sie wiederzusehen und betrachtete die Gala sogar nun mit einer gewissen Vorfreude. Oder zumindest versuchte ich es.

Meinen Laptop stellte ich auf den imposanten Tisch aus dunkler Eiche und stellte den Rucksack auf den Boden.

Gerade als ich in der Arbeit versunken war, ließ sich jemand neben mir nieder. Ich zog die Augenbrauen hoch und musterte ihn. Es waren unzählige Bänke frei, wieso also musste er sich zu mir setzen?

»Ich bleib nicht lang«, faselte er und strich sich die dunklen Haare zurück, während er in seiner Tasche wühlte.

Ich wollte ihm schon sagen, dass er sich gefälligst eine andere Bank suchen sollte, als ein schwarzer Briefumschlag in seiner Hand aufblitzte, der mit einem goldenen Schriftzug verziert war.

Ich hatte so einen Brief schon einmal gesehen, doch hatte vergessen wo.

»Was ist das?«, fragte ich ungeduldig.

Er legte ein Schmunzeln auf. »Brauchst du was? Ich schwöre, du kannst die ganze Nacht durchlernen. Ich leite dich gern weiter.«

Falten traten auf meine Stirn. »Wovon sprichst du?«

»Meine Güte, bist du schwer von Begriff?« Er senkte die Stimme. »Hast du es nicht mitbekommen? Hattest du keine Probe im Spind?«

Es fiel mir wie Schuppen von den Augen. Natürlich. Dieser Briefumschlag war nach der Party am Semesteranfang in meinem Spind gewesen. Jemand musste ihn durch den kleinen Luftschlitz geworfen haben.

Ich hatte ihn gleich entsorgt. Von Drogen wollte ich die Finger lassen. Ich brauchte den Scheiß nicht und wollte auch nie damit anfangen.

»Die haben immer noch nicht gecheckt, dass hier jemand mit Drogen dealt?«, fragte ich zweifelnd.

Der Kerl verstaute den Briefumschlag in der Tasche und schüttelte den Kopf. »Nope. Warum auch? Die Kunden wollen weiterhin so einfach alles bekommen und alle anderen halten sich die Option offen. Manche von uns können mit dem Stress nicht so gut umgehen und sind froh darüber oder wollen sich wenigsten am Wochenende wegschießen. Du musst es ja nicht machen, aber behalt es bitte trotzdem für dich, ja? Wenn du doch mal was brauchst, meine Zimmernummer ist 245. Hau rein.« Er schlug zum Abschied mit der flachen Hand auf den Tisch und verschwand dann aus dem Raum.

Ich hatte nicht vor, die Studenten zu verpetzten, aber würde mir diesen Dealer trotzdem gern mal vorknöpfen. Wie konnte man so ein verdammtes Schwein sein und sein Geld mit der Sucht und Verzweiflung anderer Menschen verdienen? Willkommen im Kapitalismus. Vor allem an einer Schule, wo jeder Unmengen an Geld besaß und sicher niemand seinen Aufenthalt mit Drogenhandel finanzieren musste, war das ein verdammt widerwärtiges Verhalten.

Aber wer war ich, um über das Verhalten anderer zu richten? Sie sollten mir egal sein, so wie immer. Wenn sie Drogen kaufen und ihr Geld zum Fenster rausschmeißen wollten, sollten sie es tun. Es war nicht mein Problem.

Im Gegensatz zur Hausarbeit, bei der immer noch ein großes Stück fehlte. Ich wollte Raven schreiben, aber sie hatte sich nicht mehr gemeldet – und genau deshalb tat ich es auch nicht. Vielleicht brauchte sie noch Zeit, nachdem sie mir einen Teil ihrer Vergangenheit anvertraut hatte. Oder aber es war ihr Weg gewesen, mit mir abzuschließen. Wir hatten noch Zeit bis zur Abgabe. Dann machte ich eben etwas anderes. Ich musste sie aus meinen Gedanken bekommen. Ich musste mir bewusst darüber werden, dass das eine einmalige Sache war. Dass *wir* eine einmalige Sache waren. Sie brauchte meine Probleme nicht. Ich musste sie damit nicht belasten.

»Hey, Mann«, begrüßte Caleb mich und setzte sich auf den Platz, an dem zuvor noch der andere Student gesessen hatte.

»Hey.« Wir schlugen ein. »Wusstest du, dass hier jemand mit Drogen dealt?«

Caleb lachte herzlich, bevor er mir leicht auf den Rücken klopfte. »Alex, das weiß jeder hier.«

Raven

Die Bestellungen waren abgearbeitet und ich zählte die Scheine auf meinem Schreibtisch. Es war so viel Geld!

Das Schlimme an der Sache war eigentlich, dass ich verdrängte, was ich tat. Ich verdrängte die Moral und das schlechte Gewissen mit jedem Geldschein etwas mehr, aber so lange ich wusste, warum ich es tat, redete ich mir ein, dass es richtig war.

Ich packte das Geld für Cloé in den Schrank, neben das Kokain, und steckte alles andere, was ich gespart hatte, in meinen Rucksack. Dann zog ich die Uniform aus und meine Alltagskleidung an. Die Vorlesungen waren zwar anstrengend gewesen und langsam wurde es dunkel, doch ich hatte mir geschworen, Thomas zu besuchen.

Bis jetzt hatte ich es aufgeschoben und lediglich mit ihm telefoniert, um ein Treffen mit Jackson und Lyra zu vermeiden, doch ich wollte ihn sehen.

Ich schulterte den Rucksack und huschte auf den Gang nach draußen. Delano hatte ich bereits über den gestrigen Abend ausgefragt. Er redete nur von sich und Oliver, was mich nicht nur glücklich machte, weil sie ein süßes Paar abgaben, sondern auch, weil ich mich dann nicht erklären musste.

Der wunderschöne Gang mit den hohen Decken und den steinernen Fenstern war leer. Zumindest, bis ich um die Ecke bog und Alex mir auf der Treppe entgegenkam. Für einen Sekundenbruchteil blieb ich stehen und fühlte, wie sich meine Nackenhaare aufstellten.

Ihm schien es ähnlich zu gehen. Gerade als er den Mund aufmachte, um etwas zu sagen, packte ich die Griffe des Rucksacks fester und eilte die Treppe weiter nach unten. Als ich an ihm vorbeikam, traf mich sein Geruch wie ein Schlag und ich kniff die Augen zusammen, um nicht wieder zu stoppen.

Das musste aufhören. Ich war schon viel zu weit gegangen. Hatte ihm viel zu viel anvertraut.

Ich atmete erst wieder richtig, als ich vor dem Tor des Geländes stand und den weiten Weg zur Bushaltestelle antrat. Es waren etwa zwanzig Minuten Fußmarsch durch ein Waldgebiet. Noch war die Sonne nicht vollständig am Horizont versunken, doch bei meinem Rückweg würde das anders aussehen.

Der Bus kam pünktlich und nach zwei Umstiegen und ein paar weiteren Minuten Fußmarsch stand ich vor Lyras Tür.

Das Haus war so viel schöner als unsere Wohnung. Im Gegensatz zur Uni war es immer noch eine Bruchbude, aber für dieses Viertel bereits sehr wohlhabend.

Thomas hätte so ein Zuhause verdient. Ein richtiges Zuhause, nicht das, was auch immer wir ihm gegeben hatten. Nicht dieses Drama, diesen Zwang, schnell erwachsen zu werden, damit man für sich selbst sorgen konnte. Denn ein anderer tat es nicht. Ich hatte immer versucht, ihn zu behüten, hatte immer die Mutter gespielt, aber eigentlich war ich auch nur ein Kind gewesen. Ein Kind, das einfach nur leben wollte. Stattdessen musste ich *überleben*.

Meine Hand schwebte schon vor der dünnen, weißen Holztür, aber ich zögerte. Was sollte ich ihm denn sagen? Was, wenn es ihm wirklich besser ging bei Lyra und er nicht einmal mehr zu mir zurückwollte, sobald ich das Studium beendete? Wenigstens das Geld musste ich ihnen geben.

Meine Faust traf auf das Holz und einige Sekunden später öffnete sich die Tür.

»Raven!«, stieß Lyra aus und starrte mich an.

»Ich möchte nur zu Thomas. Also geh mir aus dem Weg.« Ich drängte mich an ihr vorbei ins Haus. Es gab keinen Grund, übertriebene Höflichkeit an den Tag zu legen. Sie hatte mit meinem Ex geschlafen. Wahrscheinlich schon, als wir noch in einer Beziehung gewesen waren. Sie hatte sich meinen Respekt nicht mehr verdient.

Im Hausflur erkannte ich den gedeckten Tisch, an dem ihre Eltern aßen. Thomas schaufelte sich gerade etwas Rotkraut auf den Teller, als er in der Bewegung innehielt und mich bemerkte.

»Raven!« Er ließ die Schüssel sinken, sprang auf und lief mir in die Arme.

Lyras Eltern nickten mir freundlich zu. Ich wusste nicht, ob sie über diese Sache mit Jackson Bescheid wussten, doch es war mir auch vollkommen egal.

»Hey, Kleiner. Kommst du mal kurz mit raus? Ich habe nicht so viel Zeit.«

Es war schön, zu sehen, dass er warme Mahlzeiten hatte, eine Familie kennenlernte, die einfach irgendwo funktionierte. Wir hatten nie zusammen gegessen.

Er nickte und ich nahm ihn an der Hand. Als wir an Lyra, die immer noch an der Haustür stand und mittlerweile gelbe Haare hatte, vorbeiliefen, wirkte sie schuldbewusst. Der Blick war gesenkt und sie wagte es auch nicht aufzusehen. Ich beachtete sie nicht weiter und schloss die Haustür, sobald wir draußen waren.

Thomas strahlte mich an, ich hockte mich zu ihm herunter und schob die schlechten Gefühle zur Seite.

»Kommst du wieder her?«, platzte es aus ihm heraus.

Ich schenkte ihm ein trauriges Lächeln. »Ich wünschte wirklich, dass ich könnte, aber leider nicht. Ich wollte sehen, wie es dir geht.«

Auch wenn ich kurz sah, wie traurig es ihn machte, dass ich nicht wiederkam, blieb er stark. »Gut. Es ist so anders als zu Hause, aber …« Er beendete den Satz nicht.

Es war besser. Das war mir bewusst. Es war egoistisch, doch es fühlte sich gut an, dass er mich vermisste. Ich war ihm nicht egal.

»Ich weiß, Thomy. Alles wird gut. Das verspreche ich dir. Ich habe dir was mitgebracht.« Ich zog ein paar Pfund aus der Tasche und drückte sie ihm in die Hand. »Kauf dir irgendwas, okay? Ich weiß, es ist gerade schwer, aber das alles wird sich lohnen.«

Thomy blickte auf die Geldscheine, aber er war klug genug, nicht zu fragen, woher sie kamen. Als er wieder aufsah, lag in seinen Augen ein trauriger Glanz.

Ohne Vorwarnung sagte er: »Mum war hier. Sie hat gegen die

Tür gehämmert und wollte mich sehen. Lyra hat sie nicht reingelassen.«

Eine Gänsehaut überzog mich. Sie hatte ihn gefunden. »War sie betrunken?«

Er nickte kaum merklich.

»Pass auf, wenn das noch mal passiert, dann soll mich Lyra anrufen. Sagst du ihr das bitte?«

Wieder ein kleines Nicken.

Wir redeten, bis die Sonne vollständig verschwunden und das Essen auf seinem Teller kalt war. Dann brachte ich ihn wieder nach drinnen und folgte Lyras Mutter Sonia in die Küche.

»Hier.« Ich knallte ihr ein Geldbündel auf den Tisch. »Das sind ein paar Hundert Pfund. Danke, dass ihr euch so um ihn kümmert. Das ist nicht selbstverständlich. In dieser Gegend erst recht nicht.«

Sonia schenkte mir einen traurigen Blick. »Danke, Raven. Wir wissen ja, wie schwierig es für euch ist.« Dabei strich sie sich eine lockige braune Strähne hinters Ohr.

»Ich sagte schon zu Thomas, sollte das mit meiner Mutter noch mal passieren, soll Lyra mich anrufen.«

Sonia nickte. »Aber wir werden auch mit ihr fertig.«

»Trotzdem«, bat ich, bevor ich mich verabschiedete und dann zurück zur Bushaltestelle lief. Mittlerweile war es windig geworden und ich fröstelte. Zu allem Überfluss begann es auch noch zu regnen, als ich bei der Haltestelle vor der Uni ausstieg. Es war nicht die schöne, ruhige Art Regen, sondern die, die einen bis auf die Knochen unterkühlte.

Auf dem Weg durch den Wald hatte man wenige Laternen. Es war dunkel, kalt und nass und ich verfluchte mich dafür, nicht einen anderen Tag gewählt zu haben.

Kurz spielte ich mit dem Gedanken, Delano anzurufen, aber er hatte mir erzählt, dass er hier ebenso wenig ein Auto hatte wie ich.

Cloé würde mich auslachen, wenn ich sie bat, mich hier

abholen zu lassen. Außerdem war mein Stolz dafür zu groß und so gab es nur noch eine Option.

Ein Donnerschlag ließ mich zusammenfahren und ich zog die Kapuze meiner Stoffjacke weiter ins Gesicht.

Ich wollte ihn nicht anrufen. Ich konnte nicht … Wir hatten schon viel zu viel Zeit miteinander verbracht. Er kannte mich mittlerweile besser, als ich mir eingestehen wollte, und trotzdem verzog sich mein Herz bei dem Gedanken, dass er mich hier abholen würde. Wie er einen dummen Spruch reißen und mich aber trotzdem mit besorgtem Blick mustern würde. So als würde es ihn interessieren. Als würde *ich* ihn interessieren.

Ich blieb ein paar Minuten stark, doch knickte schließlich ein, als der Wind so sehr zunahm, dass man Angst haben musste, wegzufliegen. Die Straße, oder besser gesagt der baumfreie Pfad, auf dem ich lief, hatte sich auch schon zu Matsche verwandelt. Zwar konnte ein Auto ohne Probleme darauf fahren, aber ich sank mit meinen Sneakern bereits etwas ein.

Ich hasste mich selbst, als ich das Handy aus der Tasche zog und Alex' Nummer wählte.

Es dauerte keine Sekunde, bis er abnahm.

»Raven?«, hörte ich seine Stimme und sie jagte einen warmen Schauer über meinen Rücken, den ich wirklich nicht gebrauchen konnte.

»Hey, kannst du mich abholen?«

Es herrschte kurz Ruhe, bevor er sagte: »Ja, natürlich, wo bist du?«

Ich druckste etwas herum. »Ähm, also, diese Straße, die durch den Wald führt, bevor man aufs Unigelände fährt … Da laufe ich lang.«

Ich hörte sein Atmen, dann ein paar Hintergrundgeräusche. »Dir ist aber schon klar, dass wir in einem riesigen Sturm stecken, oder?«

Ich lachte freudlos. »Danke, Sherlock! Der Scheiß ist mir noch gar nicht aufgefallen. Mist, hätte ich nur nie angerufen!«

Wütend beendete ich den Anruf und setzte meinen Weg durch den Schlamm mit Wut als neuem Motivator fort.

Warum verwirrten meine Gefühle mich so sehr? Meine Mutter hatte mir damals einmal gesagt, dass es ein Luxus war, Gefühle für jemanden zu haben. Denn Gefühle boten immer eine Angriffsfläche, die andere ausnutzen konnten. Gut wie schlecht, Liebe wie Hass. Doch egal wie sehr ich versuchte, meine Gefühle zur Seite zu schieben – sie hatten mich immer fest im Griff.

Einige Minuten später kamen mir die Scheinwerfer eines Autos entgegen. Entweder war es Alex, der mich trotzdem abholte, oder ein verrückter Serienmörder. Ich hoffte irgendwie gerade mehr auf Zweiteres, weil mein Stolz zu verletzt war, um Alex jetzt zu ertragen, doch meine Bitte wurde nicht erhört.

Der Sportwagen hielt neben mir und die Tür öffnete sich bereits automatisch.

»Steig gefälligst ein!«

Ich hatte ihn noch nie so wütend erlebt.

Trotz meines Stolzes stieg ich in den Wagen und ließ den Kopf gegen die Rückenlehne fallen.

Es roch hier drin nach ihm und das gefiel mir viel zu gut. Auf einmal zog ich den prasselnden Regen wieder vor.

»Was zum Teufel machst du denn allein hier draußen? Bist du wahnsinnig?«

Ich verschränkte die Arme und versuchte, nicht zu beachten, dass meine Schuhe voller Schlamm waren und ich damit einen exorbitant teuren Sportwagen verschmutzte.

»Das geht dich nichts an!«

Er fuhr weiter durch die Dunkelheit und suchte nach einer Wendemöglichkeit. »Ach so, jetzt willst du mir nicht mal erklären, was du überhaupt hier machst?«

»Du hättest doch nicht herkommen müssen«, schrie ich ihm entgegen.

»Doch, verdammt!«

»Ach, ja? Warum?«

»Weil ich nicht will, dass dir was passiert.«

Ich hielt kurz inne. Es machte mich nur noch wütender, wenn er so was sagte, weil er log. Er musste lügen!

»Und warum interessiert es dich bitte? Wir haben nichts miteinander zu tun.« Das stimmte nicht ganz. Die Nacht am Strand hatte mir sogar das Gefühl gegeben, dass wir einiges miteinander zu tun hatten.

»Nichts miteinander zu tun?« Jetzt sah er mich so verwirrt an, wie ich war. »Also war das alles wirklich nichts, ja?«

»Wir haben einmal miteinander geschlafen, Alex. Das war eine einmalige Sache und das soll auch so bleiben.«

Es dauerte einige Sekunden, die sich wie Stunden anfühlten, bis er schließlich ruhiger erwiderte: »Du hast recht.«

Obwohl es das war, was ich wollte, fühlte es sich furchtbar falsch an. Wir hatten so viel mehr getan als nur miteinander geschlafen.

23 Alex

Ich schwieg, während wir zurück zur Uni fuhren.

Raven war klitschnass und ruinierte gerade nicht nur das teure Leder, auf dem sie saß, sondern auch das unter ihren Füßen, aber es war mir erstaunlicherweise egal.

Ich erhöhte die Schnelligkeit und fuhr durch den Wald. Der Regen schlug auf die Windschutzscheibe.

Ich hatte mir Sorgen gemacht. Raven war allein im Dunklen bei Sturm durch einen Wald gelaufen. Es hätte sonst was passieren können. Was zum Teufel meinte sie eigentlich damit, es wäre nichts gewesen? Ich hatte genau gespürt, was da gewesen war – und sie sicherlich auch.

Außerdem ging es mir nicht nur um den Sex. Es ging um die Gespräche, die wir geführt hatten, die Nacht im Krankenhaus, das Gespräch am Strand. Es ging mir um alles.

Ich hätte von Anfang an darauf achten müssen, sie nicht so nah an mich heranzulassen, und trotzdem hatte ich es getan. Hatte ich denn nichts aus der Vergangenheit gelernt?

Es war schon fast lustig, dass ich tatsächlich geglaubt hatte, dass ich mit Raven eine tiefere Bindung hätte.

Sie war am Ende wie alle anderen, egal was sie mir anvertraut hatte. Entweder ich war eine nette, reiche Trophäe, mit der man sich schmückte, oder gut für zwischendurch. Vielleicht auch ein Trostpflaster, wenn es nötig war.

»Willst du deinen Führerschein verlieren oder uns umbringen?«

Ravens Stimme brachte mich zurück in das Hier und Jetzt. Wir waren aus dem Wald raus und bereits in der Stadt, während ich noch schneller fuhr.

Ich hatte es kaum bemerkt und bremste runter, bis wir wieder mit der erlaubten Geschwindigkeit fuhren.

Diese Frau machte mich verrückt. Ihre bloße Anwesenheit brachte mich dazu, absolut die Kontrolle zu verlieren. Sie musste nichts dafür machen, damit ich das tat, und ich wusste nicht, warum.

Sie war doch nichts Besonderes. Ganz im Gegenteil. Normalerweise war sie nicht einmal mein Beuteschema.

Ich musste sie aus meinem Kopf verbannen.

Ich hatte den Wagen gerade einmal eingeparkt, als sie bereits die Tür öffnete und fast fluchtartig in der Dunkelheit verschwand.

Ich wusste nicht, was mich mehr aufregte. Dass sie das unfreundlichste Verhalten an den Tag legte und sich nicht einmal dafür bedankte, dass ich sie im stürmenden Regen mitten in der Nacht im Wald abgeholt hatte, oder dass ich es nicht anders erwartet hatte und ihr demütig nachsah.

Was stellt sie nur mit mir an?

Ich blieb noch ein paar Minuten sitzen und sah den Wassertropfen dabei zu, wie sie an der Windschutzscheibe nach unten liefen, bevor ich schließlich den Wagen verließ. Der Regen störte mich nicht, als ich in Ruhe zum Unigebäude lief. Meine Kleidung wurde durchnässt und trotz, dass der Wind mir eine Gänsehaut verursachte, war mir kochend heiß. Es war mir egal. Ich war mir nicht mehr sicher, was überhaupt noch eine Rolle spielte. Kurz bevor das Grundstück der Universität begann, bog ich unschlüssig ab und lief auf die Klippen zu.

Der Ozean war unruhig, doch die salzige Luft und der Klang der brechenden Wellen beruhigten mich etwas. Ich starrte auf das Meer und versuchte vergeblich, nicht daran zu denken, wie Raven an der Küste gestanden hatte und ich alles gegeben hätte, um sie in diesem Moment zu spüren.

Ich wusste nicht, wie lange ich im Regen stand und so nach vorn sah, doch als ich mich umdrehte und auf das Universitätsgebäude zu ging, hätte ich schwören können, eine weibliche Gestalt am Fenster der dritten Etage zu sehen, die mich beobachtete.

Die Gala rückte näher und ich hatte Maya immer noch nicht gefragt. Nachdem ich sie bei der Party vor ein paar Tagen einfach stehen gelassen hatte und mich seither nicht meldete, hatte sie wohl einen Teil ihres Selbstrespektes zurückgewonnen. Ich hatte sie weder zu Gesicht bekommen noch schrieb sie mir und das machte mich unheimlich glücklich. Diese Frau musste sich jemand anderen suchen. Ich wollte tatsächlich, dass sie jemanden fand, der ihr die Liebe und Aufmerksamkeit entgegenbringen konnte, die sie verdiente. Trotzdem brachte es auch Probleme mit sich, da mein Vater mir den Kopf abreißen würde, wenn ich allein zur Gala käme.

Ich drehte mich auf der Matratze auf den Rücken und starrte an die weiße, mit Stuck verzierte Decke. So, wie ich es die restliche Nacht über getan hatte. Die Sonne war gerade aufgegangen und warf das Morgenlicht in den Raum. Wie sollte ich es meinen Eltern nur erklären? Sie hörten mir weder zu noch interessierte sie, was ich wollte.

Am liebsten sollte ich Maya wohl heiraten und mit ihr das Unternehmen übernehmen.

Jedes Mal, wenn ich an meine Zukunft dachte, bildete sich ein Knoten in meinem Magen. Das konnte es nicht sein. Das konnte nicht mein Leben sein. Aber was, wenn es genauso kommen würde? Was, wenn das die Zukunft war, für die ich geboren wurde? Ich sträubte mich dagegen, das zu akzeptieren. Vor allem, weil ich Raven erst vor Kurzem erzählt hatte, dass die Zukunft nicht so sein musste, wie man sie sich vorstellte.

Ein schrilles Klingeln ließ mich hochfahren. Fluchend tippte ich auf dem Display meines Handys herum, aber verfehlte den

Weckerknopf. Da hatte ich mir nach meinem Wutanfall schon das neuste *iPhone* gekauft und dann hatte es trotzdem keinen ordentlichen Klingelton.

Ich stand auf und streckte mich, während mein Blick zum Fenster glitt, in der Hoffnung, die Zimmer hätten sich in der Nacht gedreht und ich könnte plötzlich das Meer sehen. Natürlich war es nicht so.

Auf dem Gang zur Vorlesung hielt ich den Blick gesenkt und setzte mich dann ganz nach hinten. Ich wollte weder mit jemandem reden noch jemanden sehen. Also lehnte ich mich zurück und schloss noch einmal kurz die Augen, bevor die Vorlesung begann. *Ethische Wissenschaft* war wieder einmal an der Reihe und ich hatte keine Energie, mir nun auch noch einen Vortrag über die Hausarbeiten anzuhören.

Trotzdem öffnete ich meine Augen und sah Professor Edwards dabei zu, wie er seinen Platz am Pult einnahm. Gerade als er den ersten Satz sprach, öffnete sich die Tür zum Vorlesungssaal und Raven schlüpfte herein. Sie hatte über die Schuluniform eine schwarze Kapuzenjacke gezogen und nahm einen Platz zwei Reihen vor mir ein.

Der Professor wartete, bis sie sich gesetzt hatte, bevor er die Hände auf dem Pult verschränkte und sagte: »Sie sind nicht nur zu spät, Ms. Harris, sondern missachten auch die Kleiderordnung.«

Auch wenn ich nur Ravens Hinterkopf sah, konnte ich mir ihren Gesichtsausdruck vorstellen.

»Weil ich eine Jacke drübergezogen habe oder was?«, gab sie frech zurück und klang mindestens so genervt, wie ich mich fühlte.

Der Professor ließ sich davon nicht aus der Ruhe bringen. »Wenn Ihnen kalt ist, gibt es einen Blazer zur Uniform, den Sie gern jederzeit überziehen können.«

Sie schnaubte verächtlich und gab zurück: »Vielleicht wollte ich was Gemütliches und keinen viel zu teuren, kratzenden Blazer von irgendeiner Highend-Marke, der am Ende trotzdem von Kindern in Bangladesch hergestellt würde.«

Ich hatte keine Ahnung, warum sie es tat, aber wir wussten alle, dass Raven sich gerade Probleme auf den Tisch zog.

»Interessant. Ms. Harris, ich nehme an, Sie sollten das Geld Ihrer Eltern, welches Sie mit großer Wahrscheinlichkeit hergebracht hat, etwas mehr würdigen und vor allem mir gegenüber mehr Respekt an den Tag legen.« Sein Tonfall war strenger geworden und ich betete zu Gott, dass Raven nun die Klappe hielt, doch wurde natürlich eines Besseren belehrt.

»Sonst was?«

»Verlassen Sie meine Vorlesung und kommen Sie erst zurück, wenn Sie mir die fertige Hausarbeit vorlegen können.«

Als hätte sie nur darauf gewartet, sprang sie auf und warf sich den Rucksack wieder über die Schultern. Ihr Blick traf für den Bruchteil einer Sekunde meinen und die Spannung im Raum hätte in diesem Moment mit einem Messer zerschnitten werden können. Dann richtete sie ihre braunen Augen wieder auf die Türen, stieß sie auf und verschwand im Gang.

Am liebsten wäre ich ihr hinterhergelaufen, aber stattdessen atmete ich tief durch und richtete meinen Blick wieder nach vorn.

»Nun, apropos Hausarbeit. Das Abgabedatum rückt näher und die erste fertige Hausarbeit wurde mir sogar schon überreicht. Sie sollten demnach gerade bei der Überarbeitung oder dem Feinschliff sein oder sich andernfalls mächtig ins Zeug legen. Ich erinnere Sie noch einmal daran, dass die Note alles andere als unerheblich für das Bestehen dieses Kurses ist.«

Es wunderte mich, dass mein Kopf kein lautes Geräusch machte, als er verzweifelt auf der Tischplatte aufschlug.

»Ihr seid doch schon mit der Rohfassung fertig, oder?«

Ich hätte Caleb für diese dämliche Frage am liebsten geschlagen. »Nein.«

»Oh.«

Ganz genau. *Oh*.

Die restliche Vorlesung verschlief ich fast. Bevor sie endete, schrieb ich Raven, dass wir uns dringend heute Abend in der Bibliothek treffen mussten, um die Hausarbeit fertig zu bekommen.

Die Antwort kam, als ich gerade nach allen Vorlesungen auf dem Weg zurück in mein Zimmer war.

Raven: Von mir aus.

»Von mir aus«, äffte ich sie leise nach und räumte meinen Rucksack um, bevor ich mich direkt auf den Weg zur Bibliothek machte. Ich wollte nicht an sie denken, nicht nach dem, was sie gestern im Auto gesagt hatte. Aber wir hatten zu viel Zeit mit unseren persönlichen Problemen verschwendet, statt zu arbeiten.

Sie ließ mich ganze zwanzig Minuten warten, bevor sie endlich in der Bibliothek auftauchte.

Ich schenkte ihr wenig Beachtung, hob nicht einmal den Kopf, als sie sich den Stuhl zurückzog und sich vor mich setzte.

Auch wenn mein Herz viel zu schnell schlug, versuchte ich zu ignorieren, dass sich die Luft anfühlte, als hätte man sie statisch aufgeladen, sobald sie in meiner Nähe war. Warum wollte mein Körper nicht aufhören, auf sie zu reagieren?

Ich wollte mir einreden, dass Raven niemand von Bedeutung für mich war. Dass die gemeinsame Zeit schön, aber bedeutungslos gewesen war. Doch die Gedanken und Bilder, die mir in den Kopf kamen, sobald ich sie sah, die Gänsehaut, die meinen Körper überzog und das Bedürfnis, sie anzusehen, mich neben sie zu setzten, ihre Hand zu nehmen oder meine Lippen auf ihren perfekten Mund zu drücken, straften meinen Kopf Lügen.

»Ist es so wichtig, dass wir das heute noch machen?«, fragte sie und bemühte sich, gelangweilt zu wirken, obwohl man ihr die Anspannung ansah. Sie war genauso nervös wegen dem, was sie gestern gesagt hatte, weil ihre Worte eine Lüge gewesen waren.

Ich richtete den Blick auf und unterdrückte das Feuer, das durch meine Adern fegte, als sich unsere Blicke trafen.

»Ja. Ich habe keine Ahnung, was diese Aktion heute in der Vorlesung sollte, aber der Abgabetermin rückt immer näher. Außerdem denke ich, dass auch du daran Interesse hast, dieses Modul zu bestehen. Die anderen sind teilweise schon fertig.«

Sie nickte und strich sich einmal durch die offenen schwarzen Haare. »Na gut. Viel fehlt uns auch nicht mehr. Dann machen wir das fertig und müssen endlich nicht mehr so viel Zeit miteinander verbringen.«

Sie bemühte sich um eine ausdruckslose Stimmlage, doch die Worte schnitten trotzdem wie ein geschärftes Messer durch meine Seele. Ich verengte die Augen zu Schlitzen, konnte meine Wut aber schließlich nicht mehr verdrängen.

»Ist das dein Ernst?«

Raven verschränkte die Arme vor der Brust und nahm eine abwehrende Körperhaltung ein. »Das ist es doch, was wir beide wollen, oder nicht? Endlich nicht mehr an dieses Projekt gekettet zu sein.«

Ich brauchte noch einige Momente, in denen ich sie mit offenem Mund anstarrte. Ich könnte diese Gefühle weiterhin unterdrücken und sie anlügen wie gestern Nacht. Könnte alles verdrängen, den Schmerz des Verrates und der Ablehnung ausblenden und einfach irgendwie weiterleben, so wie ich es sonst tat, wenn ich verletzt wurde, doch aus irgendeinem Grund wollte ich Klartext sprechen. Gott, ich wollte, dass sie endlich mit diesem Spiel aufhörte und sich eingestand, dass das hier nichts mehr mit der Hausarbeit oder der Uni zu tun hatte. Dass es auch für sie kein bedeutungsloser One-Night-Stand gewesen war und dass sie das auch fühlte.

Meine Selbstzweifel versuchten zwar, mir einzureden, dass es vielleicht nur meine Gefühle waren und sie wirklich nichts für mich empfand, aber ich war mir zu sicher, dass ich mir den Blick in ihre Seele nicht eingebildet hatte. Ich konnte nicht länger schweigen.

»Nein, das ist nicht, was wir wollen. Es ist nichts, was ich will. Du tust so, als wäre da einfach nichts zwischen uns? Warum verhältst du dich so? Du lügst mir gestern und heute ins Gesicht und ich will wissen, warum.«

Die wenigen Studenten, die an den anderen Tischen saßen, warfen mir genervte Blicke zu.

Ihr Gesicht verlor von einem auf den anderen Moment jegliche Farbe. Es dauerte eine Sekunde, bis sie sich äußerte. »Mist, rede leiser, Van Klemm.«

Das machte mich nur noch wütender. Ich hatte nicht einmal bemerkt, dass ich aufgesprungen war.

»Verdammt, nichts werde ich. Hör endlich auf, es zu leugnen und dich selbst zu belügen!«

Ihre Augen verengten sich und es trat ein wutentbrannter Glanz in ihre Pupillen, der mir mit einem Schlag bewusst machte, was ich hier eigentlich erreichen wollte.

Ich tat es nicht, um ihr ein Geständnis zu entlocken oder endlich diesen Kindergarten zu beenden. Nein, ich tat es, weil ich endlich wieder das Feuer sehen wolle, welches sie von Anfang an in sich trug. Ich wollte ihre Gefühlsexplosionen, die nicht an diesen Ort passten. Wollte die Leidenschaft und die Flammen, weil sie wie ein Aphrodisiakum auf mich wirkten.

Ihre unperfekte Art in dieser elendigen, vermeintlich perfekten Welt, in der ich groß geworden war, fühlte sich an wie ein Schluck Wasser, während ich fast verdurstete.

Mit einem Mal ergriff sie meinen Arm und zog mich weg von den Tischen zu den Regalen. Weg von den Studenten und den neugierigen Blicken.

Die Regalbretter pressten sich in meinen Rücken, während Raven mit dem Finger auf mich zeigte und wütend zurückgab: »Du hast keine Ahnung, Van Klemm!«

Ich funkelte sie ebenfalls an. »Ach nein? Willst du wissen, was ich denke? Ich denke, du hast die Kette nach unserer Nacht abgenommen, weil du dich nicht zu sehr an uns gewöhnen wolltest. Weil ich dir wichtig werde und du es leugnen willst. Du versuchst, dich selbst zu belügen, aber diese Energie zwischen uns reizt dich. Ich weiß nicht, warum du so verzweifelt versuchst, jede Möglichkeit auf etwas Ernsthafteres zu unterbinden, aber ich weiß, dass du das Gleiche fühlst wie ich.«

Ich hatte mich in Rage geredet und blickte auf sie hinab. Während Raven aussah, als würde sie mir gleich den Kopf abreißen, jedoch nichts erwiderte, sprach ich einfach weiter: »Fuck, Harris! Ich will genau das. Ich will, dass du sagst, was du denkst und fühlst, so wie du es getan hast, als du hergekommen bist. Ich will etwas Echtes und du bist die einzige Person, die mir genau das geben kann!«

Ich starrte sie an wie ein Verrückter. Konnte den Blick nicht von ihren vollen rosigen Lippen abwenden, die nun leicht geöffnet waren.

»Du machst dich so verflucht lächerlich, Alex.« In ihrer Stimme lag eine gefährliche Ruhe, als sie nun näherkam.

Ich lachte fast, weil sie recht hatte. Wann hatte ich angefangen, mich ihr so dermaßen zu öffnen?

»Tue ich das?« Noch ein Schritt und unsere Gesichter schwebten beinahe voreinander.

»Du denkst, du kannst in meinen Kopf schauen und kennst meine Gefühle, aber das tust du nicht!«

Ich konnte ihren Atem auf meinen Lippen spüren, während mein Herz beinahe aus meiner Brust sprang.

»Nein?«, provozierte ich sie und meine Stimme war kaum mehr als ein Hauchen.

»Nein«, gab sie tonlos zurück.

Dann vergrub sie die Hand in meinem Haar, zog meinen Kopf zu sich und unsere Münder trafen endlich aufeinander.

24 Raven

Als sein Mund auf meinen prallte, fühlte es sich an, als würden sich seine und meine Dunkelheit miteinander verbinden. Er brachte Gefühle an die Oberfläche, die ich versuchte zu verdrängen. Ich wollte unauffällig sein, wollte mich nur einmal in meinem Leben an die Regeln halten und trotzdem brachten mich seine Worte um den Verstand.

Was tue ich hier?

Seine warmen Lippen bewegten sich auf meinen.

Weich.

Besessen.

Wir fanden einen Rhythmus und ich drückte ihn mit einer Hand, die ich auf seine Brust presste, weiter ans Regal, unterbrach den Kuss jedoch nicht.

Gott, ich wollte seine Lippen spüren, überall auf meinem Körper, und der Gedanke, dass uns jemand erwischen könnte, machte mich so feucht, dass ich bereits die kalte Luft an meinem Slip fühlen konnte. Ich hasste jede Sekunde, in der ich nicht von ihm ablassen konnte. Hasste jede seiner Berührungen, die meine Haut in Flammen aufgehen ließ.

Meine Finger der rechten Hand vergruben sich enger in sein Haar und ich bemühte mich, nicht in seinen Kuss zu stöhnen, um so leise wie möglich zu bleiben.

Es gelang mir nicht.

Seine Hände umfassten meine Taille, bevor seine Lippen nun

meinen Hals trafen und an meinem Puls entlang küssten. Es war irgendwie ungewohnt intim. So wie beim ersten Mal. Ich wollte das hier. Wollte ihn. Es zu leugnen, hatte einfach keinen Sinn mehr.

Ich verbannte diesen Gedanken und konzentrierte mich nur auf seine Berührungen.

Seine Lippen küssten sich einen Weg weiter nach unten, seine Hände verließen meine Taille und wanderten bis zu der Rundung meines Pos.

Die Lust verschlang mich, als hätte man mir einen brennenden Pfeil mitten durchs Herz gebohrt.

Schließlich schlang ich meine Beine um seine Mitte und er hob mich hoch, drehte uns und presste mich gegen das Regal aus massivem dunklem Holz, während er sich zwischen meinen Beinen positionierte. Ich fühlte seine warme, starke Hand, die nun langsam unter meinen Rock glitt und meine Haut fast verbrannte.

Während seine Lippen zu meinen zurückkehrten, schob er einen Finger unter meinen Slip und die Aufregung und das Verlangen, das sich in meinem Körper ausbreitete, rissen mich mit sich wie eine Flutwelle.

Sein Finger fuhr durch meine nasse Mitte und drang dann in mich ein.

Ich stöhnte auf. Der Laut wurde von seinem Mund abgefangen, bevor er sich zurückzog und erneut in mich stieß.

Ich kämpfte mit mir darum, den Druck, der in meinem Unterleib entstand, nicht zuzulassen, doch er erlöste mich schließlich, als er die Finger vorsichtig aus mir herausgleiten ließ und in die Luft hob.

Alex betrachtete die glänzende Nässe daran für einige Sekunden, bevor er sagte: »Ich wusste, du willst mich. Gib zu, dass alles andere eine Lüge war.«

Noch bevor ich die Chance hatte, etwas zu erwidern, schob er sich den Finger in den Mund und leckte ihn ab. Doch seine Augen verharrten weiterhin auf meinem Gesicht.

In diesem Moment hätte ich mir seinen Namen auf den Arsch tätowieren lassen, wenn er gefragt hätte. Es war schwer, ihm auch nur irgendetwas abzuschlagen, wenn er mich so ansah.

Alles, was ich wollte, war, mich noch mehr in diesem Gefühl der Schwerelosigkeit zu verlieren. Ich blickte in seine klaren blauen Augen und flog.

Langsam nickte ich, doch das genügte ihm nicht. Seine Finger schlossen sich um mein Kinn und er blickte mir mit seinen tiefblauen Augen in die Seele. Es fühlte sich an, als würde er all meine Geheimnisse kennen. Als wäre ich bereits nackt, während er auf mich hinabblickte.

»Sag es«, forderte er.

»Ich will dich«, erwiderte ich, ohne zu zögern.

Er fluchte und stellte mich auf dem Boden ab. Meine Beine waren wackelig und ich vermisste seine Wärme, doch meine Hände blieben auf seinen Schultern liegen, um mich zu stützen, als er plötzlich auf die Knie ging.

»Was machst du da?«, fragte ich verwirrt und wollte mich umschauen, doch sein Blick hielt mich gefangen. Dann bahnte sich eine Vorahnung an, die mein Blut zum Brodeln brachte.

Er verschwand mit dem Kopf unter meinem Rock und zog den schwarzen Spitzenslip herunter. Ihn vor mir auf den Knien zu sehen, war wahrlich ein Bild für die Götter.

Er fuhr mit der Zunge langsam über meine Hitze und hätte ich nicht mein volles Gewicht in diesem Moment auf ihn gestützt, hätten meine Knie längst unter mir nachgegeben.

Eine Hand vergrub ich in seinen dichten blonden Haaren und zog ihn genau an die Stelle, an der ich ihn unbedingt brauchte, damit dieses verdammte Pochen endlich nachließ.

Als er schließlich über meinen empfindlichsten Punkt fuhr, explodierte ich. Mein Atem ging schwer und ich vermisste seinen Mund in der Sekunde, in der er einen letzten Kuss auf meine Schenkelinnenseite drückte und sich dann langsam aufrichtete.

Seine Lippen fanden meine und ich schmeckte mich selbst

darauf, bevor ich wieder die Beine um ihn schlang und er mich erneut gegen das Regal drückte.

Ein kalter Windhauch fuhr über meine entblößte Scham und ich biss mir auf die Wange, um ja nicht zu stöhnen, während ich versuchte, seinen Gürtel zu öffnen.

Ich brauchte ihn in mir. Musste fühlen, wie er mich ausfüllte. Seine Lippen fuhren stürmisch über meine, während unsere Zungen sich dominierten. Meine Hand zog an der Boxershorts und schloss sich schließlich um seinen prallen, steifen Schwanz. Das Ziehen in meinem Unterleib nahm zu, als ich ihn zu meinem Eingang brachte.

Mit einem festen Stoß war er in mir und ich konnte das Stöhnen, das mir über die Lippen kam, nicht bremsen. Sofort schloss sich seine rechte Hand über meinen Mund, um die Lautstärke zu dämpfen, während er mich mit der linken Hand hielt.

Immer schneller stieß er in mich und ich schloss die Augen, um dieses Gefühl seiner Nähe zu genießen.

»Sieh mich an«, raunte er atemlos.

Ich zwang mich, die Augen zu öffnen, und hielt seinen Blick, der sich in mein Innerstes einzubrennen schien.

Der Druck in meinem Unterleib wurde stärker und mein Atem ging im Takt seiner Stöße. Jeder Zentimeter, der in mich eindrang, brachte mich erneut dem Himmel näher und ich wollte seinen Namen schreien. Seine Augen, in denen ich mich zu verlieren drohte, gaben mir den Rest. Als mich der zweite Orgasmus schließlich überwältigte, war ich froh über seine Hand über meinem Mund. Sonst hätte mich zweifellos die ganze Bibliothek gehört und es wäre mir egal gewesen. Ich sah Sterne, fühlte mich berauscht, als er weiter in mich eindrang, bis er schließlich ebenfalls zum Höhepunkt kam.

Als ich die Augen öffnete und er seine Hand von meinem Mund nahm, sah ich, wie er mit sich kämpfte, ruhig zu bleiben. Ich drückte die Lippen auf seine und lächelte, weil es das schönste Bild war, was ich mir hätte ausmalen können.

Plötzlich spannten wir uns an und das Blut gefror mir in den Adern, als Schritte näherkamen.

Ich war nicht schnell genug, um mich von Alex zu lösen. Er war noch immer in mir. Es war wie ein Autounfall, ich wollte etwas tun, aber konnte nicht. Also betete ich stumm gen Himmel, doch es half nichts.

Wie es der Zufall so wollte, bog die Person in unseren Gang ein und betrachtete uns mit aufgerissenen Augen.

Mein schockierter Blick traf Delanos, der sich prustend auf dem Absatz umdrehte und wieder in die Richtung verschwand, aus der er gekommen war.

»Verdammt«, flüsterte ich.

Ich starrte noch einen Moment auf den Punkt, an dem er gestanden hatte, und stellte mich innerlich bereits darauf ein, ihm später im Detail alles berichten zu dürfen. Mein Rock hatte zwar die wichtigsten Stellen versteckt, doch Delano wusste ganz genau, was gerade passiert war, und er würde nicht aufhören, bis ich ihm alles erzählt hatte. Das einzig Gute war, dass er uns definitiv nicht verraten würde, dafür legte ich meine Hand ins Feuer.

Alex löste sich von mir und auf einmal fühlte ich mich unglaublich leer. Doch die Realität holte mich so schnell wieder ein, dass mir augenblicklich bewusst wurde, dass ich mich gerade in der Bibliothek von ihm gegen ein Regal hatte vögeln lassen, obwohl ich mich eigentlich fernhalten wollte. Er hatte recht. Ich war eine Lügnerin.

Er schloss die Hose und betrachtete mich kalt. Ich konnte es nicht deuten, aber würde fast behaupten, es war eine Mischung aus Eifersucht und Unglauben.

»Tja, tut mir leid, dass dein Freund uns gesehen hat.« Sein Tonfall klang so abwertend, obwohl er nach wie vor außer Atem war.

Es dauerte einige Sekunden, bevor ich laut loslachte.

»Was ist so komisch?«, fragte er nun sichtlich wütend.

»Du bist eifersüchtig«, brachte ich hervor und richtete meinen Rock. Alex kannte Delano nicht wirklich und sah uns beide nur öfter zusammen rumhängen. Vermutlich dachte er, ich hätte etwas mit ihm am Laufen und hatte deshalb so lange auf die Stelle gestarrt, an der er gestanden hatte.

Er erwiderte nichts, sondern sah mich nur verwirrt an.

»Du kannst beruhigt sein. Ich glaube, Delano würde sehr viel mehr auf dich stehen als auf mich.«

Es erheiterte mich, zu sehen, wie es in seinem dunkelblonden Köpfchen ratterte, bis ihn schließlich die Erkenntnis traf.

»Oh«, sagte er nur und atmete deutlich entspannter durch.

Ich schmunzelte und packte seine Hand, während ich ihn mit mir nach vorn zog.

Unsere Sachen standen noch so, wie wir sie zurückgelassen hatten, und die anderen Studenten hatten die Bibliothek zum Glück schon verlassen. Ein Blick zu Alex' Uhr verriet mir, dass sie sowieso in knapp zehn Minuten schloss. Und ich war unglaublich froh, niemandem ins Gesicht blicken zu müssen. Ich lief geradewegs weiter zur Bibliothekstoilette und machte mich frisch. Dann wusch ich mir die Hände und kehrte zum Platz zurück.

Wenig später hatten wir zusammengepackt und waren auf dem Weg nach draußen. Ich hatte kaum gemerkt, wie sich unsere Finger miteinander verschränkt hatten und wir nun Händchen hielten. Erst stieg in mir der Impuls hoch, die Hand zurückzuziehen, aber das wollte ich nicht. Es war … schön.

Einige Minuten später kamen wir vor seiner Zimmertür zum Stehen.

Meine Hand hatte er auch dann nicht losgelassen, als er seinen Schlüssel hervorholte.

Erst als er die Tür hinter uns schloss und begann, seinen Rucksack auszupacken, lösten wir uns voneinander.

Wir hatten uns darauf geeinigt, die Hausarbeit hier weiter auszuarbeiten, weil uns die Zeit davonlief. Außerdem wollte ich dieses Studium schaffen. Ich hatte heute Morgen mehr Zeit gebraucht und es deshalb darauf angelegt, aus der Vorlesung rauszufliegen. Es war letztendlich nur ein Ergänzungsbereich in Ethik.

Die Bestellungen wurden immer mehr und ich musste die Vorlesungszeiten nutzen, um diese in die Spinde zu packen, hatte dafür aber nun das Nachsehen.

Alex hatte sich mit dem Laptop aufs Bett gelegt, während ich zu seinem Fenster schlenderte. Eigentlich sahen unsere Zimmer gleich aus, aber seine Aussicht war nicht annähernd so atemberaubend wie meine. Man sah die Laternen, die aussahen, als würden sie aus einer anderen Zeit stammen, und einen Lichtkegel auf die Wege des Innenhofs warfen. Keine Menschenseele war zu erkennen, was teilweise auch an dem Nebel lag, der sich bereits über die gesamte Fläche ausgebreitet hatte.

»Du schaust auf den Innenhof?«

Er kniff ertappt die Lippen zusammen. »Ja, reib bitte noch Salz in die Wunde. Darauf habe ich gewartet.«

Ich legte mich schmunzelnd neben ihn aufs Bett und wir begannen ernsthaft zu arbeiten.

Knapp vier Stunden verloren wir uns in literarischen Werken, passenden Zitaten aus dem Interview und schrieben diese Hausarbeit zu Ende. Es war kurz nach Mitternacht, als wir schließlich den Laptop herunterfuhren und ihn wegstellten. Auch wenn wir die Rohfassung nun hatten, musste alles noch einmal überarbeitet und formatiert werden, doch das verschoben wir auf morgen.

Ich war extrem müde, doch wollte nicht zurück in mein Zimmer gehen. Ich wollte bleiben und diesen Abend ins Unendliche ziehen.

Als hätte er meine Gedanken gelesen, fragte er: »Willst du bleiben?« Er strich sich verlegen den Hinterkopf, blickte mir jedoch in die Augen.

Ich überlegte. Es fühlte sich an, als würde meine Antwort über die Weiterführung unserer *Beziehung* entscheiden. Ich sollte ablehnen, meine Sachen nehmen und verschwinden, trotzdem nickte ich. »Wenn ich darf.«

Ein leichtes Lächeln zupfte an seinem Mundwinkel.

»Immer.«

Dieses eine Wort erfüllte mich mit Freude. Doch nicht nur das. Ich fühlte mich richtig wohl.

»Du solltest dir vielleicht drüben was zum Schlafen anziehen«, sagte er leise und ich musste ihn nicht einmal ansehen, um das Lächeln in seiner Stimme zu sehen.

Müde vergrub ich das Gesicht in seiner weißen Bettdecke, die verführerisch nach ihm roch, und murmelte: »Ich will nicht rübergehen.«

Er setzte sich neben mich und drückte mir einen Kuss auf den Hinterkopf, bevor er wieder aufstand und in seinem Schrank kramte. Als er schließlich wieder neben mir saß, sah ich, dass er eins seiner einfachen weißen T-Shirts, was natürlich trotzdem von irgendeiner Luxusmarke war, und eine frische Boxershorts aus seinem Schrank gekramt hatte, die er mir nun reichte.

Ich nahm sie freudestrahlend entgegen und verzog mich ins Badezimmer.

Ich putzte mir mit einer frischen Zahnbürste die Zähne, die noch in einer offenen Verpackung verblieben war, und versuchte mein Make-up, so gut es ging, mit Männerduschgel abzubekommen. Es funktionierte annähernd und ich gab mich damit zufrieden. Die schwarzen Haare band ich mir mit einem Notfallhaargummi, den ich immer ums Handgelenk trug, zu einem unordentlichen Dutt nach oben, bevor ich wieder ins Zimmer trat.

Alex lag bereits nur in Boxershorts im Bett und ließ seinen Blick schmunzelnd an mir hinab gleiten.

Ein seltsames Gefühl breitete sich in meinem Magen aus. Ich wollte das hier. Es war das Richtige, die Zukunft erst mal zu vergessen und vielleicht einfach zu sehen, was daraus wurde. Aber es war auch so eigenartig, dass ein Mann wie er sich um meine Aufmerksamkeit bemühte.

Ich ignorierte seinen Blick, schlug die Decke zurück und legte mich mit dem Rücken zu ihm. Es dauerte keine fünf Sekunden, bis sein warmer Atem über mein Ohr strich und er flüsterte: »Ich wünsche dir eine gute Nacht.«

Ich lehnte mich ihm ein Stück entgegen und griff nach seiner Hand, die er bestimmt um meine Taille schloss. »Gute Nacht.«

Ich fühlte mich geborgen und irgendwie sicher in seinen Armen. Der letzte Gedanke, der mir in den Kopf kam, bevor ich einschlief, war: Ich könnte ab jetzt jeden Abend so einschlafen, wenn ich es einfach nur zuließ.

25 Raven

Alex schlief noch. Doch ich war schon seit einer geschlagenen halben Stunde wach und betrachtete ihn. Wie sich seine nackte Brust hob und senkte, seine Augen geschlossen waren und ihm eine blonde Strähne in die Stirn hing.

Während ich den Blick nicht von seinem friedlichen Gesicht abwenden konnte, grübelte ich über meine Gefühle. Der Drang, ihm nahe zu sein, wurde stärker und es war unmöglich, es weiterhin zu leugnen. Dieser Mann hatte es mir angetan. Er hatte mich überrascht, weil er nicht annähernd das reiche Arschloch war, für das ich ihn gehalten hatte.

Erst jetzt begriff ich, wie sehr er mir wirklich unter die Haut ging. Wir kannten uns noch nicht einmal sonderlich lang und trotzdem wollte ich jeden Tag so einschlafen und aufwachen, wie ich es heute getan hatte.

Die Erkenntnis ließ Übelkeit in mir aufsteigen. Es war nicht die Vorstellung an sich. Es war die Angst. Die dämliche Angst, dass er meine Vergangenheit und das mit den Drogen herausfinden könnte. Was, wenn er mich dann nicht mehr wollte? Ich belog ihn. Tag für Tag und ich würde es so lange tun wie nötig.

Alex hatte das nicht verdient. Er brauchte eine Freundin, für die die Welt des Reichtums nichts Neues war. Die mehr erreichen wollte, als nur irgendwie zu überleben. Sollte er jemals erfahren, wer ich wirklich war – die Tochter einer Süchtigen und eines Mannes, den ich nie kennengelernt hatte, die mit gefälschten

Zeugnissen und Drogengeschäften versuchte, dem ärmlichen Leben in einer kleinen, runtergekommenen Wohnung zu entrinnen – würde er mir wehtun. Er würde mich abservieren und vielleicht noch verpfeifen. Ich musste den Kontakt abbrechen, aber mein dämliches Herz zog sich schmerzvoll bei dem Gedanken zusammen, ihn meiden zu müssen. Ich konnte es nicht.

Aber war ich bereit, ihm so weit zu vertrauen, dass er mir wichtiger war als meine Zukunft? Bevor Cloé mir das Angebot gemacht hatte, hatte ich mich längst damit abgefunden, für immer in diesem Viertel zu leben und einfach zu tun, was ich wollte, bis das Geld weg war. Doch nun hatte ich Hoffnung. Ich hatte eine Chance bekommen und trotzdem wäre ich irgendwie bereit, sie für diesen Mann, der im Schlaf aussah wie ein gefallener Engel, aufs Spiel zu setzen.

Wo kamen auf einmal diese Emotionen und Gefühle her? Wo war meine Alles-und-jeder-kann-mich-mal-Einstellung? Warum wurde ich so weich wie ein Stoffbär, wenn ich ihn ansah? *Gott, das ist ätzend.*

Mit einer Hand fuhr ich durch seine Haare und strich sie ihm aus der Stirn. Die dunkelblonden Strähnen verfingen sich zwischen meinen Fingern, aber waren so weich, dass ich wünschte, die Hand einfach für immer dort zu lassen. Schließlich schlug Alex langsam die Augen auf und ein Lächeln zupfte an meinen Mundwinkeln.

»Guten Morgen, Harris«, begrüßte er mich mit rauer Morgenstimme und strahlte wie ein kleiner Junge übers ganze Gesicht, bevor er sich vorbeugte, meine Hand ergriff und mir einen Kuss auf den Handrücken drückte.

Ich bekam eine Gänsehaut. Es war nicht nur die Geste, sondern das Lächeln, das so aufrichtig wirkte, dass ich schlucken musste, um das Brennen in meiner Kehle loszuwerden.

Ein seltsames Gefühl breitete sich in meinem Körper aus. Als hätte ich heißen Kaffee getrunken und könnte die Wärme bis zu meinem Magen fühlen. Es war nur ein unschuldiger Handkuss und ein Lächeln, aber es fühlte sich nach so viel mehr an.

»Hey, was ist denn?«, fragte er und das wunderschöne Lächeln verschwand.

Ich vermisste es sofort, aber setzte dafür selbst eines auf. »Nichts. Alles bestens.«

Er nickte und setzte sich auf, um die Uhr zu checken. Wir hatten noch ein bisschen Zeit bis zur ersten Vorlesung. Trotzdem nahm ich mein Handy, das ich am Vorabend auf dem kleinen Beistelltisch abgelegt hatte, und checkte es nach neuen Nachrichten.

Nichts Neues zur Uni, aber zwölf SMS von Delano. Mist, das hätte ich fast vergessen. Seufzend öffnete ich den Chat.

OMG

Was???

In der Bibliothek?

Halleluja, der Ort kommt auf meine Liste.

Erzähl mir alles!

Bitte!

Ich muss es wissen.

Bitte antworte. Ich sitze hier auf heißen Kohlen und sehne mich nach Gossip.

Ist das was Ernstes?

Lass mich doch nicht so hängen, bitte.

Oder ... Macht ihr es schon wieder? Dann will ich natürlich nicht stören.

Okay, es ist eine halbe Stunde vergangen, sag bloß, er hat so viel Ausdauer????

»Antworte mit Ja«, sagte Alex dicht neben mir und ich erschrak. Er grinste nur.

»Gott, du missachtest meine Privatsphäre«, gab ich nun lachend zurück.

»Nun, es geht um mich, also ...«

Ich drehte den Bildschirm zur Seite, damit Alex nicht mehr draufspähen konnte und tippe *Wir reden dann*, bevor ich das Handy zurücklegte.

Alex blickte wieder auf seines zurück, doch sein Lächeln fiel in sich zusammen, als er wohl selbst eine Nachricht las.

Dann zog er die Brauen nach oben und musterte mich einige Sekunden lang.

Verlegen biss ich mir auf die Unterlippe.

»Möchtest du mit mir auf eine Gala gehen?«

Fast verschluckte ich mich an meiner Spucke. Eine Gala? Ein Raum mit reichen, verzogenen Leuten, die so taten, als wären sie gute Menschen, weil sie zum Beispiel einmal im Jahr für den Amazonas spendeten, obwohl sie Aktien von Firmen besaßen, die ihn abholzten? Ich konnte mir nichts Grauenhafteres vorstellen.

Alex musste genau das auch meinem Gesichtsausdruck entnommen haben.

»Du siehst nicht begeistert aus. Ich weiß, es ist ziemlich langweilig, aber ich muss dahin und hätte dich sehr gern dabei. Außerdem ist Paris eine schöne Stadt und wir könnten zusammen noch einen weiteren Tag bleiben, wenn du möchtest.«

Mein Mund war geöffnet und ich fiel vom Glauben ab. »Paris?«, fragte ich verdattert nach.

»Was, warst du noch nie in Paris?« Er lächelte und die Grübchen, die in seinen Wangen zum Vorschein kamen, gaben mir den Rest.

»Nein, o mein Gott! Ich wollte schon immer mal nach Paris!«, kreischte ich in einer Tonlage, die nicht annähernd zu mir passte.

»Warum bist du nicht einfach mal geflogen?«

»Weil ich …« *Nie das Geld hatte.* Im letzten Moment fiel mir ein, dass ich die reiche Tochter eines Aktionärs spielte und mir schnell etwas ausdenken musste. »Weil ich bisher keine Zeit hatte und die vielen Menschen beim Fliegen nicht mag«, endete ich schließlich.

»Warum bist du nicht privat geflogen?«

Hör auf nachzuhaken, Van Klemm!

Er sprach die Worte so verwirrt aus, als wäre es ausgeschlossen, dass meine Familie keinen Privatjet besaß. Die Unterschiede zwischen uns wurden mir wieder einmal schmerzlich bewusst.

»Ich weiß nicht. Hätte ich vielleicht tun sollen«, gab ich zähneknirschend zurück.

»Also ist das ein Ja?« Er wackelte mit den Augenbrauen, die etwas dunkler waren als das Blond seiner Haare.

Nein. So sehr ich Paris sehen wollte … Ich hatte keinen blassen Schimmer, wie ich mich auf solch einem Event, welches lediglich der Elite vorbehalten war, verhalten sollte. Ich hatte keine Kleider bekannter oder teurer Marken. Ich hasste den verschwenderischen Lebensstandard an solchen Orten so sehr, dass ich den Hass wohl kaum verbergen könnte, wenn ich da wäre. Ich gehörte eben nicht an die Seite eines Mannes, der mich wie eine Trophäe präsentierte, wenn ich eigentlich auf der Straße aufgewachsen war. Man bekam das Mädchen vielleicht aus der Gosse, aber die Gosse niemals aus dem Mädchen. Schon der Gedanke an so eine Gala ließ Panik in mir aufsteigen.

»Ich weiß nicht. Ich muss erst mal in meinen Kalender schauen.«

»Ich habe dir das Datum noch nicht einmal genannt.« Seine Stirn legte sich in Falten.

»Na dann raus damit«, versuchte ich meine Unsicherheit zu überspielen. Er nannte es mir und spielte dafür eine gemeinere Karte aus.

»Na ja, solltest du nicht können, muss ich eben doch Maya mitnehmen. Natürlich nur als enge Freundin.«

Arschloch.

Die Übelkeit kehrte zurück, als ich mir Maya an seinem Arm vorstellte.

»Komm schon. Ich möchte, dass wir zusammen hingehen.«

Irgendwie blieb dieses *Wir* in meinem Geist hängen. Seit wann gab es ein *Wir*? Seit wann betrachtete er uns als Einheit? Ich hatte nie gewusst, wie sehr ich mich danach gesehnt hatte, hier dazuzugehören. Er hatte nur mit diesem winzigen Wort etwas gesagt, das ich so verzweifelt hören wollte, ohne dass es mir klar war. *Wir …*

»Ich sage dir heute Abend Bescheid«, sagte ich zuckersüß und schwang die Beine aus dem Bett.

Auch wenn Alex bereits vorher schon eine Dauerkarte für meine Gedanken besessen hatte, konnte ich ihn nun überhaupt nicht mehr daraus verdrängen. Bereits den gesamten Morgen spukte er in meinem Kopf herum.

Könnte es funktionieren?

Ich hatte in den letzten Jahren kaum gelebt. Ich hatte meine Aufmerksamkeit entweder auf meinen Bruder gerichtet oder mich mit meinen Freunden umgeben, um meiner Mutter und meinen Angstzuständen zu entgehen. Hatte die unverletzbare Bitch gespielt, um jeden davon abzuhalten, mich näher kennenlernen zu wollen.

Keiner sollte sehen, dass ich in der Nacht anfing zu weinen, wenn ich mich zu sehr in irgendwelchen Gedanken verrannte. Niemand durfte erfahren, dass ich mich eigentlich jeden Tag aufs Neue fragte, ob ich das Problem war. Ich hatte mich damit abgefunden, eine Last zu sein. Wusste, dass niemand kommen würde, um mich zu retten, und doch brachte ich nicht genügend Durchhaltevermögen mit, um mich irgendwie aus diesem Strudel zu befreien.

Mit Alex wollte ich mich beinahe der Illusion hingeben, dass ich es irgendwie doch geschafft hatte. Die Gedanken, die mich wie dunkle Dämonen in ihre Höhle zu ziehen versuchten, waren still. Nicht weg, ich fühlte sie nach wie vor unter der Oberfläche, aber ich atmete. Wenn ich neben ihm lag, er mich berührte oder mir ein Lächeln schenkte, bei dem sich Grübchen zeigten, fühlte es sich auf einmal leicht an, in dieser Welt zu existieren.

Ich wollte nichts sehnlicher, als mehr Zeit mit ihm zu verbringen. Wollte mit ihm zu dieser dummen Gala gehen. Und als ich mir diese Gefühle eingestand, wurde mir mit einem Schlag bewusst, dass ich in massiven Schwierigkeiten steckte.

Ein Schnipsen vor meinem Gesicht ließ mich erstarren.

»Jemand zu Hause?«, fragte Delano und schenkte mir ein verschmitztes Grinsen. »Lass mich raten … Er war groß.«

Ich seufzte und schlug die Hände über dem Gesicht zusammen, während er sich auf der Bank gegenüber von mir positionierte.

»Raven, du solltest strahlen, aber wirkst gerade etwas fertig, kann das sein?«

Ich wollte ihm am liebsten alles erzählen. Sein besorgter Blick, mit dem er mich nun musterte, brachte das Fass zum Überlaufen.

»Ich bin in Schwierigkeiten«, gab ich zu und ließ die Hände auf die Tischplatte fallen, um ihn anzusehen. Wir saßen draußen an einem Holztisch. Auch wenn es Mitte Oktober und langsam kühl draußen war, saßen mit uns noch wenige andere Studenten auf dem Campus, die uns über die Entfernung jedoch nicht hören konnten.

Er zog die Augenbrauen zusammen und ich wollte überhaupt nicht wissen, von welchen Schwierigkeiten er gerade ausging. Wahrscheinlich dachte er, ich wäre schwanger oder so was.

»Nicht das, was du denkst«, ergänzte ich, sah, wie er sich entspannte und langsam ausatmete.

»Na los, raus mit dem Gossip. Warum machst du es bitte so spannend?«

Ich richtete mich auf und verzog das Gesicht, als er ein Thunfisch-Sandwich auspackte und genüsslich hineinbiss, wobei er mich keine Sekunde aus den Augen ließ.

»Ich glaube, ich empfinde etwas für ihn.« Mein Geständnis war mehr ein Nuscheln. »Für diesen schnöseligen, nervigen, arroganten, intelligenten, heißen und atemberaubenden Kerl.«

Delano grinste und legte den Kopf schief. »Das ist das Niedlichste, was ich seit Langem gesehen habe. Warum genau betitelst du es als Schwierigkeit? Will er keine Beziehung?«

Darüber hatte ich noch gar nicht nachgedacht. Aber so, wie er mich angebettelt hatte, mit zu dieser Gala zu kommen, machte es eher den Eindruck, als wäre wirklich nur ich das Problem.

»Nein, aber ich will mich auf die Uni konzentrieren.« *Und auf meinen Nebenjob, für den ich eigentlich hier bin.* »Außerdem hat er mich zu einer Gala eingeladen, die in Paris stattfindet, und auf einmal habe ich das Gefühl, dass es ernst wird. Das fühlt sich eigenartig an.«

Delano ließ sich einen Moment Zeit und strich sich dann durch die dichten hellbraunen Haare, bevor er mit ausdrucksloser Miene und trockenem Tonfall fragte: »War der Sex gut?«

Perplex funkelte ich ihn an. »Ja, verdammt der Sex war großartig, okay? Ich wusste nicht mal, dass sich Sex so verdammt großartig anfühlen kann. Bist du jetzt zufrieden?« Erst als ich mich wieder abgeregt hatte, bemerkte ich die Blicke einiger anderer Studenten vom Nachbartisch.

»Was? Noch nie flachgelegt worden? Mein Beileid!«, fuhr ich sie an und atmete schließlich einmal durch, um mich vollständig zu beruhigen.

»Du sagst mir, dass Prinz Charming voll auf dich abfährt und du fantastischen Sex hast, während du ihn mindestens genauso sehr willst. Und du kehrst das unter den Teppich, weil du dich *auf dein Studium konzentrieren möchtest*?« Die letzten Worte setzte er mit den Fingern in Gänsefüßchen. »Wo liegt das eigentliche Problem? Raus damit!«

Ich seufzte erneut und erzählte ihm schließlich bruchstückhaft von Jackson. Einiges musste ich umformulieren und verbiegen, um mich nicht auffliegen zu lassen. Delano erwies sich als guter Zuhörer und wir redeten fast eine halbe Stunde lang nur über mich. Auch diese Aufmerksamkeit war unerwartet. Sowohl Alex als auch Delano erwiesen sich als Menschen, denen ich tatsächlich wichtig zu sein schien.

26 Raven

Ich hatte mich entschieden. Ich würde mitkommen, auch wenn ich Alex noch darüber informieren musste. So aufgeregt ich auch war, stand ich nun vor einer weiteren schier unlösbaren Aufgabe. Ich wusste nicht annähernd, was man zu einer Gala trug und selbst wenn ich es wüsste, hätte ich es mit Sicherheit nicht da. Ich hatte vielleicht jetzt das Geld, um mir ein Kleid in der höheren Preisklasse leisten zu können, aber es wäre vermutlich trotzdem noch zu billig.

Seit wann wollte ich mit diesen Menschen mithalten? Es sollte mir vollkommen egal sein, in was ich dort auftauchte. Ich sollte einen Müllsack tragen, einfach um sie zu ärgern, aber ich konnte nicht, weil ich Alex auf keinen Fall bloßstellen wollte.

Das Schlimmste an allem war, dass ich nicht einmal Delano fragen konnte, ob er mir mit der Kleiderwahl half. Vor allem, weil ich Angst davor hatte, welche Preise diese Teile haben würden und es seltsam wäre, wenn ich ablehnen würde. Also saß ich mit zusammengepressten Lippen und in Falten gelegter Stirn vor dem Handydisplay und verteufelte mich selbst, als ich Cloés Nummer wählte. Ich musste ihr so oder so eine Ausrede auftischen. Erst wenn ich sowohl das Kleid, als auch einen glaubwürdigen Grund, warum ich es brauchte, hatte, konnte ich Alex fest zusagen.

Auch wenn ich mir lieber die Zunge in der Autotür eingeklemmt hätte, als es zuzugeben, hatte Cloé einen guten Geschmack, was Kleidung in dieser Preisklasse anbelangte. Sie würde weder auf solch einer Veranstaltung auffallen noch musste ich ihr irgendetwas vorspielen.

Nach dem vierten Klingeln nahm sie ab.

»Ich würde ja sagen, es ist eine schöne Überraschung, dich zu hören, aber das wäre eine Lüge. Was willst du?«

Ich atmete tief durch, um zu verhindern, dass ich das Telefon an die nächste Wand klatschte. »Hast du ein teures Kleid, welches du mir für ein Wochenende ausleihen könntest?«

Es herrschte kurzzeitig Ruhe. »Wofür brauchst du es denn?«, fragte sie in ihrem freundlichsten Tonfall.

Ich wollte ihr nichts von der Gala in Paris erzählen. Sie sollte nicht wissen, wie nah Alex und ich uns nun doch waren. Nur so konnte ich ihn vor dieser Frau beschützen. »Es gibt nächstes Wochenende eine Dinnerparty an der Uni. Nichts Offizielles, aber ein paar Leute von meinen Modulen veranstalten sie und ich habe nichts, was ich dafür anziehen könnte.«

Sie schien abzuwägen, ob es wirklich etwas brachte, weiter nachzubohren, und entschied sich, zu meiner Überraschung, dagegen.

»Na schön, ich finde was. Irgendwelche Farbwünsche?«

Ihre Freundlichkeit und Hilfsbereitschaft machten mir Angst, trotzdem antwortete ich: »Überrasch mich. Aber nichts Helles, bitte.«

»Ich lasse dir was zu kommen.« Nach diesem Satz beendete sie den Anruf.

Das war eigenartig.

Es dauerte tatsächlich nur ein paar Stunden, bevor es an meiner Tür klopfte. Ich lag auf dem Bett und war in einige Bücher versunken, von denen ich hoffte, sie würden mir den verpassten Stoff der Vorlesungen beibringen. In Jogginghosen und meinem Oversized-Shirt ging ich zur Tür. Wahrscheinlich war es Dominic, der nun nicht nur das Geld abholen, sondern mir auch Abendkleider vorbeibringen musste.

Cloé musste das Entsetzten in meinem Blick bemerkt haben, weil sie hinterlistig grinste.

»Hast nicht gedacht, dass ich es persönlich vorbeibringe, was?«

Da war also der Haken. So gab sie mir noch mehr das Gefühl, von ihr abhängig zu sein, und sie fühlte sich in ihrer Arroganz bestärkt.

Das blonde lange Haar trug sie gewellt und offen über der rechten Schulter. Dazu weiße *Louboutins*, einen roten Rock, der der Farbe ihres Lippenstiftes glich und goldene Knöpfe an den Seiten besaß, sowie eine weiße Bluse unter dem ebenfalls schneeweißen Ledermantel.

Ohne zu fragen, trat sie an mir vorbei ins Zimmer und ließ den Kleidersack, den sie über dem Arm getragen hatte, ungeachtet meiner Bücher, auf das Bett fallen. Dann ließ auch sie sich darauf nieder und überschlug die Beine.

Ich ließ die Tür wieder mit der Erkenntnis ins Schloss fallen, dass ich mir den Teufel nach Hause geholt hatte. Dann drehte ich mich um und sah sie an. Ihr Blick wanderte über meinen Körper.

»Ich würde ja sagen: Wehe, du machst das Kleid kaputt, aber bei dir muss ich mir mehr darüber Gedanken machen, ob du es nicht klaust, oder?« Dabei lachte sie in sich hinein, während ich keine Miene verzog.

Ich tue das hier für Alex, rief ich mir ins Gedächtnis.

»Gib es mir einfach«, brachte ich durch zusammengebissene Zähne hervor.

Quälend langsam ließ sie die manikürten Finger bis zum Reißverschluss des Kleidersacks wandern und zog ihn herunter.

Mir blitzte ein dunkles, glitzerndes Blau entgegen und ich zog die Luft ein. Langsam ging ich auf sie zu und nahm ihr das Kleid ab, welches sie nun vollständig aus dem Sack befreit hatte.

»Das ist *Versace*! Also will ich es in genau diesem Zustand zurück, verstanden?«

Ich nickte und ging dann ins Badezimmer, um mich umzuziehen. Fast traute ich mich nicht, es anzufassen, fühlte mich dem nicht gerecht. Es war nur ein Kleid und trotzdem war es so wunderschön. Ich zog mich um und trat wenige Minuten später wieder ins Zimmer. Cloé stand vor dem großen Spiegel und betrachtete sich selbst, bevor ihr Blick mich traf. »Hm, ich sehe zwar besser darin aus, aber ich schätze, dir steht es auch.«

Langsam trat ich an den Spiegel heran und schluckte. Das war nicht ich. Das Kleid reichte bis auf den Boden und lag ab der Taille aufwärts eng an. Es hatte einen herzförmigen Ausschnitt, der mein Dekolleté hervorhob. Die Träger waren dicker als bei einem Spaghettiträger-Top, dennoch dezent, und es hatte einen Schlitz, der bis weit übers Knie ging, aber endete, bevor man intimere Stellen sehen konnte.

Cloé trat hinter mich und löste den Haargummi, mit dem ich meine Mähne lediglich unordentlich fixiert hatte. Auch wenn mein erster Impuls war, sie wegzustoßen, ließ ich es zu und die schwarzen glatten Haare ergossen sich kurz darauf über meinen Rücken.

Das war nicht ich. Niemals. So hatte ich noch nie ausgesehen und es fühlte sich absolut fremd an. Wie sollte ich das mit einem guten Gewissen tragen? Dieses Kleid war mehr wert als die Wohnung meiner Familie.

Wortlos drehte sich Cloé dem Kleidersack zu und kramte ein Paar High Heels heraus.

»Ich hatte deine Maße und Schuhgröße noch von der Schuluniform und denke, die sollten passen.«

Sie waren ebenfalls in einem sehr dunklen Blau gehalten. Der Absatz hingegen strahlte golden und bestand aus dem *Yves-Saint-Laurent*-Logo. Bis auf ein dünnes Bändchen, welches sich über die Zehen zog, wurde der Schuh nur von einem dünnen Verschluss oberhalb des Knöchels gehalten. Ich schlüpfte hinein und wurde noch ein paar Zentimeter größer. Sie rundeten den Look ab und waren ebenfalls absolut atemberaubend.

»Wenn dir der Absatz abbricht, reiße ich dir den Kopf ab, klar?« Sie verzog die roten Lippen zu einem diabolischen Grinsen, was nur unterstrich, wie ernst ihre Worte gemeint waren.

Wackelig lief ich ein paar Schritte. Ich hatte noch nie High Heels getragen und würde es hoffentlich nach dieser Gala auch nie wieder tun. Welcher Mensch tat sich so was bitte freiwillig an? Es war doch nur eine Frage der Zeit, bis man sich die Füße darin brach.

In Cloés Gesicht zeichnete sich Besorgnis ab. Diese galt jedoch nicht mir, sondern ihren Schuhen, auf die sie blickte.

»Wie viele davon hast du?«, fragte ich.

Sie sah nicht auf. »Etwa zweiunddreißig. Also von *Yves Saint Laurent.*«

Ich erwiderte nichts.

Nach etwa einer halben Stunde, in der sie sicherstellte, dass ich wenigstens ansatzweise laufen konnte, verließ sie endlich mein Zimmer. Ich begleitete sie noch zur Tür und sah ihr einen Moment nach, damit sie auch wirklich den Gang verließ. Als ich die Tür wieder schließen wollte, bemerkte ich Olivers Stimme im Gang. Mein Blick glitt zu Delanos Tür, und tatsächlich verließ der Schönling gerade eben das Zimmer. Auch Delano trat auf den Gang und verabschiedete sich von Oliver, indem er ihm einen Kuss auf den Mund drückte. Gerade als er zurück ins Zimmer gehen wollte, trafen sich unsere Blicke. Ich zog lächelnd die Augenbrauen hoch, während er mir ein fröhliches Grinsen zuwarf. Ich freute mich für ihn.

Nachdem alles geklärt war, saß ich schließlich vor meinem Chatverlauf mit Alex und tippte die Nachricht ein, die mich zum Zittern brachte, bevor ich sie abschickte.

Ich: Fein, wenn du nicht ohne mich kannst, bin ich dabei, aber nur, wenn du ein Hotel mit Blick auf den Eiffelturm buchst.

Ich kaute auf meiner Lippe herum, bis die drei Punkte erschienen, die bedeuteten, dass er schrieb.

Alex: Schon erledigt.

Es folgte ein Screenshot von einer Buchungsbestätigung, die er heute Mittag erhalten hatte. In einem Luxushotel mit Blick auf den Eiffelturm. Er hatte gewusst, dass ich zusagen würde und was ich wollte. Noch bevor ich es selbst wusste.

Alex

Ich hatte keine Sekunde daran gezweifelt, dass sie zusagen würde. Das dunkle Braun ihrer Augen, welches mich an geschmolzene Vollmilchschokolade erinnerte, hatte so sehr geleuchtet, als ich Paris erwähnt hatte, dass ich mir des Sieges sicher war. Ich hatte nur noch abwarten müssen, bis auch sie es verstanden hatte, und nun konnte ich die Vorfreude kaum noch unterdrücken. In wenigen Stunden würde es bereits losgehen und ich wollte ihr unbedingt die Stadt zeigen. Dass mein Vater einen riesigen Aufriss machen würde, wenn ich ein anderes Mädchen mitbrachte, verdrängte ich dabei. Mir war die Anerkennung dieses Mannes nicht mehr wichtig. Sollte er tun und denken, was er wollte. Maya würde wegen ihres Vaters sowieso da sein. Ich würde ihr und allen anderen nichts mehr vorgaukeln, nur weil mein Vater es verlangte.

Es war das erste Mal seit langer Zeit, dass ich mich wirklich so sehr auf etwas freute. Ich würde Zeit mit Raven verbringen und wollte sie besser kennenlernen. Da waren Abgründe und Geheimnisse, die ich noch nicht entdeckt hatte, aber unbedingt in Erfahrung bringen wollte.

Am Morgen, als ich neben ihr aufgewacht war, konnte ich mir nichts Schöneres vorstellen, als jeden Tag so geweckt zu werden. Ich hatte das Bedürfnis, mich in ihrem T-Shirt festzukrallen und meinen Kopf in ihrer Halsbeuge zu vergraben, während ihre Finger durch meine Haare fuhren. Ich konnte den Geruch nach Rosen und einem Hauch Vanille noch immer wahrnehmen.

Lächelnd packte ich meinen Koffer. Die Aufgaben für die Uni hatte ich erledigt, duschen war ich bereits und alles andere war auch vorbereitet. Der Flug würde mit unserem Privatjet nur etwa eine Stunde dauern. Ich hatte eine dunkelblaue Chino und ein weißes T-Shirt angezogen. Die Gala war morgen, was bedeutete, dass wir heute noch den gesamten Abend und die Hälfte des morgigen Tages hatten. Sogar den Sonntag konnten wir noch vollständig nutzen, da der Rückflug erst für sieben Uhr abends geplant war. Ich hatte mir schon einiges vorgenommen, was ich ihr zeigen wollte. Sie war noch nie in Paris gewesen und ich würde diesen Ausflug für sie unvergesslich machen.

Pünktlich klopft es an meiner Tür. Ich öffnete sie und sah auf Raven hinunter, die eine große Tasche über der Schulter trug und die Haare zu einem Pferdeschwanz gebunden hatte. »Können wir los?«

»Nur, weil du einmal in deinem Leben pünktlich bist, bedeutet das nicht, dass du gleich einen so anmaßenden Tonfall an den Tag legen musst«, zog ich sie lachend auf.

Sie verdrehte nur die Augen. Ich nahm mein Zeug, warf mir den schwarzen Mantel über und verließ dann mit ihr den Gang.

Das Universitätsgebäude war recht leer und die alten Hallen und Gänge wirkten dadurch, dass sie nicht wie sonst vor Studenten überquollen, als hätte man eine Übernachtung in einem alten Schloss gebucht. Der Zauber war jedoch schnell vorüber, als wir aus der Tür auf den Campus traten und schweigend bis zum Parkplatz liefen.

Ich öffnete den *Lamborghini* und wir verstauten das Gepäck im etwas zu klein geratenen Kofferraum, der sich – anders als bei normalen Autos – vorn befand. Da wir lediglich große Taschen, aber keine Koffer mithatten, bekamen wir das Zeug geradeso rein. Dann ließ ich mich auf den Fahrersitz fallen und startete den Wagen, sobald Raven ebenfalls Platz genommen hatte.

Bis zum Flugplatz waren es nur etwa vierzig Minuten Fahrt und ich nutzte die Zeit.

»Ist alles in Ordnung?«

Sie hatte nichts gesagt und ihr Blick wirkte leer, während ich gehofft hatte, sie würde vor Aufregung überschäumen.

»Ja«, gab sie tonlos zurück und atmete einmal durch.

Fürs Erste hakte ich nicht weiter nach und beobachtete die Situation dafür aufmerksam. Sie knetete die Hände im Schoß und versteckte sie beinahe in den Ärmeln ihres grauen Hoodies, der von der Größe her auch meiner hätte sein können. Dazu trug sie eine schwarze Jeans und dreckige Sneaker.

Ich hielt auf dem Privatparkplatz des Fluggeländes und nahm unsere Taschen aus dem Kofferraum. Als sie nach ihrer greifen wollte, warf ich mir beide über die Schulter und erfasste mit der freien Hand ihre. Kurz sah sie mich irritiert an, doch ließ sich dann von mir ins Gebäude leiten. Es herrschte wenig Betrieb, da es sich um einen kleinen Privatflughafen handelte. Anstatt mich an irgendeiner Schlange anstellen zu müssen, ging ich geradewegs auf ein Terminal zu, das menschenleer war.

»Der Jet wurde bereits vorbereitet, Mr. Van Klemm. Sie haben Flugfreigabe in knapp einer halben Stunde. Ich hoffe, es ist alles zu Ihrer Zufriedenheit. Falls nicht, wenden Sie sich bitte an die Ihnen zugeteilte Stewardess – Ms. Dosra«, gab mir die Frau am Schalter alle Informationen. Ich nickte und brachte Raven schließlich zu meiner Maschine. Oder besser gesagt der Maschine meiner Familie.

Ihre Augen wurden groß.

»Wow, die gehört euch, ja?«

»Ja, es ist eine *Embraer Legacy 500*. Sehr schöne Ausstattung und ruhiger Flug.«

Wenn ich es nicht besser wüsste, würde ich sagen, sie hätte noch nie einen Privatjet gesehen. Ihr Blick glitt über die goldene Schrift an der Seite der Maschine, auf der mein Nachname prangte.

»Na los, lass uns reingehen. Die Flugerlaubnis hat man nur für eine kurze Dauer.« Ich zog sie hinter mir her in den Jet, wo wir von einer jungen blonden Stewardess begrüßt wurden, die uns direkt ein Glas Champagner brachte, sobald wir uns auf einen der Sessel gesetzt hatten.

Das Gepäck wurde uns bereits abgenommen und kurz darauf trat auch der Pilot ein, mit dem ich noch ein paar Worte wechselte, bis ich mich wieder auf den Sessel Raven gegenüber fallen ließ. Sie wirkte nervös. Knetete wieder ihre Hände und biss sich auf die Unterlippe, während sie aus dem Fenster sah.

Warum war sie so aufgeregt? Hatte sie Flugangst?

Ich beugte mich zu ihr vor und umschloss ihre Hände mit meinen, während ich ihren Blick suchte. Langsam richteten sich ihre Augen auf mich.

»Ist wirklich alles gut? Du wirkst etwas nervös. Wenn irgendwas nicht stimmt, sag es einfach.«

Es dauerte einen Moment, bis sie ansetzte, aber dennoch stumm blieb. Ein weiteres Mal versuchte sie es und sagte dann fast flüsternd: »Ich habe Angst.«

Kurz war ich überfordert. Meinte sie die Gala? Meinte sie das Kennenlernen mit meiner Familie?

»Es wird alles gut. Kann ich dir irgendwie helfen? Möchtest du ein Wasser oder was zum Essen?« Egal, was das Problem war – ich würde es lösen.

Langsam schüttelte sie den Kopf. »Nein es ist … das Fliegen. Die Wahrheit ist, ich bin noch nie geflogen.«

Einen kurzen Moment lang war ich perplex. Sie war noch nie geflogen? Nicht einmal in der ersten Klasse oder privat? Die meisten Leute in meinem Alter, die ich kannte, verbrachten jedes Wochenende auf einer anderen Insel im Mittelmeer oder in großen Städten. Da wir in England überwiegend auf das Flugzeug angewiesen waren, um Landesgrenzen zu übertreten, stellte ich mir die Fragen, ob sie jedes Mal mit dem Auto und der Fähre das Land verließ. Oder ob sie es überhaupt schon verlassen hatte. Meine Gedanken behielt ich für mich und betrachtete stattdessen das zitternde Mädchen vor mir. Raven hatte die Beine an die Brust gezogen und in dem Moment waren meine Fragen egal. Ich musste verhindern, dass sie in Panik abrutschte. Egal wie.

27 Raven

Ich hatte ihm die Wahrheit gesagt und es war mir egal. Er wusste doch sowieso schon von meiner Angststörung. Ich interessierte mich im Moment nicht dafür, ob er Fragen stellte oder es komisch wirkte. Meine einzigen Gedanken drehten sich darum, dass das Flugzeug noch auf dem Boden stand und schon bald in der Luft sein würde. Beim Gedanken daran, dass wir bald über Meer und Land fliegen würden, drehte sich mir der Magen um. Mein Körper zitterte immer heftiger und ich bemerkte kaum, dass Alex meine Hand in seine genommen hatte. Als ich nicht weiter reagierte, stand er auf und nahm mich hoch. Auch das bemerkte ich kaum, bis er mich schließlich wieder auf einem weicheren Untergrund absetzte. Eine Couch.

»Was machst du?«, fragte ich leise.

Gerade als er den Mund öffnete, um etwas zu erwidern, setzte sich der Jet in Bewegung und fuhr auf die Landebahn. Mein Puls stieg ins Unermessliche und mir lief kalter Schweiß über den Rücken. Egal wie schnell ich atmete, kein einziges Fünkchen Luft schien in meinen Lungen an zu kommen. Auch Tränen brannten hinter meinen Lidern und ich wurde noch panischer.

Ich hatte nicht bemerkt, dass Alex verschwunden war, doch nun kam er mit etwas Kaltem zurück. Ein Waschlappen, den er mir auf die Stirn drückte.

»Raven, es ist alles in Ordnung«, sagte er. »Ich bin schon zigmal in diesem Teil geflogen. Unser Pilot fliegt häufig und hat auch diese Maschine schon hunderte Male geflogen. Es gab noch nie nennenswerte Probleme. Noch nie ist ihm oder uns etwas passiert. Ich weiß, es ist schwer, damit etwas anzufangen, weil natürlich immer etwas sein kann, aber wir fliegen etwas tiefer als Linienflüge und du bekommst hier drinnen nichts davon mit, dass wir überhaupt fliegen. Der Start ist das Schlimmste und ich verspreche dir, dass es dann besser wird.« Seine Stimme war einfühlsam. Ruhig und überzeugt von dem, was er sagte. Ich konnte nur etwa die Hälfte des Gesagten wirklich auffassen, aber versuchte zu verstehen, warum mir der Gedanke, gleich abzuheben, solch eine Angst machte.

Am meisten trafen mich die Worte, dass ihm noch nie etwas passiert war. Das war es. Es ging nicht nur um mich und mein Wohlbefinden. Es ging auch darum, dass mein Bruder niemanden mehr hatte, wenn dieses Ding abstürzte. Dass Alex etwas passieren könnte. Bei dem Gedanken wurde es noch schlimmer.

Der kalte Waschlappen half, um meine Gedanken und die lauten Stimmen in meinem Kopf etwas unter Kontrolle zu bringen und dann … beschleunigte der Jet und alles begann sich zu drehen.

Alex ließ sich neben mir nieder und ich krallte mich instinktiv an ihm fest. Er drückte mir einen Kuss auf den Scheitel und flüsterte mir immer wieder zu, dass all das normal war. Die Geräusche, die Geschwindigkeit, das Gefühl. Er hörte nicht auf, während sich meine Nägel in seinen Arm gruben und meine Tränen in den Stoff seines T-Shirts sickerten. Warum war ich nur so eine Heulsuse? Sonst hatte ich mich doch auch unter Kontrolle.

Als der Jet schließlich abhob, war ich wie gelähmt. Ich wartete darauf, dass etwas Schlimmes passierte. Irgendetwas. Dass ich mich übergab, wir abstürzten, es wehtat, so weit oben zu sein, aber das Einzige, was wirklich passierte, war, dass ich Druck auf den Ohren hatte, der beim Schlucken wieder verschwand.

Es dauerte ein paar Minuten, bis die Luft ihren Weg zurück in meine Lungen fand und die Tränen nachließen. Die ganze Zeit über hielt Alex mich weiterhin im Arm und flüsterte mir zu, dass alles in Ordnung war und uns nichts passieren würde.

Ich beruhigte mich mit jeder verstreichenden Sekunde mehr und wartete darauf, dass mir die Scham in die Knochen kroch. So wie es immer war, wenn ich aus Angst überreagiert hatte und die Realität langsam zurück in meinen Verstand fand, doch sie kam nicht. Es war irgendwie anders.

Ich war es gewohnt, dass ich angeschrien wurde. Von Jackson, der nicht wusste, wie er mit jemandem umging, der in einer vermeintlich harmlosen Situation zu weinen und zu zittern begann. Ich war es gewohnt, so schnell wie möglich zu verschwinden, mich in eine Ecke zu verkriechen, in der mich niemand fand, in der mir niemand einen Vorwurf machen konnte oder mein Verhalten bewertete. In der mir niemand an den Kopf warf, dass ich so etwas nur für Aufmerksamkeit tat.

Doch jetzt wollte ich einfach hierbleiben. Wollte, dass Alex weiterhin beruhigend auf mich einredete, dass er weiterhin Küsse auf meinem Scheitel verteilte und ich mich an ihn schmiegen und meine Nägel in seiner Haut vergraben konnte. Ich fühlte mich sicher bei ihm. Ich wusste, dass er mich nicht anschreien und mir keine Vorwürfe machen würde. Nun war ich beinahe deshalb den Tränen nahe, weil ich mich nach seinem Schutz verzehrte wie eine Verhungernde.

Es war etwas befremdlich, dass er sich so um mich sorgte. Meine Probleme zuließ, statt sich darum zu bemühen, so weit wie möglich davon Abstand zu nehmen.

»Möchtest du ein Wasser?«, fragte er vorsichtig und ich spürte, wie er den Blick auf mich senkte.

Langsam nickte ich, auch wenn ich nicht wollte, dass er wegging.

Erst als er mir die Flasche vor die Nase hielt, bemerkte ich, dass sie die ganze Zeit neben der Couch auf einem kleinen Tisch gestanden hatte. Ich löste die Finger von seinem Arm und bemerkte, wie sehr ich mich tatsächlich festgekrallt hatte. Ein

Blick auf seine Haut bestätigte meine Vermutung. Die Halbmonde, die meine Nägel hinterlassen hatten, waren rot und gut sichtbar. Doch Alex schien das wenig zu stören. Er drehte den Deckel ab und reichte mir die kühle Flasche.

Den restlichen Flug über bemühte ich mich, nicht darüber nachzudenken, wo wir gerade waren. Nachdem ich mich beruhigt hatte, hatte Alex sich auf die Couch gelegt und ich hatte mich an ihn gekuschelt. Die Augen waren mir sogar zugefallen und als ich sie wieder öffnete, hatten wir gerade auf der Landebahn aufgesetzt. Die Erleichterung war wie ein Stein, den man mir von den Schultern genommen hatte. Am liebsten hätte ich geschrien.

Bevor wir französischen Boden betraten, machte ich mich im Bad des Flugzeuges noch etwas frisch. Mittlerweile wusste ich ganz gut, wie man die Spuren, die eine solche Panik zurückließ, verdeckte. Als ich wieder in den Bauch des Jets trat, hatte Alex sich seinen Mantel übergeworfen und wir verließen gemeinsam das Flugzeug. Unser Gepäck wurde bereits ins Hotel geliefert, damit wir keine Arbeit damit hatten. Der Luxus war spürbar und erneut überzog mich eine Gänsehaut, wenn ich daran dachte, dass mein Bruder und ich manchmal tagelang kaum etwas zu essen im Kühlschrank gehabt hatten.

Die Welt war nicht gerecht, doch das lag nicht an Alex oder den Menschen selbst. Es lag am System, den Spielregeln, wenn man so wollte.

Vor den Türen des Flughafens wartete ein schwarzer *Rolls-Royes* auf uns. Wir stiegen ein und fuhren ins Pariser Zentrum. Zuerst sah die Welt hier genauso aus wie zu Hause, doch als wir schließlich in der französischen Hauptstadt ankamen, verschlug es mir die Sprache. Wie gebannt starrte ich aus dem Fenster, um keine Sekunde zu verpassen. Selbst das Blinzeln dauerte mir zu lange.

Die wunderschön gestalteten Sandsteinhäuser mit den kleinen Balkonen und den edlen Verzierungen, die aussahen, als wären sie erst am heutigen Tag gebaut worden, waren so schön, dass ich an meiner Auffassungsgabe zweifelte. Die Sonne glitzerte auf den Dächern, und als wir an der Seine vorbeifuhren, beeindruckten mich die wunderschönen kleinen Brücken, die Künstler, die am Fluss ihre Bilder und Bücher verkauften, die alle gleich, aber trotzdem wunderschön aussahen. Unglaublich war auch der riesige Eiffelturm, der schließlich ins Bild rückte und noch imposanter und eindrucksvoller war, als ich ihn mir vorgestellt hatte. So viele Bilder und Postkarten ich auch schon von ihm gesehen hatte – nichts kam der Realität in diesem Moment auch nur nahe. Nicht einmal ansatzweise.

»Aimez-vous la vue?«, fragte Alex und ich richtete meine Aufmerksamkeit auf ihn.

»Je ne peux pas décrire à quel point j'aime la vue«, gab ich zurück.

Überraschung zeichnete sich in seiner Miene ab. Ich hatte Französisch schon damals in der Schule gelernt. Nur die Aussprache war mir schwergefallen. Doch es reichte, das französische Wörterbuch durchzulesen, um mir die Vokabeln wieder ins Gedächtnis zu rufen.

»Du hast recht, es ist wunderschön.« Sein Blick glitt an meinem Körper hinunter und ich schenkte ihm ein Lächeln.

Statt vor einem Hotel hielt der Wagen vor einem Restaurant. Alex stieg aus und öffnete mir die Tür. Verwirrt ergriff ich seine Hand, doch blieb stehen, als er geradewegs auf das Lokal zuging.

»Was hast du vor?«

»Essen gehen. Was sonst?«

Ich sah an mir herab. In Hoodie und Jeans würde ich in diesem Laden auffallen wie ein bunter Hund. Die goldenen Türrahmen, die bodentiefen Fenster, durch die man von außen jedoch kaum etwas erkennen konnte, da sie abgedunkelt waren, und der rote Teppich, der zum Eingang führte, erweckten den Eindruck, als müsste ich bereits jetzt Cloés *Versace*-Kleid anziehen, um überhaupt eintreten zu dürfen.

Alex schien an meinem Blick zu bemerken, was mich störte

und winkte ab, bevor er sich einmal durch seine dunkelblonden Haare fuhr.

»Auch in Paris tragen die Leute Alltagskleidung. Außerdem weißt du doch selbst, wie es ist. Die Reichsten laufen teilweise in Jogginghose rum, weil sie die Meinung der anderen nicht mehr interessiert.« Dann schnappte er sich erneut meine Hand und zog mich hinter sich ins Restaurant.

Wir wurden direkt vorn empfangen. Alex nannte einem Mann im Anzug seinen Nachnamen und wir wurden in den hinteren Teil des Hauses geführt und an einen eingedeckten Tisch verwiesen. Hier waren im Gegensatz zum vorderen Teil noch einige Tische unbesetzt, was die Atmosphäre gemütlicher machte. Der Raum war groß und man konnte von innen das Treiben auf den Straßen beobachten. Von der Decke hing ein großer, goldener Kronleuchter und die Stühle waren mit schwarzem, kostbar wirkendem Leder überzogen. Ich versuchte, mir nicht anmerken zu lassen, dass ich noch nie in einem solchen Restaurant gewesen war. Dass ich generell fast nie in überhaupt einem Restaurant war. Das, was dem am nächsten kam, waren die Besuche bei der Tafel, wenn wir uns wirklich gar nichts mehr leisten konnten.

Der Kellner brachte unaufgefordert einen Krug gefüllt mit kaltem Mineralwasser und schenkte uns ein.

»Darf es noch etwas für Sie zu trinken sein?«, fragte er freundlich auf Französisch, aber genau so steif wie seine Haltung war. Er arbeitete wahrscheinlich schon lange hier. Seine Haare waren ergraut und seine Haut wies bereits einige Falten auf. Wie der Mann am Empfang trug auch der Kellner einen perfekt sitzenden Anzug.

»Möchtest du etwas?«, fragte Alex an mich gewandt.

Ich hatte noch nicht einmal die Karte aufgeschlagen und hätte wahrscheinlich eh keine Ahnung, was man hier so bestellte, also nickte ich einfach und sagte: »Ja, überrasch mich einfach. Ich gehe mich kurz frisch machen.« Dann verschwand ich zur Toilette.

Ein paar Minuten später und in der Hoffnung, dass Alex das Essen bestellt hatte, kehrte ich zurück.

Wein war serviert und eingegossen.

»Ich dachte, wir verzichten auf Alkohol?«, fragte ich verwirrt und setzte mich wieder.

Sein Blick wirkte nicht ertappt, stattdessen schenkte er mir ein charmantes Lächeln. »Probiere einen Schluck.«

Ich nahm das Glas und setzte es an die Lippen. Als der fruchtige Geschmack des dunkelroten Getränks meine Zunge traf, brauchte ich ein paar Sekunden, bevor ich begann zu lachen.

»Traubensaft in Weingläsern. Finde ich gut.«

»Richtig. Es ist nur das Mindset«, gab er ebenfalls grinsend zurück und nahm auch einen Schluck. Seine Haltung war noch aufrechter als sonst und er wirkte etwas versteift.

»Alles gut?«

»Ja, natürlich, hast du schon das Essen gewählt?« Er wusste, dass ich es noch nicht hatte und versuchte abzulenken. Es war, als hätte er eine Maske aufgesetzt, sobald wir das Lokal betreten hatten. Wahrscheinlich lag es an der Umgebung und dem Wissen, dass er heute Abend seinen Vater sehen würde. Ich stichelte nicht weiter und nahm mir die Karte zur Hand. Die Preise waren das erste, was mir auffiel.

Nachdem ich mich etwas vom Schock erholt hatte, betrachtete ich die Gerichte. Einiges klang ziemlich unnötig.

Kaviar mit Lachsstreifen auf Brot, überbacken mit etwas, von dem ich noch nie gehört hatte, und verfeinert mit im Himalaya wachsendem Kraut und Granatapfelsoße aus dem Westen Asiens. Ich kannte Gerichte wie Pommes. Oder Bacon und Ei. Aber so was war mir fremd. Letzten Endes entschied ich mich für einen Salat. Auch wenn mir einige Zutaten nicht annähernd bekannt vorkamen, war es das Normalste auf der Karte. Alex entschied sich für Kabeljau.

Das Essen ließ nicht lange auf sich warten und ich versuchte währenddessen, den alten Alexander zurückzuholen. Doch egal wie viele Witze ich machte oder wie sehr ich mich bemühte – er blieb angespannt. Nachdem die Hauptgerichte abgeräumt waren, trank er noch einen Schluck Saft und ließ seinen Blick, wie bereits im Auto, über mich gleiten. Auch wenn ich wie zum Fernsehen auf der Couch angezogen war, gab er mir das Gefühl, als säße ich in einem hautengen Fetzen da. Oder gleich in Unterwäsche. Jedoch fühlte es sich nicht aufdringlich oder unangenehm an. Ganz im Gegenteil. Als wäre ich nicht durch eine andere ersetzbar.

»Was?«, fragte ich mit flirtendem Unterton, nachdem weder er noch ich den Blick voneinander abgewandt hatten.

»Darf ich nicht in einem schönen Restaurant sitzen und die noch schönere Frau ansehen, mit der ich hier bin?«

Vor zwei Monaten wäre so eine Situation noch undenkbar gewesen, doch heute wurden meine Knie weich, wenn er auch nur lächelte.

Raven Harris, was ist nur passiert?, fragte ich mich selbst in Gedanken.

Die nächsten Worte sprach ich laut aus: »Doch, darfst du. Du darfst auch gern die Gabel fallen lassen und mir beim Aufheben unter dem Tisch zeigen, für wie schön du mich hältst.« Dabei strahlte ich ihn unschuldig an.

Er fuhr sich mit der Hand über die Lippen und sagte grinsend: »Bring mich nicht auf solche Ideen, wenn du die Konsequenzen nicht ertragen könntest.«

»Oh, ich könnte.«

»Sicher? Die Leute hier wissen genau, wer ich bin und egal, was ich hier drin tue, sie würden sich nie erlauben, mich rauszuschmeißen. Selbst wenn ich dich auf dem Tisch vor aller Augen ficke.« Er verzog keine Miene und ich tat es ihm gleich. Die Entschlossenheit in seinem Blick zeigte mir ganz offensichtlich, dass er nicht mehr scherzte. Würde ich weitergehen, würde er seine Drohung wahr machen.

»Wie gut, dass wir ein ganzes Wochenende lang Zeit haben, an dem wir uns ein Bett teilen.«

Ja, ich hatte verloren, doch obwohl mir normalerweise absolut egal war, was die Leute dachten, war das doch schon eine Stufe zu extrem, außerdem wollte ich, dass er mich erst noch in dem dunkelblauen Kleid sah, alles, was danach passierte, interessierte mich nicht mehr.

28 Raven

Wir fuhren nach dem Essen zum Hotel und ich zog die Luft ein, als ich unsere Suite sah. Es gab ein riesiges Foyer, in dessen Mitte ein kleiner Tisch mit frischem Obst stand, durch die bodentiefen Fenster hatte man direkten Blick auf den Eiffelturm. Die Scheiben wurden von leichten, cremefarbenen Vorhängen eingerahmt und die weiße Decke der Suite war mit Stuck verziert. Ich trat ans Fenster und bestaunte den eindrucksvollen Turm erneut.

»Ich habe doch versprochen, dass es den Blick auf den Eiffelturm gibt«, flüsterte Alex, der geräuschlos hinter mich getreten war und mir vorsichtig die Haare von der Schulter strich. Ich ließ mich ein Stück nach hinten gegen seine Brust fallen und spürte, wie seine Lippen auf meinen Hals trafen. Das konnte gar nicht real sein. Es war gar nicht möglich, dass das hier tatsächlich passierte. Der Eiffelturm vor mir und ein intelligenter, wunderschöner Mann hinter mir, der mir schon wieder alle Sinne raubte. Es war das erste Mal, dass ich nicht den ganzen Tag in meinem Kopf verbringen wollte. Das erste Mal, dass die Realität besser war.

Einige Sekunden lang gab ich mich ihm hin und atmete seinen Geruch von teurem, aber leichtem Parfüm und seiner ganz eigenen Mischung aus Sanddorn und frischer Luft ein. Dann löste ich mich schweren Herzens von ihm und wollte die weitere Suite erkunden. Der nächste Raum bestand aus einem Wohnzimmer. Geradeaus an der Wand befand sich ein Kamin, vor dem ein weißes Fell lag. Ich hoffte sehr, dass es kein echtes war. Da die

Einrichtung generell hell gehalten wurde, war auch die lederbezogene Couch vor dem Kamin in einem hellen Cremeton gehalten. In der Ecke fand sich noch ein Schreibtisch, der vom Fernseher über dem Kamin weggedreht war.

Ich lief wieder in das ausladende Foyer, in dem Alex stand und mich beobachtete, um von da aus in das Zimmer auf der anderen Seite zu gelangen. Es war das Schlafzimmer. Ein riesiges Bett stand an der Wand und bis auf einen weißen Holzschrank und einen hohen runden Stelltisch, auf dem eine Schale mit roten Äpfeln prangte, war es in der Mitte des Zimmers recht leer. Dafür befand sich ein Balkon neben dem Kleiderschrank, der ebenfalls dem Eiffelturm zugewandt war. Hinter der letzten Tür befand sich sicherlich das Badezimmer.

»Es ist unglaublich schön«, sagte ich an Alex gewandt und meinte es mehr als nur ernst.

»Ja, deshalb habe ich es ausgesucht. Ich wusste, es würde dir gefallen.« Er trat an mich heran und nahm mein Gesicht in beide Hände. Ich kam ihm zuvor und legte meine Lippen auf seine. Sie waren weich und ich schmolz förmlich dahin, als er den Druck erhöhte.

Vom Klopfen an der Zimmertür wurden wir jedoch kurz darauf unterbrochen. Alex öffnete dem Hotelangestellten, der unsere Taschen hereinbrachte und sich dann wieder verabschiedete.

»Das ist gut, wir sollten uns langsam für die Gala fertig machen.«

Ich nickte. Die Zeit war gerannt und ich wollte gern noch duschen und mich schminken, außerdem konnte ich es kaum erwarten, Alex das Kleid, was ich mehr oder weniger ordentlich in meine Tasche gequetscht hatte, zu zeigen. Ich war nicht oft von meinem Äußeren überzeugt, aber dieses Mal, nur dieses eine Mal, war ich es.

Ich legte gerade den Eyeliner zur Seite, als es an der Tür klopfte. Alex hatte mir das Badezimmer überlassen, nachdem er fertig war. Ich hatte die letzte verbleibende Zeit genutzt, um mir Locken in die sonst immer glatten Haare zu drehen. Ich hatte noch nie einen Lockenstab benutzt, aber als ich ihn im Schieber neben dem Waschbecken gefunden hatte, wollte ich es gern versuchen. Mein Make-up saß ebenfalls und das Kleid schmiegte sich an meinen Körper. Wie ein dunkelblauer, fast schwarzer, glitzernder Sternenhimmel. Die High Heels taten ihr Übriges und ich war bereit.

»Setz dich aufs Bett«, rief ich ihm zu. Dann wartete ich eine Minute, bevor ich durchatmete, die Tür öffnete und vor ihn trat. Das nun doch etwas unsichere Lächeln war mir wie ins Gesicht getackert, während ich auf seine Reaktion wartete.

Er öffnete den Mund, doch kein Ton kam über seine Lippen. Nach einigen Sekunden brachte er schließlich ein überrumpeltes »Wow« zustande.

Jetzt strahlte ich übers ganze Gesicht. »Gefällt es dir?«

Sein Blick fiel auf die Schwanenkette. Dann stand er auf, lief den letzten Schritt zu mir, bevor er mir die Hände an die Taille legte und mir tief in die Augen sah.

»Es gibt kein Wort in meinem Vokabular, was auch nur annähernd beschreiben könnte, wie glücklich ich darüber bin, dich an meiner Seite zu haben.« Die Emotion und Aufrichtigkeit in seiner Stimme und seinem Blick verschlugen mir den Atem. Ich ließ die Hände über seine Arme wandern und erwiderte den Blick.

»Ich bin auch froh, bei dir zu sein.« Es war die Wahrheit. Ich wollte nirgendwo lieber sein als hier bei ihm. Noch nie in meinem Leben hatte es sich richtiger angefühlt, bei jemandem im Arm zu liegen und dass er das Gleiche zu fühlen schien, ließ mein Herz höherschlagen.

»Du siehst unglaublich aus. So gut, dass ich dir dieses Teil am liebsten wieder runterreißen möchte und die ganze Nacht im Bett verbringen will. Oder vor dem Kamin.« Seine Lippen verzogen sich zu einem verschmitzten Grinsen.

»Das will ich auch, aber das hätte für dich sicher Konsequenzen, also können wir uns nach der Gala drauf freuen«, gab ich zurück.

»Ah, wir haben noch fünf Minuten …« Er senkte die Lippen auf meine und Hitze stieg in mir auf. Sein Mund nahm meinen komplett ein und seine Zunge fuhr über meine Unterlippe. Ein Kribbeln breitete sich in meinen Zehenspitzen aus und lief durch meinen gesamten Körper. Die Schmetterlinge in meinem Bauch fanden keine Ruhe mehr und ich fühlte mich wahrhaft begehrt. Unsere Zungen fanden einen Rhythmus und bewegten sich im Gleichklang mit unseren Lippen, die einander bereits so vertraut waren, dass es sich wie ein Besuch zu Hause anfühlte. Schließlich biss ich ihm leicht in die Unterlippe, bevor ich mich von ihm löste. »Schluss jetzt. Wir müssen los.«

Er schob die Unterlippe nach vorn und setzte seinen traurigen Hundeblick auf. Doch ich packte ihn lachend am Arm und zog ihn zur Tür.

Wir wurden mit demselben Auto zur Gala gefahren, welches uns bereits vom Flughafen überallhin kutschiert hatte. Alex hatte mir außerdem noch einige Anhaltspunkte zum Aufbau und dem Ablauf der Gala gegeben. Schon jetzt war ich nervös.

Er hatte nicht gelogen. Am Eingang der Gala war tatsächlich ein roter Teppich ausgelegt und Fotografen tummelten sich um diesen. Wie widerwärtig war es bitte, sich bei einer Spendengala auch noch den roten Teppich ausrollen zu lassen? Ich versuchte, den kalten Schweiß zu ignorieren, der mir nun den Rücken herunterlief. Hoffentlich sah Cloé diese Bilder nicht oder ich war so uninteressant, dass die Paparazzi sie nicht verkauft bekamen. Uns wurde die Tür geöffnet und ich stieg hinter Alex aus dem Fahrzeug. Sofort blendeten mich die Blitzlichter und das Klicken der Kameras erschallte. Wir hielten uns nicht länger hier auf und steuerten zielorientiert auf die große Tür zu.

Es war bereits klassische Musik zu hören, die den großen alten Räumen Leben einhauchte. Uns erwartete ein Mann an der Garderobe, der unsere Jacken entgegennahm und uns begrüßte. Dann zog mich Alex bereits in den gut gefüllten Raum, ohne meinem Kopf Zeit zu geben, sich von der Situation einschüchtern zu lassen.

Es war ein großer Saal mit einer riesigen Tanzfläche in der Mitte. Das Licht war gedimmt, aber trotzdem noch sehr hell, damit man das Treiben auf der Bühne, die sich ganz vorn im Saal befand, gut mit verfolgen konnte, sobald ein Programm losging. Die Decke des Raumes war wie in unserem Hotel mit Stuck verschönert, der sich ebenfalls über die Wände zog. Die Fenster wirkten recht neu, aber waren ziemlich hoch angebracht, sodass niemand von draußen direkt in den Raum blicken konnte. An den Seiten neben der Tanzfläche, die gerade nur zum Schwatzen und Begrüßen genutzt wurde, befanden sich eingedeckte, runde Tische, auf denen Namenskärtchen verteilt waren.

»Mr. Van Klemm, wie schön, Sie wieder bei uns begrüßen zu dürfen!«, erschallte die Stimme eines älteren Mannes, der nun auf uns zusteuerte. Er, so wie eigentlich jeder Mann in diesem Raum, trug einen perfekt sitzenden Anzug, der sein massives Übergewicht ganz gut kaschierte. Ich schätzte ihn auf Mitte fünfzig und sehr unsympathisch ein. Er war der Typ Mann, der dachte, nur weil sein Bankkonto wahrscheinlich reichlich gefüllt war, würde ihm alles und jeder gehören.

»Mr. Miller, danke für die Einladung«, gab Alex charmant zurück und ich wusste, dass seine Maske nun verankert war und ich sie bis nach der Gala nicht wieder runterbekommen würde. Er wirkte wie ein perfekter Geschäftsmann, der etwas arrogant und überheblich, aber auch höflich und professionell war. Ich hatte gemischte Gefühle, was das anging.

»Sagen Sie, wen haben Sie denn da mitgebracht? Diese junge Schönheit ist mir noch gar nicht bekannt.« Er beugte sich nach unten, griff meine Hand und hauchte einen Kuss darauf.

Ich kämpfte mit dem Impuls, meinen Mund angeekelt zu verziehen, doch Alex warf mir einen mahnenden Blick zu.

»Das ist …«

Meine Freundin, flüsterte mein Kopf und ich erschrak beinahe selbst darüber. Wir waren schließlich nicht in einer Beziehung. Oder?

»Ms. Raven Harris, meine Begleitung«, brachte er den Satz zu Ende. Das war gut. Es war richtig, wir waren nicht fest zusammen, doch warum fühlte es sich dann so falsch an, nicht als seine Freundin vorgestellt zu werden?

Mr. Miller fuhr sich einmal durch die gegelten, dünnen grauen Haare.

»Ich freue mich natürlich immer sehr über neue Gesichter. Vor allem, wenn diese so atemberaubend sind. Nehmen Sie sich etwas zu trinken. Ich bin sicher, dass Ihre restliche Familie ebenfalls bald eintrifft.« Anstatt das Weite zu suchen, ließ er den Blick noch einmal über meinen Körper wandern und blieb schließlich an meinem Ausschnitt hängen.

Direkt fielen mir mindestens dreißig Beleidigungen ein, die ich ihm gern an den Kopf geknallt hätte. Wäre ich in meinem Viertel, hätte ich bereits alle davon laut ausgesprochen, doch hier blieb ich stumm.

Alex war derjenige, der das Wort ergriff. »Ich denke, Ihre Frau hat nach Ihnen gerufen. Sie wissen schon, die, mit der Sie drei Kinder haben.«

Der passiv-aggressive Unterton in seiner Stimme war kaum zu überhören und ein Schmunzeln zupfte an meinem Mundwinkel. Mr. Miller hingegen wirkte ertappt und blickte sich um. »Natürlich. Guten Abend.« Dann lief er mit schnellen Schritten davon.

»Entschuldige bitte das Verhalten einiger Männer hier. Egal wie viel Anstand sie eigentlich haben sollten, sobald eine junge schöne Frau ins Visier rückt, ist alles vergessen.«

Er flüsterte mir die Worte ins Ohr, während er die Hand um

meine Taille legte und mich näher zu sich zog. »Aber ich glaube, sollte jemand zu aufdringlich werden, kommst du auch gut allein klar.«

Ich lächelte und blickte in seine tiefblauen Augen. »Ja, ich denke auch. Keiner kann es mit mir aufnehmen.«

Das Grübchen in seiner rechten Wange erschien. »Das hoffe ich.«

Schließlich suchten wir unseren Tisch. Diesen teilten sich immer zwei Familien, weshalb wir auf zwei Namen achten mussten.

Ich war noch damit beschäftigt *Van Klemm* zu suchen, als ein freudiger Aufschrei ertönte. Erschrocken drehte ich mich um und sah dabei zu, wie ein rothaariges, in schwarz gehülltes Mädchen auf meine Begleitung zu rannte. Sie war zweifellos in unserem Alter und fiel Alex um den Hals, als wäre er der Lichtblick, nach dem sie sich seit Jahren gesehnt hatte.

Wut kroch durch meine Knochen und ich wusste instinktiv, dass es Eifersucht sein musste. Alex schloss die Arme um sie, lachte und drücke sie ebenso fest an sich. Ich stand noch immer wie angewurzelt neben dem Tisch, bis mein Blick auf einen jungen Mann fiel, der im Schatten neben uns stand und das Treiben mindestens genauso eifersüchtig verfolgte wie ich. Er hatte schwarzes Haar und war eigentlich recht attraktiv. Unsere Blicke begegneten sich und mich überlief ein kalter Schauer.

»Gott, ich habe dich so vermisst!«, rief die Rothaarige und strahlte Alex an, der nun ebenfalls lächelnd auf sie hinuntersah.

»Du bist diejenige, die immer keine Zeit hat«, gab er lachend zurück.

Jede Faser meines Körpers hasste es, es zuzugeben, aber die Frau, die gerade noch in seinen Armen gehangen hatte, war zweifellos wunderschön. Sie hatte ein rundes Gesicht, trug eine Brille und ein eng anliegendes, schwarzes Seidenkleid, was knapp unter den Knien endete.

Plötzlich richtete sich ihre ganze Aufmerksamkeit auf

mich. »Du musst Raven sein! Ich freue mich ja so, dich kennenzulernen.«

Sie fiel mir ebenfalls um den Hals und ich sah hilfesuchend und überfordert zu Alex, der mich lediglich angrinste. Der Mann, der immer noch in der dunklen Ecke nicht weit von uns entfernt stand, sah mich an, als wäre ich eine Bedrohung, die dringend aus dem Weg geräumt werden musste.

»Ich bin Savana.«

»Nett, dich kennenzulernen«, brachte ich hervor und setzte ein Lächeln auf. Sie trat einen Schritt zurück und betrachtete mich prüfend. Nach einer Minute drehte sie sich zu Alex und sagte: »Du hast meinen Segen.«

Er griff sich theatralisch ans Herz. »Ein Glück, o große Savana. Jetzt stell mir deine Begleitung vor.« Er trat wieder neben mich und hauchte mir wie nebensächlich einen Kuss auf den Scheitel.

Meine Eifersucht verpuffte.

Savana zog den jungen Mann ins Licht und drückte seine Hand. »Das ist Elias. Mein neuer fester Freund.«

Ich atmete aus und mir war nicht klar gewesen, dass ich die Luft überhaupt angehalten hatte.

»Freut mich«, sagte Elias nun etwas lockerer und gab erst Alex, dann mir die Hand.

»Gut, wollen wir uns schon mal setzten und was zu trinken bestellen?«

Wir folgten Savanas Vorschlag und nahmen am Tisch Platz. Noch vier freie Stühle ließen annehmen, dass auch ihre Eltern eintreffen würden.

»Woher kennt ihr euch?«, fragte ich schließlich.

Alex ergriff das Wort. »Wir haben uns durch unsere Eltern kennengelernt. Da waren wir noch sehr jung. Aber wir haben uns schon immer gut verstanden und weil mein und ihr Vater immer in Kontakt geblieben sind, sind wir das auch. Sie wohnt in New York, weshalb wir uns nicht so oft sehen, aber jedes Mal, wenn wir es bei Galas wie diesen tun, ist es, als wären wir nie weg gewesen.«

Das klang wirklich schön. Wie wahre Freundschaft. Trotzdem konnte ich mir kaum vorstellen, dass noch nie etwas zwischen ihnen gelaufen war.

Savana schien meinen Gesichtsausdruck richtig zu deuten und hing an: »Ja, wir waren schon immer wie *Geschwister* und werden es hoffentlich immer bleiben.«

Ich begann Savana zu mögen. Zumindest erlaubte ich es mir nun.

Der Kellner nahm unsere Getränkebestellungen auf und wir wandten uns der Tanzfläche zu. Langsam lichteten sich die Massen an Menschen. Die meisten hatten ihre Plätze schon eingenommen. Es war, wie ich es mir vorgestellt hatte. Hier versammelte sich, wer Geld hatte. Die Menge an *Rolex*-Uhren, die ich bereits in diesem Raum gezählt hatte, hätte locker dafür gereicht, einige Familien in armen Vierteln ein Leben lang durchzubringen. Die meisten Frauen im Raum trugen Kleider, die teilweise noch teurer aussahen als die, die Cloé trug – und nun auch ich – und die meisten hatten schon ein paar Schönheitseingriffe hinter sich.

Mein Blick blieb an einem älteren Mann mit ernstem Gesichtsausdruck hängen. Als er und seine Frau auf unseren Tisch zusteuerten, wusste ich genau, wer sie waren.

29 Alex

Ich versteifte mich, als mein Vater am Tisch ankam und alle freundlich begrüßte. Es war eine Show, die reinste Farce. In seinem Blick konnte ich die Kälte erkennen, die mich wie ein Schneesturm in der Arktis traf. Er ließ sich von außen nicht anmerken, dass er mit der Wahl meiner Begleitung ganz und gar nicht einverstanden war, doch ich wusste es schon, bevor er herkam. Er war freundlich zu Raven. Das sollte er auch besser sein, denn andernfalls würde ich für absolut überhaupt nichts mehr garantieren können.

Meine Mutter nahm zwischen mir und meinem Vater Platz. In ihrem Blick erkannte ich Sorge, aber auch etwas Wärme, als sie mich und Raven begrüßte.

Savanas Eltern nahmen ebenfalls Platz und in der nächsten Sekunde begann das Programm. Ich war dankbar, dass mir ein Gespräch wenigstens noch einige Sekunden lang erspart blieb. Auch wenn ich schon hunderte Male im Kopf überschlagen hatte, was ich zu ihm sagen könnte, um mich zu rechtfertigen. Schließlich hatte ich doch immer wieder alles verworfen, da ich mich gar nicht rechtfertigen sollte.

Ich drehte den Kopf zur Bühne, auf die nun Mr. Miller trat und eine Rede anstimmte. Doch das Gefühl der Gefahr, das in Form meines Vaters praktisch hinter mir saß und nur durch meine Mutter von mir ferngehalten wurde, war mir mehr als deutlich bewusst.

Ich nahm Ravens Hand in meine und genoss die Sicherheit, die mir diese kleine Berührung vermittelte.

Eine ganze Weile wurden die üblichen Dinge erwähnt. Ich fragte mich, ob sie in der Rede des Vorjahres einfach den Spendengrund änderten und dann genau diese wieder vortrugen.

Ein Blick zu Sav genügte und ich wusste, wir dachten dasselbe. Sie begann die Lippen zur Rede zu bewegen und ich tat es ihr stumm gleich, während wir ein Lachen unterdrückten.

Als Mr. Miller uns schließlich endlich von der Folter befreite, applaudierten wir und warteten, bis sich die Stimmung wieder auflockerte.

Die Kellner brachten nun Häppchen an die Tische und die Musik wurde etwas lauter, um die Menschen auch zum Tanzen zu animieren.

»Raven, richtig?«

Schon jetzt wollte ich diesem Mann am liebsten ins Gesicht schlagen. Ich versuchte, mich mit dem Gedanken zu beruhigen, dass er noch nichts Falsches gesagt oder getan hatte, doch das funktionierte nur mäßig.

»Genau«, gab Raven freundlich zurück und wandte sich meinem Vater zu.

Er beugte sich etwas in ihre Richtung. »Sie kennt man hier ja noch gar nicht, wie ist Ihr Familienname?«

Raven wollte gerade den Mund öffnen, doch ich kam ihr zuvor: »Du wirst sie wahrscheinlich nicht kennen. Aber ich habe Raven in der Uni kennengelernt, falls dich das interessiert.«

Er sah mich an wie ein Insekt. Eine Kakerlake, die über seinen Teller lief. Ich hatte seine Gunst verloren, also war es eigentlich sowieso egal, was ich nun tat.

»Interessant«, murmelte er aufgesetzt und nahm einen Schluck Whisky aus dem runden Glas. Sav war mit ihren Eltern in ein Gespräch verwickelt, weshalb uns diese wenig Aufmerksamkeit zukommen ließen.

»Wenn Sie hier sind, um Geld von uns abzugreifen, sollten Sie sich jetzt schon einen Anwalt suchen.«

Wie konnte er es wagen? Ravens Augen strahlten reine Verwirrung und schließlich Wut aus. Er versuchte, sie zu vergraulen – jetzt schon. Doch Raven war nicht so wie die Frauen, mit denen mein Vater zu tun hatte.

»Bitte, was?«, zischte sie die Frage und alle Blicke am Tisch richteten sich auf uns.

»Ich werde Ihnen alles wegnehmen, sollten Sie nur hier sein, um sich von meinem Sohn einen Bastard machen zu lassen, um Geld von uns zu bekommen. Es wird nicht funktionieren. Ich kenne solche Frauen, die sich gerade so an eine gute Uni schlagen konnten, um jemanden mit Geld zu heiraten oder schwanger zu werden, um Unterhalt von ihm zu bekommen. Sie wären nicht die Erste.«

Meine Mutter legte ihm eine Hand auf den Oberschenkel und ermahnte ihn leise. Es war wie ein Tropfen Wasser auf einem heißen Stein.

Ich wollte sie gerade verteidigen, weil die kochende Wut in meinen Adern ins Unermessliche stieg, als ich sie bereits antworten hörte.

»Geht's noch? Was zum Teufel bilden Sie sich eigentlich ein? Lieber würde ich in einen Kaktus beißen, als jetzt schwanger zu werden, Sie arrogantes Arschloch.« Sie zerknüllte ihre Serviette und stand vom Tisch auf.

Ich bewegte mich kaum. Es war, als hätte jeder am Tisch die Luft angehalten. Niemand hatte es jemals gewagt, so mit meinem Vater zu sprechen.

Entweder Ravens Familie war wirklich so reich, dass es sie absolut nicht interessierte, wer vor ihr stand, oder sie hatte tatsächlich keinerlei Ahnung davon, wie man sich in diesen Kreisen verhielt.

Ich wagte es, langsam den Kopf zu drehen. Mein Vater sah Raven, die gerade den Raum verließ, schockiert nach.

Kurz sammelte ich mich, bevor die Wut auch mich zum Übersprudeln brachte. Ich sprang auf. »Kannst du dich nicht einmal wie ein Vater verhalten?«, fragte ich aufgebracht. »Kannst du nicht einmal mein Glück über deine Bedürfnisse stellen? Denkst du wirklich, dass ich so dämlich wäre, nicht auseinander halten zu können, wer mich mag und wer mir etwas vorspielt? Du bist das Letzte!«

Bevor er etwas erwidern konnte, verließ ich ebenfalls den Raum. Die Konsequenzen interessierten mich vorerst nicht.

Ich fand Raven schließlich am oberen Ende einer Treppe sitzen, die unten abgesperrt war. Sie war für solche Veranstaltungen oft erst am Ende der Gala geöffnet, weil im oberen Saal die Gemälde und Kunstgegenstände aufbewahrt wurden, die sie später versteigerten, um die Spenden zu sammeln. Raven hatte die Absperrung einfach ignoriert und irgendwie legte sich meine Wut bei ihrem Anblick etwas.

Sie hatte die Hände auf dem Boden abgestützt, sich etwas zurückgelehnt und die Augen geschlossen.

»Hey«, sagte ich vorsichtig und setzte mich neben sie.

»Hey«, gab sie zurück, doch ließ die Augen geschlossen.

»Es tut mir leid, was mein Vater da gesagt hat. Er erzählt nur Müll, um dich zu vergraulen.«

Nun setzte sie sich aufrecht hin und sah mich ernst an. Vermutlich würde sie mich nun wegstoßen. Würde mir sagen, dass sie keine Lust auf so was hätte und es besser wäre, wenn wir uns nicht mehr sähen. Zumindest war das meine Angst.

»Dass sich alte, reiche Menschen in diesen Kreisen für ganz toll und wichtig halten, ist nicht deine Schuld.«

Raven legte ihre Hand auf meine. »Dein Vater ist ein Arschloch. Du bist der Leidtragende. Ich nehme an, es war nicht immer einfach mit ihm?«

Ich schüttelte den Kopf und wusste nicht, ob ich lachen oder weinen sollte.

»Nein. Es war nie einfach. Als Kind hatte ich meist Angst vor ihm. Ihn hat es nicht interessiert, wie es mir oder meiner Schwester ging.« Ich hielt eine Sekunde inne, bevor ich hinzufügte: »Nach ihrem Tod wurde es noch schlimmer.« Ich hatte es ausgesprochen und konnte die Worte nicht mehr zurücknehmen. Ravens Griff verstärkte sich und in ihrem Blick befand sich Mitgefühl. Trotzdem sagte sie nichts und hörte einfach nur zu.

»Einmal, nach dem Autounfall meiner Schwester vor drei Jahren, hatte ich eine Panikattacke. Ich saß da, zitterte am ganzen Körper, den ich mit meinen Armen umschlungen hielt, und weinte. Weinte, weil ich keine Luft mehr bekam, weil die Panik gesiegt hatte. Ich weinte und weinte und vor mir, da stand mein Vater. Er schrie mich an. Ich konnte kaum mehr klar denken, aber seine Worte werde ich trotzdem nie vergessen. Ich solle aufhören zu übertreiben, solle langsam mal wieder klar im Kopf werden und diese Show lassen.« Bei der Erinnerung schnürte es mir die Kehle zu, dennoch sprach ich weiter. »Ich habe mich so leer und so falsch gefühlt. Ich hatte keine Energie, mich um sein Unbehagen mit meiner Psyche zu kümmern. Also weinte ich weiter, während er schrie. Und als der Abend vorbei war, musste man am Morgen so tun, als wäre die Welt in Ordnung. Ich konnte ihn nicht ignorieren. Ich konnte ihm nicht aus dem Weg gehen. Ich wohnte schließlich in seinem Haus, aß sein Essen, denn ich bin sein verdammtes Kind. Meine Gefühle waren jedoch nie so wichtig wie seine. Wie könnten sie es auch? Er entscheidet, wann ich Schuld trage. Das hat er immer getan. Trotzdem habe ich auf ihn gehört. Habe versucht, perfekt zu sein. Es hat nie gereicht.« Auch wenn es schmerzte, diese Erinnerung hervorzukramen, fühlte es sich doch richtig an, mit ihr darüber zu sprechen.

Raven nickte verständnisvoll. »Als ich jünger war, hatte meine Mutter einen Mann an ihrer Seite, der zu Wutausbrüchen neigte. Vor allem, wenn er getrunken hatte. Eines Tages kam er eher nach Hause, als ich dachte, und mein Ex-Freund war noch bei uns. Er hat ihn gehasst. Dieser suchte das Weite und ich wurde von diesem Arschloch erst angeschrien und dann mit einer Bierflasche beworfen. Ich habe heute noch eine kleine Narbe davon an der Oberlippe. Doch damit nicht genug. Er hat mich geschlagen. Bis ich nur noch am Boden lag und sicher war, dass er mich umbringen würde. Meine Mutter hat ihn danach rausgeschmissen. Trotzdem sagte sie, dass es meine Schuld war. Dass ich wusste, wie er auf meinen Ex reagierte und fragte, warum ich ihn trotzdem in unser Haus geholt hatte. Ich dachte jahrelang, sie hätte recht damit, dass ich das Problem bin.«

Wir schwiegen einen Moment und obwohl die Geschichte mich unheimlich aufwühlte und wütend machte, genoss ich es, dass wir uns nicht mit daher gesagten Mitgefühlsfloskeln belogen. Wir hatten uns gegenseitig etwas sehr Intimes verraten und manche Dinge musste man einfach nicht kommentieren.

Unsere Hände waren noch miteinander verschränkt und wir blickten nach unten in die Empfangshalle. »Ich nehme an, deine Schwester ist nicht selbst gefahren oder?«, fragte sie vorsichtig.

»Nein«, gab ich zurück. »Nora hatte noch keinen Führerschein. Unser Fahrer konnte nichts dafür. Es passierte auf einer Autobahn, ihm kam ein Geisterfahrer entgegen. Er wollte ausweichen, ist in ein anderes Auto gekracht. Obwohl alle beide dabei umkamen, hasse ich ihn so sehr dafür. Ist das falsch?« Ich redete leise, so, dass auch ganz sicher nur sie mich hören konnte.

»Nein«, antwortete Raven überzeugt. »Ich würde ihn auch hassen. Ich würde ihn so sehr hassen! Vielleicht denkst du, dass du das nicht darfst, weil auch Leute um ihn trauern. Aber du darfst, Alex. Das macht dich nicht zu einem schlechten Menschen, sondern zu einem guten Bruder, der einfach nur trauert.«

»So habe ich das noch nie betrachtet«, gestand ich.

Langsam legte sie ihre Hand an meine Wange und ich schmiegte mich einen Moment daran.

»Vielleicht geht es manchmal nicht um Schuld. Sondern einfach darum, geliebt zu haben. Ergibt das Sinn?«

Ein trauriges Lächeln legte sich auf meine Lippen. »Ich schätze, du hast recht.« Das ergab sogar verdammt viel Sinn.

»Wie war sie so?«

Ich wusste, dass sie meine Schwester meinte und obwohl ich dieses Thema immer zu meiden versuchte, war der Widerstand längst nicht so massiv wie sonst. Raven wusste eh schon genug.

In meinem Kopf legte ich mir zurecht, wo ich anfing, und dann startete ich einfach.

Ich erzählte ihr von Nora.

Ich erzählte Raven von den Tagen, die wir gemeinsam verbracht hatten. Den Geburtstagen und ihrer frohen Art. Nora hatte Ziele, genaue Pläne für ihre Zukunft. Sie liebte Paris, wollte hier Modedesign studieren und hatte teilweise Tage in ihrem Zimmer verbracht, um Kleidung zu nähen und Skizzen zu erstellen. Sie hatte mich aufgeheitert und verstanden. Mit ihr unter einem Dach war es nie langweilig oder kühl gewesen. Ich erzählte, wie Nora und ich einmal die Kreditkarte aus dem Büro unseres Vaters geklaut und damit die gesamte Süßigkeiten-Abteilung des nahegelegenen Supermarktes aufgekauft hatten. Es waren sieben Einkaufswagen voll gewesen und ich musste mich am Abend übergeben, weil die vierte Tüte *Twix* wohl doch etwas zu viel gewesen war. Ich erlaubte es mir sogar, darüber noch einmal zu lachen, bevor mir wieder einfiel, dass es diese Tage mit ihr nie wieder geben würde.

Ich ging nicht groß auf den Unfall ein, doch das schien auch nicht das zu sein, was Raven hören wollte. Ganz im Gegenteil. Sie lächelte mit mir, wenn ich an die schönsten Tage meiner Vergangenheit zurückdachte. Als ich schließlich meinen Monolog endete, drückte sie meine Hand noch etwas fester.

»Nora war ein wirklich guter Mensch, oder?«

Ich nickte. »Sie war die Beste.«

Noch einen Moment verlor ich mich in Ravens Augen, bis sie fragte: »Denkst du, dass unsere Leben festgelegt sind? Dass unsere Zukunft vorherbestimmt ist und unsere Handlungen und die Ereignisse in unserem Leben stets so eintreten, wie wir es verdienen?«

»Ich denke, dass die meisten Menschen sich nicht eingestehen wollen, wenn sie versagt haben und deshalb einen Schuldigen oder einen Grund suchen. Manche Dinge können wir nicht beeinflussen, aber das bedeutet nicht, dass wir sie verdient haben oder sie vorherbestimmt sind. Aber wenn man daran glaubt, dass es diesen großen Plan für das Leben gibt, dann nur, um sich an die Hoffnung zu klammern, dass alles irgendwann besser wird. Im Leben ist alles vergänglich. Schlechte Zeiten gehen vorbei und gute auch.«

Manchmal hatte ich das Gefühl, dass Raven und ich unsere gebrochenen Seelen aneinanderklammerten, in der Hoffnung, unsere verlorenen Teile mit dem jeweils anderen zu ersetzen. Nur ob es funktionierte, hatte ich bisher noch nicht herausgefunden, aber es fühlte sich auf jeden Fall verdammt gut an.

Ein neues Musikstück wurde angestimmt. Es handelte sich um *Reflections* von Toshifumi Hinata. Es war ein sehr schönes klassisches Stück. Ich rappelte mich hoch und reichte Raven meine Hand.

»Darf ich Sie zum Tanzen auffordern?«, fragte ich theatralisch.

»Ich kann nicht tanzen«, gab sie lächelnd zurück.

»Egal, ich führe.«

Sie stolperte mir hinterher und ich führte sie zu dem Raum mit den Gemälden. Wenn wir erwischt wurden, würden wir rausfliegen. Doch das war mir herzlich egal.

Ich legte meine linke Hand an ihre Taille. Die Musik war noch gut zu hören und unsere rechten Hände verflochten sich miteinander. Dann begann ich langsam, sie durch den kleinen Raum zu wirbeln, während unsere Blicke sich miteinander verkeilten. Das alte Parkett knarzte, doch nichts hätte mich in diesem Moment dazu bringen können, von ihr abzulassen. Ihre schokoladenbraunen Augen fanden meine und eine Leidenschaft flammte in ihnen auf. Lust, Begehren, vielleicht sogar noch ein Überbleibsel an Wut.

Der Saum ihres Kleides flog über den Boden und ich wirbelte

sie herum, bis wir schließlich innehielten, da das Lied zu Ende war. Ich war mir nicht sicher, ob ich überhaupt noch atmete, als sie sich nach vorn lehnte und unsere Lippen sich fast berührten.

»Danke«, flüsterte ich. Ich wusste nicht ganz recht, wofür genau ich mich bedankte, aber mein Kopf war immer so voll gewesen. Jeder Teil davon bewachsen mit dunklen, schmerzenden Gedanken, die sich wie Glassplitter in meiner Schädeldecke anfühlten. Doch nun begann Raven mehr und mehr davon einzunehmen. Sie nahm die Dornensträucher und ließ Rosen auf ihnen wachsen.

Bevor sie etwas erwidern konnte, drückte ich meine Lippen fest auf ihre. Sie erwiderte den Kuss so hungrig, als wäre ich der Sauerstoff, den sie zum Atmen brauchte. Sie schmeckte nach den teuren vegetarischen Häppchen und ich umfasste ihren Oberschenkel durch den Schlitz im Stoff des Kleides.

»Ich will ja nichts unterbrechen, aber in zehn Minuten geht die Versteigerung los und ihr solltet hier schleunigst verschwinden«, erschreckte uns eine mir gut bekannte Stimme. Savana lehnte am Türrahmen.

Ich löste mich von Raven und nickte. »Du hast recht, danke fürs Bescheidgeben.« Sie hatte gewusst, wo wir uns aufhielten, da wir hier schon damals als Kinder verstecken gespielt hatten.

Ich wollte bereits den Rücktritt antreten, doch Raven hielt mich mit einer Umarmung gefangen. »Warte. Nur noch eine Sekunde.«

Sie schloss die Augen und lehnte ihren Kopf an meine Brust.

Ein paar Minuten später liefen wir in den Saal. Die Stühle waren nun auf der Tanzfläche zu Reihen aufgebaut. Die meisten Leute hatten schon Platz genommen und warteten darauf, dass die Auktion begann. Wir machten uns nicht die Arbeit, meine Eltern zu suchen und setzten uns nach ganz vorn, weil dort noch viele Stühle unbesetzt waren.

Wir boten für nichts. Dafür gingen die Kunstgegenstände trotzdem für horrende Summen weg.

Raven hatte sich nach der Auktion in ein Gespräch mit Savana verstrickt, als ich aus Versehen dem Blick meines Vaters begegnete, der die Initiative ergriff und auf mich zukam.

»Auf ein Wort.« Seine Stimme ließ keinen Widerstand zu. Es war keine Frage, keine Aufforderung, sondern ein Befehl.

Ich wog ab, ob es sich lohnen würde, mich zu weigern, doch entschied mich dagegen. Sollte er sagen, was er zu sagen hatte.

»Was soll das? Mayas Vater war gar nicht begeistert. Sie ist nicht einmal aufgetaucht, weil sie so verletzt war, da du sie nicht eingeladen hast. Stattdessen bringst du so ein ungehobeltes Weibsbild mit.« Er wirkte noch immer recht aufgebracht.

Die frisierten grauen Haare saßen nicht mehr so perfekt wie am Anfang der Gala. Er hatte bereits ein neues Glas Whisky in der Hand und nahm einen großen Schluck.

»Oh, tu doch nicht so, als würde es dir um Mayas Gefühle gehen! Wahrscheinlich war es eine Ausrede, um sich hier nicht die Beine in den Bauch stehen zu müssen und fünf Stunden Langeweile zu entgehen«, gab ich ebenso aufgebracht zurück.

Er atmete einmal schwer. »Pass auf.« Seine trüben, blauen Augen brannten sich in meine. »Mir ist vollkommen egal, was hinter geschlossenen Türen geschieht, aber sobald es unseren öffentlichen Auftritt gefährdet, ist es tabu! Du wirst diese Frau loswerden, sobald die Gala vorbei ist. Ich will, dass du nie wieder mit ihr schläfst und sie nie wieder in der Öffentlichkeit präsentierst. Du kannst froh sein, wenn sie nicht schwanger ist und du dich wortwörtlich noch aus der Affäre ziehen kannst, klar?« Er meinte die Worte todernst.

Ich schmunzelte schon fast über diesen Quatsch. »Du musst nicht mehr bei Sinnen sein, wenn du denkst, dass ich das tue. Ob du es glaubst oder nicht, sie bedeutet mir etwas!« Ich musste mich um einen ruhigen Tonfall bemühen.

»Hör auf mit so einem Schwachsinn, Junge! Am Ende wird jemand wie Maya an deiner Seite stehen und basta! Dafür werde ich sorgen. Ich werde mir nicht mit ansehen, wie du die Zukunft des Unternehmens aufs Spiel setzt, um deinen jugendlichen Fantasien hinterherzujagen!«

Ich brauchte einen Moment, um seine Worte zu verarbeiten. »Irgendwann wirst du bereuen, deine Kinder so behandelt zu haben!«, zischte ich. Es war dünnes Eis, auf meine Schwester anzuspielen. Doch es war die Wahrheit. Er war schon ein Arschloch zu ihr gewesen und manchmal hoffte ich, dass er es bereute.

»Nein, was ich am meisten bereue, ist, dich bis hierher gebracht zu haben. Du bist der Fehler, Alexander. Ich sollte dich ersetzen. Du hast Glück, dass mir dafür die Zeit fehlt! Jetzt geh ins Hotel und lern gefälligst, damit wenigstens beim Studium etwas Gescheites rauskommt.« Er machte eine wegwerfende Handbewegung. Ich war entlassen.

»Du hast recht. Ich sollte zurück ins Hotel, aber nicht um zu lernen, sondern um endlich meine verdammte Freundin flachzulegen.«

Ich wandte mich ab und ging. Sollte er sehen, wo ihn seine Art und Weise hinbrachte.

30 Raven

Savana und ich hatten uns recht lange unterhalten. Sie war ziemlich nett. Doch vor einigen Sekunden hatte sie sich auf den Weg gemacht, um ihre bessere Hälfte zu finden. Ich hatte Alex schon entdeckt. Kurz überlegte ich, zu ihm zu gehen, falls er emotionale Unterstützung beim Gespräch mit seinem Vater brauchte, doch die Sorge, dass ich es nur schlimmer machen würde, hielt mich davon ab.

Stattdessen folgte ich einer Kellnerin und nahm mir ein Macaron vom Tablett. Es war dunkelgrün und sah köstlich aus. Ich biss gespannt hinein und wurde enttäuscht. Irgendwie sahen diese Dinger besser aus, als sie schmeckten. Trotzdem aß ich noch den Rest davon und marschierte dann durch die Menge. Um den vielen Menschen zu entkommen, flüchtete ich schließlich auf einen Balkon, der zum Glück leer war. Er war auf den Garten hinter dem Haus gerichtet und ich hatte Alex immer noch im Blick, wenn ich durch die geöffneten Balkontüren sah. Scheinbar waren die zwei nach wie vor in eine hitzige Diskussion verstrickt.

Ich wandte mich dem Garten zu und spielte kurz mit dem Gedanken, meinen Bruder anzurufen. Wir telefonierten zwar ständig, doch irgendwie war es nie genug. Die Offenbarung, dass Alex' kleine Schwester gestorben war, tat mir im Herzen weh. Die Vorstellung, dass meinem Bruder etwas passieren könnte, war grauenhaft. Doch es war schon spät. Wahrscheinlich schlief er bereits.

Ein Geräusch hinter mir ließ mich hochfahren. Ich rechnete mit Alex, doch als ich mich umdrehte, blieb mir der Mund offenstehen.

Das konnte nicht wahr sein. Ich musste eingeschlafen sein und träumen.

»Was? Hast du gedacht, ich lasse mich von dir so leicht hinters Licht führen? Ich liebe Paris und konnte mir fast denken, wo du sein wirst. Oder besser gesagt mit wem.« Cloé hatte die langen blonden Haare perfekt geglättet in einem hohen Pferdeschwanz. Sie trug einen weißen Pelzmantel und darunter ein goldenes Kleid. Wenn man nicht wüsste, dass diese Frau der Teufel war, könnte man sie glatt für einen Engel halten.

»Was willst du?«, fragte ich, ohne auf ihr Geschwätz einzugehen.

Sie kam ein paar Schritte näher und lehnte sich neben mich an das alte Steingeländer.

»Nun, Raven, du hast einen Job und irgendwie vernachlässigst du ihn in letzter Zeit etwas, meinst du nicht?«

Ich kniff die Augen zusammen und runzelte die Stirn. »Nein, tue ich nicht. Du liest die Nachrichten und hast gesehen, dass ich am Freitagmorgen noch unzählige Bestellungen rausgegeben habe. Außerdem habe ich meinen Anteil der letzten Woche Dominic mitgegeben, um mögliche Ausfälle für dieses Wochenende zu decken.«

Cloé sah mich einen Moment misstrauisch an. Dann kramte sie in ihrer Tasche herum und zog eine Schachtel Zigaretten heraus. Sie hielt sie mir hin, doch ich lehnte ab. Gerade war ich weder in der Stimmung noch wollte ich, dass Alex merkte, dass ich geraucht hatte. Auch wenn es ihm vielleicht egal wäre.

Cloé nahm sich eine Zigarette, zündete sie mit einem *Chanel*-Feuerzeug an – diese dämlichen Luxusmarken druckten ihr Logo aber auch überall drauf – und verstaute den Rest wieder in der kleinen, goldenen Tasche.

»Bei uns ist nur der normale Teil angekommen«, sagte sie in Seelenruhe und richtete den Blick in die Ferne.

Fuck … Dieser Kerl musste den Extra-Anteil einbehalten haben.

»Das ist nicht wahr. Ich habe ihm mein Geld dazugegeben. Die Preise habe ich vor Kurzem auch erhöht und euch darüber informiert.«

»Das ist wahr.« Sie blies etwas Rauch in die kühle Nachtluft hinaus und sah nun doch zu mir. »Hör zu, Raven, ich hasse dich nicht, aber ich muss zusehen, dass der Job mit dir funktioniert, wenn ich meine Freiheit behalten möchte. Und die genieße ich gerade sehr. Der Punkt ist, meine Mutter wird dir nicht glauben. Egal, ob ich es tue oder nicht. Wir werden mit Dominic sprechen, aber mach dir keine Hoffnungen. Meine Mutter will den Betrag, den du letztes Wochenende für dich erwirtschaftet hast, auf die nächste Zahlung angerechnet bekommen. Ich hole sie dieses Mal selbst ab. Wenn du nicht zahlen kannst, sieht es dunkel für uns beide aus.«

Ich hatte Rücklagen, da ich den verschwenderischen Lebensstil, den die Reichen für normal hielten, nicht auslebte. Trotzdem war es nicht so viel, dass es nicht wehtun würde, noch einmal so einen Betrag abzugeben.

»Nein, ich habe genug.« Ich bemühte mich ebenfalls um eine ruhige Tonlage.

»Sehr gut. Ich hoffe, du sagst die Wahrheit. Sonst musst du diese Woche noch etwas fleißiger werden.« Sie drückte die Zigarette schließlich an der Steinmauer aus. Gerade als sie noch etwas sagen wollte, hörte ich eine andere Stimme.

»Raven?«, fragte Alex und trat auf den Balkon hinaus.

Das hatte mir gerade noch gefehlt.

»Hey, ja, wie sieht es aus?« Ich wollte einfach nur zurück ins Hotel.

Er war noch damit beschäftigt, Cloé zu mustern, bevor er sich wieder mir zu wandte.

»Wir können dann los. Ihr kennt euch?« Er deutete mit dem Finger zwischen uns hin und her.

»Wir sind gute Freunde. Cloé Wallace«, kam sie mir zuvor und schüttelte ihm die Hand.

Er sah etwas durcheinander aus, doch begrüßte sie freundlich und sah mich dann auffordernd an. Er wollte gehen. Wahrscheinlich war das Gespräch mit seinem Vater nicht sonderlich gut gelaufen.

Auf Cloés Annäherungsversuche reagierte er nicht, als sie ihn mit den Augen fast auszog und einladend den Rücken aufrichtete, damit man ihren Ausschnitt besser sah.

»Lass uns gehen«, sagte ich und nickte Cloé noch einmal zu. »Nett, dich wiederzusehen.«

Die Worte waren eine noch größere Lüge als die Aussagen, die ich damals dem Vermieter aufs Auge gedrückt hatte, wenn die Miete mal wieder zu spät kam. Doch ich musste wenigstens so tun, als wären wir tatsächlich befreundet. Es würde auch meine Tarnung aufrechterhalten, wenn Alex dachte, dass ich außerhalb von ihm noch mehr Kontakte hatte.

Ich hakte mich bei ihm unter und wir machten uns auf den Weg zurück ins Hotel.

Als wir schließlich dort ankamen, ließ Alex mich zuerst eintreten. Er hatte die ganze Fahrt über kaum gesprochen, jedoch hatte seine Hand meinen Körper nie verlassen. Entweder sie war mit meiner verschränkt oder lag auf meinem Oberschenkel. Ich wusste nicht, worüber er und sein Vater genau gesprochen hatten, auch wenn es wahrscheinlich um mich gegangen war. Die Begegnung mit Cloé wollte ich auch einfach hinter mir lassen.

Ich hängte die Jacke auf und suchte dann nach einer Sitzmöglichkeit, um die High Heels ausziehen zu können. Alex bemerkte es und murmelte nur ein »Warte«. Dann kniete er sich vor mich und öffnete vorsichtig den Verschluss am Schuh. Mein Herz schmolz. Ich kam mir fast dumm vor, so viel in eine Geste zu interpretieren, die im Pragmatischen ihren Ursprung hatte, doch irgendwie bedeutete es mir viel. Noch nie hatte ein Mann mir dabei geholfen, einen Schuh auszuziehen oder sich gar vor mich gekniet. Eine Gänsehaut überlief meinen Körper und das war der Moment, in dem ich realisierte, wie viel ich für diesen Mann empfand. Dass ich nicht wollte, dass er jemals wieder verschwand. Dass ich mir nicht vorstellen könnte, nach dem Studium einfach in mein altes Leben zurückzukehren und diese Sache zu beenden. Es war unmöglich.

Er stellte die Schuhe zur Seite und zog danach seine eigenen aus.

»Komm her«, flüsterte er und nahm meine Hand. Seine warme Haut war so weich, dass ich sie am liebsten niemals wieder losgelassen hätte. Er führte mich am Tisch im Foyer vorbei und ins Schlafzimmer, dann öffnete er die Balkontür und trat mit mir in die Kälte.

Die Nacht war klar und vor uns leuchtete der Eiffelturm. Die goldenen Lichter legten einen Schleier über die Stadt und es war nach Alex der schönste Anblick, den ich mir hätte vorstellen können.

Ich hätte niemals gedacht, irgendwann hier zu stehen. Ich hatte gedacht, mein Leben wäre auf diese kleine dreckige Wohnung begrenzt und für Menschen wie mich gäbe es nie etwas anderes.

»Weinst du etwa?«, fragte Alex neben mir und lächelte zurückhaltend.

Tatsächlich bemerkte ich erst jetzt, dass mir eine Träne die Wange hinunterlief. »Nein, ich habe nur etwas im Auge«, versuchte ich lachend das Offensichtliche zu leugnen.

Er nahm nun auch noch meine andere Hand in seine und lehnte sich nach vorn, um mir ins Ohr zu flüstern: »Lügnerin.«

Dann begann er, kleine Küsse auf meinem Hals zu verteilen. Ich ließ den Kopf auf seine Schulter sinken und blickte weiterhin zu dem riesigen, leuchtenden Turm.

Als Alex gerade von meinem Hals ablassen wollte, brachte ich nur ein leises »Weiter«, heraus. Ich spürte an dem leichten Zucken seiner Schultern das kleine Lachen, als er sich weiterhin meinem Hals widmete. Langsam löste ich eine Hand von seiner und schob sie durch das dichte dunkelblonde Haar seines Hinterkopfes. Er sah auf. »Ich dachte, ich soll mich deinem Hals widmen.«

Ich schmunzelte. »Habe es mir anders überlegt«, flüsterte ich an seinen Lippen.

»Hm, so sprunghaft heute? Wunschänderungen müssen bitte das nächste Mal eine Woche im Voraus angekündigt werden.«

»Halt die Klappe.« Ich lachte und drückte dann die Lippen auf seine, um ihn zum Schweigen zu bringen.

Er legte die Hand an meinen Hintern und drückte mich gegen das dünne Metallgeländer, während wir übereinander herfielen. Er festigte den Griff, seine Zunge strich über meine Unterlippe. Ich legte die Hände an sein Hemd und machte mich daran, die Knöpfe aufzureißen. Wenig später landete es auf dem Boden. Ich strich über die warme Haut, die sich über die festen Muskeln seines Bauchs spannte. Ich hatte das Bedürfnis, sie abzulecken, doch sein Mund nahm meinen noch vollständig ein.

Eine Hand glitt von meinem Hintern noch weiter nach unten und er schob das Kleid schließlich am Beinschlitz auseinander. Er fackelte nicht lange und riss den bereits feuchten Slip herunter. Dieser gesellte sich zu seinem Hemd, doch ich schenkte ihm keine Beachtung, da meine Hände bereits mit dem Reißverschluss seiner Hose beschäftigt waren.

Mein Blut kochte. Heiß lief es durch meine Adern und jede Berührung ließ mich den Verstand verlieren. Schließlich schob ich ihm die Anzughose nach unten und die Boxershorts gleich mit. Sein Schwanz ragte mir entgegen. Ich leckte mir über die Lippen. Alex packte mich und ich klammerte die Beine um seine Taille. Mir war vollkommen egal, ob wir auf einem Balkon standen. Wir hätten im verdammten Supermarkt oder auf der Tanzfläche der Gala stehen können – es wäre mir egal gewesen. Das Einzige, woran ich denken konnte, war, wie sehr ich diesen Mann wollte. Das kalte Metall des Geländers schnitt mir in den Rücken und ich hörte das Rascheln der Kondompackung, bevor er in mich eindrang. Zischend zog ich die Luft ein.

Er glitt aus mir, um direkt wieder in mich zu stoßen.

Die Stimme in meinem Kopf flüsterte mir Worte zu, die ich schon längst selbst realisiert hatte, und sie ließen das hier noch besser werden. Sein warmer Atem traf auf meine Lippen und ich presste die Stirn an seine, während er tief in mir versank. Die Leidenschaft und das Feuer in seinen Augen verschlugen mir fast den Atem. Der Druck, der sich in meinem Unterleib aufbaute, wurde immer drängender und ich stieß ein Stöhnen aus. Seine Nähe berauschte mich. Auch seine Atmung wurde schwerer.

»Schon außer Atem, Van Klemm?«, zog ich ihn keuchend auf.

Ein kehliges, von Leidenschaft verdunkeltes Lachen drang aus seiner Kehle. »Freche Mädchen werden bestraft, Harris. Vergiss das nicht.«

Ich drückte meine Lippen wieder auf seine und er drang noch einmal heftig in mich ein, bevor die Galaxie vor meinen Augen explodierte. Ich kam mit einem Zittern und stöhnte laut und ungeachtet dessen, wer mich hören könnte.

Alex folgte mir über die Klippe und legte den Kopf schwer atmend in meine Halsbeuge.

Ich wollte genau das, für den Rest meines Lebens.

Das Wochenende in Paris verging schneller als gedacht. Alex zeigte mir die Stadt und wir machten peinliche Fotos vor dem Eiffelturm und Louvre.

Auch Savana und Eilas sahen wir wieder. Wir gingen zusammen essen und ich machte mir das erste Mal in meinem Leben keine Sorgen. Es war okay. Ich war glücklich. Auch den Rückflug überstand ich recht gut. Zwar musste Alex mir wieder zureden, doch die Sorge verschwand, sobald er mich dazu brachte, mit ihm in den Mile-High-Club einzusteigen.

Am ersten Tag zurück in der Uni holte mich der Alltag wieder ein. Es wurde noch schwerer, meinem Job nachzugehen, ohne dass Alex etwas davon erfuhr. Wir schliefen mittlerweile immer im selben Zimmer. Meistens in meinem, weil er den Ausblick so sehr genoss und ich es liebte, wenn er lächelte.

Auch an den Vorlesungen zu *Ethische Wissenschaft* durfte ich nach der Abgabe unserer Hausarbeit und einer Entschuldigung beim Prof wieder teilnehmen. Und neben all diesen Aufgaben versuchte ich, auch Delano nicht aus dem Blick zu verlieren. Ich wollte mich gerade auf den Weg zum Unterricht machen, als sein Name auf dem Screen meines Handys erschien. Ich nahm den Anruf an.

»Raven, kannst du in mein Zimmer kommen, bitte?« Seine Stimme klang, als würde sie jeden Moment brechen.

»Ist alles in Ordnung?«, fragte ich besorgt.

Ein Schluchzen drang durch den Hörer und ich lief den Weg zurück durch die alten Gänge, um zu ihm zu gelangen. Er musste die Frage nicht mehr beantworten. Irgendetwas stimmte nicht.

Vor seiner Tür angekommen, klopfte ich einmal, dann öffnete Delano bereits.

Sein Gesicht war von einer blassen Röte überzogen und seine Augen sahen so angestrengt aus, dass ich mir sicher war, dass er lange geweint haben musste.

Ich betrat den Raum und nahm ihn in den Arm.

»Hey, alles okay. Was ist passiert?«

Er schluchzte ein weiteres Mal, bevor er mühsam sagte: »Oliver. Er … Er musste ins Krankenhaus.«

O Gott. Das musste furchtbar sein. Ich strich ihm beruhigend über den Rücken.

»Wie geht es ihm?« Ich hoffte inständig, dass die Situation nicht so schlimm war.

»Ich weiß es nicht. Scheinbar eine Überdosis Ritalin oder so.«

Ich erstarrte.

Fuck.

Fuck, das durfte nicht wahr sein! Verdammt!

Ich war in der letzten Zeit so auf mich fixiert gewesen, dass ich nicht aufgepasst hatte, wie viel ich eigentlich verkauft hatte. Auf einmal fühlte sich alles bedrohlich an. Ich musste ruhig bleiben. Ich musste mich unter Kontrolle haben und für Delano da sein.

Langsam löste ich mich aus der Umarmung und leitete ihn zum Bett.

Ich wusste nicht, was ich sagen sollte. Natürlich war Oliver erwachsen und sollte selbst einschätzen können, wie viel er nahm. Es war nicht meine Schuld, doch es fühlte sich so an. Doch, es war meine Schuld.

Delano wischte sich über das Gesicht.

»Das wird wieder«, versuchte ich, ihn zu beruhigen, und nahm seine Hände in meine, doch er entriss sie mir wieder.

»Was, wenn nicht?«

Ich redete auf ihn ein, versuchte die Situation irgendwie in Ordnung zu bringen, doch eigentlich konnte ich es nicht, weil ich sie verursacht hatte. Ich war eine Verräterin.

Ich verpasste die Vorlesungen. Den ganzen Tag war ich damit beschäftigt, zu verarbeiten, was heute passiert war und Delano zu trösten. Ich machte mir Sorgen um Oliver, auch wenn mir Delano später schrieb, dass er wohl das Schlimmste überstanden hatte und auf dem Weg der Besserung war. Natürlich hatte ich die ganze Zeit gewusst, wie gefährlich diese Drogen waren, dennoch wurde es erst jetzt zur Realität. Ich hatte alles verdrängt. Ich hatte nur das Leben gesehen, was ich Thomy bieten könnte. Die Zukunft, die mein egoistisches Selbst leben wollte. Ich hasste mich dafür.

Es war mittlerweile abends und ich hatte noch ein paar Bestellungen fertig gemacht. Ich hasste es. Es fühlte sich falsch an und am liebsten hätte ich mich übergeben. Trotzdem konnte ich nicht einfach aussteigen. Alex klopfte eher an meiner Tür als erwartet.

Schnell schlug ich die Türen des Schrankes zu, in dem die

Drogen versteckt waren, und warf die Briefumschläge in die Schreibtischschublade, bevor ich öffnete.

Es war bereits normal geworden, dass er mich mit einem Kuss begrüßte.

Er war der Einzige, der mich von den chaotischen Gedanken ablenken konnte. Ich bemühte mich, dass er nichts von meiner gedrückten Stimmung bemerkte, doch er tat es trotzdem.

Ich versicherte ihm mehrere Male, dass alles in Ordnung war und irgendwann ließ er locker.

Es dauerte Stunden, bis ich in dieser Nacht endlich zur Ruhe kam.

31 Alex

Als ich die Augen aufschlug, vermisste ich umgehend die Wärme und Nähe, die noch so kurz vorher von Raven auf mich übergegangen war. Sie lag nicht mehr in meinem Arm, stattdessen war sie ins Badezimmer verschwunden und ich konnte im selben Moment hören, wie sie die Dusche anstellte.

Am gestrigen Abend hatte sie sich etwas eigenartig verhalten, doch ich nahm an, dass es nur am Stress der Vorlesungen lag.

Noch nie hatte ich so viel gefühlt wie mit ihr. Natürlich war ich schon in Beziehungen gewesen, aber es war nie so vertraut gewesen. Nie war es emotional so nah und gefühlvoll gewesen. Auch wenn Raven manchmal knallhart und kalt war, konnte sie mir ein Gefühl geben, welches ich noch nie zuvor empfunden hatte. Und dass ich dieses Gefühl wollte, es mich nahezu süchtig machte, ließ sie gefährlich werden. Sie bekam damit zu viel Macht über mich. Doch erstaunlicherweise störte mich das kaum noch.

Ich hatte jemanden wie sie nicht verdient. Weder ihre Berührungen noch ihre Worte. Sie drang mit ihnen zu einem Teil in mir vor, den ich schon längst verloren geglaubt hatte, und ihre braunen dunklen Augen gaben mir die Empfindung, ich könnte meine kaputte Seele in ihnen sehen. Das sollte mir wahrscheinlich Angst machen, aber es faszinierte mich stattdessen nur.

Nach einiger Zeit konnte auch ich mich endlich dazu motivieren, das warme Bett zu verlassen. Meine Uniform hing über dem Schreibtischstuhl. Ich zog sie an, sah dann auf meine Uhr und ließ meine Finger über das Lederarmband streichen, bevor ich sie umband.

Raven duschte immer noch.

»Warum brauchst du so lange? Muss ich dir helfen, sauber zu werden? Nicht, dass es mich in irgendeiner Weise stören würde. Ganz im Gegenteil«, rief ich belustigt.

»Nein, keine Sorge, das bekomme ich heute allein hin, vielleicht nehme ich dein Angebot aber später an. Bin gleich fertig«, antwortete sie.

Da *gleich fertig* wohl trotzdem noch einige Zeit dauern dürfte, sah ich mich in dem kleinen Raum um.

Es war chaotisch. Blätter und Klamotten lagen auf dem Boden herum, der Schreibtisch war voller leerer Wasserflaschen und unter ihm lag ein Briefumschlag. Hätte mein Zimmer damals so ausgesehen, wäre ich vermutlich irgendwo auf einem Internat in Alaska gelandet. Unordnung hatte es in meinem früheren Leben nicht gegeben. Dafür hatten die Angestellten meiner Eltern und sie selbst gesorgt. Was sollten sonst die Gäste aus noch reicherem Hause denken?

Mein Blick blieb am Briefumschlag hängen. Es war einer, der mir bekannt vorkam. Ich sah zur Badezimmertür. Das Wasser lief noch. Also ging ich einige Schritte nach vorn und hob ihn auf. Er war in einem matten Grau und auf der Vorderseite stand in goldener verschnörkelter Schrift *Thank you*. Ein Stich durchfuhr mich, als ich mich erinnerte. Ein edler, qualitativ hochwertiger und wunderschöner Umschlag für wahrscheinlich weniger qualitativ hochwertige Drogen. Der Junge im Gemeinschaftsraum hatte so einen in seinen Rucksack gesteckt.

Mein Atem stockte. Hatte Raven etwa Drogen gekauft? Es war schwer, sie einzuschätzen, aber eigentlich dachte ich nicht, dass sie irgendetwas nahm.

Also legte ich den Brief wieder auf dem Schreibtisch ab, als mein Blick zu dem goldenen Stift glitt, der dort an der Seite lag. Das konnte nicht sein. Oder?

Das Unbehagen in meinem Bauch wuchs, als sich eine böse Vorahnung auftat. Er sah genauso aus wie die goldene Schrift auf dem Brief. Vielleicht war es nur Zufall.

Nein, ich musste es wissen, also riss ich die Schublade des Schreibtisches auf und zog tief die Luft ein, als ich die vielen anderen Briefumschläge darin sah. Neben ihnen kleine durchsichtige Beutelchen.

Hinter mir öffnete sich die Badezimmertür und ich konnte Ravens Anwesenheit spüren.

»Was tust du da?«, fragte sie mit zitternder Stimme.

»Die Briefumschläge … Das warst du«, sagte ich, als mir die Bedeutung meiner Worte klar wurden. Ich zog sie aus der Schublade hervor und drehte mich zu ihr um. Sie sah mich mit offenem Mund und geweiteten Augen an.

»Die ganze Zeit über hast du diese Drogen verkauft«, sprach ich endlich aus, was ich vermutete, aber nicht glauben konnte.

Raven schwieg für einen Moment und ihre Augen wurden glasig. »Ich kann das erklär–«, begann sie, doch ich fiel ihr ins Wort.

»Ich brauche keine Erklärung. Du dealst mit Drogen hier an der Uni, belügst mich und versuchst jetzt auch noch, es zu leugnen?«, fragte ich vorwurfsvoll und meine Stimme wurde immer lauter.

Ich verstand es nicht. Warum tat sie das? Mein Herz zog sich schmerzvoll zusammen. Da passte etwas nicht zusammen. Das konnte doch nicht wahr sein.

»Nein, ich …« Sie sah hektisch aus, verzweifelt und … ertappt. Bittere Galle stieg in mir auf.

Schnell kam sie näher und riss mir die Umschläge aus der Hand.

»Was ist es dann? Warum hast du diese Umschläge?«, wollte ich wissen.

»Verdammt.« Sie ließ die Umschläge zu Boden fallen und schlug die Hände über dem Kopf zusammen. »Ich brauche Geld, okay?«, schrie sie schließlich zurück und verwirrte mich damit nur noch mehr.

Ich sah sie verständnislos an, während sie kaum in der Lage war, den Blick auf mich zu richten. Obwohl es hier drin warm genug war, hatte ich das Gefühl, von der einen auf die andere Sekunde wäre tiefster Winter ausgebrochen. So kalt wurde mir plötzlich.

Raven brauchte einige Sekunden, um sich zu fassen, bevor sie bissig erwiderte: »Nicht jeder wächst mit dem goldenen Löffel im Mund auf, Alexander. Andere müssen nun mal dafür arbeiten. Also verurteile mich nicht.«

Wie sollte sie sich die Uni bitte finanzieren? Selbst mit dem Verkauf der Drogen wäre es nicht genug, um für das ganze Semester und die Unterkunft zu zahlen. Was war mit ihrer Familie? Hatte sie mich tatsächlich in allen Bereichen belogen? Nein, das konnte nicht sein. Wahrscheinlich war es eine billige Ausrede, um sich irgendwie zu rechtfertigen. Es konnte doch nicht alles erfunden sein? Wer war die Frau, mit der ich alles in den letzten Monaten geteilt hatte?

»Als hättest du kein Geld. Du bist genauso ein verzogenes, reiches Kind wie wir alle. Aber noch mehr Geld mit dem Verkauf von Drogen zu verdienen, ist egoistisch und falsch. Vor allem, wenn du es nicht brauchst«, brüllte ich.

Ihr Blick wurde zu einem Inferno, wahrscheinlich hatte ich einen Nerv getroffen, aber ich hatte doch recht?

Wie konnte er so etwas nur sagen? Wenn er wüsste, was er mir mit diesen Worten antat. Ich kochte vor Wut, aber ich musste mich beruhigen. Er durfte die Wahrheit nicht erfahren. Aber konnte ich sie überhaupt noch leugnen? Meine Nerven lagen blank. Alles begann gefährlich aus dem Ruder zu laufen. Ich war absolut überfordert.

Ich durfte ihn wegen dieser Sache und dieses Streits nicht verlieren! Doch die kochende Wut trat langsam an die Oberfläche. Natürlich war es moralisch gesehen widerwärtig, was ich tat, aber wer Drogen kaufte, tat das mit dem Wissen, worauf er sich einließ. Aber hatte ich denn eine andere Wahl? Eine andere Zukunft?

»Du hast keine Ahnung, was du da sagst, Alexander! So gut, wie du denkst, kennst du mich nicht«, brachte ich hervor. Dabei versuchte ich ruhig zu bleiben, auch wenn ich ihm für diese Worte am liebsten an die Gurgel gegangen wäre. In seinen Augen tobte ein Tsunami.

»Ich kenne dich nicht?«, fragte er herausfordernd und trat einen Schritt näher auf mich zu, während er meinen Blick fixierte.

Diese Herausforderung nahm ich gern an. »Du weißt nichts über mich. Du bist nur ein eingebildeter Kerl, der denkt, jede Frau läge ihm zu Füßen, und am Ende ist doch für dich jede gleich! Wärst du nicht ständig in meiner Nähe und würdest mich endlich mal in Ruhe lassen, könnte ich vielleicht wieder atmen und hätte dich nicht belogen!«

Die Worte taten selbst mir weh, schmeckten wie Gift auf meiner Zunge, aber ich war es gewohnt, dass Streit immer in eine so harte Richtung ging, aber gerade war ich zweifellos zu weit gegangen. Alex war diese verletzende und abgefuckte Art von Ghetto-Streit nicht gewohnt. Bei mir musste man sich mit allen Mitteln verteidigen. Doch erst als die Worte, welche weniger

Halbwahrheiten, mehr Lügen waren, meinen Mund verlassen hatten, sah ich, was ich damit angerichtet hatte.

Etwas in ihm zerbrach. Etwas, das ich so verzweifelt zu reparieren versucht hatte. Ich erwartete nach solchen Sätzen immer, dass jemand zurückschrie und mich mit Beleidigungen und Schimpfwörtern bewarf, aber er war anders. Er hatte zu viel Klasse und Anstand für diesen Scheiß. Für ihn war es kein Spiel.

Das wurde mir schnell klar, als er in einem gefährlich ruhigen Tonfall sagte: »Es tut mir leid, dass du mir wichtig bist und ich dich damit nerve«, begann er und atmete einmal tief durch, bevor er weitersprach. »Es tut mir leid, dass ich in deiner Nähe sein möchte und dir damit scheinbar die Luft zum Atmen nehme. Es tut mir leid, aber du bringst mich dazu, etwas zu fühlen. Denn ich habe schon seit Ewigkeiten nichts mehr empfunden. Es tut mir leid, dass ich dich mit meiner Anwesenheit einenge. Aber was du tust, ist trotzdem nicht richtig«, brachte er mit zitternder Stimme und starrem Blick heraus.

Verdammt, ich habe Scheiße gebaut!

Er hatte recht, aber gleichzeitig wusste er gar nichts. Gott, ich war so dumm! Ich musste das in Ordnung bringen. Egal, ob er die Wahrheit erfuhr oder nicht. Ich log, wenn ich wütend war, denn ich hatte ein Talent dafür, im Streit die Worte zu finden, die meinen Gegenüber am meisten verletzen würden. Nur so hatte ich eine Beziehung mit Jackson überlebt. Aber Alex war nicht er.

»Nein, das meinte ich nicht so«, sagte ich atemlos, wollte zurückrudern und trat so weit nach vorn, dass ich meine Hand ausstreckte und seine Wange berühren wollte, doch er hielt mein Handgelenk fest.

»Fass mich nicht an. Fass mich nie wieder an und verschwinde aus meinem Leben«, zischte er und ließ mich abrupt wieder los, bevor er zurücktrat.

Er stieß mich weg, weil er Angst hatte, ich könnte ihn noch mehr verletzen, wenn er mich näher an sich heranließ. Das hatte ich. Er hatte mich verletzt, weil er nicht wusste, warum ich tat, was ich tat, aber ich hatte aus meiner Verzweiflung heraus Lügen erfunden, um ihm wehzutun.

»Nein, ich werde nicht gehen. Genau das erwartest du doch, oder? Dass ich mich jetzt verpisse, aus dieser Tür gehe und nie wiederkomme. Das bist du gewohnt, nicht wahr? Dass jeder geht, der dir etwas bedeutet, weil du immer wieder mit ansehen musstest, wie egal du ihnen warst. Du willst, dass ich gehe, damit du deine Weltanschauung nicht infrage stellen musst, aber das werde ich nicht. So einfach wirst du mich nicht los. Was ich gerade gesagt habe, war eine Lüge. Aber ich habe Angst. Ich weiß selbst nicht, was ich hier tue, okay? Lass es mich bitte erklären!«

Er sah mich vollkommen schockiert, mit offenem Mund und hängenden Armen an. Seine Augen, in denen gerade noch ein Feuer gebrannt hatte, wurden langsam wieder zu Eis.

Mir hingegen wurde bewusst, was ich ihm gerade versprochen hatte. Wann war er mir denn so wichtig geworden? Ab welchem Punkt war es mir lieber, vielleicht wegen meiner illegalen Geschäfte aufzufliegen, als diesen zerstörten Ausdruck auf seinem Gesicht zu sehen? Er war mir verdammt wichtig, es war schon fast lächerlich, wie sehr ich ihn brauchte.

»Gott, Alex«, sagte ich, trat noch einmal nach vorn, legte meine Hand an seinen Hinterkopf und vergrub meine Finger in seinem weichen Haar. Er ließ es zu. »Ich meine es ernst, auch wenn du mir nicht glauben kannst. Du wirst mich wegen eines Streits nicht verlieren. Lass uns das klären. Ich habe das gerade nur gesagt, weil ich wütend war und dich verletzen wollte. Aber nicht so, es tut mir leid. Ich erkläre dir alles. Wir bekommen das hin.«

Er schloss für einen Moment die Augen, genau wie ich. Wir waren nur zwei verlorene und gebrochene Seelen, die sich in einem Campuszimmer voller Drogen hielten. Ein Spiel aus Lügen konnte nicht gewonnen werden, er musste die Wahrheit erfahren. Die ganze Wahrheit, schon bald.

»Ich brauche dich, ich kann dich nicht verlieren«, flüsterte ich, weil mir genau das bewusst geworden war.

Er löste sich aus meiner Berührung, trat einen Schritt zurück und sagte: »Daran hättest du denken sollen, bevor du mich belogen hast. Vielleicht verlässt du mich nicht, aber ich verlasse dich.« Seine Miene war ausdruckslos. Als hätte er die Gefühle einfach ausgestellt.

Ich taumelte zurück und sah untätig zu, wie er sich zum Gehen wandte und ohne einen Blick zurückzuwerfen, das Zimmer verließ.

Mein Herz brach.

Ich konnte das nicht mehr. Ich atmete zu hektisch, um Luft in meine Lunge zu bekommen, während ich auf die geschlossene Tür sah, doch ich konnte nicht.

Was wenn ich ihn verloren hatte? Wenn er mich verraten und nie wieder etwas mit mir zu tun haben wollte?

Ich begann zu hyperventilieren und fühlte das Kribbeln in meinen Händen. Vorsichtig ließ ich mich auf den Boden fallen. Das konnte nicht passiert sein, es durfte nicht. Die Tränen brannten in meinen Augen.

Ich hatte Angst. Ich hatte so viel Angst, dass ich Alex verloren hatte.

Angst war ein widerwärtiges Gefühl, denn mit ihr kam auch die Machtlosigkeit. Man hatte Angst, wenn man die Dinge nicht mehr kontrollieren konnte. Wenn man das Gefühl hatte, dass die Decke zusammenbrach, einen unter sich begrub und man nichts tun konnte, um sie daran zu hindern.

Die Decke war gerade zusammengebrochen und ich versuchte verzweifelt, mich an die letzten Trümmerreste zu klammern, während seine Worte in Dauerschleife liefen.

32 Raven

Am nächsten Morgen fühlte ich mich, als hätte man mir die Seele aus dem Leib gesaugt. Nichts tangierte mich mehr. Mir war egal, ob ich zu spät zur Vorlesung kam oder ob ich etwas aß. Es interessierte mich nicht, ob mein Zimmer aufgeräumt, meine Haare gewaschen oder die Uniform sauber war. Kurz hatte ich mit dem Gedanken gespielt, selbst etwas aus meinem Schrank zu nehmen und mich einfach zu betäuben. Bis ich nichts mehr spürte. Bis ich schlief und nur aufwachte, um das nächste High zu erleben. Doch ich wollte nicht feige sein. Konnte nicht den einfachen Weg wählen. Der Schmerz zerfraß mich zwar, aber er war echt. So echt, dass ich mich fragte, wie tief Gefühle gehen konnten. Ob sie wirklich gerade dabei waren, meine Innereien zu zerfressen. Ich hatte geweint. Die ganze Nacht lang. So stark, dass irgendwann keine Tränen mehr in meinem Körper zu finden waren. Außerdem hatte ich mich übergeben.

Sicher dreimal. Ich wusste nicht, ob es die Überforderung war, die Angst, verraten zu werden oder das Wissen, dass meine Zukunft in Alex Händen lag. Vielleicht war es doch schon die Tatsache, ihn verloren zu haben, die dazu führte, dass ich mich erneut übergeben wollte. Er hatte Schluss gemacht. Das war die bittere Realität, man hätte mich genauso gut mit einem Speer durchs Herz hinrichten können.

Am liebsten wollte ich nach Hause zurück. Ich hätte nicht gedacht, dass ich das jemals denken würde. Doch ich sehnte mich nach der Vertrautheit, meinen Bruder von der Schule abzuholen und einfach mit ihm in unser heruntergekommenes, kleines Apartment zu gehen.

Es wäre wohl besser gewesen, nie hergekommen zu sein. Die Zeit mit Alex war wundervoll, doch der Schmerz, der mich beim Gedanken an seinen Namen innerlich auseinanderzureißen schien, ließ mich infrage stellen, ob es die Zeit wirklich wert war.

Ich saß am Fenster, blickte auf den Rasen vor dem Campus und die Klippen. Ich versuchte, mir einzureden, dass ich hier saß, um die Wellen zu beobachten und weil deren Geräuschkulisse mich ruhiger werden ließ, doch eigentlich wusste ich, tief in mir drin, dass ich hoffte, Alex zu sehen. Ich verzehrte mich danach. Wie bei einer Sucht ließ der kleinste Gedanke an ihn mein Herz sowohl flattern als auch zerspringen. Schon unzählige Male war ich kurz davor gewesen, zu seinem Zimmer zu gehen, anzuklopfen und ihn anzuflehen, mir zuzuhören, doch ich verwarf den Gedanken immer wieder.

Auf Delanos Nachrichten, wo ich war, antwortete ich nicht. Die Energie fehlte einfach und ich wollte ihn in dieser für ihn bereits schweren Situation nicht auch noch mit meinen Problemen belasten. Oliver lag noch immer im Krankenhaus. Er war zwar mittlerweile wach und es ging ihm mit jeder Stunde besser, aber das war nur ein kleiner Trost. Außerdem durfte Delano auf keinen Fall erfahren, dass ich die Drogen verkaufte. Ich machte mir selbst noch Vorwürfe, nicht auf die Menge geachtet zu haben, die Oliver gekauft hatte. Ich hätte ihm überhaupt nichts verkaufen sollen. Aber es war, wie Cloé sagte. Bekamen sie das Zeug nicht von mir, kauften sie es woanders.

Einfach aussteigen konnte ich auch nicht. Ich war vielleicht nicht allwissend, doch auch lange nicht so naiv zu glauben, dass der Ausstieg aus einem Drogenkartell einfach wäre. Ich steckte in der Scheiße.

Wieder wanderten meine Gedanken zu Alex zurück. Ich wollte nicht über ihn nachdenken, doch ich konnte nicht anders. Er war überall. Sein Geruch steckte nach wie vor in meinem Bettlaken. Ich fühlte seine Berührungen, seine Küsse und hörte seine Stimme, sobald ich die Augen schloss.

Ich wollte zurück zu dem, was wir gehabt hatten. Wollte zurück nach Paris. Zurück zum Strand und die Regentropfen um Mitternacht auf meiner Haut spüren, während sich seine Lippen auf meinen Hals drückten. Wollte nicht glauben, wie sehr es schmerzte, ihn verloren zu haben. Noch weniger wollte ich darüber sprechen. Ich hatte überlegt, ob ich Savana, die mir ihre Nummer bei der Gala gegeben hatte, anrufen und sie nach Rat fragen sollte, wie ich einen Streit mit Alex wieder hinbiegen konnte. Doch sobald ich es aussprach, würde es diese Sache real werden lassen. Sobald ich zugab, dass ich Alex liebte, war es mehr als eine Sache in meinem Kopf. Doch ich war zu egoistisch, um ihn gehen zu lassen. Ich würde ihn in meinem Leben behalten – oder zumindest alles versuchen.

Ich blies die Luft aus und dachte an ein Zitat von Shakespeare, das ich vor einiger Zeit in einem Buch gelesen hatte, das ich für die Hausarbeit durchgearbeitet hatte.

Was soll ich mit der Liebe, wenn sie den Himmel mir zur Hölle macht.

Vielleicht sollte ich mir einfach eingestehen, dass es so war. Dass ich mich in diesen reichen, blonden Idioten verliebt hatte. Es war mir eigentlich schon längst klar gewesen.

Ich zog mit zitternden Fingern mein Handy hervor und ohne weiter darüber nachzudenken, tippte ich auf Savanas Kontakt. Ich musste es irgendwie wieder hinbiegen. Mir zurückholen, was mir gehörte. Egal, wie hoch der Preis war oder wie sehr es meinen Stolz kränken würde. Ich würde nicht aufgeben. Zum ersten Mal in meinem verdammten Leben würde ich um etwas kämpfen. Um jemanden.

Es klingelte und ich betete, dass sie schneller abnahm, als ich meine Entscheidung überdenken konnte.

»Hey, Raven, überraschend, dass du anrufst. Was gibt's?« Ihre Stimme war fröhlich.

Ich brauchte ein paar Sekunden, um die aufsteigenden Tränen wegzublinzeln. »Hey, pass auf.« Ich war so fertig, dass meine Stimme völlig verheult klang. »Ich habe einen Fehler gemacht und Alex und ich hatten einen riesigen Streit. Ich habe keine Ahnung, wie ich das wieder hinbekomme.«

Es herrschte kurzes Schweigen, dann hörte ich ein paar tiefe Atemzüge. »Hast du ihn betrogen?«, fragte sie geradeheraus.

»Was? Gott, nein!« *Niemals.*

»Gut, denn dann hättest du vergessen können, dass du ihn jemals zurückbekommst, und ich hätte deinen Kontakt sofort gelöscht. Aber wenn nicht das – was hast du getan?«

Es war klar, dass ich ihr nicht die Wahrheit sagen konnte. »Ich habe ihn bei einer wichtigen Sache angelogen, weil mir die Wahrheit unangenehm war. Im Streit war ich dann wütend und habe Dinge gesagt, die ihn verletzt haben und die ich absolut bereue, weil sie einfach nicht wahr sind. Er wollte mir nicht einmal zuhören, als ich versucht habe, ihm die Wahrheit zu erklären«, versuchte ich, so gut wie möglich um das Wichtigste herumzureden.

»Puh.« Dann Stille. »Nun ja, Alex ist zwar am Anfang ein harter Typ, aber wenn er so fertig wegen ein paar Worten ist, musst du ihm sehr wichtig sein. Ich habe in Paris gesehen, wie er dich angeschaut hat, und ich nehme an, dass du wahrscheinlich einen Nerv getroffen hast. Ich weiß, du willst es wahrscheinlich gerade nicht hören, aber gib ihm Abstand. Lass ihn seine Wunden lecken, aber warte nicht zu lange.«

Wie lange war *zu lange*? »Wie meinst du das?« Ich verstand diese Art von Psychologie nicht.

»Okay, du gibst ihm, sagen wir, ein oder zwei Wochen. Dann kann er erst mal für sich verarbeiten, was passiert ist und realistisch entscheiden, wie schwer der Vertrauensbruch für ihn war. Danach versuchst du mit ihm zu reden. Zeig ihm, dass es dir wichtig ist, dass er die Wahrheit erfährt. Aber warte nicht länger, weil du ihm dann das Gefühl gibst, dass er dir egal ist.«

Ich verarbeitete ihre Worte wie eine Anleitung. »Bist du nebenbei Psychologin oder so was?« Ein trauriges Lächeln legte sich auf meine Lippen. Savanas Ratschläge gaben mir Hoffnung. Wie ein Sonnenstrahl, der sich durch Gewitterwolken kämpfte, machte sich bei dem Gedanken, dass noch nicht alles verloren war, eine Wärme in meiner Brust breit.

Sie lachte leise. »Nein, aber ich habe schon ein paar Beziehungen hinter mir.«

Wir fielen in ein Schweigen, bis ich endlich sagte: »Danke, Savana. Ich hätte keine Ahnung gehabt, wie ich das angehen soll.«

»Gerne. Ich hoffe, ihr bekommt das hin, denn Alex hat es verdient, glücklich zu sein. Also wehe, du brichst ihm das Herz, Schätzchen. Ich weiß, wo du studierst.«

Die letzten Worte waren eine mehr oder weniger ernst gemeinte Drohung.

»Ich weiß. Ich will auch, dass er glücklich ist, und ich werde alles tun, um ihn glücklich zu machen«, versprach ich und hoffte inständig, dass ich das Versprechen halten würde.

Es fühlte sich unerwartet gut an, mit jemandem darüber gesprochen zu haben, doch gleichzeitig wusste ich auch, dass es mir schwerfallen würde, mich einige Tage, gar Wochen lang von ihm fernzuhalten.

Wie schwer es tatsächlich war, merkte ich am nächsten Morgen. Schon beim Aufstehen zog sich mein Magen zusammen und beim Gedanken, ihm vielleicht auf dem Gang oder spätestens in der Vorlesung zu begegnen, war es, als stieße mir jemand ein Messer in die Brust. Die kleine Stimme in meinem Hinterkopf, die davon schwärmte, endlich wieder in seiner Nähe zu sein, brachte ich zum Schweigen.

Ich hatte mich immer noch nicht dazu bewegen können, mir die Haare zu waschen oder mich zu schminken. Deshalb band ich die schwarzen Haare in einen Knoten und machte mich bereits dann auf den Weg in die Vorlesung. Im Gang war es noch ruhig, weil ich vor Alex im Vorlesungssaal sitzen wollte, um mir einen Platz in der letzten Reihe zu sichern. Auch Delano wollte ich nicht über den Weg laufen, deshalb war ich extra eine halbe Stunde eher losgegangen.

Obwohl ich keinen Hunger hatte, hatte ich mir ein Sandwich eingepackt, welches ich noch im Zimmer liegen hatte. Ich betrachtete es in meinem Rucksack, doch schloss ihn dann wieder. Würde ich jetzt etwas essen, würde ich es in dem Moment, in dem Alex den Raum betrat, auf den Tisch erbrechen. So viel stand fest.

Langsam traten weitere Studenten ein, die mir zum Glück wenig Beachtung schenkten.

Mein Atem ging schneller und ich tippte mit meiner Fußspitze nervös auf den Boden. Jeden Moment könnte er den Raum betreten. Meine Augen waren praktisch an die Tür getackert.

Und dann sah ich endlich das blonde Haar, durch das ich schon so oft mit der Hand gefahren war.

Alex sah mindestens so mies aus wie ich. Unter seinen Augen zeichneten sich dunkle Ringe ab. Seine Kleidung war faltig und er hatte sich nicht rasiert. Am liebsten wäre ich zu ihm gelaufen, hätte seine Hand genommen, ihn zurück in mein Zimmer gebracht, aufs Bett geschmissen und mich so lange an ihn geklammert, bis der Tag von der Nacht verschluckt wurde. Doch ich rührte mich nicht. Auch wenn ich so gern wollte, hatte Savana recht. Er brauchte Zeit.

Ich war bereit, sie ihm zu geben, auch wenn es so sehr schmerzte.

33 Alex

Ich war wütend. Ich war so verdammt wütend, dass ich die Nacht genutzt hatte, um in meinem Zimmer alles auseinanderzureißen und zu zerstören, was ich finden konnte. Auch wenn ich mich bemüht hatte, alles rauszulassen, war ich innerlich noch immer zu aufgewühlt, um klar denken zu können. Kalter Schweiß, Schlaflosigkeit und das Gefühl, keine Sekunde mehr in dieser Situation auszuhalten, suchten mich heim. Es ging nicht in meinen Kopf, wieso Raven so einen Scheiß tat. Doch ihre Erklärung wollte ich mir auch nicht anhören. Ich konnte nicht. Ich würde ihr nicht in die Augen blicken können, ohne den Verrat, die Lügen und die Beleidigungen zu sehen. Das Thema war abgehakt. Vielleicht nicht innerlich, aber von außen musste es so aussehen. Es war wie in der Geschäftswelt. Wenn eine Firma aufgelöst wurde, interessierte es auch niemanden, wie es den Menschen dahinter ging.

Ich musste Raven aus meinem Kopf bekommen. Sie war nichts Besonderes. Keine Ahnung, warum ich das gedacht hatte. Sie war eine Drogendealerin. Als ob sie das nötig hätte. Ein *Versace*-Kleid und High Heels von *Yves Saint Laurent* waren drin, aber dann tat sie so, als bräuchte sie Geld. Ich lachte fast über mich selbst, denn ich war so verdammt dumm gewesen, ihr auch noch alles zu bezahlen, ohne Fragen zu stellen. Die zwei Mal, wo sie für das Essen aufgekommen war, waren ein Witz gewesen im Gegensatz zu den Tausenden von Pfund, die ich für alles geblecht hatte. Aber es ging mir nicht um dieses verdammte Geld. Es ging mir darum, dass es Raven unter meine Haut geschafft hatte und sie das Vertrauen sowie alle Erinnerungen einfach weggeworfen hatte. Sie hatte mir vor Augen geführt, wie absurd der Gedanke war, ich hätte ein Happy End verdient. Ich war nutzlos. Ein Versager. Mein Vater hatte recht: *Ich* war der Fehler.

Ich ließ die Gedanken hinter mir. Eine Nacht lang hatte ich meine Wut und Verzweiflung rausgelassen, jetzt musste ich mich auf mein Studium konzentrieren. Raven hatte mich mehr als genug abgelenkt und das zuzugeben, vergrößerte das Loch in meiner Brust.

Ich ging durch die Tür in den Vorlesungssaal und obwohl ich es ungern zugab, bekam ich weiche Knie. Ich wollte sie nicht sehen. Doch als ich den Saal betrat, saß sie bereits in der hintersten Reihe und schenkte mir einen entschuldigenden Blick.

Den konnte sie sich sonst wo hinstecken, dachte ich und lief nach vorn zu einem der freien Plätze, ohne ihr weiter Beachtung zu schenken. Ich brauchte weder ihre Entschuldigungen noch die Ausreden. Langsam stellte ich sogar infrage, was echt gewesen war und was nicht.

Was wäre, wenn mein Vater entgegen jeder Vermutung auch mit allem anderen recht hatte. Was, wenn sie wirklich kein Geld hatte und sich schwängern lassen wollte, um durch ein Kind an mein Geld zu kommen?

Es waren nur noch wenige Wochen, bis ich Geburtstag und damit Zugriff auf mein Vermögen hatte. Sollte mein Vater mein Konto nicht längst leergeräumt haben, weil ich ein Idiot war und auf der wichtigsten Gala des Jahres eine riesige Szene veranstaltet hatte. Fast hätte ich gelacht. Ich hatte ihm ins Gesicht und mit voller Überzeugung gesagt, dass ich sehr wohl auseinanderhalten konnte, wer mich wirklich mochte und wer mir nur etwas vorspielte.

Jämmerlich.

Und wofür hatte ich meine Zukunft aufs Spiel gesetzt? Für eine Frau, die genauso hinterlistig war wie alle anderen.

Ich wollte schreien. Doch da der Professor gerade mit seiner Vorlesung begonnen hatte und ich ganz vorn saß, nahm ich meine Nerven zusammen und beruhigte mich.

Eine Sekunde verstrich, in der der Professor mich misstrauisch beäugte, doch ich lächelte nur gespielt und schließlich wandte er sich wieder seinem Vortrag zu und ich mich meinen Gedanken.

Nun war mein Gehirn vollgestopft. Mit Theorien, möglichen Erklärungen und Gedanken, die fernab der Realität lagen.

Doch egal, wie viel ich nachdachte oder überlegte – die Wut und der Schmerz wollten einfach noch nicht verschwinden.

Nach der Vorlesung packte ich meine Sachen zusammen und verschwand so schnell aus der Tür, dass mich definitiv niemand ansprechen konnte. Ich wollte mit niemandem reden. In einer halben Stunde würde die nächste Vorlesung beginnen. Bis dahin wollte ich meine Ruhe. Also holte ich mir im kleinen Studentencafé eine Nudel-Gemüse-Bowle und ging dann geradewegs auf mein Zimmer.

Ich stellte das Essen auf den Schreibtisch, zog mein Jackett aus und begann dann zu essen. Auch wenn ich weder Hunger hatte noch etwas schmeckte.

Irgendwie vermisste ich den Ausblick auf die Wellen. Vorgestern hatte ich mit Raven noch an ihrem Fenster gesessen und wir hatten uns über die Schönheit und die Mysterien des Ozeans unterhalten. Von da kamen wir zur Titanic über verrückte Theorien und schließlich zu Filmen.

Es war noch nicht lang her und trotzdem vermisste ich es schon. Nach einiger Zeit beschloss ich, dass es genug Isolation war. Ich rief Caleb an. Es war mir scheißegal, ob er gerade in einer Vorlesung saß oder nicht. Ich musste mich ablenken. Wie erwartet, ging er nicht ran, sondern schrieb und stand einige Minuten später vor meiner Tür.

»Was ist passiert?«, fragte er aufgewühlt und schmiss seinen Rucksack neben der Tür auf den Boden.

»Ich habe mich von Raven getrennt. Bin jetzt ein freier Mann. Lass uns irgendwas machen.« Ich ließ es nebensächlich klingen.

»Du hast mich aus der Vorlesung mit den Worten *Komm sofort her* und *Es ist ein Notfall* herauszitiert um i*rgendwas zu machen?«*

»Genau. Vielleicht sollten wir nach London fahren. Ich kenne gute Casinos und Stripclubs. Klingt das nach einem Plan?«

Caleb verengte die Augenbrauen und schüttelte den Kopf, bevor er leise zurückgab: »Ich glaube nicht, dass es gesund wäre, jetzt so zu reagieren.«

Ich erkannte Sorge in seinem Blick.

Hätte ich ihm bloß nicht Bescheid gegeben. Schon jetzt ging er mir mächtig auf den Sack. Ich brauchte weder Sorge noch verficktes Mitgefühl. »Was bist du? Mein Therapeut, oder was?«

Ich erreichte, was ich wollte, und die Sorge machte der Wut in seinen Augen Platz.

»Nein, ich bin dein Freund! Zumindest dachte ich das. Wenn du meine Ratschläge nicht willst, dann fahr in Casinos und irgendwelche Clubs. Ich sage dir ganz ehrlich, was passiert. Gerade führst du dich auf wie ein Arsch. Du wirst Unmengen an Geld verzocken und dir irgendeine Frau aufreißen, die du flachlegst, bis du am nächsten Tag aufwachst und merkst, dass nichts davon den Schmerz in deiner Brust, den du wahrscheinlich gerade fühlst, lindert.« Er legte eine Kunstpause ein, die die nächsten Worte eindrucksvoller machte. Ich schwieg.

»Wenn du das willst, halte ich dich nicht auf, aber ich komme auch nicht mit. Was ich dir anbieten kann, ist, dass ich mich jetzt hier hinsetzte«, er deutete auf mein Bett. »Und du mir erzählst, was eigentlich verdammt noch mal passiert ist.«

Ich schluckte, meine Kehle war trocken und mein Kopf wie leergefegt. Für einen Moment hatte ich Ruhe vor den lauten Stimmen in meinem Kopf, die sich Horrorszenarien ausdachten oder mir vorhielten, was ich hätte anders machen sollen. Ich könnte ihm entgegen schreien, dass Reden nutzlos war. Dass er sich den Scheiß nicht anhören sollte. Am liebsten hätte ich trotzig meine Schlüssel gepackt und wäre wirklich gefahren. Aber eigentlich wusste ich selbst, dass es nichts bringen würde.

Also ließ ich mich in den Schreibtischstuhl zurückfallen und sprang über meinen Schatten. »Du hast recht. Ich benehme mich wie ein Arsch. Und du bist mein Freund.«

Caleb atmete erleichtert aus und seine Schultern lockerten sich, als er sich gegenüber von mir auf mein Bett setzte.

»Raven hat mich belogen.«

Die nächste Vorlesung verpasste ich. Auch die danach. Caleb erfuhr nichts von den Drogen. Ich gab ihm keine Details, dennoch sprachen wir knapp zwei Stunden.

Am Abend scheute ich mich, ins Bett zu gehen, doch der Tag hatte mich so mitgenommen, dass ich schließlich doch Ruhe fand. Wenn auch nur für ein paar Stunden.

Es vergingen zwei Wochen, dann begann sich der Nebel in meinem Kopf langsam zu lichten. Doch je klarer ich wurde, desto mehr Angriffsfläche bot ich der Trauer. Die verwirrten Gedanken, die mir das Gefühl von Fieberträumen vermittelt hatten, wurden weniger, doch der Drang, einfach bei Raven zu klopfen, weil ich es ohne sie nicht mehr aushielt und wissen musste, was die Wahrheit war, wurde immer stärker.

Noch nie in meinem verdammten Leben hatte ich so viel Angst davor gehabt, eine Frau zu verlieren. Was war nur los mit mir?

Es traf mich unvorbereitet und doch so vertraut. Ich liebte Raven Harris und war bereit, alles für sie aufs Spiel zu setzen. Mit Caleb war ich schließlich zu dem Schluss gekommen, mir ihre Erklärung eventuell anzuhören, wenn ich bereit dazu war.

Was würde Nora wohl denken, wenn sie mich so sehen

könnte? Wahrscheinlich würde sie mich auslachen, weil ich so ein Drama veranstaltete. Gleichzeitig wäre sie zweifellos für mich da. Ich würde alles tun, um sie noch einmal in den Arm nehmen zu können. Sie war so viel mehr Familie gewesen als unsere Eltern. Ich wollte sie nicht einmal mehr als solche betiteln, trotzdem war ich auf das Geld angewiesen. Es war immer da gewesen und hatte deshalb nie sonderlichen Wert für mich gehabt. Könnte es stimmen, dass Raven wirklich keines hatte? Hatte sie deshalb nichts von der Welt gesehen? Wusste sie darum nicht, wie man sich in diesen Kreisen verhielt und war das der Grund, warum sie von Etikette und Business-Kleidung noch nie gehört zu haben schien?

Die Vorstellung, dass das sichere Polster, das mir selbst dann ein ordentliches Leben ermöglichen würde, wenn ich den Abschluss nicht schaffen würde, weg wäre, bereitete mir ein mulmiges Bauchgefühl.

Ich zog mein Handy aus der Tasche und öffnete die Bank-App. Erleichtert atmete ich aus, als die Summe auf dem Display erschien, die ich in Erinnerung hatte. Zwar hatte ich erst an meinem Geburtstag nächste Woche Zugriff darauf, aber ich brauchte es ja nicht unbedingt jetzt gleich. Ich legte das Telefon zur Seite und widmete mich wieder dem Fenster. Ein schwarzer Haarschopf tauchte in meinem Sichtfeld auf. Mir stockte der Atem und mein Puls schoss sofort in die Höhe, als ich Raven erkannte. Sie lief zielorientiert über den Hof und um das Gebäude herum. Ich verlor sie.

Ohne nachzudenken, stand ich auf und verließ mein Zimmer. Ich ging nur bis zur Mitte des Gangs und blieb an einem der Fenster stehen.

Dort stand sie, vor der Treppe, die die Klippen nach unten führte, doch sie machte keine Anstalten, sie zu nehmen, sondern blickte einfach nur in die Ferne.

Gott, war ich so verliebt, dass ich sie nun schon wie ein kranker Stalker am Fenster beobachtete? Ich wollte den Kopf über mich selbst schütteln, doch mein Blick konnte sich nicht abwenden.

Ihre langen Haare wehten im Wind und statt der Schuluniform trug sie nun eine dunkle Jeans und einen grauen Kapuzen-Pulli. Ich wollte nichts lieber, als mich zu ihr zu stellen, die Wellen zu beobachten und ihre Hand in meine zu nehmen.

Sie ist eine Drogendealerin. Vielleicht will sie nur dein Geld.

Am liebsten würde ich diese nervige Stimme in meinem Unterbewusstsein erwürgen. Doch das Schlimme war, dass sie recht hatte. Raven war eine Betrügerin. Sie hatte keine Moral oder Skrupel. Es fiel mir schwer, das zu glauben, weil ich so sehr das Gefühl hatte, dass wir echt gewesen waren. Unsere Gefühle, Gespräche und die Leidenschaft. Das lodernde Feuer in ihren Augen. Die Hingabe und der Sex …

»Was hast du ihr angetan?«

Erschrocken drehte ich mich um und erblickte einen dunkelhaarigen Studenten. Delano. Er hatte Raven und mich damals in der Bibliothek erwischt.

Mein Herz zog sich bei der Erinnerung schmerzhaft zusammen.

»Ich habe ihr gar nichts angetan«, stieß ich aus und legte so viel Verachtung in meine Stimme, wie ich konnte. Sie machte einen riesigen Fehler und ihr Kumpel unterstellte mir diesen nun? Ganz sicher nicht!

Die Wut kehrte zurück. Doch ich genoss es, denn Wut war wenigstens keine Trauer. Keine Schwäche.

»Ach nein? Sie reagiert nicht auf meine Anrufe und Nachrichten und du stehst wie ein Spanner an der Fensterscheibe und beobachtest sie. Wenn du es nicht warst, was ist dann los? Wegen wem ist sie sonst so drauf?«

Ich wollte nicht mit Delano reden. Was bildete er sich bitte ein? Er kannte mich kaum.

»Raven hat Scheiße gebaut und ich bin wütend, verdammt! So herum ist es richtig.« Auch wenn es mich in den Fingerspitzen juckte ihm aus Prinzip eine reinzuhauen, besann ich mich eines

Besseren, schenkte ihm keine Beachtung mehr und blickte wieder zum Fenster, doch Raven war verschwunden.

»Fuck«, stieß ich zwischen zusammengebissenen Zähnen hervor.

»Ach ja? Was hat sie denn angeblich getan?« Er überkreuzte die Arme vor der Brust und zog eine buschige Augenbraue nach oben.

»Sie …« Ich brach den Satz bereits nach dem ersten Wort ab. Er war ihr Freund, aber das bedeutete nicht, dass er es wusste. Ich hatte nicht eine Sekunde daran gedacht, Raven zu melden. Ich hatte diese Option direkt ausgeschlossen, weil sie sonst von der Uni fliegen und ich sie gar nicht mehr sehen würde. Es wäre von der Sache her die angemessene Reaktion, um andere davor zu bewahren, Drogen zu kaufen, doch ich könnte ihr das niemals antun.

»Sie *was*?«, fragte Delano, der mir einen mehr als ernsten Blick durch die blassblauen Augen zuwarf.

Ich musste mir etwas anderes einfallen lassen. »Sie sollte es dir selbst erzählen.«

Ich machte auf dem Absatz kehrt und ging den Weg zurück in mein Zimmer. Auf dem Weg stach mir ein Flyer entgegen, der an der Wand angebracht war und die edle Tapete verschandelte. Der Flyer lud nächstes Wochenende zu einer großen Abschlussfeier der Studenten ein, die im November in die letzten Prüfungen gingen. Ich schnaubte, weil es mich an die Gala in Paris erinnerte, und ging weiter. Delano hielt mich nicht auf und dafür war ich ihm dankbar. Ich hatte nicht die Energie, mich weiter mit irgendjemandem zu streiten. Zumal ich außerdem nicht das Risiko eingehen wollte, Raven auf dem Flur zu begegnen. Es war peinlich genug, dass Delano mich erwischt hatte.

Ich atmete erst aus, als die Tür hinter mir ins Schloss fiel.

Mein Blick glitt zu meinem Bett. Wenn ich einfach weiterschlief, würde es sich vielleicht nicht mehr so übel anfühlen. Vielleicht war das alles auch nur ein Traum, aus dem ich endlich aufwachen musste, und morgen früh wäre nichts davon wirklich passiert. Die letzten zwei Wochen waren die Hölle gewesen. Ich setzte mich auf die Bettkannte und strich mir die Haare aus der Stirn. Ich sollte mit ihr sprechen. Doch mein Ego wollte es nicht.

Ich brauchte sie. Ihre Haut auf meiner. Die Gespräche mit ihr. Ich wollte morgens aufwachen, ihr einen Kuss auf den Scheitel hauchen und sie noch einige Minuten an mich drücken, bevor wir aufstehen mussten. Ich wollte hören, wie sie meinen Namen aussprach. Egal ob sie verärgert oder glücklich war – es war jedes Mal, als würde ihre Stimme über meine Seele streicheln. Das hatte ich mir nicht eingebildet. Das konnte sie nicht gespielt haben und wenn doch, würde ich ihr persönlich den *Oscar* überreichen. Ich war doch kein Idiot, oder? Ich wusste, was ich fühlte, was sie in mir ausgelöst hatte. Sie war meine Droge und ich sehnte mich nach ihrer Nähe, ihrem Geruch, der mittlerweile so vertraut war wie mein Zuhause.

Langsam legte ich mich auf die Matratze und ließ mein Gesicht auf das Kissen sinken.

Einige Minuten später drehte ich mich auf den Rücken und blickte zur Decke. Würde ich ohne all das Geld auskommen? Zwar wusste ich nicht, ob sie wirklich keins hatte, aber die Frage beschäftigte mich trotzdem. War das Vermögen wirklich das Einzige, was mich bei meinen Eltern hielt?

In meinem Schrank war noch eine Flasche Vodka. Es würde nicht lange dauern, bis ich so betäubt wäre, dass ich mir über nichts davon mehr Gedanken machte. Wenn sie mich belog, bedeutete unser Versprechen auch nichts.

Verdammt. Ich erhob mich und öffnete den Schrank. Die Flasche stand noch verschlossen darin. Ich schraubte den Deckel ab und setzte sie an. Nach einem Schluck fühlte ich das vertraute Brennen in meiner Kehle. Es war jedoch nicht erlösend oder richtig. Ganz im Gegenteil. Ich wollte es nicht. Ich wollte nie wieder die Kontrolle verlieren und im Krankenhaus landen, nur um meine Gefühle betäubt zu haben. Am Ende holten sie einen doch eh wieder ein. Man fühlte, was man fühlen musste und je länger man es hinauszögerte, desto tiefer sank man.

Ich ging ins Badezimmer und schüttete den Inhalt ins Waschbecken.

Früher hätte ich nicht darüber nachgedacht und einfach so lange getrunken, bis ich mich nicht mehr miserabel fühlte, doch nun erschien es mir wie die denkbar schlechteste Lösung. Vor allem, weil die Probleme nicht verschwunden waren, wenn ich morgen aufwachen würde. Also legte ich mich einfach ins Bett und starrte so lange an die Decke, bis ich schließlich irgendwann vor Erschöpfung einschlief.

34 Raven

Zwei Wochen waren vergangen. Es kribbelte mir schon in den Fingern, endlich bei ihm anzuklopfen, doch gleichermaßen hatte ich furchtbare Angst, abgewiesen zu werden. Was, wenn er nicht hören wollte, was ich zu sagen hatte? Oder wenn er mir einfach die Tür vor der Nase zuschlagen würde. Ich würde wahrscheinlich weinend auf dem Flur zusammenbrechen. Deshalb hatte ich mir etwas anderes überlegt. Vielleicht konnte ich ihn nicht mit Worten überzeugen, dann musste ich ihm eben zeigen, warum ich tat, was ich tat. Meine Knie waren wie Wackelpudding und mein Magen gab unmenschliche Geräusche von sich, als ich mein Zimmer am Mittag verließ, um zu Alex zu gehen. Es war Samstag und somit hatten wir frei. Ich betete, dass er da war, doch hatte gleichzeitig die Hoffnung, dass er nicht öffnete und ich ihn nicht ansehen musste, weil ich sonst die Nerven verlor.

Ich atmete durch. Einmal, zweimal, dann klopfte ich.

Noch einmal sah ich an mir hinab. Ich trug schwarze Jeans und einen dunkelblauen Hoodie. Heute Morgen war ich duschen gegangen und hatte meine Haare, sobald sie getrocknet waren, zu einem Pferdeschwanz gebunden.

Die Tür öffnete sich und Alex erstarrte, als er mich erblickte. Innerlich bereitete ich mich darauf vor, dass sich die Tür wieder schloss, doch das tat sie nicht.

Wir sahen uns einfach nur an. Am liebsten hätte ich ihn zu mir gezogen und ihn einfach geküsst, doch diese unsichtbare Barriere, von der ich wusste, dass ich sie nicht überschreiten konnte, die mir das Gefühl gab, alles, was zwischen uns passiert war, wäre nur ein Traum gewesen, hielt mich davon ab.

Seine tiefblauen Augen musterten mich für einen Moment und ich hielt die Luft an.

»Was willst du?«, fragte er und strich sich eine Haarsträhne aus der Stirn. Seine Miene war unergründlich.

»Ich möchte dir die Wahrheit erzählen.« Nach dem Satz schluckte ich, weil mein Mund sich furchtbar trocken anfühlte.

Er schien in Gedanken abzuwägen, ob er mir die Chance geben sollte. In seinen Augen lag eine Traurigkeit, die mir das Herz noch einmal brach. Hatte wirklich ich diese Gefühle in ihm hervorgerufen?

Langsam trat er von der dunklen Holztür zurück und ich bewegte meine Beine, die sich furchtbar steif anfühlten, weil ich sie, wie den Rest meines Körpers, angespannt hatte.

Er setzte sich auf die Bettkante und blickte mich an. »Na dann los«, meinte er trocken und emotionslos.

Panik stieg auf. In meinen Gedanken war ich nie so weit gekommen, dass er mir diese Chance tatsächlich gab.

Die Tür fiel hinter mir ins Schloss. »Ich möchte es dir zeigen«, erwiderte ich vorsichtig.

»Was meinst du damit?« Er wirkte misstrauisch und nicht überzeugt.

»Ich möchte dir zeigen, wo ich herkomme. Möchte dich in meine Vergangenheit und einen Teil meiner Gegenwart mitnehmen. Nur so wirst du mich vielleicht verstehen. Wenn du es danach immer noch nicht tust, dann lasse ich dich in Ruhe.«

Ich trat von einem Fuß auf den anderen und knetete nervös meine Hände.

»Ich dachte, ich nehme dir die Luft zum Atmen?« Er zeigte nicht, wie sehr ihn diese Worte verletzt haben mussten, doch ich wusste es auch so, denn ich kannte ihn.

»Es war eine Lüge, Alex! Ich habe gelogen, um dich zu verletzen, und das tut mir leid. Aber wenn du mir eine Sache gibst, dann ist es das Gefühl, endlich aufatmen zu können!«

Er wollte etwas erwidern, aber ich ließ ihn nicht.

»Bitte. Nur diese eine Chance. Du bist mir wichtig.«

Er blieb für einige Sekunden still. Dann nickte er langsam. »Okay.«

Okay? So einfach? Das war alles? Ich brauchte eine Sekunde, weil ich mich auf mindestens zehn Minuten Überredungskunst eingestellt hatte, doch dann erfasste mich die Erleichterung.

»Okay«, gab ich zurück.

Alex erhob sich und wollte zu seinem Mantel neben der Tür greifen, doch ich hielt seinen Arm fest, um ihn daran zu hindern. »Warte.«

Es war wie ein Stromschlag, der durch meine Körper fegte, und schnell riss ich die Hand zurück. »Du müsstest dir bitte was anders anziehen.«

Verwirrung glitt über seine Gesichtszüge.

In die Gegend, in die ich ihn brachte, würde er in dem Aufzug nirgendwo hinkommen. Alles, was nach Geld aussah, war unerwünscht. Auf seinem *Ralph-Lauren*-Polo hätte auch direkt stehen können: *Ich habe Geld. Bitte raubt mich aus.*

»Du müsstest vielleicht etwas tragen, was nicht danach aussieht, als würde es mehr als eine Wohnungsmiete in diesem Viertel kosten.«

Ich sah, dass ihm Worte auf der Zunge lagen. Doch er entschied sich dafür, zu schweigen und einfach zu tun, was ich sagte.

Er ging zum Kleiderschrank, zog sich das T-Shirt über den Kopf und suchte in aller Seelenruhe ein anderes heraus.

Ihn in dieser Situation halb nackt bei der Kleiderwahl zu beobachten, war meine ganz persönliche Folter. Bilder aus der Bibliothek und dem Balkon in Paris spielten sich vor meinem inneren Auge ab und ich biss mir auf die Unterlippe.

»Das?«, fragte er und hielt ein *Tommy-Hilfiger*-Shirt hoch.

Ich schüttelte den Kopf. »Noch billiger.«

Verständnislos schüttelte er den Kopf.

Etwa zwanzig Minuten später hatten wir die Uni verlassen. Die frische Wald- und Meeresluft schlug uns entgegen, als wir vom Campus traten.

Er wollte den Weg zum Parkplatz einschlagen, doch ich griff wortlos seine Hand, unterdrückte die Aufregung und zog ihn in die andere Richtung.

Ich machte mir keine Gedanken darüber, ob ich es durfte, weil wir eigentlich gerade im Streit waren. Ich wollte nur die Wärme seiner Haut spüren. »Wir sollten Bus fahren.«

Er entzog mir seine Hand, was einen fürchterlichen Stich in meiner Brust hinterließ und sagte: »Mach dich nicht lächerlich.«

Ich blickte ihn eindringlich an. »Bitte.«

Es war wahrscheinlich die ehrlichste Bitte, die ich jemals über die Lippen gebracht hatte. Es kostete mich so viel Überwindung, ihn in meine alte Wohnung, zu meinem Bruder, in mein echtes Leben zu bringen. Es würde sich nicht richtig anfühlen, mit etwas anderem als öffentlichen Verkehrsmitteln zu fahren.

»Na gut«, gab er schließlich etwas misstrauisch zurück und wir liefen gemeinsam in den Wald hinein, um zur Bushaltestelle zu gelangen. Ich griff nicht erneut nach seiner Hand und er machte auch keinerlei Anstalten, das zu ändern.

Es war ein Wunder, dass es hier überhaupt so etwas gab wie eine Bushaltestelle. Schließlich hatten fast alle Studenten einen eigenen Luxus-Sportwagen. Doch ich wusste, dass es ab und zu auch Stipendien für die Uni gab und wahrscheinlich fuhren einige dieser Studenten mit dem Bus.

Wir warteten schweigend knapp eine halbe Stunde, bis der Bus vor uns hielt und wir einstiegen. Während dieser Zeit blieb Alex kalt, wechselte kein Wort mit mir, außer ich sprach ihn direkt an. Wie als hätte sich eine harte Schale um den Kern gelegt, den ich so lange verzweifelt freigegraben hatte. Vorn saß eine ältere Frau, ansonsten war der Bus leer. Wir nahmen einen Platz ganz hinten. Nach einer weiteren halben Stunde Fahrzeit machte Alex den ersten Schritt.

»Also, hast du kein Geld?«, flüsterte er beinahe, um niemanden auf uns aufmerksam zu machen.

»Nein«, gab ich zu und die Anspannung in meinen Gliedern wurde deutlich spürbar. Ich würde die Wahrheit aussprechen, weil er sie verdient hatte. Auch wenn dieser Gedanke mir unheimliche Angst machte. Es war wahr, was die Leute sagten. Angst, Hass und Liebe waren die stärksten und sich ähnlichsten Gefühle, und ich wollte mich nur einmal nicht der Angst hingeben, weil meine Liebe zu ihm doch stärker war.

»Meine Mutter ist alkoholabhängig, mein Ex-Freund ist ein gewalttätiger Wichser und mein kleiner Bruder ist momentan bei einer angeblichen Freundin untergebracht, die einigermaßen normal lebt, die jedoch mit meinem Ex geschlafen hat, als ich aus der Tür war. Meine Mutter ist oft tagelang verschwunden und wir haben sonst niemanden mehr. Da ist kein Stiefvater, der mit Aktien reich geworden ist. Deshalb tue ich es. Weil ich das Gefühl hatte, dieses Leben hat mir jegliche Chance genommen, jemals etwas zu erreichen. Auch nur normal zu leben. Es hat mir die Luft abgeschnürt, nicht zu wissen, was ich meinem kleinen Bruder Thomas zu essen vorsetzen sollte, weil statt Brot Whisky im Kühlschrank stand. Meinen Vater habe ich zu allem Überfluss auch nie kennengelernt.«

Während ich diese Worte sagte, war mein Blick auf den Sitz vor mir gerichtet. Ich konnte ihm nicht in die Augen sehen. Ich fühlte mich erbärmlich. Doch dann spürte ich, wie er mich von der Seite musterte. Er sagte nichts und mit jeder Sekunde, die verging, bahnten sich die Tränen ihren Weg ein Stück weiter nach oben.

»Was denkst du?« Ich hielt diese Unsicherheit nicht aus.

»Ich … Ich weiß es nicht. Es ist … Ich weiß nicht, was ich dazu sagen soll. Ich dachte, ich kenne dich und du hast nur eine unmoralische Entscheidung getroffen, aber ich habe keinen blassen Schimmer, wer du bist.« Seine Stimme war ruhig. Er konnte nicht verarbeiten, was ich ihm offenbart hatte.

Langsam wandte ich mich ihm zu. »Du weißt am besten von allen, wer ich bin. Ja, ich habe bei meiner Geschichte gelogen, aber das ändert nichts an meinen Gefühlen für dich und ich möchte nur, dass du die Wahrheit kennst, weil du es verdient hast, nicht länger belogen zu werden.« Ich klang eindringlich, vielleicht sogar etwas verzweifelt. Aber verdammt, genau das war ich auch.

Seine Augen fixierten meine und nach einigen Sekunden fragte er: »Was für Gefühle für mich?«

Darauf war ich nicht vorbereitet gewesen. Sollte ich es ihm sagen oder würde er es für eine Lüge halten, um ihn zu überzeugen?

»Ich …«, stammelte ich, doch wurde zum Glück vom Busfahrer gerettet, der unsere Station ansagte. »Wir reden dann«, versprach ich und erhob mich im nächsten Moment.

Aus seinem Gesicht konnte ich lesen, wie unwohl er sich fühlte. Ob es an meinem Aufschieben der Worte oder der Haltestelle lag, an der wir ausstiegen, wusste ich nicht.

»Du wohnst hier?«, fragte er misstrauisch und sah sich um, als wir den Bus verlassen hatten.

»In der Nähe, aber ja.«

Ich verstand, was er meinte. Es musste ein riesiger Kulturschock sein. Die Straßen waren verschmutzt, die Häuser mehr als nur renovierungsbedürftig und statt großen Villen waren es riesige Wohnblöcke mit vielen heruntergekommenen Wohnungen. Die Stadt, in der ich aufgewachsen war, befand sich praktisch auf der Mitte des Weges von Brighton nach London und glänzte mit ganzen siebentausend Einwohnern. Sowohl der Außenbezirk als auch die direkte Innenstadt waren nicht sonderlich belebt. Viele Geschäfte standen leer. Es war kein Vergleich zu dem Luxus, in dem er aufgewachsen war. Das hier war die traurige Realität der Unterschicht und Alex sah sie gerade das erste Mal.

Höflich wie er war, sagte er nichts dazu und ließ alles erst einmal auf sich wirken, während er mir schweigend folgte.

Ein Blick auf die Uhr verriet mir, dass wir gut in der Zeit lagen. Zuerst wollte ich Alex meinem Bruder vorstellen, dieser hatte gleich Schulschluss. Es war riskant. Ungern wollte ich Thomy eine glückliche Beziehung vorspielen, wenn sie eigentlich kurz vor dem Untergang stand. Dennoch war Alex in der letzten Zeit zu einem wichtigen Bestandteil meines Lebens geworden.

Wir liefen durch die engen Straßen und verwinkelten Gassen, bis ganz in der Nähe ein Klingeln zu hören war.

Kurze Zeit später kam auch die Schule ins Blickfeld. Ich blieb vor dem Tor zum Schulhof stehen und sagte: »Ich möchte dir gern noch meinen Bruder vorstellen.« Dabei beließ ich es.

Alex schwieg weiterhin, doch blickte mit einem etwas entspannteren Gesichtsausdruck auf mich hinunter als zuvor. Seine Schultern waren ganz gerade und die Anspannung seines Körpers entging mir nicht.

Ich wollte am liebsten nie wieder den Blick von seinen Zügen abwenden, doch als er fragte: »Ist er das?«, blickte ich mich doch um.

Mein Blick fiel auf Thomas ganz in der Nähe. Er trug seinen schon sehr alten und dreckigen Rucksack auf dem Rücken und hatte mich noch nicht bemerkt, weil er den Boden unter seinen Füßen wohl spannender fand als seine Umgebung.

»Woher wusstest du …?«

Ein Mundwinkel schnellte ein klein wenig in die Höhe und fast glaubte ich, den Anflug eines Lächelns zu sehen. »Ihr seht euch recht ähnlich.«

Ich nickte nur leicht und richtete den Blick dann wieder auf meinen Bruder, der den Ausgang des Schulhofs nun schon fast erreicht hatte. Es fühlte sich eigenartig an, diese zwei so unterschiedlichen Facetten meines Lebens zusammenzubringen. Alex wirkte, als hätte man ihn per *Photoshop* in diese Kulisse eingefügt, weil er einfach nicht hierher passte.

»Wenn du immer nur nach unten schaust, läufst du irgendwann gegen eine Laterne«, sagte ich grinsend und wuschelte Thomy durch die hellbraunen Haare.

Für einen Sekundenbruchteil sah er sich vollkommen verwirrt um, bis er mich schließlich erblickte und seine Augen anfingen zu strahlen.

»Raven!«, schrie er freudig auf und umarmte mich stürmisch. Ich drückte ihn an mich und gab ihm einen Kuss auf den Scheitel. »Hey, wie geht es dir? Ist bei Lyra alles in Ordnung?«

Langsam löste er sich von mir. »Ja, alles okay, kommst du zurück? Bleibst du jetzt wieder hier?« Die Hoffnung in seinen Augen tat mir im Herzen weh.

»Ich bin nicht sicher. Eigentlich ist es nicht der Plan …« Mein Blick glitt zu Alex. Wenn er sich doch dazu entschied, mich zu verraten, würden sich meine Pläne ändern.

»Ich bin hier, weil ich dich sehen und dir jemanden vorstellen wollte.«

Er blickte fragend zu Alex, der ihm die Hand reichte. Ich nickte Thomy zu und er ergriff sie.

»Alexander Van Klemm, freut mich, dich kennenzulernen.«

Ich verdrehte schmunzelnd die Augen. »Gott, er ist acht. Du handelst keinen Geschäftsvertrag aus.«

»Fast neun«, gab mein Bruder gespielt wütend zurück.

»Fast neun ist noch acht«, sagte ich schulterzuckend.

Ich nahm ihn an der Hand und wir drei gingen langsam in Richtung Lyras Haus. Sie wohnte noch etwas näher an der Schule, weshalb Thomy oft allein zurücklaufen konnte.

Ich zog die Jacke enger. Es war fast November und die Temperaturen waren bereits um einiges gefallen. »Und woher kennt ihr euch?«, fragte Thomy und blickte fragend zwischen uns hin und her.

Die Blicke von Alex und mir trafen sich. Ich antwortete.

»Wir haben uns auf der Uni kennengelernt und er ist …« Mein Freund? Mein Ex-Freund? Freundschaft plus? Nein, das konnte ich nicht sagen. Ich dachte noch nach, als mich Alex' Worte innehalten ließen.

»Ich bin der feste Freund und ich hoffe, wir können uns bald besser kennenlernen.«

Abrupt blieb ich stehen und fühlte bereits, wie sich meine Augen mit Tränen füllten. Ich hielt mich jedoch zurück. Thomy sollte keine Fragen stellen.

Alex' makelloses Gesicht verriet mir zwei Dinge.

Erstens: Er meinte es ernst. Zweitens: Das Gespräch war noch nicht beendet. Es gab noch etwas, das ich dafür tun musste, dass er mir vergab. Ich würde alles tun – und wenn ich meine Niere verkaufen musste!

Am liebsten wäre ich ihm um den Hals gefallen und hätte meine Lippen auf seine gedrückt, doch ich behielt die Kontrolle über mich und schluckte die Tränen herunter.

»Ja, er ist mein fester Freund«, stimmte ich stammelnd zu und es fühlte sich so unglaublich gut an. Wir setzten den Weg langsam fort, auch wenn mein Magen Saltos schlug und mein Herz so schnell in meiner Brust hämmerte, dass ich beinahe das Gefühl hatte, die Welt würde sich drehen.

»Er sieht ganz anders aus als Jackson«, stellte mein Bruder fest und ich lächelte.

»Ja, und zum Glück ist er auch ganz anders als Jackson.«

Ich wusste, was er meinte. Die zwei stimmten in nichts miteinander überein und das war gut so.

Alex ließ die Feststellung unkommentiert und nahm meine Hand in seine.

Dann beugte er sich zu mir herunter und flüsterte mir ernst ins Ohr: »Das Thema ist noch lange nicht abgehakt und das bedeutet ganz sicher nicht, dass du mir nicht noch einiges zu erklären hast.«

Ich nickte eifrig und drückte seine Hand etwas fester. Er erwiderte es.

35 Raven

Als wir in die Straße mit Lyras Haus einbogen, blieb ich noch einmal stehen und beugte mich zu Thomas, sodass wir auf Augenhöhe waren.

»Hast du Mum noch einmal gesehen?«, fragte ich und blickte ihm fest in die jadegrünen Augen.

Er schüttelte den Kopf und zupfte an seiner Jacke rum.

»Ich glaube dir nicht. Sag mir bitte die Wahrheit.« Es war ein kleiner Tick von ihm, wenn er log. Er musste an irgendetwas zupfen, konnte mir nicht in die Augen sehen.

»Na ja, sie ist noch mal bei Lyra aufgetaucht, aber die haben sie nicht rein gelassen. Sie hat rumgeschrien und ist dann wieder gegangen.«

Ich nickte und zog ihn erneut in eine Umarmung. Es war schwer für ihn. Das wusste ich. Aber ich konnte ihn nicht allein bei unserer Mutter zurücklassen. So war es besser. Unsere Mutter hatte so viele Chancen bekommen und immer wieder hatte sie sich darauf verlassen, dass ich die Dinge irgendwie geradebog. Jetzt konnte ich das nicht mehr. Sie hatte mehrere Entzüge hinter sich und es war ihr nie wichtig genug gewesen, trocken zu bleiben. Das hatte sie nun davon.

»Es wird alles gut. Egal was passiert, es wird alles gut, Thomas. Okay?« Ich wusste nicht, ob ich meinen Worten selbst Glauben schenken konnte, aber er musste sie hören.

Er nickte. »Okay.«

Ich drückte ihn noch einmal, bevor wir uns auf den Weg zu Lyras Haustür machten.

Ich klingelte und einige Sekunden später öffnete Sonia.

»Raven«, sagte sie überrascht.

»Ich bin gleich wieder weg. Wir haben nur Thomas vorbeigebracht. Ist Lyra zu Hause?«

Die blonde Frau schüttelte den Kopf. »Nein, sie ist bei der Gruppe, nehme ich an.«

Ich nickte und bedankte mich. Dann verabschiedeten wir uns von Thomas und gingen die Straße zu zweit wieder zurück.

Ich hatte nach Lyra gefragt, weil ich ihr ungern begegnen würde. *Sie war bei der Gruppe* bedeutete, sie war bei Jackson. Das wiederum ließ die Wahrscheinlichkeit wachsen, dass meine damaligen Freunde in der Nähe meiner Wohnung herumhingen. Ich wollte wenigstens emotional darauf eingestellt sein, ihnen über den Weg zu laufen.

Die Gegend wurde mit jedem Schritt immer trostloser und ich sah an Alex' Gesichtsausdruck, dass er noch dabei war, zu verarbeiten, dass ich nicht aus einer schönen Villa mit zehn Meter breitem Pool und fünf Etagen kam.

Er bemühte sich, die Lippen nicht zu sehr zusammenzupressen oder seine steife Haltung lockerer wirken zu lassen, doch ich kannte ihn besser. Ich wusste, was er dachte. Vermutlich war er noch nie in einer so heruntergekommenen Gegend gewesen und versuchte, mich nicht zu verurteilen.

Ich griff wieder nach seiner Hand. Er verschränkte seine Finger mit meinen und atmete hörbar aus.

»Danke«, sagte ich leise in die Stille hinein.

Er wusste, wovon ich sprach. »Ich tue das nur, weil ich zu egoistisch bin, die einzige Person gehen zu lassen, die mich in den letzten Monaten glücklich gemacht hat. Das bedeutet nicht, dass ich dich in dieser Sache irgendwie unterstützen werde. Es bedeutet nur, dass ich dich nicht auffliegen lasse. Was du tust, ist moralisch falsch und wird nicht durch deine Situation gerechtfertigt.«

Das hatte ich wohl verdient. Also nickte ich und schluckte, weil meine Kehle sich staubtrocken anfühlte.

»Du machst mich auch glücklich.« Ich sprach so leise, dass man es kaum verstehen konnte, doch er hörte es trotzdem und drückte meine Hand.

Als wir vor dem großen weißen Neubaublock standen, von dem die Farbe beinahe abblätterte, zog er eine Augenbraue nach oben.

»Lass mich raten. Dort zu wohnen wäre eine Horrorvorstellung?«

»Ich würde lieber von einer dreißig Meter hohen Klippe springen«, gab er trocken, ohne jeglichen Humor in der Stimme, zurück.

»Erstens«, begann ich, nicht wütend, aber besserwisserisch, »würdest du es nicht infrage stellen, wenn es alles ist, was du kennst. Und zweitens: Es ist die beste Option, die manche von uns haben. Sonst würden wir unter der Brücke sitzen.«

»Natürlich. Entschuldige bitte, es ist … nur ein kleiner Schock.«

Ich schmunzelte, denn ich hatte nichts anderes erwartet. Wer für eine Uhr über zehntausend Dollar zahlen konnte, ohne einen Gedanken daran zu verschwenden, ob er sie sich leisten konnte, war hier fehl am Platz.

Ich zog ihn hinter mir her und wir liefen die außen angebrachten Treppen in den dritten Stock nach oben. Dort gingen wir den offenen Gang entlang, der als Brüstung eine verputzte Mauer aufwies. Es fühlte sich seltsam an, wieder hier zu sein. In dem Haus, welches jahrelang der sicherste Ort für mich gewesen war. Der einzige, an dem ich sein durfte, aber das auch nur, wenn weder meine Mutter noch einer ihrer Liebhaber zu Hause waren. Meine Hand umklammerte Alex' etwas stärker.

Er führte sie daraufhin zu seinem Mund und drückte einen Kuss darauf.

Mir stiegen fast die Tränen in die Augen. Es war das beste Gefühl, zu wissen, dass er bei mir blieb. Ich hatte furchtbare Angst, ihm diesen verzweifelten, verrotteten und hässlichen Teil von mir zu zeigen. Doch er zeigte mir immer wieder, dass ich ihm vertrauen konnte.

Wir hatten die Tür fast erreicht, als Stimmen auf den Treppen nach oben laut wurden. Ich erkannte sie sofort.

Jackson, Lyra und mit Sicherheit auch Jasper. Wie angewurzelt blieb ich stehen. Sie waren bereits zu nah, um noch in die Wohnung zu flüchten, also wandte ich mich Alex zu. In dem Moment, in dem ich den Mund öffnete, war es jedoch bereits zu spät.

Die drei bogen um die Ecke und es dauerte keine Sekunde, bis ihre Blicke auf mich fielen. Ich hielt die Luft an.

»Raven!«, quietschte Lyra überrascht und ließ den Blick über mich gleiten. Ihre Haare hatten nun einen dunklen Blauton und sie trug dreckige weiße Sneaker und eine goldene Bomber-Jacke.

Ich ließ den Blick zu Jackson gleiten, der erst einen Moment brauchte, um sich zu fangen, dann glitt sein Blick zu Alex. Er musterte ihn kurz von oben bis unten und begann aus vollem Halse zu lachen. Während sich Lyra und Jasper nicht von der Stelle bewegten, schlenderte Jackson nun auf uns zu und ich schob mich vor Alex, dem die Verwirrung anzusehen war.

Auf halber Strecke blieb Jackson stehen, seine Lippen wurden von einem diabolischen Lächeln gezeichnet.

»Du verschwindest einfach und lässt dich jetzt von irgendeinem reichen Bastard bumsen, nicht wahr?« Er lachte wieder.

»Du willst mir nicht wirklich erzählen, dass das dein Niveau ist, oder? Oder bist du unter die Nutten gegangen? Hat dein Plan nicht funktioniert und jetzt nimmst du fünfzig Pfund für einen Quickie?«

Alex trat nach vorn und wollte mich verteidigen, doch ich hielt ihn mit der Hand zurück.

»Fuck, halt die Schnauze, geht's noch?« Alle guten Manieren, die ich mir angeeignet hatte, starben in meinem alten Umfeld. Es war meine Schlacht und ich ließ mich von Jackson nicht mehr unterbuttern. »Du fickst Lyra, sobald ich aus der Tür bin und machst mir irgendwelche Vorwürfe? Du solltest dich schämen!«

Jacksons Lächeln verschwand und Wut trat in seine Augen. Er nahm den Schritt wieder auf und ich tat es ihm gleich, doch nun war Alex derjenige, der mich zurückhielt und zielstrebig auf Jackson zugehen wollte.

»Lass das!«, flüsterte ich, doch er hörte nicht auf mich.

»Hast du irgendein Scheiß-Problem, Mann?«, fragte er eindringlich und versuchte noch, den wütenden Tonfall zu unterdrücken. Er war etwas größer als mein Ex-Freund, doch auch nur ein paar Zentimeter. Ich hielt mich dicht neben ihm. Auch wenn ich die Wut, die von Alex ausging, förmlich spüren konnte, wusste ich, dass er nicht so schnell handgreiflich werden würde wie Jackson. In seiner Welt löste man Probleme hintenrum. Mit Geld und Kontakten. Es war wie Schach. Durchdacht, elegant und ordentlich.

Jackson hingegen schlug einfach zu, wenn ihm etwas nicht passte. Ihm war egal, wer vor ihm stand, um was es ging oder ob er sich damit noch mehr in die Scheiße ritt.

Er lachte wieder überheblich. »Du denkst wohl, nur weil du praktisch nach Kohle stinkst, kannst du dir alles erlauben, was? Denkst, du bist besser als wir? Aber das bist du nicht. Du bist Absch–«

Ich holte aus und meine Faust landete in Jacksons Gesicht. Nicht sonderlich hart, aber es war nicht das erste Mal, dass ich jemandem eine reingehauen hatte. Ich hatte jedoch vergessen, wie weh meine Hand danach tat.

Alex riss mich zur Seite und Jacksons Faust traf ihn, statt mich.

Lyra und Jasper kamen angerannt und versuchten Jackson wegzuziehen, während ich Alex' Arm packte, doch es war zu spät.

Die beiden gingen aufeinander los. Alex traf Jackson mitten im Gesicht und ein unschönes Knacken war zu hören. Jackson taumelte ein paar Schritte zurück, fing sich schließlich recht schnell. Blut lief aus seiner Nase, doch es schien ihn nicht zu stören, als er sich auf Alex stürzte und ihn mit Wucht zu Boden stieß. Alex prallte mit dem Kopf auf dem harten Stein auf und ich versuchte, Jackson von ihm runterzuziehen.

Adrenalin, Wut und Angst strömten durch meine Venen. Als ich dieses Mal ausholte, hatte ich deutlich mehr Kraft aufgewendet.

Jacksons Kopf flog zur Seite. Alex nutzte die Chance, um sich zu befreien, und trat ihm mit dem Fuß in die Magengrube.

Jackson hustete und brauchte einige Sekunden, um wieder zu Atem zu kommen. Lyra wollte ihm aufhelfen, doch er stieß sie grob zur Seite.

Alex rappelte sich währenddessen an meiner Seite auf.

»Lass uns in Ruhe, Jackson. Ich will nicht, dass die Geschichte noch unschöner endet«, stieß ich aus und zog Alex am Arm bis zu meiner alten Wohnungstür.

Ich schloss auf und wir verschwanden in dem dunklen Raum. Ich drückte mich mit dem Rücken gegen die Tür und atmete durch. Die Luft war stickig und es roch nach Alkohol. Die Rollläden waren heruntergelassen und es war mit Sicherheit schon lange niemand mehr hier gewesen.

Ich schaltete das Licht ein, denn den Strom hatte ich weiterbezahlt. Am Anfang auch die Miete, doch nun waren wir damit schon wieder im Verzug. Ich war kein Unmensch. Ich wollte wenigstens, dass meine Mutter Licht hatte, wenn sie hier war.

»Das war wer genau?«, fragte Alex schwer atmend und sah sich im kleinen Raum um. Seine Haare waren zerzaust und ich sah ein wenig Blut an seinem Hinterkopf. Sofort überzog mich eine Gänsehaut und meine Atmung beschleunigte sich. Ihm war sicher schwindelig. Sein teurer Mantel hatte Schmutzflecke und ich bereute es, ihn überhaupt hergebracht zu haben.

Ich lief auf ihn zu. »Setz dich.« Ich deutete auf die dreckige Couch.

Er blickte angewidert darauf herunter.

»Hinsetzen, jetzt!« Ich hatte gerade keine Lust auf seine Ansprüche.

Er folgte meinem Befehl und ließ sich nieder. Ich packte sein Kinn und drehte sein Gesicht in die andere Richtung, damit ich den Blutfleck, der sein goldenes Haar besudelte, näher unter die Lupe nehmen konnte. Angst erfasste mich.

»Das war Jackson. Er ist mein Ex, von dem ich erzählt habe. Und obwohl er schon mit Lyra schläft, denkt er, er hätte noch irgendwelche Besitzansprüche oder so einen Scheiß.«

Ich fuhr mit dem Zeigefinger durch sein Haar und als er zischend die Luft einzog, ließ ich die Hand sinken und eilte ins Bad. Gerade als ich den Erste-Hilfe-Kasten herausgekramt hatte, fiel mein Blick auf die leeren Alkoholflaschen neben der Badewanne. Meine Mutter war hier gewesen und ich wusste noch einmal mehr, dass ich niemals wie sie enden wollte.

»Was machst du da?«, fragte Alex, als ich zurückkam.

»Deine Wunde ist nicht groß, aber ich werde sie desinfizieren und versuchen, ein Pflaster drauf zu kleben. Wenn dir zu schwindelig wird, du vielleicht nicht mehr alles bewegen kannst oder schwarze Flecke siehst, sagst du sofort Bescheid, dann rufen wir einen Krankenwagen. Ich …« Er packte mein Handgelenk und zog mich neben sich.

»Nein, warte, ich …«

»Raven! Alles gut, okay?« Sein Blick war eindringlich. Ehrlich.

»Ja, ich merke es noch etwas, aber so weit ist alles in Ordnung, warum machst du dir so viele Sorgen? Der Aufprall sah schlimmer aus, als er war.«

»Ich …«, stammelte ich. Vielleicht reagierte ich über, war gestresst und die Anspannung der letzten zwei Wochen taten ihr Übriges, aber ihm sollte nichts passieren. Ich konnte ihn nicht verlieren. »Ich habe Angst um dich, weil …« Ich dachte direkt an das Schlimmste, was passieren könnte. Es war eine Angewohnheit, aber eigentlich reagierte ich so nur auf meine Verletzungen oder die von Thomas.

Alex hörte zu. »Weil?«

»Weil ich …« Ich versuchte, den Satz zu beenden, aber hatte auch davor Angst. Ich war so verdammt erbärmlich. Tränen füllten meine Augen, als ich flüsterte: »Weil ich dich liebe und dich nicht verlieren darf. Nicht wegen eines Streites. Nicht wegen einer Verletzung. Gar nicht.«

Es war raus und die Tränen lösten sich aus meinen Augen.

Alex hatte die Lippen etwas geöffnet und fing mit dem Zeigefinger eine meiner Tränen auf. Er war mir so nahe, dass unser Atem sich vermischte. Dann legte er die Hand an meinen Hinterkopf und zog mich auf seine Lippen.

Ich schluchzte auf, doch ließ nicht von seinem Mund ab. Er war mein Anker und ich hatte das Gefühl, davonzutreiben. Ich musste mich an ihm festhalten. Musste seine warmen Lippen auf meinen spüren und dieser Verbindung, die wie ein Band zwischen uns gespannt war, nachgeben. Es war so viel intimer. Es war, als hätte ich jemanden gefunden, der die Leere in meiner Seele füllte, mich aus der Dunkelheit brachte, und ich wusste in genau diesem Moment, dass ich alles aufgeben würde, nur um in seinen Armen zu liegen.

Der Kuss war besitzergreifend und dominant, aber gleichermaßen zärtlich.

Wir keuchten, als wir uns voneinander lösten, und ich ließ die Augen noch für eine Sekunde geschlossen, weil ich den Moment nicht gehen lassen wollte.

»Ich liebe dich, Raven. Egal, was ist.« Er lehnte seine Stirn gegen meine und wir atmeten einfach nur, während Sekunden, Minuten oder vielleicht sogar Stunden verstrichen.

Er war der Frieden, den ich mir immer gewünscht hatte. Gerade an diesem Ort, der als mein Zuhause gedient hatte, fühlte ich mich nie sicher, gerade bei ihm war ich unantastbar.

Mit seinen nächsten Worten hatte ich zwar gerechnet, aber trotzdem gehofft, dass mir noch ein bisschen Zeit blieb. Dem war nicht so.

»Ich möchte dennoch, dass du damit aufhörst. Was du getan hast, ist auf vielen Ebenen nicht in Ordnung und ich will, dass du das Richtige tust.« Er zog den Kopf zurück und musterte mich mit einem eindringlichen Blick.

»Was?« Ich wusste nicht, wie ich das anstellen sollte. Wie sollte ich das Studium bezahlen oder überhaupt aus dieser Sache einfach rauskommen? Ich konnte nicht einfach Cloé anrufen und mich abmelden. Doch schon als Oliver im Krankenhaus gelandet war, wusste ich insgeheim, dass ich nicht so weitermachen konnte. Auch wenn Alex es vermutlich nicht wusste, da die Nachricht sich nicht so massiv verbreitet hatte wie bei ihm damals, hatte er recht.

In seinen Augen blitzte Verständnis auf. Trotzdem blieb er hart.

»Du bewirbst dich an der Uni für ein Stipendium, den Rest sehen wir dann. Deine Noten sind unheimlich gut und du kennst die Professoren.«

Ich rutschte ein kleines Stück von ihm weg und schüttelte den Kopf. »Alex, ich kann da nicht einfach aussteigen. Wie stellst du dir das vor?«

Er nahm meine Hand in seine. »Hast du je selbst was genommen?«

Ich riss die Augen auf. »Was? Nein!« Es war die Wahrheit. Dachte er das etwa von mir?

Alex nickte, wenig überrascht. »Gut, dann sollte es nicht so schwer sein. Du verkaufst, was du noch hast. Dann bezahle ich denen eine hübsche Summe Geld, um den Ausfall zu kompensieren, bis sie einen anderen gefunden haben und anschließend kümmere ich mich um die restlichen Geschichten. Wenn du kein Stipendium bekommst, zahle ich den Platz an der Uni und alle anderen Kosten.«

Das konnte nicht sein Ernst sein. Er sprach über Tausende

Pfund, als wären es Pennys. »Das geht nicht, Alex. Das will ich nicht.«

Er atmete tief ein und eine Falte bildete sich auf seiner Stirn. »Mir ist Geld egal, okay? Es hat keinen Wert, wenn man immer reichlich davon hatte. In einer Woche kann ich auf mein Treuhandfonds zugreifen und dann kann ich es ohne Probleme zahlen. Es ist mir egal wie, aber ich hole dich da raus!«

Er glaubte an seine Worte und um ehrlich zu sein, fiel mir auch keine Alternative ein. In wenigen Tagen würde Cloé das restliche Geld abholen. Vielleicht musste ich wirklich einfach mit ihr sprechen. Sie würden sicher Ersatz für mich finden und obwohl ich zu viel wusste, nahm ich ihre Drohung mit Thomas zu ernst, um etwas zu verraten. Vielleicht konnte es wirklich einfach mal … leicht sein. Auch wenn es an meinem Stolz kratzte, auch nur einen Penny von Alex anzunehmen, wollte ich nichts weiter, als mit ihm glücklich zu sein. Mein Stolz war der Preis dafür, ihn behalten zu dürfen, also würde ich ihn bezahlen.

»Okay, ich versuche es.«

36 Raven

Die nächsten Tage verbrachten Alex und ich überwiegend mit Lernen. Das fiel mir zwar leichter als ihm, da ich die Bücher einmal durchlas und das Wissen dann in meinem Geist gespeichert war wie ein Foto auf einer Kamera, aber die dadurch freie Zeit nutzte ich, um weitere Bestellungen abzuarbeiten.

Delano hatte mich informiert, dass Oliver schon vor einer Woche aus dem Krankenhaus entlassen worden war und es ihm so weit gut ging, was mein schlechtes Gewissen zumindest ein kleines bisschen schmälerte.

Ich hatte etwas Angst vor dem Treffen mit Cloé. Sie würde heute Nachmittag das Geld abholen und ich hoffte sehr, dass wir uns wie normale Menschen miteinander unterhalten konnten. Sie würde nicht erfreut sein, das war mir klar. Aber es dürfte auch nicht unmöglich sein. Wir kannten uns, seit wir Kinder waren. Hatten dieselbe Schule besucht, kamen aus demselben Viertel und waren sogar mal … beste Freundinnen gewesen. Zumindest bis zu dem Zeitpunkt, als ihre Mutter immer reicher und sie immer arroganter wurde. Schließlich war sie einfach von dem einen auf den anderen Tag verschwunden. Das Einzige, was ich damals bekommen hatte, war eine Textnachricht, die mir vermitteln sollte, dass sie es nicht mehr nötig hatte, sich mit Ratten wie mir abzugeben. Es hatte damals furchtbar wehgetan, aber irgendwann war da nur noch Hass.

Trotzdem konnte ich mir nicht vorstellen, dass die Vergangenheit ihr nichts mehr bedeutete. Ich würde sie überzeugen. Nicht die Cloé mit der *Prada*-Handtasche und den manikürten Fingernägeln, sondern das kleine Mädchen, das ich damals in der Schule hatte abschreiben lassen und das immer geweint hatte, wenn der Himmel sich zugezogen und es zu donnern begonnen hatte.

Die Nervosität ließ sich dennoch nicht leugnen.

Gerade als ich die letzte Bestellung untergebracht hatte, bekam ich eine Nachricht. Sie war auf dem Weg.

Meine Beine bewegten sich praktisch wie von allein zu den Treppen und in Richtung meines Zimmers. Der düstere Gang war ruhig, da die meisten Studenten wie wir lernten oder sich noch in Übungskursen oder Vorlesungen befanden. Ich hatte das Gefühl, dass mir die Ölgemälde an den Wänden verurteilende Blicke zuwarfen. Als würden sie all meine Geheimnisse kennen.

Ich ging auf meine Zimmertür zu und schloss sie hektisch hinter mir, sobald ich den Raum betreten hatte. Dann prüfte ich die Bestände. Ich schloss den Schrank auf und kontrollierte, wie viel noch von allem da war, damit ich meinen Bestand im Kopf hatte. Einige Minuten später klopfte es bereits.

Ich atmete noch einmal kurz durch und öffnete dann die Tür.

Ohne eine Begrüßung trat Cloé ein und die Tür fiel hinter ihr ins Schloss.

»Ich war schon recht traurig, dass du in Paris so schnell das Weite gesucht hast, Raven. Dabei hatten wir doch so ein nettes Gespräch«, sagte sie und die Ironie triefte aus ihren Worten. Sie legte den dunkelblauen Mantel auf mein Bett, als wäre es ihres.

»Ja, komm rein. Fühl dich wie zu Hause«, gab ich ebenso ironisch zurück.

Sie setzte sich neben den Mantel und überschlug die Beine.

»Also? Wo ist die Kohle?« Sie trug ein so falsches Lächeln auf den Lippen, dass es mir beinahe Angst machte.

Ich ging zum Schrank, holte eine schwarze Plastiktüte hervor und warf sie ihr auf den Schoß.

»Danke.« Cloé holte die gebündelten Scheine raus und zählte in Seelenruhe nach.

Ich wartete, bis sie fertig war und das Geld zurück in die Tüte gesteckt hatte. Dann rückte ich mit den Worten heraus. »Ich muss aussteigen.«

Es war raus und meine Kehle fühlte sich an wie zugeschnürt.

Cloé wirkte nicht sonderlich überrascht. Sie blieb sitzen, musterte mich und zog schließlich eine Augenbraue nach oben. »Wie darf ich das verstehen?«

Ihre Stimme war nun nicht so samtweich wie zuvor, sondern erinnerte mich eher an Steine, die aneinanderschlugen. Verschwunden war die nette, aufgesetzte Maske.

»Ich möchte das nicht mehr machen. Ich komme für die Kosten auf, bis ihr einen Ersatz gefunden habt. Alles, was ich momentan noch hier habe, verkaufe ich. Nächste Woche bekommt ihr das Geld dafür. Natürlich habt ihr auch sonst keine Kosten mehr. Ich bewerbe mich auf ein Stipendium und werde das Studium selbst zahlen.«

Einen Moment lang sah sie mich wie versteinert vom Bett aus an. Doch dann bewegten sich ihre Mundwinkel nach oben und sie brach in schallendes Gelächter aus.

Ich hatte mich an meinen Schreibtisch gelehnt und verstand beim besten Willen nicht, was so lustig war.

»Entschuldige.« Sie wischte sich die Lachtränen weg und versuchte, sich zu beruhigen. »Scheiße, du meinst das ernst, oder? Raven Harris hat einen Einblick in die Welt voller Gold bekommen und will sie jetzt nicht mehr verlassen.«

Ich schwieg.

»Ich bezweifle, dass das klappt, Süße. Ich meine, dachtest du wirklich, du kannst einfach mal schnell dieses«, sie sah sich im Raum um, »*Arbeitsverhältnis* beenden?«

Nein, aber ich hatte es gehofft.

»Nenn mir die Kriterien. Ich werde euch nicht verraten. Ihr wisst, wo Thomas ist, und ich würde niemals zulassen, dass ihm was passiert. Ich bitte dich, Cloé. Es muss eine Lösung geben, mit der beide Seiten einverstanden sind.«

Sie musterte mich noch einmal. Nahm jeden Zentimeter meines Auftretens in Augenschein. »Raven, du vergisst, dass meine Mutter die Geschäfte regelt. Nicht ich.«

»Ich weiß, kannst du es mit ihr klären? Nennt mir Bedingungen. Ich bin mir sicher, dass ich sie erfüllen kann.« Es war vermutlich naiv, zu denken, dass ich aus dieser Sache rauskam, aber ich musste es irgendwie versuchen.

»Es liegt an dem Blonden, oder? Er ist sozusagen dein Sugardaddy geworden, was? Weiß er, dass du mit Drogen dealst? Weiß er, dass du für die dreckigen Geschäfte an dieser Universität verantwortlich bist, oder lässt er sich einfach so von dir ausnehmen wie eine Weihnachtsgans?« Cloé war aufgestanden und mit jedem Wort einen weiteren Schritt zu mir gekommen.

Ich schluckte. Ich hasste es, mich schwach zu fühlen, doch genau das tat ich gerade. Cloés Präsens war einschüchternd, weil ich wusste, dass sie praktisch meine Zukunft bestimmte. »Er weiß es, aber er hat keine Ahnung, von wem ich das Zeug bekomme. Er will einfach nur, dass wir in Ruhe studieren können.«

Sie nickte und das falsche Lächeln kehrte zurück. »Sag mir, wie viel Geld kannst du mit deiner jetzigen Ware verdienen?«

Ich nannte ihr die Summe und hoffte, dass diese Folter bald ein Ende nahm.

»Fein, ich sehe, was ich machen kann. Die Zusammenarbeit mit dir hat mich sowieso genervt.«

Sie griff nach ihrem Mantel. »Nächstes Wochenende holt Dominic das Geld von deiner verkauften Ware. Keine Sorge, wir haben ihm beigebracht, es nicht anzufassen. Ich melde mich, aber bezweifle, dass ich erfreuliche Nachrichten für dich haben werde.«

Alles in mir sträubte sich dagegen, doch ich sprach es aus: »Danke.«

Sie blieb vor dem Kleiderschrank stehen, nahm das Kleid und

die Schuhe, die sie mir geliehen hatte heraus und verschwand dann mit dem Geld durch die Tür nach draußen.

Ihre Worte verletzten mich. Ich hatte gehofft, dass sich irgendwo noch ein Funken von der Cloé versteckte, die ich gekannt hatte, doch in ihren Augen hatte ich klar und deutlich gesehen, dass diese Version von ihr wohl doch die Einzige war, die noch existierte.

Gerade als ich mich aus meiner Starre befreit hatte und die Tür schließen wollte, hielt ich erneut inne.

Delano stand gegenüber meiner Tür und blickte mich mit lodernden Flammen in den Augen an. Noch nie hatte ich ihn so gesehen und sofort war mir klar, dass etwas ganz und gar nicht stimmte.

Er trat auf mich zu und knallte die Tür hinter mir zu.

»Weißt du«, begann er. »Ich wollte eigentlich nur fragen, ob wir zusammen lernen wollen, doch dann vernahm ich Stimmen aus deinem Zimmer. Ich wollte eigentlich nicht lauschen, aber die Türen sind ziemlich dünn hier.«

Ich hatte eine böse Vorahnung, noch bevor er die entscheidenden Worte aussprach, und betete, dass ich falschlag. Das durfte nicht auch noch passieren. Hatte ich nicht schon genug Probleme?

»Hast du den Scheiß verkauft? Bist du daran schuld, dass Oliver im Krankenhaus gelandet ist?« Seine blassblauen Augen waren glasig, doch die unterdrückte Wut in seiner Stimme ließ keinen Zweifel daran, dass er dabei war zu explodieren.

Was würde es bringen, ihn anzulügen? Er hatte das Gespräch mit angehört und ich fühlte mich bereits miserabel. »Delano, ich will aussteigen, okay? Ich wollte das nicht. Es ist …«

»Lügnerin!« Er schrie beinahe. »Du verdammte Lügnerin! Du hast es mir nicht mal gesagt, als ich mich dir anvertraut habe. Verdammt!«

Mir stiegen Tränen in die Augen. Der Schmerz in seiner Stimme machte mich fertig. Vor allem, weil ich ihn verstand. Wäre es Alex und nicht Oliver gewesen, hätte ich vermutlich schon vorher versucht auszusteigen. Ich konnte ihm keinen Vorwurf machen.

»Wo ist der Scheiß?«, fragte Delano und suchte bereits den Raum mit den Augen ab.

Bevor ich reagieren konnte, lief er schon auf den Schrank zu.

Mein Atem stockte, als er die Türen aufriss und die Beutel voller Tabletten und Pulvern betrachtete.

Ich löste mich endlich und kam auf ihn zu. »Delano, bitte«, flehte ich.

Doch er schob mich unachtsam beiseite, riss die Beutel aus dem Schrank und klemmte sie sich unter seine Arme.

Ich versuchte, ihn aufzuhalten, doch er drängte mich mit einem Arm zurück.

»Was hast du vor? Delano, bitte, lass das!« Ich war verzweifelt und überfordert. Die Tränen liefen und meine Stimme war kurz davor, zu brechen.

Er schlug lautstark den Schrank zu, ließ von mir ab und ging aufs Bad zu.

»Nein«, hauchte ich, als mir klar war, was er vorhatte. Ich rannte hinterher, doch er schmiss die Tür hinter sich zu und drehte den Schlüssel, bevor ich es schaffte, in den Raum zu gelangen.

»Tu das nicht. Bitte. Ich brauche das Geld. Delano!«, schrie ich die Holztür an.

Noch einmal schlug ich gegen die Tür und rief seinen Namen, doch die Klospülung erklang immer und immer wieder.

Irgendwann ließ ich mich neben der Tür auf den Boden sinken. Nach einigen Minuten öffnete sie sich und Delano pfefferte mir die leeren Beutel auf den Schoß und zeigte mit dem Finger auf mich.

»Du hast dir die Scheiße selbst eingebrockt. Jetzt sieh zu, wie du es wieder ausbadest.«

Das Knallen meiner Zimmertür verriet mir, dass er verschwunden war und all die Drogen, die mehrere Tausend Pfund wert gewesen waren, ebenfalls. Er hatte alles die Toilette runtergespült.

Ich war am Arsch.

37 Alex

Raven verhielt sich eigenartig. Sie hatte mir erzählt, dass ihre Kontaktleute mit dem Angebot zufrieden waren und sich wegen der Details meldeten. Dann würde sie mir Bescheid geben. Außerdem hatte sie die Unterlagen und Bewerbungen für das Stipendium eingereicht, und in Anbetracht ihrer momentan unglaublich guten Leistungen musste sie sich kaum Sorgen darum machen, dass es nicht bewilligt werden könnte, doch ihre sonst so konfrontationssuchende Art und das Feuer, was ich so sehr liebte, waren nicht mehr zu sehen. Vielleicht nicht verschwunden, aber gedämmt und das gefiel mir nicht. Seit drei Tagen hatte ich bereits das Gefühl, dass sie mir aus dem Weg ging oder nur das Wichtigste erzählte. Sonst hielt sie sich zurück. Sie wirkte bedrückt, aber abends kuschelte sie sich an meine Seite und hielt mich so fest, als wäre ich die einzige Konstante in ihrem Leben. Das Einzige, was sie brauchte, um irgendwie durch den Tag zu kommen. Auf die Frage, ob alles in Ordnung sei, antwortete sie stets mit »Ja, ich bin nur erschöpft«. Ich glaubte ihr nicht. Gleichzeitig wollte ich ihr aber vertrauen und nicht direkt in eine pessimistische Richtung denken.

Nach dem ersten Modul setzten wir uns gemeinsam auf eine Bank auf dem Campus. Jetzt im November war es schon ziemlich kalt, doch noch schneite es nicht. Das Wetter war heute sogar ziemlich gut und die Sonne hatte sich durch die dunklen Wolken gedrängt. Wir hatten uns Pasta geholt und ich setzte die Sonnenbrille ab, als wir begannen zu essen.

»Wollen wir morgen zu der Feier hier gehen? Der Flyer hängt schon seit Tagen im Flur rum.« Ich schlug es nicht vor, weil ich so geil darauf war, zu immer der gleichen Musik in nach Schweiß stinkenden, vollen Räumen zu tanzen, aber weil ich Raven vielleicht dadurch aus ihrem Trott holen konnte. Vielleicht brauchte sie tatsächlich nur etwas Ablenkung oder war gestresst. Noch hatte sie mir nicht verraten, wann sie das Geld brauchte, aber es würde nur noch ein paar Tage dauern, bis ich auf mein Konto zugreifen könnte, und egal wie viel sie verlangten – ich würde zahlen können.

Raven sah von ihrer Pasta auf und schien in Gedanken abzuwägen, ob sie wollte oder eben doch nicht. Ihre schwarzen Haare waren zu einem Pferdeschwanz gebunden und hingen ihr über die rechte Schulter. Als sie schließlich nickte, wurden sie ihr vom Wind ins Gesicht geweht.

Ich lachte und lehnte mich leicht über den Holztisch, um ihr die Strähnen aus dem Gesicht zu streichen. Für einen Moment schmiegte sie ihr Gesicht an meine Wange, bevor ich mich zurückzog.

»Ja, lass uns gehen.« Ihre Stimme war zwar leiser als sonst, aber trotzdem klang die Entscheidung überzeugt. »Ich glaube, mal wieder etwas außerhalb vom Unistress zu machen, wäre ganz gut.« Ihre vollen Lippen schenkten mir ein Lächeln, welches ich gleich erwiderte.

»Das denke ich auch.«

Sie senkte den Blick wieder. »Es wird alles gut«, schob ich hinterher, weil ich wusste, dass sich ihr Kopf nach wie vor schlimme Situationen ausmalte. Ich war nicht so naiv zu glauben, dass sie mir wirklich alles über diese Drogensache erzählt hatte, doch ich vertraute darauf, dass ich das wusste, was ich wissen sollte.

Sie blickte mir wieder in die Augen. »Ich weiß.« Das kleine Lächeln, was daraufhin folgte, war eher verhalten. Doch ich wollte mich damit zufriedengeben.

Alex wusste nichts von dem Gespräch, das ich heute Morgen mit Cloé geführt hatte. Sehnlichst hatte ich tagelang auf ihren Anruf gewartet. Wollte endlich wissen, zu welchen verdammten Bedingungen ich nun aus der Sache rauskam.

Die Drogen, die Delano das Klo heruntergespült hatte, waren sehr viel wert gewesen, doch ich hatte kaum Geld ausgegeben und konnte es mit der Hälfte meines Gesparten auffüllen. Natürlich tat es weh, aber ich hatte keine Wahl. Das Geld war eigentlich für meinen Bruder gedacht, damit ich neue Kleidung oder Schulutensilien kaufen konnte. Jetzt nutzte ich es dafür, um Schulden bei Drogendealern zu begleichen. Fantastisch.

Das Handy klingelte, kurz bevor ich mich zur ersten Vorlesung begeben wollte. Alex war zum Glück bereits wieder in seinem Zimmer, um sich für den Tag umzuziehen, als ich abnahm.

»Also?«, fragte ich und war stolz, dass meine Stimme nicht so verunsichert klang, wie ich in Wahrheit war.

Cloé nannte mir eine Summe und ich hatte den Atem angehalten.

»Das gibst du Dominic am Wochenende mit und schon bist du aus dem Schneider. Du solltest wissen: Wenn du auch nur ein Sterbenswörtchen über uns verlierst, nehmen wir dir alles, was dir lieb ist. Angefangen bei Thomas, der ganz allein von der Schule zum Haus deiner Freundin läuft. Oder Alex, mit dessen Mutter ich in Paris ein interessantes Gespräch hatte. Man muss nur so tun, als kenne man ihn von der Uni und die Frau redet über ihren Goldjungen wie ein Wasserfall. Oder was ist mit …«

»Ich verstehe schon«, unterbrach ich sie. »Ihr stellt die Zahlungen für die Uni zum nächsten Monat ein und wenn ich was verrate, bekomme ich Probleme. Schon klar. Die Summe und dann ist Schluss, ja?«

»In Anbetracht dessen, dass du keine Informationen über unsere Standpunkte und Lager sowie über die Menschen, die im

Hintergrund arbeiten, hast, schätze ich schon. Wir haben bereits einen Ersatz für dich.«

Ihre Stimme klang nicht mehr hochnäsig, sondern eher etwas zögernd. Ich wollte das Gespräch nur noch hinter mich bringen.

»Okay, wann genau kommt Dominic?«

»Morgen Abend.«

Ich hatte noch nicht gewusst, dass Alex mit mir zur Abschlussfeier gehen wollte, doch ich wusste, dass ein Mann wie Dominic unter den Studenten sehr herausstechen würde.

»Er soll vor dem Tor warten. Ich bringe es ihm da hin. Es gibt eine Feier und er würde im Gebäude vermutlich auffallen.«

Es war kurz Ruhe am anderen Ende der Leitung, bevor Cloé sich räusperte und weitersprach. »In Ordnung.«

Ich wollte schon auflegen, als sie ergänzte: »Aber Raven …«

»Was?«

Es dauerte ein paar Sekunden, bis ich ihre Stimme wieder hörte. »Egal. Ich hoffe, du hast das Richtige getan.« Dann beendete sie den Anruf.

Verwirrt hatte ich noch kurz aufs Display gesehen und mein Telefon dann aufs Bett geworfen. Eigentlich müsste ich glücklich sein, dass es so einfach funktionierte, doch das miese Gefühl in meinem Bauch wollte seit heute Morgen nicht verschwinden.

Ich wusste, dass es eigentlich zu leicht war, aber ich konnte nichts anderes tun, als es hinzunehmen und zu hoffen. Vielleicht hatten Cloé und ihre Mutter tatsächlich ein Herz und gaben mir einen Vertrauensvorschuss, weil sie mein Leben analysiert hatten. An Jacksons Seite war ich der Polizei keine Unbekannte gewesen und würde ich Cloé verraten, würde ich selbst ins Scheinwerferlicht von Ermittlungen geraten. Das würde mich alles kosten und das wussten sie.

Selbst auf die Party zu gehen, war keine schlechte Idee. Ich könnte Alex ablenken und kurz verschwinden, um die Tasche mit dem Geld rauszubringen.

Ich wollte Alex nicht weiter mit reinziehen als nötig. Noch

immer suchte ich nach einer Lösung, um kein Geld von ihm annehmen zu müssen. Die Bewerbung auf ein Stipendium hatte ich bereits abgegeben, auch wenn ich dazu noch einmal die gefälschten Papiere benutzte, aber die Plätze waren begehrt und ich konnte nur hoffen, dass sie mich dank meiner Leistungen, die fast immer summa cum laude waren, nahmen.

Ich hatte auch überlegt, vielleicht nach einem Job in dem kleinen Café auf dem Campus zu fragen. Dann könnte ich weitere Kosten decken und müsste Alex nicht auf der Tasche liegen. So könnte ich eventuell meinen Stolz behalten.

Die Geldsumme, die von mir erwartet wurde, konnte ich mit all meinem Ersparten geradeso decken. Mit *geradeso* meinte ich übrigens wirklich, dass ich danach nicht einmal genug hatte, um mir einen Kaffee auf dem Campus zu leisten.

Aber hey, wenigstens sind dann die bösen Leute bezahlt, richtig?

Ich war es gewohnt, wenig Geld zu haben, und würde es überleben. Lyras Familie hatte wenigstens für diesen Monat schon das Geld erhalten. Außerdem würde mein Abschluss an dieser Uni mir einen Job verschaffen, der mir doppelt so viel einbringen könnte. Jetzt war ich aber erst mal pleite. Es war in der Vergangenheit immer so gewesen. Trotzdem versuchte ich, nicht daran zu denken. Die Vergangenheit war durchlebt wie ein Level in einem Spiel. Ich musste damit abschließen und mich auf das Hier und Jetzt mit neuen Gegebenheiten konzentrieren, sonst würde ich nie weiterkommen.

Ich steckte mir eine Gabel mit Nudeln in den Mund und legte meine Hand auf die von Alex, die er entspannt neben sich auf die Tischplatte gelegt hatte. Er sah auf und das Lächeln war echt. Seine warme, aber weiche Haut unter meiner gab mir die nötige Sicherheit. Wir würden es durchstehen.

38 Raven

Schon den ganzen Tag über hatte ich Bauchschmerzen. Trotzdem riss ich mich zusammen und zog das billige schwarze Stoffkleid an, welches bis knapp über die Knie reichte. Ich hatte es früher oft auf Partys getragen. Die Feier lief schon seit knapp einer Stunde, was man deutlich an der Musik hören konnte, die in dem alten Gebäude durch die Räume schallte. Es war ein Wunder, dass die Professoren diese Lautstärke durchgehen ließen. Doch ich nahm an, dass sie sich zurückhielten, weil die Eltern der reichen Studenten ihnen das Gehalt zahlten. Bevor ich das Zimmer verließ, legte ich noch die Schwanenkette an, die ich seit unserem Streit jeden Tag getragen hatte.

Ich machte mich auf den Weg und wollte an Alex' Tür klopfen, doch nahm die Hand wieder herunter, als ich hörte, wie hinter mir im Gang eine andere Tür ins Schloss fiel. Ich blickte mich um, um zu sehen, wer auf den Gang getreten war, und erstarrte, als ich in vertraute blassblaue Augen sah. Delano schenkte mir nur einen Moment seiner Aufmerksamkeit, bevor Oliver hinter ihm aus dem Zimmer trat und Delano sich doch abwandte. Oliver hingegen nickte mir freundlich, mit einem Lächeln auf den Lippen zu, welches ich wohl wenig überzeugend zurückgab. Es war so schön zu sehen, dass es ihm wieder gut ging. Doch dass er auf mich freundlich reagierte, zeigte nur, dass Delano es Oliver wohl nicht erzählt hatte. Dann machten sich die beiden auf den Weg zu den Treppen. Einen letzten Blick warf mir Delano über die Schulter zu und in seinen Augen spiegelte sich so viel Verachtung, dass meine Brust anfing zu schmerzen. Ich war ihm dankbar, dass er dichtgehalten und mich nicht verraten hatte, doch gleichermaßen wollte ich auch einfach nur unsere Freundschafft zurück. Ich würde diese Sache heute beenden und mich ordnungsgemäß bei Delano entschuldigen. Auch wenn es nur ein kleiner Trost war, wüsste ich wirklich nicht, was ich noch anderes tun könnte. Es ging Oliver wieder gut, und mich aus dem Business zu verabschieden, war schließlich das Einzige, was ich noch wirklich tun konnte, um etwas zu bewegen.

Noch ein paar Sekunden blickte ich den beiden nach, bevor ich mich wieder der Tür zuwandte und endlich anklopfte. Als Alex öffnete, atmete ich scharf ein.

Er trug schwarze Chinos und ein weißes Hemd, von dem die ersten zwei Knöpfe geöffnet waren. Seine goldenen Haare waren ordentlich geföhnt und brachten die ozeanblauen Augen zur Geltung. Ich trat einen Schritt näher und umarmte ihn einfach.

»Wow, okay, alles gut?«, fragte er und ich konnte das Lächeln in seiner Stimme hören.

»Hm«, gab ich zurück und atmete seinen Geruch tief ein. Allein bei seinem Parfum konnte man erahnen, dass es verdammt teuer war. Ich wusste nicht, welches es war, aber es duftete, als wäre er vor wenigen Sekunden aus der Dusche getreten und hätte sich am Fenster von der kühlen und hier salzigen Nachtluft trocknen lassen.

Alex legte einen Arm um mich und drückte mir die Lippen auf den Scheitel, bevor er mich ins Zimmer zog und die Tür hinter uns wieder schloss.

»Schmierst du eigentlich gerade dein Make-up an mein dreihundert Pfund teures Hemd?«

Ich wollte mich noch nicht vom ihm lösen und gab nur ein »Jap« zurück.

Ich wusste, dass er leise lachte, weil seine Brust sich plötzlich schneller hob und senkte.

Langsam löste ich mich von ihm und betrachtete sein Hemd.

»Ich habe das jetzt einfach gebraucht. Und nein, alles gut, kein Make-up-Fleck.«

Er legte die Hand an meine Wange und lächelte mich an. »Raven Harris, du dürftest so viele Make-up-Flecke auf meine Hemden machen, wie du möchtest, wenn du dich dann besser fühlst.« Bevor ich etwas erwidern konnte, drückte er seine Lippen noch einmal auf meine.

Gott, ich liebte diesen Mann.

»Wollen wir?«, fragte ich.

Er nickte und griff nach meiner Hand.

Wir gingen gemeinsam zu den Treppen und ins Erdgeschoss. Im Gegensatz zur letzten Party in diesen Räumen war die Musik ruhiger und die Songs waren nicht zum Trinken und Feiern, sondern als Abschiedsmusik rausgesucht wurden. Die Studenten schienen wohl sehr optimistisch zu sein, alle Prüfungen zu schaffen, wenn sie jetzt schon traurig darüber waren, diese Uni zu verlassen.

Im Gemeinschaftsraum angekommen, waren die Sitzplätze alle belegt. Die Studenten, die ihren Abschluss machten, waren alle in Anzüge und elegante Tüllkleider gehüllt, während die anderen Gäste teilweise normal oder zumindest weniger extravagant gekleidet waren.

Die Dekoration erinnerte mich eher an einen High-School-Prom, so wie man ihn oft in amerikanischen Filmen sah. Es gab Knabberzeug auf den Tischen, Getränke, die Kellnern serviert wurden, und eine Art Tanzfläche, auf der einige Paare zusammen zur Musik tanzten.

»Möchtest du was trinken?«, fragte Alex und suchte mit dem Blick einen freien Kellner.

»Nein, alles gut.« Ich setzte wieder das Lächeln auf, doch eigentlich war mir klar, dass Alex mir nicht glaubte. Ich konnte die Nervosität einfach zu schlecht unterdrücken. Die ganze Zeit wartete ich darauf, dass mein Handy endlich vibrierte und ich die

Geldübergabe hinter mich bringen konnte. Bis dahin wollte ich wenigstens so tun, als wäre alles in Ordnung.

Ich legte meine Tasche auf einer Bank ab und sah noch einmal auf mein Handy. Immer noch nichts.

»Wollen wir dann tanzen?«, fragte Alex, als ein neues Lied begann. Ich zwang mich dazu, das Handy auf dem Tisch abzulegen und nickte.

»Ja, das klingt gut.« Ich ließ alles am Platz zurück und begab mich mit Alex auf die Tanzfläche, die im Alltag eigentlich mit noch mehr Sitzmöglichkeiten ausgestattet war. Hier brauchte man sich keine Gedanken darüber zu machen, dass etwas geklaut wurde. Die meisten hier würden es wohl als eine Beleidigung betrachten, etwas zu stehlen, was sie sich hundertfach selbst kaufen könnten.

Das Lied *Softcore* von *The Neighbourhood* begann zu spielen und Alex und ich bewegten uns im Takt der Musik. Ich hatte ihm die Hände um den Hals gelegt und er hielt mich an den Hüften. Durch die anderen tanzenden Paare und Freundesgruppen war es weniger romantisch als auf der Gala in Paris, bei der wir ganz allein gewesen waren. Dennoch gestattete ich es mir, mich in Alex' Armen zu verlieren. Für die Minuten, in denen das Lied spielte, verscheuchte ich die nervigen Gedanken, die gegen meine Stirn hämmerten, und ließ mich von ihm im Moment festhalten. Ich war mir seiner Hände deutlich bewusst und genoss das Gefühl von ihnen an meinem Körper.

Trotzdem konnte ich nicht verhindern, dass mein Blick immer wieder zur Seite glitt und ich darauf achtete, ob mein Bildschirm aufleuchtete. Das Lied war zum Glück schon fast vorbei, als es tatsächlich passierte. Ich unterdrückte die Aufregung und tanzte mit Alex, bevor ich ihn bat, etwas zu trinken zu bestellen und zurück zu meinem Platz ging. Ich las eilig die Nachricht. Sie stammte von Cloé und bestand nur aus wenigen Worten.

Cloé: Bring es jetzt raus.

Dominic wartete sicher bereits am vereinbarten Platz. Als Alex zurückkam, legte ich das Handy hin und entschuldigte mich auf die Toilette. Er nickte nur und ließ den Blick dann wieder über die Studenten gleiten.

Mein Herz schlug mir bis zum Hals, als ich mich durch die Menschenmenge kämpfte und endlich im Flur ankam. Ich lief, so schnell ich konnte, bis zu meinem Zimmer und atmete aus, als ich den Rucksack sah und kontrollierte. Nicht, dass jemand jemals etwas aus meinem Zimmer entwendet oder sich überhaupt Zutritt verschafft hatte, doch die Angst, dass etwas schiefgehen könnte, hielt mich trotzdem gefangen.

Ich schulterte den Rucksack und begab mich dann nach unten. Ich sollte mir nicht zu viel Zeit lassen, also nahm ich einen etwas längeren Weg, um nicht direkt am Gemeinschaftsraum vorbeizukommen. Jetzt Delano oder Alex über den Weg zu laufen, wäre problematisch. Zum Glück waren die Gänge jedoch überwiegend leer, nur meine schnellen Schritte auf dem Steinboden und meine Atmung waren zu hören.

Dann verließ ich das Gebäude und ging hinaus in die kühle Nacht. Der Campus wurde von einigen Laternen erhellt und die wenigen Studenten, die sich draußen unterhielten und rauchten, schenkten mir keine Beachtung.

Der kühle Wind ließ mich zittern, da ich nur das schwarze Kleid trug und mir nicht die Arbeit gemacht hatte, etwas darüber zu ziehen, bevor ich mein Zimmer verlassen hatte.

Ich hatte schützend die Arme um meinen Körper gelegt, um dem Wind hier an der Küste etwas zu entgehen. Die Musik war auch hier draußen deutlich zu hören und um mich von der Aufregung abzubringen, sang ich leise zu den mir bekannten Liedern mit, bis ich schließlich am Tor angekommen war.

Vor der Uni gab es nicht mehr so viele Laternen wie auf dem Campus, doch nach einigen Sekunden konnte ich Dominics große, dunkle Gestalt ausmachen. Er stand an der Klippe und sah aufs Meer hinaus. Zwischen uns auf der Straße stand ein schwarzer *Audi*.

Ich ging an dem Fahrzeug vorbei und kam auf ihn zu.

»Hier«, sagte ich schlicht und war froh, dass meine Stimme nicht zitterte.

Dominic drehte sich zu mir um und betrachtete den Rucksack, den ich ihm hinhielt, mit einem abschätzigen Blick.

»Ist alles vollständig?« Seine Stimme war nicht sonderlich laut und ich hatte Mühe, ihn über die Wellen, die an der Küste brachen, zu verstehen.

»Ja, alles drin. Du kannst gern nachzählen. Es ist die Summe, die Cloé verlangt hat«, bestätigte ich.

Er nahm mir den Rucksack ab und stellte ihn auf das wahrscheinlich feuchte Gras. Dann kniete er sich hin, zog den Reißverschluss auf und betrachtete den Inhalt.

Während er die Geldbündel zählte, ließ ich meinen Blick zum Meer gleiten und atmete tief die frische Luft ein.

Mit jeder Sekunde wurde mir kälter und ich wollte einfach nur von hier verschwinden.

Als Dominic den Reißverschluss wieder zuzog und zu seinem Auto ging, um den Rucksack im Kofferraum zu verstauen, murmelte er: »Alles da.«

Erleichterung erfasste mich. »Sagte ich doch. War es das?«

Er ließ die Kofferraumklappe wieder zufallen und betrachtete mich eine Sekunde lang. »Du hättest mich nicht verraten sollen, trotzdem tut es mir leid.« Seine Worte klangen aufrichtig, doch ich verstand sie nicht.

Bevor ich fragen konnte, was er damit meinte, sah ich den dunklen Lauf einer Waffe aufblitzen, die er unter seiner Lederjacke hervorholte.

Es fühlte sich an, als würden Stunden vergehen, in denen ich mich nicht bewegen konnte. Ich wusste, was passieren würde, und doch war ich wie festgewachsen.

Er richtete die Waffe auf mich und drückte, ohne eine Sekunde zu zögern, ab.

Der Schmerz durchzog mich und es fühlte sich an, als würde

mein Bauch auseinandergerissen werden. Ungläubig senkte ich den Blick und sah im Licht der Laternen, wie sich ein dunkler Fleck auf meinem Kleid ausbreitete. An der Stelle, an der die Kugel in meinen Bauch eingedrungen war, klaffte ein Loch im Stoff.

Ich sackte auf die Knie, bemühte mich, nicht weiter zurückzutaumeln, um nicht zu nah an den Rand der Klippen zu kommen.

Mein Kopf fühlte sich voll an und der Schmerz vernebelte meine Sinne. Vielleicht bildete ich mir die zwei Stimmen nur ein, die meinen Namen schrien. Ich kippte zur Seite, die Hände an die Wunde gepresst, und erhaschte einen Blick auf Dominic, der die Waffe auf meinen Kopf gerichtet hielt.

Die Stimmen erklangen erneut, doch ich schloss die Augen, während meine Hände immer nasser wurden. Besudelt mit dem warmen Blut, das aus meinem Körper lief. An meinem Gesicht fühlte ich das nasse Gras und ich war so müde. So müde, dass ich nur am Rande mitbekam, wie ein Auto davonfuhr.

Ich wollte schlafen. Einfach nur schlafen.

39 Alex

Raven kam nicht wieder. Unsere Getränke standen schon längst an unserem Platz und so langsam machte ich mir Sorgen. Sie hatte schon die ganze Zeit aufgewühlt und nervös gewirkt. Am liebsten würde ich nach ihr sehen, aber konnte nicht einfach auf die Frauentoilette gehen, also blieb ich brav an meinem Platz sitzen und ließ den Blick immer wieder über die Menge gleiten, in der Hoffnung, sie vielleicht doch unter den Studenten zu entdecken. Die Einzige, die mir auffiel, war Maya, die mit einem Longdrink in der Hand an einem Tisch lehnte und mit einem anderen Mann sprach. Mental machte ich mir ein rotes Kreuz im Kalender. Wahrscheinlich sah sie sich langsam nach anderen Kerlen um.

Um mir die Zeit zu vertreiben, sah ich eine Weile aus der Ferne zu, wie Caleb mit einem Mädchen flirtete.

Doch als sich die Minuten zogen wie Kaugummi und die Sorge größer wurde, suchte ich schließlich nach Delano. Vielleicht wusste er mehr als ich.

Ich erspähte ihn im Gespräch mit einem anderen Studenten. Sie saßen nur ein paar Tische weiter als wir, also stand ich auf und ging zu ihm hinüber.

»Hey«, begrüßte ich die beiden. »Habt ihr vielleicht Raven gesehen oder irgendeine Ahnung, ob alles gut bei ihr ist?«

Delano schüttelte den Kopf.

»Nein. Solltest du nicht wissen, wo sie ist?«

Ich schenkte ihm ein verunsichertes Lächeln. »Ja, eigentlich schon, aber sie wirkte heute so aufgekratzt und jetzt ist sie schon seit einer Weile verschwunden.«

Delano schwieg kurz, dann zog er eine Augenbraue nach oben. »Hat sie ihr Zeug mitgenommen?«

Ich blickte zu unserem Platz herüber. »Nein. Alles da. Tasche und Handy.«

Er zuckte mit den Schultern. »Nein, Mann, tut mir leid.«

Ich nickte und bedankte mich trotzdem, bevor ich zurückging. Als ich mich wieder setzte, glitt mein Blick zu ihrem Telefon. Ich sollte das nicht tun. Ich vertraute ihr schließlich.

Dennoch. Ich verachtete mich in diesem Moment extrem dafür, aber tippte dennoch auf den Bildschirm des Handys. Wir hatten uns gegenseitig mit dem Versprechen, dass es keine Geheimnisse mehr gab, unsere Pins verraten, nachdem wir wieder zusammengekommen waren. Der Screen leuchtete auf und als Erstes sprang mir eine Systembenachrichtigung ins Auge für irgendein Softwareupdate, doch darunter befand sich eine Nachricht.

Cloé: Bring es jetzt raus.

Eine Gänsehaut lief mir über den Körper. Die Nachricht war neunzehn Minuten alt. Verdammt, mein Instinkt lag richtig. Raven hatte mir etwas verheimlicht und sich allein in irgendeine Situation begeben, von der sie jetzt noch nicht wiedergekommen war. Ging es um die Geldübergabe? Warum hatte sie mir nicht Bescheid gesagt? Mich erfasste eine schlimme Vorahnung.

Ich sprang auf und wollte den Raum verlassen, doch Delanos Stimme ließ mich innehalten.

»Und?«, rief er über die Musik und das Gemurmel der Menschen hinweg. Wie viel wusste er? War es jetzt noch wichtig? Die Hauptsache war, Raven zu finden. Weil ich nicht genau wusste, was Cloé mit *draußen* meinte, wäre es praktischer, sie zu zweit zu suchen. Kurz spielte ich mit dem Gedanken, auch Caleb mitzunehmen, aber je weniger Menschen von allem hier wussten, desto besser.

Ich trat zu ihm und flüsterte. »Raven ist in Schwierigkeiten. Wie viel weißt du?«

Misstrauisch zog er die Brauen zusammen. »Wie viel weißt du?«

»Ich weiß es. Weißt du es?«

»Ich denke, ich weiß es. Was meinst du mit … Verdammt.« Die Erkenntnis traf ihn genauso hart wie mich gerade eben.

»Wir müssen sie finden!«

Delano sprang auf.

»Soll ich helfen?«, fragte der andere Student verwirrt.

Delano und ich warfen uns einen Blick zu und schüttelten synchron den Kopf.

Delano versprach wiederzukommen, dann machten wir uns auf den Weg nach draußen. Auch wenn ich gern wüsste, wie und vor allem wann Delano davon erfahren hatte, hielt mich die Sorge davon ab, auch nur den Mund aufzumachen. Meine Kehle war wie zugeschnürt und meine Hände zitterten von dem bloßen Gedanken daran, dass Raven immer noch nicht zurück war. Wir liefen auf den Campus und fragten zuerst die Raucher, ob sie jemanden gesehen hatten. Doch diese verneinten, was mich nicht überraschte, weil sie uns erst bemerkt hatten, als wir sie angesprochen hatten. Dann ließen Delano und ich die Blicke über die Grünflächen gleiten.

Als wir schließlich den Parkplatz und das Unigelände abgesucht hatten, schrie ich ihren Namen. Delano stimmte kurzerhand mit ein. Wir bewegten uns auf den Ausgang zu und sahen, wie ein schwarzes Auto gerade davonfuhr. Im Schein einer Laterne lag ein zusammengesunkener Körper auf dem Gras.

Ich blieb stehen und mein Rachen brannte, während ich einen Blick zu Delano warf. Er sah nicht weniger schockiert aus. Dann rannten wir los.

Ich konnte nicht atmen, als ich mich neben sie fallen ließ und sie auf den Rücken drehte. Meine Hand fasste in etwas Nasses und als ich sie in den Schein der Laterne hielt, erkannte ich das dunkelrote Blut darauf.

»Raven«, kam mir ihr Name noch einmal über die Lippen.

»Ruf einen Krankenwagen!«, schrie ich Delano zu, der nun ebenfalls neben uns zum Halten kam. Für ein paar Sekunden rührte er sich nicht und betrachtete schockiert das Bild vor seinen Augen. »Los!«

Er löste sich aus der Starre und holte sein Handy aus der Tasche, bevor er die Nummer wählte. Ich erkannte das Zittern seiner Hände, doch schenkte ihm wenig Beachtung, als ich den Blick wieder auf Raven richtete.

Ich griff an ihr Handgelenk und versuchte, ihren Puls zu fühlen. Ich hasste, wie schwer es war, ihn zu finden. Wie ruhig ich sein musste und wie viel Konzentration ich aufbringen musste, um das leichte Pulsieren unter meinen Fingerspitzen zu finden. Doch schließlich tat ich es. Ihre Brust hob und senkte sich ganz leicht. Auch wenn ich erleichtert war, dass sie noch am Leben war, war mir gleichermaßen übel, weil ich Angst hatte, sie zu verlieren. Ich hatte das Gefühl, als würde ich untätig dabei zusehen, wie meine Welt zerbrach. Ich war vollkommen nutzlos, konnte nichts tun, während man mir das Herz herausriss.

Heiße Tränen flossen über meine Wange, als ich verzweifelt die Hände auf ihre Schussverletzung drückte. Ihre Haare waren nass vom Liegen auf dem Gras. Ihre Lider waren geschlossen und ihre Hand so rot wie meine.

»Bitte«, flehte ich. Ich war nie gläubig gewesen, aber ich betete und hoffte in diesem Moment, dass mich jemand erhörte. Es war mir egal, was ich geben musste. Es war mir egal, wie mein Leben weiterging, aber mir konnte nicht die eine Person entrissen werden, die alles erträglicher gemacht hatte. Die Person, die meine Rettung gewesen war. Jetzt musste ich sie retten.

Meine Tränen tropften von meinem Gesicht und fielen auf ihres.

»Raven, ich bitte dich, halte durch. Du schaffst das. Ich weiß es.« Ich sprach die Worte wahrscheinlich mehr für mich als für sie und bezweifelte, dass sie mich hörte. Aber ich hoffte es so sehr.

Ihre Lippen waren leicht geöffnet und ihre Haut wirkte beinahe weiß. Immer und immer wieder betete ich. Bat den Himmel um eine Chance. Für einige Sekunden fiel mein Blick auf die Schwanenkette, die im Mondlicht schien. Dann lehnte ich die Stirn an ihre und zuckte zusammen, als sie so kalt wie der Boden unter meinen Beinen war. »Bleib bei mir. Raven, ich kann das ohne dich nicht. Bitte. Ich brauche dich. Thomas braucht dich. Ich liebe dich.« Ich wusste nicht, wie viel Zeit vergangen war, als mir plötzlich jemand ihre Hand entriss.

Ich blickte auf. Ich hatte nicht gemerkt, wie der Krankenwagen gekommen und Sanitäter ausgestiegen waren. Einige sprachen mit Delano, eine Frau redete auf mich ein, doch ich konnte sie durch den Tränenschleier nur verschwommen wahrnehmen und ihre Worte verstand ich nicht.

Raven wurde mir entrissen und obwohl ich wusste, dass es so richtig war, dass sie mich gerade nicht so sehr brauchte wie medizinische Versorgung, weinte ich noch mehr und krallte die Finger in den kühlen Boden, um mich davon abzuhalten, ihnen Raven zu entreißen. Ich brauchte sie doch bei mir. Aber ich musste sie gehen lassen, damit sie versorgt werden konnte.

Wie betäubt nahm ich die Stimmen wahr und erkannte irgendwann Delano, der eine Hand an meine Schulter legte und mich dann nach oben zog.

Langsam kehrte die Realität zurück, als er vor meinem Gesicht mit den Fingern schnipste und sich so vor mich stellte, dass ich nicht mehr sehen konnte, wie Raven auf der Liege in den Krankenwagen geschoben wurde.

Ich hörte nicht auf seine Worte und wurde hysterisch, als ich sah, wie sie die Türen des Krankenwagens schlossen.

»Wartet, ich muss mitfahren …« Delano hielt mich fest. Ich wurde panischer. »Ich muss mitfahren! Ich muss …«

»Nein!«, schrie er und sagte, was ich eigentlich längst wusste. »Sie braucht dich jetzt nicht. Lass die Sanitäter ihre Arbeit machen! Wir fahren hinterher, hast du gehört? Wir fahren ihnen nach.«

Ich wusste, dass er recht hatte und dennoch fühlte sich mein Herz an, als hätte man ihm ein Stück geklaut. Mit Blaulicht und Sirene fuhr der Krankenwagen davon und ich blickte ihm nach, während meine Gliedmaßen kribbelten und meine Atmung viel zu schnell war.

»Sie wird nicht sterben«, versuchte Delano mir die Angst zu nehmen. Doch ich konnte nicht anders, als mich zu fragen: *Was, wenn doch?*

Mein Körper zitterte. Nein! Raven war stark!

Sie konnte nicht … einfach aus meinem Leben verschwinden. Nichts würde bleiben. Weder ihre Wärme noch ihr Lachen. Alles würde zu meiner schönsten Erinnerung werden. Das Leben würde mir das Beste nehmen.

Der Boden gab nach, die Welt drehte sich, als ich schließlich fiel. Ich fiel in die kalte Dunkelheit.

Die Einsamkeit.

Die Wut.

Ich hatte das Universum oft gefragt, womit ich Raven verdient hatte. Eine Antwort hatte ich nie bekommen – bis zu diesem Moment.

Ich hörte seine Stimme. Ich hörte, wie es mir seelenruhig und lächelnd ins Ohr flüsterte: *»Das hast du nicht!«*

Delano zog mich hoch, reichte mir ein Taschentuch und geleitete mich auf den Campus. Er telefonierte noch einmal und kurze Zeit später fand ich mich auf dem Rücksitz eines Autos wieder. Der Student, der gemeinsam mit Delano zur Feier gekommen war, saß auf dem Fahrersitz und Delano selbst daneben. Ich versuchte, die Worte zu verstehen, die er sagte, und konnte wenigstens daraus erschließen, dass er nicht die Wahrheit sagte. Er behauptete, sie sei gestürzt und hätte sich den Kopf an einem Stein aufgeschlagen. Es war besser so. Ihre Schussverletzung würde sowieso zu viele Fragen bei der Polizei und dem Krankenhaus aufwerfen. Es war nur besser so, wenn die Uni keine Ahnung hatte, was wirklich geschehen war.

Delano reichte mir schließlich eine Wasserflasche und erst jetzt bemerkte ich, wie fertig auch er aussah. Ich wusste nicht, wie spät es war. Seine braunen Haare standen zu allen Seiten ab und sein weißes Poloshirt war voller Dreck und Blut.

Ich warf einen Blick auf meine Klamotten. Sie sahen noch schlimmer aus. Meine Hände waren ebenfalls mit Blut getränkt, welches schon langsam an den Rändern trocknete. Mein Herz raste und der Gedanke, dass sie längst tot sein könnte, brachte mich um den Verstand.

Wir fuhren schneller als erlaubt und trotzdem fühlte es sich zu langsam an. Der Regen, der vor Kurzem aufgezogen war, machte die Straße noch rutschiger, doch das war mir herzlich egal.

»Wie heißt du?«, fragte ich und war froh, dass meine Stimme durch die Wut, die meinen Körper in diesem Moment zerfraß, einigermaßen fest klang.

»Oliver«, gab der Fahrer nach einer Sekunde des Zögerns zurück.

»Oliver.« Ich atmete durch. »Du fährst einen Sportwagen. Fahr ihn gefälligst auch so und tritt verdammt noch mal aufs Gas. Sonst wirst du diese Nacht sterben.« Ich schrie ihn an. Dieses Ding hatte viel mehr drauf und er fuhr läppische neunzig.

Es war mir egal, ob ich unfreundlich war. Ich musste wissen, dass sie lebte.

Die Straßen waren um diese Uhrzeit recht leer. Worte der beiden ignorierte ich völlig, bis das Auto endlich auf den Krankenhausparkplatz fuhr. Ich wartete nicht, bis wir endgültig standen, bevor ich die Tür aufriss, aus dem Wagen sprang und zum Eingang rannte.

Ich kam am Empfang zum Stehen.

»Raven Harris. Sie wurde vor einigen Minuten eingeliefert«, erklärte ich.

Die Frau, die etwa Mitte fünfzig sein musste und die braunen Haare in einem Pferdeschwanz trug, nickte. »Sie sind?«

»Ihr Verlobter«, log ich. Ich war mir nicht sicher, ob ich *nur* als Freund eine Auskunft bekommen hätte.

Die Frau ließ den Blick an mir auf und ab sinken. »Sie ist im Operationssaal. Die Ärzte kümmern sich gerade um sie. Bisher liegt keine Information über ihren Status vor. Bitte warten Sie im dafür vorgesehenen Bereich.«

Kein Status und OP-Saal bedeuteten wenigstens, dass sie nicht tot war. So etwas wie Hoffnung breitete sich zögernd in mir aus.

Als Delano und Oliver durch die Tür kamen, gab ich ihnen Bescheid. Delano wies Oliver an, zurück zur Uni zu fahren und obwohl sich dieser erst dagegen entschied und lieber mit Delano warten wollte, überredete Delano ihn so lange, bis er einwilligte.

Ich bedankte mich noch bei Oliver für die Fahrt und obwohl ich in seinem Auto alles mit Dreck und Blut beschmiert hatte und vollkommen eskaliert war, schien er es mir nicht übel zu nehmen und gab freundlich zurück, dass es doch selbstverständlich gewesen wäre.

Dann saß ich neben Delano auf einem der kalten, in die Wand geschraubten Sitze und wartete darauf, dass mir entweder die beste oder schlimmste Nachricht meines Lebens überbracht wurde.

40 Cloé

Ich vertraute meiner Mutter nicht. Sie wirkte beim Dinner viel zu entspannt. Sie sollte wütend sein. Nur widerwillig und mit Diskussionen, die Stunden gingen, hatte sie sich davon überzeugen lassen, Raven aus dem Deal zu entlassen. Raven wusste nicht genug, um uns wirklich gefährlich zu werden. Ich wusste nicht, ab welchem Punkt ich angefangen hatte, Raven nicht mehr zu hassen, bis mir aufgefallen war, dass ich sie eigentlich nie gehasst hatte. Nicht einmal nach ihrer abwertenden Nachricht vor vielen Jahren – natürlich war sie damals neidisch gewesen.

Ich hatte immer Angst gehabt, dass sie mich zurückzog. Zurück in diese Welt, in der ich gelebt hatte wie eine Ratte. In der wir keinen reichlich gedeckten Tisch oder immer warmes Wasser gehabt hatten. Ich wollte dieser Welt den Rücken kehren und mich nicht mehr mit ihr oder den Menschen in ihr beschäftigen. Raven gehörte einfach dazu. Als meine Mutter damals endlich genug Geld hatte, um aus diesem Viertel zu fliehen, hatte sie alle Verbindungen gekappt. Sie hatte mich von der Schule genommen, war mit mir umgezogen und hatte alle Kontakte abgebrochen. Wenn ich weinte, weil die Veränderungen so plötzlich kamen, kaufte sie mir etwas Schönes, bis ich still war.

Trotzdem war die Ruhe nun ungewöhnlich. Ich war schon überrascht gewesen, als sie tatsächlich eingelenkt hatte, aber nun machte ich mir Sorgen. Wir beide warteten auf Dominic. Ich wollte sichergehen, dass Raven das Geld vollständig bezahlt hatte. Vielleicht war meine Mutter deshalb so entspannt. Weil sie davon ausging, dass Raven ihre Schulden nicht begleichen konnte und sie sie dann zurück an uns und das Business ketten konnte.

Das musste es sein.

Ich sah zu, wie die Zinken meiner Gabel im weichen und dampfenden Fleisch der Entenbrust versanken, doch anstatt sie in Stücke zu schneiden und zu essen, stach ich noch einmal darauf ein. Am liebsten hätte ich gerade jegliches Essen in unserem Haus verspeist, weil ich gestresst war. Doch als sich endlich die Tür öffnete, standen meine Mutter und ich synchron vom Tisch auf und liefen in die Empfangshalle.

Dominic hatte einen schwarzen Rucksack dabei, den er nun meiner Mutter überreichte.

»Und?«, fragte diese, bevor ich dazu die Chance hatte.

Dominic nickte und fuhr sich mit der Hand über den Mund. Das tat er immer, wenn …

»Das Geld ist vollständig, der Job erledigt.«

Ich trat einen Schritt nach vorn. »Was meinst du damit?«

Meine Mutter legte mir die Hand auf die Schulter. »Cloé, Schatz, du brauchst dringend ein dickeres Fell für den Job. Ich musste es tun. Damit wir sicher sind.«

Die Wut, die mich packte, war kaum zu beschreiben. »Du hast mich angelogen!«, fuhr ich sie an. Dann drehte ich mich zu Dominic. »Hast du sie umgebracht?«

Er sah unsicher zu meiner Mutter.

»Antworte mir!«

Er nickte. »Ja, ich habe ihr in den Bauch geschossen. Ich nehme an, dass sie verblutet ist, aber ich musste fahren, bevor ich es ganz beenden konnte, weil Leute nach ihr gesucht haben.« In seiner Stimme lag kein Bedauern oder gar Reue. Er hatte den Job ausgeführt, den meine Mutter ihm gegeben hatte.

Während diese ihn nun darüber ausfragte, wie hoch die Wahrscheinlichkeit war, dass sie überlebt hatte, und er beteuerte, dass es unmöglich wäre, stapfte ich wütend und besorgt an ihnen vorbei, griff nach meinem Mantel und verschwand.

»Cloé, nein. Bleib stehen. Mach dich nicht lächerlich.«

»Lächerlich? Wir waren Freunde! Auch wenn sich die Zeiten geändert haben, will ich nicht ihren Tod!«

Sie verdrehte die Augen. »Gott, ich dachte, mit der Nachricht wäre das Thema damals abgehakt gewesen.«

Ich erstarrte. Ich hatte ihr niemals etwas von der Nachricht erzählt. Es fiel mir wie Schuppen von den Augen. »Du warst das nicht wahr? Die Nachricht war nie von Raven. Du hast mir nach dem Umzug ein neues, bereits eingerichtetes Handy geschenkt und statt Ravens deine Nummer unter ihrem Namen eingefügt!«

Diese Frau war einfach unglaublich. Wieso hatte ich das nicht früher herausgefunden?

Ihr Schweigen war mir Antwort genug.

»Cloé, es tut mir leid.« Sie packte mich am Handgelenk.

»Tut es das?«, fragte ich, als ich zu ihr herumwirbelte.

Sie nickte. »Ich hätte dich nicht belügen sollen. Ich mache es wieder gut.«

»Wenn Raven überlebt, ist sie dann raus?«, fragte ich und der kalte und harte Ausdruck in meinen Augen, mit dem ich meine Mutter hoffentlich bestrafte, zeigte Wirkung.

Sie druckste herum und nachdem ich die Frage wiederholt hatte, gab sie nach. »Schön. Wenn sie überlebt hat, ist sie raus, wie vereinbart. Wenn nicht, vergibst du mir.«

Einmal war ich für drei Wochen verschwunden, als sie aus Versehen den Absatz meiner auf tausend Stück limitierten *Louboutins* abgebrochen hatte. Sie hatte Angst, dass ich – die einzige Konstante in ihrem Leben – wieder verschwinden würde.

»Abgemacht.«

Sie ließ mich los und ich stürmte aus dem Haus.

Meine Hände zitterten. Ich kannte Raven, seit wir klein waren, und die Vorstellung, dass sie tatsächlich tot sein könnte, machte mir mehr zu schaffen, als ich je angenommen hatte. Vor allem, nachdem ich wusste, dass meine Mutter unsere Freundschaft zerstört hatte. Ja, wir hatten uns jahrelang nicht gesehen und ich hatte mich nicht wie eine beste Freundin verhalten. Aber irgendwie hatte ich es genossen, sie wiederzusehen. Zu sehen, wie auch aus ihr ein Mensch in dieser oberen Schicht werden konnte, wenn man sie in *Versace* und *Yves Saint Laurent* hüllte. Vielleicht hatte ich die Hoffnung, wenn sie irgendwann in der Zukunft selbst aus dieser Armut rauskäme, könnten wir wieder richtige Freundinnen werden.

Nun hatte sie vielleicht gar keine Zukunft mehr.

Raven

Ich saß wieder auf dem Fensterbrett. Meine Mutter schrie im Wohnzimmer und bei dem Geräusch unseres umfallenden Stubentischs zuckte ich zusammen. Dann legte ich mir die Hände über die Ohren, um die Geräusche auszublenden, und blickte auf die Regentropfen, die friedlich von den Blättern tropften.

Das Licht verbrannte meine Augäpfel, als ich die Lider aufschlug. Sofort schloss ich sie wieder und gab ein undefinierbares, aber genervtes Brummen von mir.

»Raven.«

Die Stimme kannte ich. Ich blinzelte immer wieder, bis das Licht nicht mehr in meinen Augen stach und ich langsam den Kopf drehen konnte.

Ein wunderschönes Gesicht sah mich an. Er musste ein Engel sein. Ich war im Himmel gelandet und diese goldenen Haare und dieses makellose Gesicht eines Engels bewiesen es. Ich lächelte, doch dann fielen mir die dunklen Ringe unter seinen Augen und die verzottelten Haare auf. Er sah müde und verdammt erschöpft aus. Seine Wangen waren etwas schmaler, als hätte er in letzter Zeit wenig gegessen und sein Blick … Ich konnte ihn gar nicht deuten.

Vorsichtig wollte ich mich erheben, doch er drückte meine Hand und stand auf, um mich daran zu hindern, mich aufzusetzen. Dass er meine Hand gehalten hatte, wurde mir erst in dem Moment bewusst.

Was war hier los?

»Alex«, brachte ich hervor und musste innehalten, weil ich plötzlich Schmerzen hatte. Mein Bauch fühlte sich an, als würde ihn jemand auseinanderreißen. Verdammt.

»Bleib liegen. Es ist alles in Ordnung, das wird wieder.« Alex gab mir einen Kuss auf den Handrücken und rutschte mit seinem Stuhl noch näher zu mir.

Ich versuchte, ruhig zu atmen, weil die Schmerzen in meinem Bauch nur langsam wieder abklangen.

Woher kamen sie? Ich hatte den Rucksack auf der Party geholt und … ich war angeschossen worden. Dominic hatte mich umbringen wollen. Ich war nicht im Himmel. Ich war in einem Krankenhaus mit meiner genähten Schussverletzung und konnte kaum sprechen.

Ich drückte Alex' Hand so fest, dass er die Luft einzog.

»Entschuldige«, brachte ich mühsam hervor und schloss noch einmal kurz die Augen, um in der Realität anzukommen.

Alex drückte seine Lippen nun auf meine Stirn und strich mir eine nervige Haarsträhne aus dem Gesicht.

»Hör auf, ich stinke bestimmt«, gab ich murmelnd zurück. Wie lange lag ich schon hier? Sicher nicht seit einer halben Stunde und frisch geduscht. Die Wunde tat beim Sprechen weh, aber je mehr ich dabei auf meine Atmung achtete, desto besser war es auszuhalten.

Alex lachte, dann drückte er erneut seine Lippen auf meine Stirn. Wie ein Verrückter blickte er mir dann entgegen und sagte mit einer Mischung aus Verzweiflung und Erleichterung: »Mach mir nie wieder solche Angst, bitte.«

Ich lachte ebenfalls. Jedoch nur sehr leise, weil es schmerzte. »Sorry.«

»Ich bin auch froh, dass es dir gut geht«, kam eine weitere Stimme aus dem hinteren Teil des Zimmers.

Ich richtete mich nun doch ganz langsam auf. Als ich es schließlich vollkommen außer Atem geschafft hatte, war es jedoch nicht nur Delano, wie ich erwartet hatte, sondern auch Cloé. Mein Atem stockte.

Diese verdammte Bitch. Was wollte sie hier? Den Job beenden? Warum hatten Alex und Delano sie nicht rausgeworfen?

Würde mein gesundheitlicher Zustand mich nicht davon abhalten, würde ich diese Frau rund machen wie ein Lenkrad! War sie wirklich so arrogant, dass sie glaubte, ich könnte ihr nichts anhaben, nun, da ich ihre Pläne kannte?

»Du«, zischte ich und bereute es im nächsten Moment. Als die Schmerzen sich durch meine gesamte linke Körperhälfte zogen.

Alex drückte meine Schultern zurück in die Kissen und sah mich eindringlich an.

»Es ist okay«, versuchte er mich zu besänftigen.

Ich wollte ihm sagen, dass er falschlag. Dass Cloé dafür verantwortlich war, was geschehen war, doch nur ein »Nein, nein, du …« verließ meinen Mund.

»Wir haben mit ihr gesprochen. Sie hat uns alles erklärt, Raven. Es ist alles in Ordnung. Sie wusste nichts davon. Es war der Plan ihrer Mutter. Du bist in Sicherheit.«

Ich ließ die Worte sacken. Cloé kam schließlich auch auf mich zu und ich zuckte zurück. Sie blieb neben dem Bett stehen. Das erste Mal seit Langem sah ich sie ungeschminkt und bemerkte, dass sie Sommersprossen hatte, die sich über den gesamten Nasenrücken zogen. Ihre Haare waren offen und der Ansatz leicht fettig. »Es tut mir leid.«

Diese Worte klangen untypisch aus ihrem Mund. War ich vielleicht doch im Himmel?

»Du bist raus. Ich habe mit meiner Mutter gesprochen und ausgehandelt, dass du wirklich raus bist. Ich wusste nichts von ihren Plänen. Sie hat mich auch zum Narren gehalten. Aber jetzt weiß ich, dass sie sich an das Versprechen halten wird. Sie hat mir ihr Wort gegeben und das ist bei uns Gold wert.« Sie ließ sich auf dem zweiten Stuhl neben dem Bett nieder und ihr Blick wirkte aufrichtig. Ich hatte Angst davor, mich in der Sicherheit zu wiegen, dass sie die Wahrheit sagte, doch hatte ich eine andere Wahl?

Ich ging nicht auf ihre Worte ein. »Wie lange war ich weg?«

Alex reagierte als Erster und warf einen Blick auf die Uhr. »Drei, fast vier Tage lang. Du warst immer mal ganz kurz wach, aber nie ansprechbar. Ich glaube, daran erinnerst du dich nicht.«

Tat ich nicht. »Delano?«, fragte ich weiter und atmete so gut durch, wie es ging.

Er trat neben Alex ans Bett. »Mach dir keine Sorgen, ich verzeihe dir.«

Ich lächelte. *Gott sei Dank.*

Dann zeigte er auf Cloé. »Ihr nicht.«

Sie verdrehte genervt die Augen. »Solange du den Mund hältst, ist mir egal, was du über mich denkst.«

Sie schwieg einen Moment und betrachtete mich, bis sie weitersprach: »Hast du damals, nachdem ich umgezogen bin, eine Nachricht von mir erhalten, in der ich die Freundschaft beendet habe?«

Ich hatte absolut keine Ahnung, wo das herkam, doch nickte schließlich.

Ein Lächeln erschien auf Cloés Lippen, bevor sie mir erzählte, was damals angeblich wirklich geschehen war.

Ich ließ ihre Worte sacken.

Erst Momente später ergriff ich erneut das Wort. »Wie geht es jetzt weiter?«

Alex erzählte mir, wie die drei gemeinsam eine Geschichte zurechtgelegt hatten. Die Polizei hatte Delano und Alex im Krankenhaus verhört. Cloé hatte ihre Kontakte spielen lassen, um die Beweise zu vertuschen, und das Ganze auf einen Obdachlosen zu schieben, dem ich aus meinem Viertel angeblich Geld geschuldet hätte. Ich wusste, wen sie meinte. Jeder, der in unserem Viertel gewohnt hatte, kannte ihn. Er war jedoch seit Monaten spurlos verschwunden gewesen und weil man annahm, dass er wohl gestorben war, würde man den Fall zwar neu aufrollen und nach ihm suchen, aber es wahrscheinlich einfach irgendwann zu den Akten legen. Vor allem, weil sich keiner wirklich für die Menschen aus meinem Viertel interessierte.

»Wir müssen noch darauf warten, ob dein Antrag auf ein Stipendium bewilligt wird, aber das Wichtigste ist, dass du bis zu den Prüfungen noch etwas Zeit hast und vermutlich wenigstens diese problemlos für das Semester mitschreiben kannst. Ich kann dir die Vorlesungen bis dahin aufnehmen. Die Ärzte haben gesagt, sie rechnen mit ein oder zwei Wochen, bis du aus dem Krankenhaus entlassen werden kannst. Etwa so lange wird es wohl auch dauern, bis du wieder ohne große Schmerzen laufen kannst. Du bist aber raus aus dem Drogengeschäft und ich kann dir jetzt problemlos das Wichtigste finanzieren«, fasste Alex zusammen.

Es dauerte ein paar Sekunden, doch dann stöhnte ich auf. »O nein! Happy Birthday. Es tut mir leid, dass ich ihn dir ruiniere.« Wenn heute der vierte Tag nach der Feier und dem Schuss war, hatte Alex heute Geburtstag und konnte auf sein zweites Konto zugreifen. Ich hatte ihm den Tag ordentlich versaut.

Doch er strahlte. Das Grinsen auf seinem Gesicht reichte bis ins Unendliche. »Du hast mir gar nichts ruiniert. Du bist wach und es geht dir einigermaßen gut. Das ist das beste Geschenk, was ich bekommen konnte.« Er klang bei diesen Worten so überzeugt, dass mir beinahe die Tränen kamen.

»Gott, den Kitsch halte ich nicht aus«, sagte Cloé, klopfte sich auf die Oberschenkel und stand auf. »Ich war lange genug hier. Außerdem sehen wir uns früh genug wieder. Also haue ich jetzt ab.« Sie griff nach ihrem Mantel, der über der Stuhllehne hing, und wandte sich zum Gehen.

»Wie meinst du das? Ich dachte, ich bin raus?«, fragte ich und zog die Brauen zusammen. Wo sollten wir uns sonst sehen, wenn nicht bei dieser Sache?

Sie warf mir einen letzten Blick über die Schulter zu. »Du bist auch raus, Süße. Aber rate mal, wer mit Beginn des neuen Semesters drin ist.« Dann zwinkerte sie und ließ die schwere Tür hinter sich ins Schloss fallen.

Mein Mund stand offen. Vielleicht war es gar nicht der Himmel, sondern die Hölle.

Cloé hatte sich so rigoros dagegen gewährt, diesen Job zu übernehmen, dass sie jemanden wie mich dafür an Land gezogen hatte, und jetzt tat sie es doch? Ich drehte den Kopf zu Alex, der es mir, entzückt über meine Verwirrung, erklärte.

»Das war außerdem eine Bedingung ihrer Mutter, um dich rauszulassen. Cloé sollte den Job machen. Sie behauptet, dass sie sich beim Feiern und jede Woche in einem anderen Land Urlaubmachen langsam dumm fühlt und deshalb endlich auch studieren will. Ich weiß nicht, ob es stimmte, das musst du einschätzen, aber auf jeden Fall fängt sie im neuen Semester an und wird wahrscheinlich deinen Job übernehmen.«

Ich war zu erstaunt zum Sprechen. Ich hätte mir alles vorstellen können, aber nicht das.

»Jetzt ruh dich aus«, sagte Alex und strich mir über die Stirn. »Es wird alles gut.«

Delano hatte sich auf den Stuhl gesetzt, auf dem eben noch Cloé saß und nickte. »Schlaf. Wenn du aufwachst, sind wir noch da«, versprach er.

Ich lächelte und schloss die Augen. Diese Unterhaltung hatte mich ziemlich viel Kraft gekostet und ich hatte das Gefühl, von einem Auto überrollt worden zu sein.

Die leisen Stimmen von Alex und Delano, die sich darüber zu streiten begannen, wer Essen aus der Kantine holte, begleiteten mich, als ich wieder in einen festen und deutlich erholsameren Schlaf glitt.

Epilog Alex

Zwei Monate später

»Wie war es?«, fragte Raven, als ich am Abend endlich zurück in der Uni war. Ich hatte das Gespräch mit meinen Eltern lange herausgezögert. Doch ich hatte es führen müssen und es lief besser, als ich erwartet hatte. Ich musste ihnen klarmachen, dass ich weder Interesse daran hatte, die Firma weiterzuführen, noch mich von Raven trennen würde. Entweder sie akzeptierten das, oder sie würden auch ihren Sohn verlieren. Zu meiner Überraschung kämpfte meine Mutter für mich. Sie hatte mir gesagt, dass sie es nicht zulassen würde, dass ich mich gegen sie stellte, und obwohl ich es erst nur für leere Worte gehalten hatte, hatte sie mir heute das Gegenteil bewiesen.

»Er hat eingelenkt. Mein Vater. Meine Mutter hat ihn tatsächlich dazu überredet, nach anderen Möglichkeiten zu suchen. Zum Beispiel, wer die Firma sonst leiten könnte. Immerhin hat er wahrscheinlich noch einige Jahre, bevor er sich zurückzieht, das sollte reichen. Außerdem haben sie dich eingeladen. Zu einem Familienessen.«

Raven zog überrascht die Augenbrauen hoch und legte das Buch aus der Hand, welches sie gerade noch gelesen hatte.

»Das klingt echt fantastisch.« Sie kam zu mir, stellte sich auf die Zehenspitzen und drückte mir einen Kuss auf die Lippen.

Als ich mich von ihr löste, nickte ich. »Ja, ich habe nicht wirklich damit gerechnet, aber ihnen war klar, dass ich sie nicht mehr brauche. Entweder sie akzeptieren meine Wünsche und wir können irgendwie wieder zueinanderfinden, oder sie tun es nicht und verlieren auch noch unsere Bindung zueinander.«

Ich zog die Jacke aus und hängte sie in den Kleiderschrank. Es war mittlerweile tief in der Nacht, trotzdem sah man durch das Fenster den Schnee fallen. Ich war müde, aber auch sehr erleichtert.

Raven legte sich wieder ins Bett. Sie war nur mit einem Slip und einem dünnen Top bekleidet, weil die Temperaturen in den Zimmern immer noch recht hoch waren.

Ich entledigte mich auch noch meiner restlichen Klamotten und legte mich in Boxershorts zu ihr.

»Was liest du?« Ich ließ den Kopf auf ihre Schulter fallen und starrte die in Schwarz gedruckten Worte auf dem cremefarbenen Papier an.

»Der Titel wird dir wahrscheinlich nichts sagen, aber es ist ein Roman über zwei verloren geglaubte Seelen, die sich finden und gemeinsam heilen.« Sie suchte meinen Blick und lächelte dann.

»Ja, das klingt wirklich gut«, gab ich zurück und erwiderte das Lächeln.

Raven

Ich nahm ein Kissen und pfefferte es auf den verdammten Wecker, der nicht aufhören wollte, uns mit seinem penetranten Klingeln zu wecken. Ich musste mich erst wieder daran gewöhnen, so früh aufzustehen. Es war der erste Tag des zweiten Semesters und außerdem der erste, an dem ich wieder vollständig teilnahm.

Die Prüfungen hatte ich im ersten Semester mitgeschrieben und fast alle mit summa cum laude bestanden. Demnach wurde auch mein Antrag auf ein Stipendium bewilligt, was sich gut auf mein Ego auswirkte, da ich Alex nicht komplett auf der Tasche lag.

Da die Kosten für ein Zimmer jedoch nicht übernommen wurden, war er einfach bei mir eingezogen. Wir hätten auch zu ihm ziehen können, dann hätte er nicht den Papierkram mit dem Zimmerwechsel gehabt, doch er bestand darauf, für sein Geld endlich Meerblick zu haben, auch wenn der Raum sehr klein war und sicher nicht seinen normalen Platzvorstellungen entsprach. Mit dem Aushilfsjob, den ich im Café auf dem Campus bekommen hatte, konnte ich auch Thomas immer wieder Geld schicken und hatte in den Semesterferien viel mit ihm unternommen. Auch Weihnachten hatten wir zusammen verbracht. Lyra hatte mich eingeladen und mir noch am selben Tag gebeichtet, dass es zwischen ihr und Jackson wieder aus war, und es ihr leidtat. Unsere Freundschaft konnte sie damit vielleicht nicht wiederherstellen, aber ich blieb höflich und war bereit gewesen, ihr zu verzeihen. In der restlichen Zeit hatte ich durch Delano die Liebe zum Lesen entdeckt und mir damit die Zeit vertrieben.

»Nicht so gewalttätig«, murmelte Alex nun in sein Kissen und ich lächelte.

Ich rollte mich zu ihm und legte den Kopf auf seine warme Brust. »Wir müssen aufstehen.«

Er stöhnte. »Ich weiß.«

»Was machen wir also nun?«, fragte ich und verzog schmollend die Lippen.

Ein Grinsen stahl sich auf seinen Mund. »Na ja, also wenn wir das Frühstück ausfallen lassen, habe ich da so eine Idee, was wir machen könnten, um wach zu werden.«

Gespielt ernst gab ich zurück: »Mr. Van Klemm, man könnte meinen, Sie hätten wahrlich einen versauten Verstand.«

Sein Lächeln wurde breiter. »Ms. Harris, soll ich Ihnen zeigen, wie versaut ich wirklich bin?«

Mit diesen Worten küsste er mich und arbeitete sich seinen Weg immer weiter nach unten. Ich lachte und fuhr ihm durch die Haare, bis er die Decke zurückschlug und mit den Fingern die runde Narbe an meinem Bauch entlang zog. Sie war recht weit unten, und inzwischen gut verheilt.

»Tut es manchmal noch weh?« Jeglicher Humor war aus seiner Stimme verschwunden.

Ich nickte langsam. »Ja, ab und zu merke ich es, wenn ich mich hastig bewege oder so. Aber nur selten und es wird immer besser.«

Er drückte seine Lippen auf die Narbe und ein warmer Schauer durchfuhr mich. Dann blickte er wieder auf und sagte: »Ich liebe dich.«

Ich nahm sein Gesicht in beide Hände. »Ich liebe dich auch.«

Und ich würde es für immer tun. Da war ich mir sicher.

Als wir es nach einiger Zeit doch geschafft hatten, aus dem Bett zu kommen, und die erste Vorlesung vorbei war, trafen wir uns mit Caleb, Delano und Oliver in der Kantine zum Mittagessen. Jetzt, Anfang Januar, war es draußen einfach zu kalt. Delano und Oliver waren endlich ein festes Paar und ich freute mich sehr darüber, wie Delanos Augen strahlten, jedes Mal, wenn er Oliver sah. Wir hatten uns darauf geeinigt, dass er nichts davon erfahren würde, dass ich die Drogen vertickt hatte. Es würde nichts mehr an dem ändern, was geschehen war. Außerdem beteuerte Oliver, dass er inzwischen nichts mehr einwarf.

Die drei hatten Salate für uns mitgebracht und gerade, als ich mir die erste Gabel in den Mund stecken wollte, stieß mich Alex von der Seite an und nickte nach rechts. Ich ließ den Blick über die Studenten gleiten, und entdeckte Cloé. Sie hielte den Campus-Plan in der Hand und suchte offensichtlich nach etwas.

»Hm«, machte ich und aß meinen Salat.

Alex schmunzelte. »Komm schon. Sei nicht so böse.«

Ich atmete tief durch und sprang über meinen Schatten, indem ich sie zu uns winkte.

Cloé stapfte in ihren High Heels über den Boden und strahlte uns an, sobald sie am Tisch angekommen war. Ohne zu fragen, setzte sie sich neben mich und begann, mich mit Fragen rund um den Campus und das Studium zu löchern.

Caleb musterte uns mit hochgezogenen Augenbrauen, bis sein Blick an Cloé hängen blieb. In diesem Moment hatte ich das erste Mal wirklich das Gefühl, einfach eine normale Studentin zu sein, die mit ihren Freunden – mehr oder weniger – zu Mittag aß. Ich konnte meine Vergangenheit zumindest ein Stück weit hinter mir lassen. Auch wenn ich nicht wusste, wo meine Mutter gerade wieder steckte und ob sie jemals wieder Teil meines Lebens sein würde, konnte ich mich tatsächlich trotzdem auf die Zukunft hier freuen. Eine Zukunft mit jemandem an meiner Seite, dem ich nicht nur vertraute, sondern der für mich durchs Feuer gegangen war. Ich war, trotz Cloé, die sich, nun da sie noch keine Freunde auf dem Campus hatte, zunächst an uns klammern würde, wirklich glücklich. Und ich wusste es auch zu schätzen.

Ich zeigte Cloé auf dem Plan den Gang zum Gemeinschaftsraum, welchen sie suchte, und stopfte mir dann endlich meinen heiß ersehnten Salat in den Mund.

Nach der letzten Vorlesung fiel mir auf, dass ich mein Buch vergessen hatte, also lief ich in den Gemeinschaftsraum und ging zielstrebig auf meinen Spind zu. Ich öffnete ihn und hielt den Atem an, als ein Briefumschlag mit goldener Schrift herausfiel.

Ende

Danksagung

Dieser Roman bedeutet mir unheimlich viel. Über zwei Jahre lang habe ich alle Ideen und Gefühle gesammelt, um die Story zu vervollständigen. Sie nun geschrieben zu haben, fühlt sich zwar unglaublich schön an, aber Raven und Alex in gewisser Weise gehen zu lassen, fällt mir unglaublich schwer.

In erster Linie möchte ich meiner Mutter danken, die hibbelig darauf gewartet hat, meinen Roman lesen zu können, und mich immer bei jeder Idee unterstützt.

Außerdem danke ich Zina, meiner Testleserin, und natürlich allen Bloggern, die mich unterstützt haben.

Ein besonderer Dank geht natürlich an den VAJONA Verlag und im Besonderen an Vanessa. Danke, dass du Potenzial in meiner Geschichte und Idee gesehen hast und mir diese Chance gegeben hast.

Natürlich danke ich auch dir, Maddy, für deine lieben Worte und deine Arbeit als meine Lektorin.

Am meisten danke ich all meinen Lesern, die dieses Buch in die Hand genommen haben. Jeder Einzelne von euch macht mich unglaublich glücklich.

Vielen Dank, dass ich diese Geschichte mit euch teilen durfte.

Folge uns auf:

Instagram: www.instagram.com/vajona_verlag
Facebook: www.facebook.com/vajona.verlag
TikTok: www.tiktok.com/vajona_verlag
Website: www.vajona.de
Shop: www.vajona-shop.de